神仙妖怪

西游的社会故事

周方银 — 著

中国华侨出版社
·北京·

图书在版编目（CIP）数据

神仙、妖怪：西游的社会故事 / 周方银著. —— 北京：中国华侨出版社，2023.8
ISBN 978-7-5113-8948-0

Ⅰ. ①神… Ⅱ. ①周… Ⅲ. ①《西游记》研究 Ⅳ. ①I242.4I207.414

中国版本图书馆CIP数据核字（2022）第250660号

神仙、妖怪：西游的社会故事

著　　者：	周方银
责任编辑：	刘晓燕
封面设计：	弘毅麦田
文字编辑：	周汉飞
美术编辑：	赵宇环
经　　销：	新华书店
开　　本：	880mm×1230mm　1/32开　印张：19.5　字数：297千字
印　　刷：	北京建宏印刷有限公司
版　　次：	2023年8月第1版
印　　次：	2023年8月第1次印刷
书　　号：	ISBN 978-7-5113-8948-0
定　　价：	59.80元

中国华侨出版社　北京市朝阳区西坝河东里77号楼底商5号　邮编：100028
编辑部：(010)64443056-8026　　　传　　真：(010)64439708
网　　址：www.oveaschin.com　E－mail：oveaschin@sina.com

如果发现印装质量问题，影响阅读，请与印刷厂联系调换。

自 序

2008年，我出版了《解码〈西游记〉》一书，本书（《神仙、妖怪：西游的社会故事》）是对《解码〈西游记〉》的增补与修订。由于我所学的专业是国际关系，这个专业关心的是国际社会的战争与和平、冲突与合作，或者国际格局、大国关系、国际制度、区域合作等，与文学看起来并无多少直接的联系，以至于该书出版多年后，还不时有人问我，"你是与《解码〈西游记〉》的作者同名，而不是作者本人吧？"我在这里介绍这一情况，是想说明写作与《西游记》相关的书，纯粹是出于本人内心强烈的兴趣，是因为《西游记》深深打动了我，而非出于任何功利目的。

像很多人一样，我从小就很喜欢《西游记》，早就把它读了多遍。但《西游记》并不像很多人认为的那样仅是一本少儿读物，或者只是中国古典文学研究者手中的一个研究范本。《西游记》最初打动我的，是它宏大的神仙体系设定、奇幻瑰丽的情节、精彩纷呈的故事以及流畅优美、诙谐风趣的语言。但随着年龄的增长和阅历的丰富，我对《西游记》的关注点发生了变化，并从中读出许多很有意思、意想不到的内容，这也彻底颠覆了我对这本经过时代检验的经典著作的认识。

在不同的人生阶段，用不同的心态和视角阅读《西游记》，会有非常不同的体会和认识。这一方面是基于经典的魅力，另一方面是因为《西游记》融趣味性和思想性于一体，可以为不同阶段的读者提供不同的侧面。当你只是把它作为一本神魔小说来阅读时，它看起来不过是一部趣味横生、引人入胜的神魔小说。当你把它作为一本具有思想性的小说来阅读时，又可以发现其中蕴含着许多颇为深刻的思想。

我在清华大学攻读国际关系学博士学位期间，首次分析产生了认真对待《西游记》中包含的人物关系的想法。然后惊奇地发现，一旦带着这样的想法去阅读，可以迅速从书中发现大量以前熟视无睹却又十分重要、有深刻含义的内容。这些内容前后呼应，形成一个系统的整体。在带着这样一种想法反复阅读的过程中，我发现《西游记》中所包含思想的丰富程度及其思想的深度远超自己的估计，这是一个让我颇感意外的过程。

当转换阅读视角后，我觉得《西游记》有一个比较突出的特点，即内容情节有明暗两条线索，特别是有一条精心设定、前后衔接自然圆润的暗线。小说的明线是唐僧师徒的取经行动、孙悟空从出世到成佛的人生历程。暗线则是取经团队的关系磨合，尤其是孙悟空的心路历程。值得注意的是，作者在暗线写作上花费的心思一点不逊于明线。甚至可以说，明线的写作更多是服务于暗线，因为明线是一个个降妖除魔的故事，而作者真正试图表达的思想更多地寓于暗线之中。

与暗线在《西游记》中的重要性相对应的，是在小说情节展开过程中，主要人物在经历复杂的变化成长过程，这不只是知识水平、本领法术能力上的变化，更是言语行为、待人处事方式乃至性格、价值观方面的变化。关于孙悟空在取经路上的行为与价值观变化，本书提供了丰富的事例和细节分析，这里仅举两例进行说明。

一个是书中第四十一回，取经队伍在六百里钻头号山被红孩儿所阻，特别是红孩儿的三昧真火十分厉害，孙悟空差点儿在他手上送了性命。在此情况下，取经队伍决定搬救兵来降伏红孩儿，他们要搬的救兵是法力高深的观音菩萨。在八戒前往南海请菩萨之前，孙悟空特意叮嘱八戒一番，"若见了菩萨，切休仰视，只可低头礼拜。等他问时，你却将地名、妖名说与他，再请救师父之事。"这里很有意思的是，孙悟空特意叮嘱八戒见观音菩萨时要注意礼貌，且内容吩咐得很细致，这与他当年初见玉帝时只是"朝上唱个大喏"，做齐天大圣时"结交天上众星宿，不论高低，俱称朋友，见三清称个'老'字，逢四帝道个'陛下'"，初见如来佛祖时"厉声高叫"等做派，存在根本性的区别。而且这段文字的含义是，不仅孙悟空自己见了菩萨会注意礼貌，他还要求别人见菩萨时也要注意礼貌，说明他已十分重视见菩萨时的礼节问题，这本身是观念上的一个重要变化，其对礼貌的重视即使与唐僧相比也不遑多让。

后来，在第八十八回，在天竺国玉华县，玉华王的三位王子想拜孙悟空、八戒、沙僧为师，他们三人也有收徒之意。在收徒之际，孙悟空的一举一动都十分契合礼数。他先是对三位王子说，"汝等既有诚心，可去焚香来拜了天地，我先传你些神力，然后可授武艺。"在三位王子"抬香案，沐手焚香，朝天礼拜"后，孙悟空又转身对唐僧行礼道："告尊师，恕弟子之罪……今来佛国之乡，幸遇贤王三子，投拜我等，欲学武艺。彼既为我等之徒弟，即为我师之徒孙也。谨禀过我师，庶好传授。"明确说明，收徒之事要禀过师父同意才能传授武艺。唐僧对孙悟空如此懂礼数的做法"十分大喜"。之后，八戒、沙僧见孙悟空行礼，也转身向唐僧行礼道："师父，我等愚鲁，拙口钝腮，不会说话，……"唐僧对孙悟空的做法"十分大喜"，他喜的应该不是他们收了三个好徒弟，这样水平的徒弟，孙悟空等人如果要收，一路可以收一大把。真正令他大喜的是，孙悟空如此尊重他，如此明白事理。相比之下，八戒、沙僧说"我等愚鲁，拙口钝腮，不会说话"，其实，这不是会不会说话的问题，而是明不明事理的问题。这也反映，经过取经路上的多年磨砺，孙悟空对言语礼貌、人情世故、行为礼数等的认识、理解，达到了很高的水平，与五百年前有了天壤之别。

《西游记》的写作高明之处在于，虽然在取经路上孙悟空的性格、观念、行为方式在持续发生变化，但读者在阅读过程中不觉其突兀。事实上，变化不仅发生在孙悟空身上，也不同程度地发生在取经团队的其他人身上。在取经路上，经过一次次磨砺，唐僧的阅历变得丰富，处事更为变通，不再那么迂腐不堪，面对困难时心性也变得更坚定。通过"读万卷书"基础上的"行万里路"，唐僧在取经路上对佛经的理解也变得更深刻、更知行合一了。取经路上的十四年经历，是对唐僧师徒心性、见识、阅历的一次重要历练。如果能够体会他们这期间的变化，带着这样一种认识去阅读，就会发现取经路上的情节安排绝不是雷同，而是有其特别的深意。

至于有人认为《西游记》存在一些情节上的自相矛盾，如孙悟空的本领前后有较大的差异，以致在取经路上一再找他昔日的手下败将包括四海龙王等来帮忙，以及取经队伍到达西天时才发现八十一难少了一难，等等，这些都可以在深入了解中国古代文化和分析《西游记》的思想内容的过程中得到合理解释，本书也对这些问题均提出了个人见解。我想说明的是，这些看上去自相矛盾的内容，并非作者写作时的疏忽，而是一种有意的安排。通过深入探究这些矛盾与反差，其实有助于更好地理解《西游记》的微妙与高明之处。

本书总体上是站在今天的视角、利用当前的社会科学知识，在高度尊重原文的基础上，以一种世俗的方式理解《西游记》中的人物及其相互关系，考察取经队伍人员的心态变化，天庭制度的特点，孙悟空的性格变化，等等。希望本书的分析，有助于人们更好地理解《西游记》这部经典名著，进而更好地认识中国古代文化与传统社会关系的一些深层结构。

本书在写作过程中参考了一些人撰写的文献，得到了思想上的启发，他们包括李卓吾、汪象旭、张书绅、陈士斌、刘一明、陈敦甫、萨孟武、苏兴、张锦池、胡光舟、余国藩、余世谦、张静二、何锡章、苗怀明、胡胜、郭英德、周先慎、林庚、刘荫柏、中野美代子、布莱克曼·珍妮、浦安迪、韩秀山、睿翔、余志鸿，等等。在对《西游记》内容的讨论中，谷李军、赵义良、徐波、尹元甲、刘建、周小兵、龚浩群、马军伟、高程、朱凤岚、杨丹志、黄军、马宋若文、龚浩、周雨同等人从不同的角度提出了一些很好的建议，在此一并致谢！当然，书中的观点及其中可能包含的错误与问题，都由本人负责。也请广大读者多提宝贵意见。

2022 年 11 月

目录

上篇　孙悟空的心路历程

孙悟空简历 ·· 3

第一章　我"无性" ·· 5
　第一节　猴王出世 ·· 6
　第二节　一个社会契约：石猴以信称王 ··· 9
　第三节　拜师学艺：开启人生新的一页 ······································· 14

第二章　不断膨胀的欲望 ··· 24
　第一节　花果山的天还是原来那片天吗 ······································· 25
　第二节　弼马温的苦恼 ··· 31
　第三节　不做弼马温就做齐天大圣 ·· 44
　第四节　大闹天宫 ·· 55

第三章　反思与磨炼 ··· 62
　第一节　五百年后知悔了 ·· 63
　第二节　不再认同妖怪身份 ·· 69
　第三节　对观音执弟子之礼 ·· 84
　第四节　对取经行动的思考 ·· 92

第五节 逐渐了解天界人情世故 …… 94
第六节 老于世故的孙悟空 …… 100

第四章 从心所欲不逾矩 …… 105
第一节 话里话外紧箍咒 …… 106
第二节 妖精菩萨，总是一念 …… 115
第三节 自觉维护等级制度 …… 119
第四节 对天庭外人物的态度 …… 133

第五章 孙悟空成长过程分析 …… 139
第一节 从"无性"到成佛是一个循环 …… 140
第二节 孙悟空为何能成佛 …… 146
第三节 吴承恩对大闹天宫的态度 …… 151
第四节 孙悟空是如何被成功改造的 …… 155

下篇 《西游记》中的管理谋略

第六章 取经队伍内部利益分析 …… 165
第一节 孙悟空与沙僧的关系变迁 …… 166
第二节 孙悟空与八戒的关系变迁 …… 175
第三节 孙悟空如何获得对八戒、沙僧的调度权 …… 190
第四节 孙悟空与唐僧的关系变迁 …… 195

第七章 神秘的菩提祖师 …… 207
第一节 太上老君与孙悟空的关系 …… 208
第二节 孙悟空本事的巨大反差 …… 223
第三节 天庭对孙悟空的宽容 …… 230
第四节 取经对孙悟空而言是天上掉馅饼的好事 …… 237

结　语 ································· 241

第八章　天庭政治权谋 ································· 242
　　第一节　考验与被考验 ································· 243
　　第二节　唐僧的成佛与如来的帝王心术 ································· 251

附录1　《西游记》为什么值得深度阅读 ································· 261
附录2　取经行动时间线 ································· 269
附录3　天庭治理水平探析 ································· 273

上篇　孙悟空的心路历程

理解《西游记》的一个关键是如何看待取经行动，特别是，取经行动的重点是取得经书，还是路上行走的过程？

取经行动既是一个求取物质的历程，更是一个心路发展的历程。《西游记》的一个重要线索，就是孙悟空的心路历程，它清楚地展现了孙悟空心理发展的各个阶段。我们可以把孙悟空的心理发展大致分为四个阶段。

一开始是无性阶段，按照孙悟空的说法："人若骂我我也不恼，若打我我也不嗔，只是赔个礼儿就罢了，一生无性。"那时的他，在祖师的洞口都不敢敲门进去。

随着孙悟空本事的增强，他的脾气也相应见长，这是一个生性、任性的阶段。他先是闯龙宫、探地府，然后自称"齐天大圣"，大闹天宫，甚至提出了"皇帝轮流做"的口号。这一阶段以孙悟空被如来佛镇压在五行山下而终结。

五行山下，孙悟空对观音菩萨说"我已知悔了"，这是他收性的开始。但收性往往是最困难、最痛苦的性格发展阶段，经历了颇为坎坷的十四年。在这个阶段，孙悟空不再认同其早先的妖怪身份，对观音表现得越来越尊敬。更重要的是，他了解和适应了人情世故，对天庭的一些规则有了更深入的认识。

最后，孙悟空到达西天被封为"佛"，达到了更高层次的无性阶段，本书称之为"从心所欲不逾矩"的阶段。

孙悟空简历

姓名：孙悟空

曾用名：石猴、猴王、孙行者

性别：男

籍贯：东胜神洲傲来国花果山人氏

学历：师从菩提祖师学艺十年（老师评语：悟性高、学习优秀，有骄傲自满情绪，毕业后可能会闯祸）

出生：天产石猴，以自然为父母，属"无中生有"之类

特长与本领：七十二变、筋斗云、身外化身、金刚不坏之躯、火眼金睛

兵器：如意金箍棒，重一万三千五百斤，能大能小

职务：斗战胜佛

职称：大职正果

主要经历（由于书中记录不够详细，下面都是大致的年份，仅供参考）：

约22岁（不准确）称美猴王。关于称美猴王的时间背景，书中说了一句"山中无甲子，寒尽不知年"，因此很难判断具体是哪一年的事情。我们有两个判断：一是石猴出世后不久发生的；二是书中说美猴王在"享乐天真，何期有三五百载"的时候产生了出门学艺的想法。按照这本书的书写习惯，这应该是实写，可以推断是三百载。因此，从被阎王派人勾魂的时候倒推，此时应是22岁。

称美猴王三百载后，为求长生不老，暂时放弃王位，出门学艺。

322～332岁寻访师父。

332～342岁留学西牛贺洲，拜菩提祖师为师，学得神通。

342岁（准确数字）学成归来，灭混世魔王、往龙宫取宝、在地狱强销死籍。在阎王的生死簿上"注着孙悟空名字，乃天产石猴，该寿三百四十二岁，善终"，而"阎王注定三更死，谁敢留人到四更"。另外，勾死人来拘孙悟空的魂魄时，也说："你今阳寿该终，我两人领批，勾你来也。"显然是按照正常的手续来拿人魂魄。因此，这个数字是最准确的。

342～360岁任天庭弼马温之职。这里首先要判断孙悟空在天上待了多少年，孙悟空嫌弼马温官小，回去后众猴道："恭喜大王，上界去十数年，想必得意荣归也？"猴王道："我才半月有余，哪里有十数年？"显然孙悟空在天上的时间大于15天，而小于20天，在16~19天，我们取18天，按"天上一天，地上一年"，即为18年。

361～540岁任齐天大圣之职，兼管蟠桃园。期间除监守自盗，还有其他偷盗行为，且藐视天庭，抗拒天庭的捉拿。孙悟空任齐天大圣之职约180天，他偷跑回花果山后，四健将曾问他："大圣在天这百十年，实受何职？"大圣笑道："我记得才半年光景，怎么就说百十年话？"半年光景，大约为180天，按"天上一天，地上一年"，即为180年。

541～590岁在太上老君的八卦炉中服刑。孙悟空在八卦炉里被炼了49天，也就是人间49年。从炉中逃出后，被天界顶尖高手如来佛捉拿，判处有期徒刑500年。

590～1090岁在五行山下服刑。

约1090岁脱出五行山，拜唐僧为师，护送唐僧取经。这一年是唐太宗贞观十三年，即公元639年。

约1104岁历经劫难，终成正果，被封为斗战胜佛。

第一章　我"无性"

　　孙悟空的出生非常特殊，可以说是天上地下，古往今来，绝无仅有，这也昭示他日后的经历注定不同凡响。由于孙悟空从小无父无母，也不是生活在凡间帝王严密的管辖之下，因此，他的天性得以充分发挥。在其生命的早期，按他自己的说法，可以说是处于"无性"阶段。

第一节 猴王出世

一、九窍者胎生，八窍者卵生

孙悟空早期的心性如何，与他的出世过程不无关系。孙悟空的出世很不平凡，因为他是从石头中蹦出来的。这块石头并非普通石头，它高三丈六尺五寸，正合周天三百六十五度，也与一年三百六十五天的数目一致；腰圆周长二丈四尺，对应二十四节气。另外，"上有九窍八孔，按九宫八卦"。石头的尺寸、规格和形状都很特殊。而且，它自混沌开辟以来就已存在，属于历史特别悠久的类型。这块石头不断感受和吸取天地日月的精华，日积月累，量变产生质变，竟产生"灵通之意"，也就是形成了原始的意识。

中国自古就有"九窍者胎生，八窍者卵生"的说法[1]。这块灵石"内育仙胞"，先是在某一天迸裂开来，产出一个石卵，然后石卵又化作一只石猴。石猴的出世兼具了胎生和卵生两个过程，所以说它有"九窍八孔"是没错的。据说大禹也是从石头中出生的[2]，但大禹最后的成就要远逊于这只石猴。大禹与石猴的共同点除了都是从石头中出生外，在《西游记》中，他们还分别在不同时期做过金箍棒的主人。

孙悟空到底是从哪里，特别是从"什么东西"中出生的？换句话说，孙悟空生命的源头是什么？这是一件很有趣的问题。我们可以说，石猴是从石头中生出来的，但没有生命的石头如何能孕育生命？石头本无生命，而石猴

---

[1] 《论语·子罕第九》，杨伯峻、杨逢彬注译：《论语》，长沙：岳麓书社2021年版，第88页。

[2] 《淮南子·脩务训》，四川大学复性书院主编：《诸子会归》（第19册），北京燕山出版社2021年版，第173页。

却是一个生命体。从这种意义上说，石猴的出世体现出从无生命状态到有生命状态的奇妙变化，体现了有无相生的天道。

石猴一出世，就"目运两道金光，射冲斗府"。这一行为实际上已经冲撞了上天，引起了玉帝的关注，不过石猴对此茫然无知。玉帝察知石猴出世的原委后，大度地说道："下方之物，乃天地精华所生，不足为异。"玉帝的话，顺带解答了我们的疑问，原来地球上的一切生命，都由"天地精华所生"，故而"不足为异"。因此石猴生命的源头，自然就是"天地精华"了。

石猴出生后，在山中过着自由自在的生活。他的食物来自大自然，以树上的果实为主。他的朋友不限于猴类，而是"与狼虫为伴，虎豹为群，獐鹿为友，猕猿为亲"，在动物世界建立了广泛的社会关系。天黑了，就"夜宿石崖之下"，找个石头缝歇息。他也没有什么时间概念，过着一种不知其所来，不知其所终的淳朴生活。

石猴除了得自然的真气，由天地化育而成外，其成长过程也与一般人不同。我们每个人一出生，就处在社会关系网络的笼罩之下。一生下来，就有父母，可能还有兄弟姐妹、七大姑八大姨之类。在还没有走入大社会之前，就已在家庭这个小社会中生活。当我们还只有一两岁，处于懵懵懂懂的状态时，父母就已经对我们进行价值观和社会生活规范方面的影响。如果行为不当，可能会受到他们的"惩罚"或批评教育，在这个过程中，我们的很多观念就已经在无意识中被塑造。我们的思维框架、先入之见及许多价值观念，在这个过程中逐渐形成。而我们的本性到底是什么，实际上成了一个模糊的东西。因为当我们开始说话的时候，就已经不是一张白纸了。

石猴则大不同，他一生下来，就能够独立生存，并轻易度过了一般人无法避免的初生阶段的脆弱期。他从出生的时候就是独立的，没有陷入社会关系网中，并不需要承担道德伦理的责任。他是一只和自然同体的自由自在的石猴。

二、花果山的经济基础

我们刚生下来的时候，是什么也不会的婴儿，要生存必须依赖于父母的帮助。石猴却是一生下来"就学爬学走，拜了四方"，然后很快就"会行走跳跃，食草木，饮涧泉，采山花，觅树果"。从一开始，他就能自给自足，依靠自己的能力独立地生存。

　　花果山也是一个难得的所在，如桃花源一般，没有王侯将相，既不受凡间帝王管辖，也没有官僚体系和等级关系。按照众猴的说法："不伏麒麟辖，不伏凤凰管，又不伏人王拘束，自由自在。"当然，花果山的局面不会永远如此。自石猴称王以后，花果山也逐渐发展成了一个初级水平的等级社会。如果以后有第二只石猴在这里出世，众猴就不会这么自由了。

　　生活方面，石猴并不会感到有特别的压力。他的食物主要来自自然界。猴子的饭量也不大，吃吃花果山树上的果实就可以生存，不需要对花果山这片土地进行辛勤的经营。在这个不讲规矩的花果山上，群猴并不需要由于经济生活的压力而组织起来，与恶劣的自然环境做艰苦的斗争。这种环境对于天性的发扬非常有利。

　　如果我们非要寻找人的本性，此时石猴身上所体现的似乎就是人的本性了[①]。不对，更准确地说，应该是猴的本性。

---

① 这个本性，说到底是一个人在简单状态下对各种事物做出的自然的、原始的反应，而不是经过教育、理性思考产生的反应，也不是人有意做出的顺应社会期望的行为反应。

第二节　一个社会契约：石猴以信称王

石猴出世后做的第一件具有重要政治意义的事情，就是在水帘洞中称王。不过称王并不完全是出于石猴的主动行为。

石猴称王，一开始不过源于众猴的一次游戏。一天，群猴看到山中涧水奔流，也是闲来无事，就想一起顺着涧流往上去寻找源流，说要"寻个源头出来"。这"寻个源头出来"的冲动，实在是人性中一种自然和深层的追求，就是想从根本上弄明白我们身边很多事情到底是怎么来的，并对此有一种天然的好奇心。有时我们不仅想追溯自然界事物的源流，还想追溯自己的源流。不过，"寻找"的结果常常并不能让人满意：真正的"源头"在哪里，往往不是那么容易就被寻出来的。但想到要去寻和没有想到要去寻，就是一个重要的区别。

他们这天怎么突然想到要去寻这个源头呢？按众猴的说法，"今日赶闲无事，顺涧边往上溜头寻看源流"，原来是今天闲得没有事干。看来，闲暇在思维活动中的地位还挺重要，要不然，整天操心穿衣吃饭，哪儿有时间寻思这些不能带来直接经济效益的事情呢。

众猴寻到涧水源头，发现是一股瀑布飞泉，于是道："哪一个有本事的，钻进去寻个源头出来，不伤身体者，我等即拜他为王。"众猴的话体现出一种朴素的思想，就是："哪一个有本事的……我等即拜他为王。"拜谁为王，是以实力和本事为基础的。中间省略号所代表的，则是要用他的本事做一件对众人有益的事情。这似乎是人们自愿尊王的一种普遍模式。

既然要区分出谁是有本事的，谁是没有本事的，一系列后续的麻烦也就由此产生。这里面还有一个问题，这些猴子本来在花果山是自由自在的，怎么会突然想到要拜某一只猴为"王"？这个"王"的观念是从哪里来的？我想可能是来自花果山的其他兽类，比如说狮子王、老虎王、狼王之类的，后来书中也提到花果山有七十二洞妖王。

机不可失，时不再来。石猴自告奋勇，挺身而出，应声高叫"我进去，我进去"，跳过瀑布，并发现了瀑布后面的水帘洞。作为无主之物，水帘洞理所当然地成为日后众猴的"安身之处"。众猴跳过去后，却忘了先前的承诺，"一个个抢盆夺碗，占灶争床，搬过来，移过去"，一直闹到精疲力竭为止，完全忘了先前说过的要把那个"有本事的"拜为大王的话。

但这话石猴可没有忘，他怎么能忘呢？忙活了半天不就是为了这个吗？于是石猴找了一个高一点儿的地方坐上去，说："列位啊，人而无信，不知其可。"——弟兄们啊，做人要讲信用，说话要算数，你们可不能拿我开涮啊！你们刚才说哪一个有本事进来又出去，身体不受伤的，就拜他为王。这些我都做到了，还给你们找了这么好的一个所在，你们以后可以在这里享福了，为什么不拜我为王呢？这些猴子也很难得，听了石猴的话，想起还真有这么回事，于是"一个个序齿排班，朝上礼拜，都称'千岁大王'"。

一般人听了这个故事可能只是笑笑，觉得好玩，其实，这件事背后透露出来的信息颇不简单。

首先，众猴说话还是很算数的，光这一点就很难得。因为这是一个原始状态的社会，对于违反承诺的事情，没有任何机构来进行处罚并强制执行。在没有任何行政处罚的社会中，讲诚信是很难得的品质。花果山保持了这么多年的祥和之气，在很大程度上便得益于此。守信大概是任何社会群体必然要求个体遵行的普遍礼俗和道德准则，否则社会秩序就难以维系。守信的重要性在于，它有助于个体与社会的生存。

其次，群猴在拜大王的时候，并不是乱成一片，而是"序齿排班"，按照年龄大小排好顺序。显然，即使在初始社会，等级观念也已深入猴心。既然有等级，就要有确定等级的标准，按照本领大小为众猴排序，显然是一项暂时还难以想象的艰巨任务。按照年龄标准排序，就成了一个很自然和方便简易的选择。这么看来，论资排辈是有其内在合理性的。群猴拜大王的场面清楚地表明，虽是深山老林蒙昧之地，地位尊卑观念也已经有雏形了。

石猴在说话之前，先找了一个高位坐下，这个也许是无意识的行为，其实已经暗示他心中存在某种朴素的等级观,即认为高一点儿的地方具有某种社会等级意义。

再次,对先前的承诺,石猴不提,众猴也就"没有想起"。这事要是石猴不提起,估计众猴也会把先前的话当成随口说说的给"忘"了。对于众猴来说,平白在自己头上安一个"猴王",并不是什么好事情。在这个自愿中,也有一些不那么自愿的成分。

回头看一下石猴称王的过程:首先,众猴说"哪一个有本事的,钻进去寻个源头出来,不伤身体者,我等即拜他为王"。然后,石猴说"我进去,我进去"。这样就形成了一个口头协议。双方以口头承诺的方式订立了一个契约,在现代相当于一个君子协定。最后,石猴完成了契约中自己相应的义务,并要求众猴履行协议。众猴虽然并非很乐意,但也没有拒绝,这样就完成了一个协议。

关键在于,这是一个没有政府、没有法院,也没有第三方强制实施机构的群体。在这样的环境中,众猴即使不想履行协议,石猴也没有办法。毕竟他只有一个,属于少数派,从力量对比看,是弱势的一方。从这个意义上说,花果山的猴群社会是一个很讲信用的诚信社会。反过来说,正因为有对其他猴子说话会算数的预期,石猴才会接受这个挑战,并且在完成任务后要求众猴履约。如果猴群社会以前就不讲诚信,石猴也不会跳出来接受这个挑战,整个事情就不会发生了。

这个协议达成和履行的过程如下:

(1)众猴说:"哪一个有本事的,钻进去寻个源头出来,不伤身体者,我等即拜他为王。"(众猴发出一个要约)

(2)石猴说:"我进去,我进去。"(石猴接受这个要约)

至此达成一个口头协议。

(3)石猴进入瀑布后,发现水帘洞,然后又出来:此即完成自己在协议中的义务。

(4)石猴要求众猴拜他为王:此即要求众猴履行他们的义务。

(5)众猴拜石猴为王:众猴履行其义务,兑现其承诺。

至此协议内容得以完成。

石猴成为美猴王，是一个社会契约的订立和完成的过程。通过这个社会契约，众猴从没有政府的自然状态中产生了最初级的政府。政府的产生可以通过武力征服、社会契约或者同时兼用这两者的方式产生。在花果山这片土地上，产生政府的方式十分温和：是以大家愿意接受的方式实现的。通过社会契约，猴群走出了自然状态，这比霍布斯、洛克、卢梭等人对社会契约理论进行系统的阐发要早得多，算是实践走在了理论的前面。

这里有一个问题，就是参与订约的众猴是不是有足够的代表性？可能有很多其他猴子当时并不在场，也不知道有一帮猴子要去为洞水寻个源头这件事，他们就这么稀里糊涂地被别人代表了。对突然冒出来的这个王，他们只好接受，这也是没有办法的事情。不管怎么说，从此以后将有一个猴王的事实就这么确立下来了。

发现水帘洞，不一定是众猴之福。在此之前，众猴没有所有权的观念，也就少了很多争执。有了水帘洞的资产以后，麻烦也由此产生：他们一个个"抢盆夺碗，占灶争床"，开始对资产进行争夺。从他们占灶争床的行为看，水帘洞的资源相对于猴群的需求来说，并不是极丰富，岂止不丰富，简直可以说非常稀缺。石床的数量是有限的，让谁睡不让谁睡，谁睡好的谁睡差的，都成了问题。这些问题，如果没有一个合理的分配制度，将会在众猴之间造成无穷无尽的麻烦。要建立一个分配制度，就需要有一个等级的体系。特别是考虑到如后来所说，猴子的数量有四万七千口之多，石床、石碗之类物资的数量显然是极为不够的，绝大多数猴子的命运并不会因此而有什么实质性的改善①。这样看来，众猴愿拜石猴为王也是一种不得已的选择，因为如何分配新发现的资源已经成为一个迫切需要解决的问题，否则很多争斗将因此而起，猴群和谐的局面可能因此而打破。

总而言之，这件事的结果是，众猴给自己套上了个束缚，并扭转了花果山猴群命运发展的轨迹。政治的过程一旦开始，就会顺着它自身的逻辑向前发展，再也不可能回到过去的状态了。

对众猴来说，不幸中的万幸是，石猴虽然对称王有一定的兴趣，但他这

---

① 其实不仅"石锅、石灶、石碗、石盆、石床、石凳"的数量不够，水帘洞也容不下所有的猴子。石猴说："里面且是宽阔，容得千百口老小。我们都进去住，也省得受老天之气。"这个洞好像很大，"容得千百口老小"，但花果山的猴子有四万七千只，显然不可能都进去住。不过，这次跟他一起探险的猴子都住进去应该问题不大。

么做主要还是觉得好玩，并不是出于强烈的权力欲，没有什么称王称霸、鱼肉乡里的想法。他称王的过程中也没有出现暴力行为，而是靠众猴信守承诺。总体上来说，石猴算得上一位贤明的君王，他实行的是无为政治，并没有折腾很多事情，不过是"朝游花果山，暮宿水帘洞"，与众猴"合契同情"而已。

第三节　拜师学艺：开启人生新的一页

一、希望好日子能长久

猴王在花果山率领群猴过了三五百年的快活日子，忽然有一天，在大家喝酒聊天的时候，猴王流下了忧伤的眼泪。众猴慌忙问原因，猴王却说出来一番大道理：我现在虽然很欢喜，但对未来却有很大的忧虑。虽然我们现在不受人间帝王法律的管辖，也不怕禽兽的淫威，但终归会老去。将来有一天老了，气血不活了，暗中还要受到阎王的管制。一旦死了，这好日子不就到头了？众猴听了这话，也"一个个掩面悲啼，俱以无常为虑"。

猴王的这个想法，用通俗的话来说，就是希望好日子能够天天有，长期过。这也是人之常情，不这么想才是不正常。他怎么会突然产生这一想法呢，难道是一时心血来潮？猴王产生这个想法是有原因的。他之所以要这么说，是因为他已经感到"年老血衰"，身体大不如前了。也就是说，由于他先有了身体在逐渐衰老的感觉，才开始考虑这个变化的来源及应对措施，从而试图超越这一限制，长享天伦。

为什么我们能肯定地说猴王已经感到自己衰老了？其实只要计算一下他此时的年龄就知道了。后来，地狱中的勾死人带着孙悟空的魂魄进入地府时，生死簿上清楚地写着，孙悟空"乃天产石猴，该寿三百四十二岁，善终"。那时他是三百四十二岁，此时他该是多少岁呢？他自此之后，花了约十年的时间，在西牛贺洲找到菩提祖师，然后跟着祖师学了十年的艺。学成归来后，灭混世魔王、到龙宫取宝、在地狱强销死籍。这些事情，往长了说不过一两年；往短了说，也就是几个月。这么说来，他产生求道学艺的想法时，已到三百二十二岁高龄。以人一生活一百岁来说，他相当于到了九十三四岁，此时感到身体衰老再正常不过。他在如此高龄，还能暂时放弃王位，离家求学，受那飘零之苦，精神可谓十分难得，可以说是很好地保持了初心。

显然，孙悟空想到要长生不老，不是因为他长期思考哲学问题，进而产生了一种新的追求，而更多的是由于物质因素的驱动，因为感到了身体的衰老，并希望与衰老作斗争，继续过以前的好日子。当然，我们也可以说他求长生是在追求自由，追求的是一种大自在和大自由，即突破生命的限制，不想把自己的未来交给阎王管辖。但直接的动因还是物质性的。

猴王的忧伤发生在"喜宴"之中。之所以有这样的想法，正是因为他以前的日子过得太滋润了。如果他的日子过得紧紧巴巴，生活中常有困顿之叹，也就不会因为这点儿事情而"忽然忧恼，堕下泪来"。正如活在无忧无虑的幸福状态中的人，等到逢年过节的时候，常常会感叹：这日子过得真快呀！就是担心这好日子会有尽头。

这时，跳出一只通背猿猴，说有三等名色，乃是佛与仙与神圣三者，可以长生不老。猴王听了心头大喜。猴王是一个实践型的天才，有这么好的建议，他说干就干，立即实施。第二天，他辞别众猴，"云游海角，远涉天涯"，寻访神仙，求取长生不老之术去了。在如此高龄，猴王能够当机立断，果断放弃宝座与舒适的生活，确实是干大事业的。这也体现出他远大的志向和勇于接受挑战的冒险精神。

猴王放弃王位去寻长生不老之术，其实是在追求更大的利益，不过，也十分难得了。首先，他这么做有很大的风险，因为寻长生不老术并不能确保成功。其次，在这个过程中，要经历艰难困苦。后来，唐僧率团队取经历经了十四年，可以说遭遇千辛万苦。相比之下，石猴寻师花了十年时光，且是孤身一人，所经历的苦难也颇不少。最后，由俭入奢易，由奢入俭难。一个人过惯了好日子，要让他去过苦日子，可不是容易的事情，可石猴说放下就放下了，第二天就出发，一点儿没有磨磨叽叽、留恋不舍，可以说是"拿得起，放得下"，十分有决断力。

二、我"无性"

第二天，吃完饯行宴，猴王就自己撑着竹排，向大海进发了。猴王寻访神仙的过程并不顺利，前八九年并没有找到真仙，但这期间也不是完全没有收获。这次出门远行，是猴王第一次接触人类社会。他在这个过程中深入世界各地，深入社会底层，对人类社会有了初步的、总体仍比较表面化的了解。他也像小孩一样，从模仿开始学习做人。在南赡部洲，他的模样吓跑了很多人，他还"将那跑不动的拿住一个，剥了他衣裳，也学人穿在身上，摇摇摆摆，穿州过府，在市尘中，学人礼，学人话"。

猴王此时的学人礼、学人话，只是从外在的层面模仿人的社会行为，是一种好玩儿的举动。正如小孩模仿大人的行为时，往往并不知道为什么要这样做而不是那样做，只不过是跟着做罢了。当然，在很多情况下，其实大人也不知道自己为什么要这样做而不那样做。猴王还不知道，他的行为无意中已经触犯了人间的律法，因为他"将那跑不动的拿住一个，剥了他的衣裳"，你想想，这厮的举动岂不是抢劫行为？

在求仙访道的过程中，令猴王感叹的是，"世人都是为名为利之徒，更无一个为身命者"。显然，普通人最关心的是眼前的利益，而不是生命的长存。也许普通人并非不关心长生不老，只是觉得这太虚无缥缈、无法实现罢了。

幸运的是，猴王真找到了一位有大本事、大神通的师父，而没有被庸师所误。他见到师父后，态度非常谦卑，做的第一件事是跪下来拼命磕头：只见那美猴王"倒身下拜，磕头不计其数，口中只道：'师父，师父！我弟子志心朝礼，志心朝礼！'"猴王作为弟子的做派倒真是可爱得很。祖师对猴王问道："你姓什么？"问的是猴王的来历，猴王把意思理解错了，说："我无性。人若骂我我也不恼，若打我我也不嗔，只是陪个礼儿就罢了。一生无性。"

原来石猴的脾气竟然这么好，是骂不还口，打不还手；人若打他，他还要向人赔礼。这与我们印象中神气的猴王差距似乎太远了。想不到啊想不到，看来"牛人"并不是一生下来就是牛的，没有本领之前，还是老实一点儿、低调做人比较好。孙悟空说自己"无性"，算是一种很高的境界了。这话由石猴口里说出来，还真有点儿令人称奇。因为石猴不是普通人，他是猴王，下面管着几万只猴子。如果一个普通人长期受压迫，以至于一点儿脾气都没有了,他说自己能做到骂不还口、打不还手,没什么值得佩服的,因为这不是境界的体现,只不过是懦弱的一种表示。但猴王不同,他统治众猴已三百多年,依然能骂不还口、打不还手,而且这么没面子的话也能很自然地说出口,还是很难得的。前面说石猴称王,并不是出于什么称王称霸的想法,而只是出于好玩儿,于此可见一斑。

不过我觉得,石猴说自己骂不还口,打不还手;人若打他,他还要向人赔礼,应该不是指他当猴王时的事情,而是说他这十年寻师,孤身在海外飘零时的情形。确实,他孤身一人,什么也不懂,也没什么真本事,怎么硬气得起来。

石猴说自己"一生无性",认为这就是他的本性。骂不还口,打不还手,是不是人的本性?这很难说。我们熟悉的说法是"哪里有压迫,哪里就有反抗",对别人的侮辱和欺压视而不见,装作不知道,似乎不是人的本性,反而像是经历过很多挫折后,为了息事宁人,少惹麻烦,有意识如此行事时的一种状态。

石猴说自己"一生"无性,显然是在说大话。他没有意识到自己将会有多么漫长和丰富多彩的一生。现在的他,哪里就敢说以后的事呢?其实,后来的孙悟空是特别爱面子的,即使别人提起他曾经做过的低级官职弼马温,他都觉得是在羞辱他,而会咬牙大怒。如果孙悟空能始终保持骂不还口、打不还手这样一种状态,《西游记》中的许多精彩故事就不会发生了。

很快,孙悟空的性格发生了变化。这个变化起初是在随菩提祖师学艺时发生的,但我们不能把变化的原因归结到祖师的教育上。这一变化的发生有其深刻的原因。

三、学艺之前先学礼

在菩提祖师处学到的一身惊人本领,为孙悟空后来多姿多彩的人生打下了关键基础。孙悟空在祖师处学艺的时间总共十年,十年就能学到祖师的若干精髓,顺利出师,他的悟性之高自不用说。

孙悟空学艺过程中一个值得注意的地方是,他这十年其实并没有都在刻苦学习祖师的法术本领,事实上,他的大部分时间都没有花在学习法术本领上。菩提祖师教导孙悟空的方式，是先让他安心学礼；在学礼之后，水到渠成之时，才开始传艺。"未曾学艺先学礼"，有点儿类似我们现在说的"先学做人，再做学问"。在祖师看来，学礼似乎是学艺的一个前提条件，而且，学礼本身对于学艺似乎也有很大帮助。

祖师初见石猴时，石猴还没有名字。祖师做的第一件事，就是给他取了个名字。祖师首先用"猢狲"的"狲"字去掉兽旁，让他姓"孙"；然后说自己门下到石猴是第十辈，由此给石猴起名"孙悟空"。

这里我们可以得到的信息是，石猴在离开花果山拜师学艺之前，虽然已在花果山生活300多年，却一直没有名字。说明花果山在石猴多年的领导下，一直处于较为低等的无名社会状态。祖师为石猴起名，是对他进行最初级的社会化，是在开启把他纳入社会体系的过程，其中还特别涉及论资排辈的辈分问题。

在此之后，孙悟空花了七年时间，主要在学习礼节和进行一般性的体力劳动。拜师后的当天，祖师"即命大众引孙悟空出二门外，教他洒扫应对，进退周旋之节"。也就是说，"洒扫应对，进退周旋之节"是祖师第一天传授给孙悟空的东西。"次早，与众师兄学言语礼貌，讲经论道，习字焚香，每日如此。"从第二天一早开始，孙悟空每天做的事情，就是向师兄们学习言语礼貌、讲经论道、习字焚香，也就是学习基本礼仪和基础文化知识。

所谓"文武之道，一张一弛"，学礼仪和学文化累了怎么办，祖师也安排好了："闲时即扫地锄园，养花修树，寻柴燃火，挑水运浆。"知识学累了可以从事体力劳动，包括打扫卫生、美化环境和服务生活，总之过得很充实。

这种充实的日子，孙悟空过了很长时间。直到有一天，祖师登坛高坐，开讲大道，孙悟空在下面听得"抓耳挠腮，眉花眼笑，忍不住手之舞之，足之蹈之"。原来经过几年的礼仪和基础知识学习，孙悟空突然开窍了。祖师觉得这个弟子悟性不错，就问孙悟空到洞府已多长时间。孙悟空回答道："弟子本来懵懂，不知多少时节，只记得灶下无火，常去山后打柴，见一山好桃树，我在那里吃了七次饱桃矣。"也就是说，孙悟空在祖师洞府的前七年，一直踏踏实实、埋头干活儿，虽然当时他已非常高龄，但并没有因此而急于求成。直到此次开悟，才终于获得机缘。菩提祖师传授给孙悟空本领，也十分有耐心。起初完全是把他当成普通弟子来对待，并没有刻意加快培养速度。这个

"学礼"阶段有多长,也是因人而异,没有时间表,直到弟子对祖师之道找到感觉为止。

菩提祖师让孙悟空在学艺前先习礼,显然是一种有意的安排。孙悟空无疑是悟性非常高、潜力非常大的弟子,但如果这名弟子学到高深本领,对于"礼"却茫然无知,甚至行为处处不合礼,学了本领,反而是社会中一个更大的危险因素。所以祖师在传授给弟子本领之前,还是颇为重视对弟子心性的培养。

四、三更传艺与"法不传六耳"

孙悟空在祖师洞府经过七年熏陶,终于对祖师之道找到了初步的感觉。祖师对此颇为满意,于是问他想学什么。出乎众师兄弟的意料,孙悟空对于"术"字门、"流"字门、"静"字门、"动"字门中的道都不想学,因为学了它们都不能长生。

祖师对如此不听教诲的弟子似乎很生气,"咄的一声,跳下高台",拿着戒尺指着孙悟空说:"你这猢狲,这般不学,那般不学,却待怎么?"还走上前去,在孙悟空的头上打了三下,然后"倒背着手,走入里面,将中门关了,撇下大众而去"。祖师这一走,可把孙悟空的一班师兄弟给吓坏了。他们纷纷责怪孙悟空,怪他与师父顶嘴,冲撞了师父。他们不仅"报怨他",还"鄙贱嫌恶他"。他们真正担心的是:"这番冲撞了他,不知几时才出来呵!"你把师父给惹得不高兴了,不知道师父什么时候才会再出来给大伙儿传艺。如果祖师真的从此不出来了,众人岂不是要恨死这猴头。

从这件事可以看出孙悟空与其他弟子的不同。他们之间一个根本的区别在于,孙悟空做事有着明确的目标。他放弃舒适的王位,在海外漂泊十年,目的是要学一个长生不老之术,不再受阎王的管辖和约束。对与这个目的不一致的本领不想学的行为,正反衬出他要学长生不老术的决心。所以,对于师父想要教的每一门道,他都要问一句:"似这般可得长生么?"祖师的答案归结为一句话,都是:"不能!"孙悟空的回答则无例外地都是:"不学,不学!"与孙悟空相比,众师兄弟不过是受尽千般辛苦,却不知自己所为何事,可能连拜师学艺的目的也是别人为他们设定的。可以说,追求目标的大小决定了他们成就的大小,这就是格局的不同啊。

更妙的是，虽然孙悟空表面上似乎冲撞了师父，师父却并没有真的生气。原来祖师另有深意，打孙悟空三下的意思是让他在"三更时分存心"；倒背着手走入里面，将中门关上的意思是让他从后门进去，在秘处向他传道。孙悟空也参透了其中的玄机，就不与众人分辩理论，忍住了不说话。

祖师的做法非常有意思，一方面，他在表面上责罚了孙悟空；另一方面，他内心又很欣赏孙悟空，并要向他秘密传道。祖师面对同一群人，用同一行为表现出截然不同的两层含义，且能把这两层含义准确传达给两类不同的弟子，其信号传递的方式十分精巧，高，实在是高！

看到这里，有人不禁想问，祖师能不能不把事情搞得这么复杂，这么玄妙呢？我的回答是不能。如果祖师不责罚孙悟空，而是说："孙悟空，我听了你刚才的话，觉得你真是一个可造之才，过来，这就传你长生不老之术吧。"其结果会如何？不过是鼓励其他弟子都来学孙悟空的样，试图通过当面顶撞师父来获取利益。即使是心志不坚定的弟子，也可以学孙悟空这样来上一手。祖师对孙悟空当众"责罚"一下，可以起到信号作用，能够把不同的弟子区分出来：那些坚定地想学长生不老术的弟子还是会提出类似的要求，且不畏惧祖师的"责罚"——而这正体现了其求道意志的坚定；而其他人则不会在没有想明白的情况下再做同样的"傻事"[①]。

正因为孙悟空打破了盘中哑谜，所以他也"不与众人争竞，只是忍耐无言"。他这么做不是因为道德高、涵养深，而是出自甘心受辱！正是你逞你的口舌之利，我享我的暗中之益。从这种意义上说，猴王的"甘心受辱"是假的，他所甘心的并非受辱，而是他足够聪明，知道表面上的受辱并不会带来什么实际利益损失。其实，世上并没有真正"甘心受辱"的人。

祖师传艺的经过与六祖慧能得到五祖衣钵的故事非常相似。当初慧能来到湖北黄梅冯茂山五祖弘忍那里。弘忍问他："你是哪里人，到这里来做什么？"慧能说："此来拜你为师，是为了要成佛，别无其他目的。"这与孙悟空非长生不老之术不学颇为相似。弘忍觉得慧能的根性非常好，但为了避免引起同门嫉妒，对慧能不利，便吩咐让慧能干粗活儿，到后院碓米。慧能在黄

[①] 其实，不管怎么说，祖师已经为孙悟空的众师兄弟指点了一条明路。因为纸里包不住火，三年以后，孙悟空学成了一身本领。众多师兄弟都能够看到他的本领，再回过头来把这件事想一想，聪明一点儿的，就能够想个八九不离十了。不过，他们是否能打破盘中哑谜，就要看各人的悟性和造化了。

梅一晃过了八个月。一天，弘忍去看慧能时跟他说："我知道你颇有见地，但怕别人妒嫉，加害于你，所以没有明言。"后来有一次，弘忍觉得传法的时机已到，便吩咐弟子们写偈子给他看。于是有了慧能的著名偈子：

菩提本无树，明镜亦非台。
本来无一物，何处惹尘埃。

慧能的偈子使满院的和尚大为惊讶。弘忍看到大家的惊异之色，生怕有人妒害慧能，便用鞋把墙上的偈子擦掉，说："也是没有见到本性。"第二天，弘忍悄悄地来到碓米的地方，问慧能："米熟了吗？"慧能回答说："早已熟了，只是欠筛一筛它了。"弘忍不说话，用杖敲碓三下便走，是暗示慧能于当晚三更去见他。慧能果然应约。于是师徒俩对面而坐，弘忍为慧能讲解《金刚经》。当他讲到"应无所住而生其心"时，慧能突然大悟。也就在这个深夜，弘忍把衣钵及顿悟之法传给了慧能。同时，为了避免有人要害慧能的性命，弘忍吩咐他火速离去。

弘忍赶慧能走的过程，也与孙悟空学得本领后，在众人面前卖弄时，师父立即赶他走的过程有一些相似之处。这两件事反映的一个共同问题是，师父在向能力特别突出的弟子传艺时，因担心同门妒嫉而面临的苦恼。

祖师向猴王传道的过程中，可能出现了一个技术上的纰漏，导致后来出了点儿问题。当天晚上，求祖师传道时，孙悟空说："此间更无六耳，止只弟子一人，望师父大舍慈悲，传与我长生之道罢。"孙悟空信口说了一句这里没有"六耳"，谁知后来偏偏跑出一个六耳猕猴[①]，偷学了艺，猴王未免太大意了。可见这古时候就有知识产品保护的问题，且要高度重视，特别是像长生不老心法这样的超级机密，更需做好保密工作。

五、你这去，定生不良

经过三年的修炼，孙悟空的根基逐渐稳固。于是，祖师进一步向他传授

[①] 六耳猕猴的长项是善于远距离窃听，如来说："此猴若立一处，能知千里外之事，凡人说话，亦能知之，故此善聆音，能察理，知前后，万物皆明。"

七十二变之法与筋斗云。听说孙悟空学成筋斗云后，一个筋斗能走十万八千里，他的师兄弟们是什么反应呢，是不是妒忌死了？只见大众听说，一个个嘻嘻笑道："孙悟空造化！若会这个法儿，与人家当铺兵，送文书，递报单，不管哪里，都寻了饭吃！"觉得会了这本事好处可大了，给别人跑跑腿、送个报纸、杂志、发票、合同什么的，还可以混个特快专递的差使，到哪都能找碗饭吃。原来师兄弟们学道的目的只不过是混口饭吃，看来祖师收的弟子可不怎么样，难怪他当初必须要打一个"盘中哑谜"了。

学道的过程中，孙悟空贪多的一面也逐渐凸显出来。祖师说，我这里有一个天罡数的变化，一个地煞数的变化，你要学哪一个？孙悟空回答："弟子愿多里捞摸，学一个地煞变化罢。"原来要学七十二变而不是三十六变，并没有什么特殊的理由，不过是听着变化的数字多一点儿，想从"多里捞摸"，而没有问问师父这两者有什么本质的区别。也不知道他"多里捞摸"捞得对不对，书里没有说，我们也不好妄加猜测。

孙悟空本事见长，跟着起了卖弄之心，于是在师兄弟面前表演变松树。结果惹恼了师父，师父说出一番大道理来。他说，孙悟空啊，这个功夫怎么能在别人面前卖弄呢？你要是看到别人有这样的本事，你会不会求他教给你？道理是一样的，现在别人看到你这个本事不错，也会来求你。你如果怕惹祸，就得传给他，如果你不想传给他，他又要来陷害你，这样你的性命就不保了。

师父给他讲的与其说是仙佛的大道理，不如说是市井中的生存哲学。奇怪的是，这样的道理不仅菩提祖师会讲，就是肉眼凡胎的大德高僧唐三藏也深得其中三昧。在孙悟空刚刚追随唐僧，八戒和沙僧还未加入取经队伍之前，在观音院，观音院主想看看唐僧师徒从东土大唐而来有什么宝贝。孙悟空要把唐僧的袈裟拿出来显摆：

> 三藏把行者扯住，悄悄的道："徒弟，莫要与人斗富。你我是单身在外，只恐有错。"行者道："看看袈裟，有何差错？"三藏道："你不曾理会得，古人有云，珍奇玩好之物，不可使见贪婪奸伪之人。倘若一经入目，必动其心；既动其心，必生其计。汝是个畏祸的，索之而必应其求可也。不然，则殒身灭命，皆起于此，事不小矣。"（第十六回）

这番道理，与菩提祖师所说如出一辙。看来，唐僧的社会经验也并不是那么欠缺，至少还懂一些避祸之道。在这两件事中，孙悟空身上体现出来的是同一个毛病，就是好虚名，爱显摆，喜欢出风头。他被观音院的众僧嘲笑了两句，就熬不住了，非要把唐王御赐的袈裟（实际是如来通过观音之手转送给唐王的）拿出来。结果真如唐僧所说，那观音院的老和尚见了这般宝贝起了心思，惹出了祸端。

　　由卖弄本事这一桩，祖师对孙悟空的看法发生了变化，于是坚决要赶他走。孙悟空说，我现在离家也有二十年了，确实有点儿想念，但"念师父厚恩未报，不敢去"。祖师说："哪里什么恩义？你只不惹祸不牵带我就罢了！"求求你，还是快走吧！一听这话，我说坏了，为什么？看了这么多年的小说和电影，总结出了一条颠扑不破的规律，就是：一旦师父对弟子中的某位说出"别给他惹祸"的话来，这个弟子必然是会给师父惹出麻烦来的，而且一般惹的麻烦还不会小。

　　在赶孙悟空走的时候，祖师还说了一句比较经典的话，是："你这去，定生不良。"也就是说，你这一去，肯定不干好事。这话就有点儿费琢磨了。第一，凭什么呀，你怎么知道我就定生不良，不干好事？一种可能性是祖师像如来、观音那样能够看到未来的情况；另一种更大的可能性是，祖师根据孙悟空此时的性格及社会的特点来推断会如此。第二，祖师既然知道他此去定生不良，为什么就这样让他走，而不是对他再进行一番教育改造，使他一出去就成为一个对社会、对人民有用的人才，而不是惹祸精呢？一种可能是，在这里不好改造，即使在这里表面上改变了，出去后还会变回原样。因此，要在人世中去改造，要让他吃苦头，经历失败和挫折，然后吸取教训。另一种可能是，觉得他即使惹出事来，自己也能掌控局面，不担心由此失去这个弟子。毕竟，这个机灵而有悟性的弟子在这里待了十年之久，祖师是耗费了很多心血的。

　　祖师的这句话，可以用来标志猴王"无性"阶段的完结。孙悟空这一去，直似龙王归大海，从此失去了拘束，广阔的天空任他翱翔，结果惹出一连串的事端来。

第二章　不断膨胀的欲望

　　经过十年寒窗，孙悟空终于从菩提祖师所在的三星洞学成归来。此时的孙悟空，已非昔日之吴下阿蒙，广阔的天地正等着他施展拳脚。但他回来的时候，花果山的情况也发生了意料不到的变化。

第一节　花果山的天还是原来那片天吗

一、花果山是如何被建设成一座战斗堡垒的

孙悟空这次出门收获极为丰富，在回花果山的路上，他的心情怎是一个爽字了得。想当年孤身一人，漂洋过海，寻师访道，光为了找一个真有本事的师父就花了十年时光。现如今，"丢个连扯，纵起筋斗云"，一个时辰不到，已看见花果山水帘洞，一种恍如隔世的感觉浮上心头。等待着他的，是众猴的列队欢迎，以及听他讲起海外奇遇时的艳羡目光吗？在回花果山途中，猴王"自知快乐"，想起这些年来的变化，一边飞，一边在自我陶醉，"别语叮咛还在耳，何期顷刻见东溟"。祖师的话还在耳边回响，花果山就已在眼前了，这样的速度、这样的能耐，放在以前，那是想都不敢想啊。

不过，孙悟空的好心情马上就被破坏了。他按下云头，来到花果山，却不见众猴出来欢迎，反而听到鹤在悲鸣、猿在哀啼。但见那"鹤唳声冲霄汉外，猿啼悲切甚伤情"，哭得还不是一般地伤心。见到猴王，众猴纷纷诉说这些年的悲惨遭遇：大王，我们盼星星盼月亮一般，终于把您盼回来了，要是一年半载您还不回来，不但我们自己，连山洞都要全被别人给占了。

这欺压群猴的是一个自称混世魔王的妖怪。这妖怪"来时云，去时雾，或风或雨，或电或雷"，那本事在众猴眼中是相当了不得。不过，孙悟空今非昔比，现在的眼界比过去高太多了，这根本算不得什么。孙悟空听了众猴的诉说，心中大怒，想不到二十年不在花果山，花果山的天就变了，此仇怎能不报？于是"将身一纵，跳起去"，一路筋斗向北而去，找到妖怪，三两下就把他打死了。

这一番剿灭混世魔王，对孙悟空来说可谓不费吹灰之力。但这件事透出来的信息却不简单，对孙悟空的心理还是产生了很大的影响。

我们可以想啊，如果孙悟空学成归来，回到花果山，花果山还是如世外桃源一般，一片安宁祥和的景象。众猴仍然与猴王一起，其乐融融，享乐天真。孙悟空过自己自由自在的日子，不也很美吗？如果这样，说不定猴王回来以后，所过的日子与以前并不会有太大的区别。可偏偏这个混世魔王打破了这种局面①。

对孙悟空来说，花果山被占一事可谓教训深刻。

第一个教训是，它向孙悟空表明了一个血淋淋的事实，就是仅仅我"无性"，骂不还口、打不还手，有一副好脾气是不够的。你说，我与世无争，自己一个人自由自在、独自乐呵乐呵还不行吗？不行，因为别人可能不让你自在，不让你乐呵。面对混世魔王的暴力，要维护自己的自由与利益，就需要有切实的手段，否则难免被人所欺。孙悟空再晚一阵回来，混世魔王把自己的总部搬到水帘洞了也未可知。在这个世界上，讲道理、好脾气很重要，但只会讲道理、光有好脾气是不够的，碰到混世魔王这样的主，还需要有暴力手段，至少是能够保护自己的防御手段，否则难免成为别人砧板上的肉。对混世魔王讲什么"人而无信，不知其可"，不会有什么用处，反而会惹其笑话。当然，如果孙悟空有了足够的本事，与魔王坐下来，谈谈大道理，有时候思想工作也能做得通，不过这要以魔王充分认识到孙悟空的本事为前提。

第二个教训是，学习本领很重要。从表面上看，花果山是因为猴王走了，群龙无首，所以被混世魔王欺压。群猴东躲西逃以求活命，就这样还被捉去了三五十只小猴。水帘洞里的石盆、石碗等集体财产也被混世魔王抢走了不少。实际上，如果猴王这些年不去学艺，还在花果山做他的逍遥王，说不定混世魔王擒贼先擒王，第一个要对付的就是他。也许现在他已成了混世魔王的手下，或者早就身首异处了。那时候，即使再想放弃王位，出去学艺也不可得了。孙悟空出门学艺的想法可以说来得非常及时。要是再晚几年，可能就要出大问题了。真是好险啊，事后想起来，他可能还要惊出一身冷汗。所以，不断学习，与时俱进很重要。

第三个教训是，枪杆子里面出政权。想当年，美猴王称王，靠的不是武

---

① 祖师说"你这去，定生不良"，难道是因为他发现花果山正在遭受混世魔王的入侵？

力，而是众猴讲信用。但这个混世魔王占山为王靠的是单纯的武力，没有任何信用可言。如果美猴王遇上了混世魔王，讲道理的碰上了讲暴力的，可能还是得靠武力来解决。另外，解决了混世魔王，以后可能还会有其他来找麻烦的，怎么办？看来与世无争的世外桃源只是一种虚无的幻想。为了避免众猴再被别人所欺，于是孙悟空教小猴"砍竹为标，削木为刀，治旗幡，打哨子，一进一退，安营下寨"，热热闹闹地操练起来了。

混世魔王侵占花果山这件事，其长期影响是激起了孙悟空的斗心。斗心起来以后，加上孙悟空自负一番本事，斗心就逐渐膨胀，他的心性也在不知不觉中发生了变化。虽然孙悟空回花果山以后轻松斩杀了混世魔王，但花果山上的这片天已经与以前不同了。

这个世界确实太复杂，很多事只要起了个头，就会牵出后面一连串的反应，想止也止不住，反而会越陷越深。

从猴王的考虑来说，他教众猴操演武艺，一方面是好玩，另一方面也是为了让众猴具有自我保护能力。但这就引出了一个"安全困境"问题。本来，你增强"军事"能力，只是出于保护自己的防御性目的，但别人看你练得挺起劲的，叮叮当当呼来喝去，又是造兵刃，又是搞演习，这是要干什么呀？你就算真是自己觉得好玩，别人也不信啊。结果就是，你是感觉安全了，别人却觉得不太安全了。那别人怎么办呢？当然是如法炮制，增强军备，其后果是你还是觉得自己不安全。猴王也想到了这一层，但见他：

忽然静坐处思想道："我等在此恐作耍成真，或惊动人王，或有禽王、兽王认此犯头，说我们操兵造反，兴师来相杀，汝等都是竹竿木刀，如何对敌？须得锋利剑戟方可。如今奈何？"（第三回）

本来这样的操练是想让自己觉得更安全，但仔细往深了一想，隐患很大。自己这么一弄，容易引起别人关注，如果他们兴兵来剿怎么办？猴王的办法是，继续扩充自身的实力。这似乎走到追求绝对安全的路子上来了。

为此，孙悟空从傲来国弄来（实际是强抢）大量兵器。既然已经起了头，真刀真枪都摆弄起来了，孙悟空索性大干起来。他把猴子的数量统计了一下，共有四万七千多口。然后把他们分好队伍，安排编制。他这么一折腾，猴子们倒是觉得安全了,其他动物却害怕了。于是"惊动满山怪兽",都是些狼虫虎豹等,共有七十二洞妖王。这些动物种群都吓坏了,要打,显然打不过,又不知道这些猴子要干什么,于是都来拜猴王为尊①。它们还"每年献贡,四时点卯。也有随班操演的,也有随节征粮的",都被纳入花果山的编制。如此一来,猴王的势力更大了,直把一座花果山"造得似铁桶金城",完全成了一座战斗堡垒。

但这样,花果山就真的安全,真能实现长治久安了吗?

二、闯龙宫探地府

随后是著名的"龙宫取宝门"事件。这件事有几个地方颇有趣。孙悟空到龙宫以后,龙王坐下来问的第一句话是:"上仙几时得道,授何仙术?"这话显然是试图打探孙悟空的师承来历,想了解其背景和本事,以确定下一步的应对方式。孙悟空的回答令龙王摸不着头脑,说:"我自生身之后,出家修行,得一个无生无灭之体。"他谨遵祖师的教训,没有泄露师父的身份,在龙王面前显得还比较神秘。如果他说出实话,告诉龙王自己是在西牛贺洲三星洞学的艺,说不定龙王就要动手拿人了,毕竟三星洞在仙界是没有什么名气的。

然后孙悟空开口向龙王"告求一件"兵器,说要是看上有满意的,我不是不出钱,而是"一一奉价",所以啊,你有什么好东西就拿出来吧。龙王见说,觉得"不好推辞的"。其实有什么不好推辞的,不过还是摸不清来人的底细罢了。于是依次奉上大捍刀、九股叉和方天戟,一方面应付场面,另一方面也借此摸摸底细,掂掂来人的斤两。如果他拿不动其中的某件兵刃,就可以就地擒拿了。

在这个过程中,连龙婆、龙女都已看出来者不凡了,于是上前说:"大王,观看此圣,决非小可。"提醒龙王来者不好对付,小心为上。龙王也是天庭封的正神,在水中世界建立了自己的小朝廷,在这一亩三分地说话还是很

---

① 从国际关系的角度看,七十二洞妖王可以采取三种策略,分别是:第一,联合起来,对猴群进行制衡;第二,观望,等待形势的变化,也许孙悟空会被天庭收服,或被其他妖王打败;第三,追随强者,投靠孙悟空。第一种策略显然行不通,第二种策略的前景暂时还看不清,它们实际采取的是第三种策略。

管用的。不过，对于来历不明的"老邻居"，由于摸不清底细，为了避免犯错误，他一直表现得很克制。看来龙王是个官场老油条，颇为老谋深算。

无奈来人胃口很大，拿了如意金箍棒却不肯走，说出一番只有超级无赖才讲得出口的话来："当时若无此铁，倒也罢了，如今手中既拿着他，身上更无相趁衣服，奈何？你这里若有披挂，索性送我一副，一总奉谢。"说干脆你再给我整副好点儿的披挂吧。这是什么话，给他金箍棒还是龙王的错了。龙王也不相信孙悟空真会给钱，一口咬定说没有。孙悟空死活不肯走。到最后，孙悟空说，要真没有也行，那我就陪你练习练习武功，活动活动身体，看这棒子到底好不好使。这一下龙王真慌了，擂鼓招来其他三位龙王，大伙儿给猴王凑了一副披挂。凑齐披挂后，"老龙大喜"，赶紧双手奉上。其实这老龙有什么可大喜的，只不过是如土财主打发走强盗后松了一口气而已。

孙悟空拿到披挂后，将金冠、金甲、云履都穿戴停当，使动如意棒，一路打出去，全然把当时要付钱的说法给忘了。不过也对，其实他来的时候身上根本就没带钱。

有了金箍棒，猴王的底气更足了。你看他回去以后，使一个法天象地的神通，把自己变成万丈之高，而那根棒更是厉害，"上抵三十三天，下至十八层地狱"。就这一招，把满山的虎豹狼虫，连那七十二洞妖王吓得够呛，一个个魂飞魄散，慌忙磕头礼拜。

猴王对这一番表演的效果十分满意，大摆宴席庆贺一番后，进一步分赏众猴："将那四个老猴封为健将，将两个赤尻马猴唤做马、流二元帅，两个通背猿猴唤做崩、芭二将军。"然后把管理众猴的这些琐事交给四健将处理，自己则每天"腾云驾雾，遨游四海，行遍千山"。

孙悟空还结交了一帮江湖朋友，"施武艺，遍访英豪；弄神通，广交贤友"。也就在这个时候，他结交了六个弟兄，"日逐讲文论武，走觩传觞，弦歌吹舞，朝去暮回"，每天谈论武艺，吹拉弹唱，喝酒应酬，很是过了一段逍遥快活的日子。

从祖师那里学成本领后，孙悟空认为自己已经"超出三界外，不在五行中"，不再服阎王管辖了。谁知阎王不开眼，竟让勾死人去勾孙悟空的魂魄。孙悟空"恼起性来"，把两个勾死人打为肉酱；然后"丢开手，抡着棒"，打入幽冥城中。既然阎王不识相，索性给他一点儿厉害看看。十殿阎王一看打不过，只好向他赔礼道歉。阎王对他的态度真像孙悟空早先说的："人若骂我我也不恼，若打我我也不嗔，只是赔个礼儿就罢了。"孙悟空取过生死簿，"把猴属之类，但有名者一概勾之"，一路棒打出幽冥界。这一次，真是阎王老子也管不着他了。

不过，猴王还是干了一件错事。他可能无意之中，把六耳猕猴的名字也给勾去了，因此六耳猕猴的身份一直没有暴露，连阎王那里的档案记录都没有。

第二节　弼马温的苦恼

一、高高兴兴上天庭

孙悟空从龙宫得了金箍棒，又结拜了六个弟兄，日子过得正美。没想到，更好的事情还在后头。这不，天上又下来一位神仙，"拿出圣旨"，说要请他上天去做官。他还不知道，龙王和阎王已经在天庭告了自己一状。此次得以上天为官，正是他们告状的结果。

到目前为止，孙悟空的发展一直都很顺利，所以有了惯性思维，认为上天必有好事。于是"大喜"道："我这两日正思量要上天走走，却就有天使来请。"这天使真是我肚里的蛔虫，我们想到一块去了。

孙悟空对天界使者是很懂礼节的，他"急整衣冠，门外迎接"，还要请太白金星吃饭。太白金星说有"圣旨在身，不敢久留"，喝酒之类的事情，"待荣迁之后，再从容叙也"，不用着急。太白金星是什么身份，现在哪会喝猴王的酒①。孙悟空临走不忘吩咐手下的得力四健将几句：我走以后，你们还是要用心教猴子们操演武艺。"待我上天去看看路，却好带你们上去同居住也。"看来孙悟空还是把事情想得很简单。他不知道天庭的编制一直很紧缺，其他众猴想上天基本上是不可能的。他要带众猴一同上天居住的许诺，一直到他保唐僧到西天时都没有兑现。实际上，自打从五行山下出来以后，他就不再提这一茬了。

没想到在上天的路上，孙悟空受到了一点儿挫折，感觉伤了面子。这是

---

① 太白金星不肯喝酒，可能还有其他顾虑，比如说这次招安孙悟空就是他出的主意，他或许有避嫌的考虑。

怎么回事呢？原来他与太白金星一起驾云上天，他的筋斗云速度快，把太白金星远远落在后面了。这件事要搁在别人身上，都会主动调整速度，跟在太白金星后面上天。这是比较礼貌的做法。

但孙悟空哪儿管许多，自个儿就先到南天门外面了。到了南天门，他也不老老实实地在那儿等太白金星，自己就想往里闯。这一闯，就被增长天王带人给拦住了，"枪刀剑戟，挡住天门，不肯放进"。说的也是，长这么大，衙门什么样没有见过吗？这南天门是什么地方，岂能随便来个人说进就进？孙悟空不觉得自己不对，反而怪太白金星老儿奸诈，说："你这老儿，怎么哄我？被你说奉玉帝招安旨意来请，却怎么教这些人阻住天门，不放老孙进去？"太白金星的脾气确实很好，他笑嘻嘻地说，这是因为守门的人不认识你呀。你在天上封官以后，他们就认识你了，以后岂不是随便由你出入。孙悟空明知太白金星说得在理，但还是感觉自尊心受了一点儿伤害，脸上不好看，说："这等说，也罢，我不进去了。"这是把天庭事务当成小孩过家家了。其实他不外是想找回一点儿面子，找个台阶下。于是太白金星一把扯住他说，你还是和我一起进去吧。

孙悟空第一次上天庭，就被阻在南天门外。这事很有趣。它向初入天庭的猴王传达了一个信息：这里不是别的地方，这是衙门大院，门不能随便进，跟花果山可不一样。进去以后，这里面的规矩也很多，你可得放老实一点儿。正所谓"一入侯门深似海"，进去了，整个生活方式就要发生改变。所以，猴王看到这个架势，心里产生了动摇，内心还有些抵触，说："也罢，我不进去了。"如果他就此退回，天庭在他心目中永远的印象可能是门禁森严，巍巍然高不可攀，当然也有很多束缚。

这一事件还体现出以下两点内容：一是猴王到此时还不懂最基本的人情世故，做事比较莽撞、草率，都做到一山之王了，还不知道弄个大门、门卫、传达室什么的。二是猴王上天的心情确实比较迫切，有点儿等不及了似的。猴王刚上天庭时，眼中看到的是如此一番景象：

初登上界，乍入天堂。金光万道滚红霓，瑞气千条喷紫雾。只见那南天门，碧沉沉琉璃造就，明幌幌宝玉妆成。两边摆数十员镇天元帅，一员员顶梁靠柱，持铣拥旄；四下列十数个金甲神人，一个个执戟悬鞭，持刀仗剑。外厢犹可，入内惊人：里壁厢有几根大柱，柱上缠绕着金鳞耀日赤须龙；又有几座长桥，桥上盘旋着彩羽凌空丹顶凤。明霞幌幌映天光，碧雾蒙蒙遮斗口。这天上有三十三座天宫，乃遣云宫、毗沙宫、五明宫、太阳宫、化乐宫……一宫宫脊吞金稳兽；又有七十二重宝殿，乃朝会殿、凌虚殿、宝光殿、天王殿、灵官殿……一殿殿柱列玉麒麟。寿星台上，有千千年不卸的名花；炼药炉边，有万万载常青的瑞草。又至那朝圣楼前，绛纱衣星辰灿烂，芙蓉冠金璧辉煌。玉簪珠履，紫绶金章。金钟撞动，三曹神表进丹墀；天鼓鸣时，万圣朝王参玉帝。又至那灵霄宝殿，金钉攒玉户，彩凤舞朱门。复道回廊，处处玲珑剔透；三檐四簇，层层龙凤翱翔。上面有个紫巍巍，明幌幌，圆丢丢，亮灼灼，大金葫芦顶；下面有天妃悬掌扇，玉女捧仙巾。恶狠狠掌朝的天将，气昂昂护驾的仙卿。正中间，琉璃盘内，放许多重重迭迭太乙丹；玛瑙瓶中，插几枝弯弯曲曲珊瑚树。正是天宫异物般般有，世上如他件件无。金阙银銮并紫府，琪花瑶草暨琼葩。朝王玉兔坛边过，参圣金乌着底飞。猴王有分来天境，不堕人间点污泥。（第四回）

上面这段话的具体内容可以不看，我们只需要明确的是，这不是吴承恩在以第三者的身份描写天上的情况，是孙悟空"同金星缓步入里观看"所看到的景象，展现的是刚入天庭时他眼中的天界。第一次见到这架势，孙悟空真有点儿被镇住了，"美猴王一见，倒身下拜，磕头不计其数"。

这里五百多字的描写，烘托出的是一种心态，一种什么样的心态？就是猴王刚入天庭看到眼前的一切，一方面，他感到非常新奇，有艳羡之心；另一方面，此时的天庭在猴王的眼中还是金碧辉煌、庄严肃穆，真有高不可攀之感。你看那金光万道，瑞气千条，既是实指，也是心目中的一种感受、一种印象。"外厢犹可，入内惊人"，写的也是一种心态。显然，此时的孙悟空对天庭并没有藐视之心，倒有点儿高深莫测的感觉，颇震慑于天上宫殿的威严与气派。

二、弼马温任职评估

上天以后还不错，一去就给安排了个"御马监正堂管事"，也就是弼马温之职。当玉帝差木德星官送他去御马监到任之时，孙悟空的心里还是很高兴的。送走木德星官，孙悟空马上就开始忙活起来。他先对手下的情况进行了调查，"会聚了监丞、监副、典簿、力士、大小官员人等，查明本监事务"。按说他一去就做了个官，手下管着一堆人，也很不错了。后来的黑熊精、红孩儿、蜈蚣精，他们的本事都不错，与孙悟空的差距不是很大，也不过是分别做了观音的守山大神、善财童子和毗蓝婆的看门人，手下无人可管，算是低级打工的了。不过人与人的想法不一样，孙悟空就没想过要拿自己跟这些人比。

孙悟空在天庭的第一份工作干得怎么样呢？一般认为，孙悟空干得非常好，兢兢业业，特别是有业绩为证，因为他只工作了半个多月，就把这些马养得"肉肥膘满"，应该说是一个很称职的好"官"了。我说不然，孙悟空可以说是一名工作认真的"官"，但还谈不上是称职的好"官"。

为什么这么说呢？我们看看孙悟空是怎么养马的。"弼马昼夜不睡，滋养马匹。日间舞弄犹可，夜间看管殷勤，但是马睡的，赶起来吃草，走的捉将来靠槽。那些天马见了他，泯耳攒蹄，都养得肉肥膘满。"原来猴王白天黑夜都不睡觉，二十四小时都在做"滋养马匹"的工作。所谓的滋养，主要就是多喂有营养的饲料。他也不让马睡觉，哪匹马要是睡了，他就把它赶起来，让它吃草。有的马不想吃了，走了，就把它捉过来，靠在槽边，什么意思？还是让它吃草。就这么着，半个月下来，把这些马养得肉肥膘满，实际上是把天马都养胖了。虽然他很在意让天马不停地吃草料，但打草料的事情我想他是不干的，毕竟这有力士官专管嘛。

这些工作中的细节反映了两点：一是孙悟空对工作很上心。这可是天庭给他安排的第一份工作，自己是真真正正的"天庭里的官"，能不上心吗？二是孙悟空的工作经验还很欠缺。首先，对天马来说，并不是你越殷勤照料就越好。天马有天马的习性，要养好天马，并不是一件容易事，也要先做调查研究，并不是二十四小时精神饱满地照料它们就够了。天马一天吃多少，也有一个大概的最佳分量，并不是越多越好，更不是把天马养胖了就好了。另外，虽然孙悟空自己不怕苦不怕累，可以一天二十四小时不休息，并且天天如此，但天马总归是要休息的呀。

孙悟空在工作中更大的问题在于，他这种做法会使一帮下属感到不舒服。

孙悟空虽然在花果山做了几百年猴王，但管理经验仍然十分欠缺，需要学习的东西还很多。他对工作的积极性非常高，可以说是太高了，高得有些令人难受。令谁难受，自然是令他的一帮下属难受。他的下属对工作本来是有分工的："典簿管征备草料；力士官管刷洗马匹、扎草、饮水、煮料；监丞、监副辅佐催办。"孙悟空这么一弄，这些人的工作量也得成倍增长，特别是打乱了他们之间的分工，虽然更忙了，效率却不见得有所提高。另外，"当官的"不睡觉，这些人怎么好意思睡觉，只好二十四小时跟在边上耗着。他们不见得就认为这个"当官的"很敬业、工作方法很好，反而可能认为他不过是好大喜功，是"外行领导内行"，表面上干得热闹，其实是粗放型经营，追求表面的数量型增长，说得不好听，是在瞎折腾。在这种情况下，他们难免会心生不满，要故意给"当官的"泼一点儿冷水了。

于是发生了一件令猴王非常生气的事情。这一天终于空闲下来，孙悟空的那些下属安排了一桌酒席与他贺喜。喝酒的时候，孙悟空忽停杯问道："我这弼马温是个什么官衔？"它到底有几品啊？孙悟空"忽"停杯，这个"忽"字用得妙，好像是忽然想起了这件事，信口问一句。其实不然，他问这个问题应该不是一时心血来潮，而是心里一直在惦记着这事，必然会有此一问，并在这个合适的场合下问了出来。

自己满腔期待，下属的回答却很令人失望。下属回答："没有品从。"孙悟空还不死心，继续问："没有品，那肯定是大到极点了？"这猴王的思维方式真和普通人不一样。下属也拿他没办法，只好说：这就是最小的官了，简直是不入流。上方官来检查工作，就算你百般殷勤，喂得马肥，也只落得一个"好"字。要是稍有差池，就得受责罚。这帮下属也都是老官油子了，他们的潜台词很清楚：您也别太把自己当回事，工作也不要太辛苦，差不多就得了，可不能总折腾我们。

这弼马温的职务真像下属说得那么不堪吗？也许未必。毕竟他手下还管着这么一堆人。《西游记》成书于明朝，在明代，御马监属于宦官二十四衙门之一，下面也设有左右少监各一人，左右监丞各一人，典簿一人，以及若干长随、奉御。从编制上看，与天庭的御马监颇为相似。如果把两者对应上，弼马温的品级也是四品左右，并不低了。在《西游记》中，祭赛国的锦衣卫，朱紫国的司礼监、锦衣校尉和会同馆，灭法国的东城兵马司和巡城总兵，这些都与明朝的官制相同，因此，把两者大致对应，可能并不会有特别大的出入。

另外，当孙悟空听说这个官职这么低，一橹棒，打出御马监，径至南天门时，众天丁知他授了仙箓，乃是个弼马温，不敢阻挡，让他打出天门去了。从天丁的反应看，弼马温似乎也不是那么不堪啊。

按照正常的情况，下属说出这番话来，对"当官"的工作热情自然是很大的打击，这样下属以后的日子就会好过一些。他们绝想不到还会有人因这几句话而大怒，以致索性撂挑子不干了。眼前就是这么一个主儿。只见那孙悟空听说，不觉心头火起，咬牙大怒道："这般藐视老孙！老孙在花果山，称王称祖，怎么能骗我来给他养马（难道前些天他不知道这项工作的性质就是养马）？养马者，乃后生小辈下贱之役，岂是待我的？不做他，不做他！"呼啦的一声，孙悟空把公案推倒，耳中取出金箍棒，一路解数，打出南天门，回花果山去了。

其实，孙悟空更大的问题在于，他头几天的工作热情很高，但十几天下来，听说自己的官不大，就生气不干了。这样的官能是好官吗？至少心态就有很大的问题呀。

三、"当官"是否要从基层做起

孙悟空在天庭的第一份工作的经历无疑是失败的。从事后看，造成这一结果的原因有以下几个方面：

首先，孙悟空没有工作经验，加上他性子急，没有足够的耐心。如果他能够多花一点儿时间了解天马的习性，了解下属的想法，采取无为而治的做法，只是在大事上把把关，就能干得很轻松，也可以让下属满意，工作不见得做得不好。什么事都亲力亲为，就会感到太累，此时再想起所受到的待遇，就难免觉得付出太多、获得太少，感到不公平。

像孙悟空这样的情况，一开始并不适合封很高的官。他确实还需要先有一点儿基层工作的经验。虽然他在某些方面的能力很强，属于"潜力股"，有着远大的前途，但要是一开始就封他以高官，管理一大帮人一大摊子事，也许会出现很多问题。后来，有了西天路上的经历，孙悟空总算积累了一些基层工作的经验，体会到很多事情不像他想象得那么简单，此时的孙悟空才能说可堪大任。

其次，做官有一个基本的道理，就是"凡授官职，皆由卑而尊"。就算再有本事，也得从基层干起。说起来，这个道理孙悟空应该明白。当初，太白金星启奏玉帝说要招安孙悟空的时候，也表示了这个意思，即"若受天命，后再升赏；若违天命，就此擒拿"。到了天上，并不是事情就完了，还要看他以后的表现。如果表现好，继续提拔；如果表现不好，顺手把他抓起来。

当官要从基层做起，这个道理孙悟空也不是完全不明白，但他做官的起点就是猴王，实际上没有一步一步被提拔的经历。以孙悟空的性格，就工作性质来说，应该不会喜欢弼马温的工作。孙悟空的性格比较外向，喜欢四处闯荡、东游西逛，也愿意承担责任，做一些有挑战性、刺激性的事情，而不属于沉得住气、坐得稳办公室的类型。我们可以让他降妖伏魔，接受一个又一个的挑战，但让他老老实实、安安静静地长期待在一个地方，做一些类似于家务般的工作，干一些意义不是很明显的琐事，显然不符合他的性格。管天马是如此，看蟠桃园也是如此，开头几天还觉得新鲜，不久就会厌倦。

既然孙悟空并不喜欢这样的工作，那他是不是就不认真干呢？也不是。从刚开始工作这段时间的表现看，他对工作认真负责，非常勤勉。于是这里出现了两个问题：一是孙悟空既然并不喜欢这份工作，为什么干得这么认真？二是既然一开始干得这么认真，为什么又突然不干了？

这两个问题的答案实际上是同一个。一开始好好干，是为了干出一番成绩，得到上级的认可和赏识，然后逐渐提拔，实现自身的价值。这个想法本来非常合理，孔子在年轻的时候，做过"委吏"，管理仓库；做过"乘田"，管理畜牧。孔子自己说："吾少也贱，故多能鄙事。"[①] 我年轻时家境不好，所以学会了很多杂七杂八的本事。虽然是"鄙事"，孔子都干得很认真。在管理仓库时，做到财物的出纳没有差错；在管理牧场时，做到牛羊长得茁壮。做这些事情，显然不是孔子的志向，但他并不因此而"旷其职"。

又如西汉时的金日䃅，本是匈奴休屠王的太子，"以父不降见杀"，与母亲阏氏、弟弟金伦一起成了汉朝的降虏。金日䃅当时14岁，被安排在黄门署

---

① 《庄子·知北游》，萧无陂导读、注译：《庄子》，长沙：岳麓书社2021年版，第172页。《孟子·万章下》，赵清文译注：《孟子》，北京：华夏出版社2017年版，第233页。

养马。因为他从小生活在草原上，精通马术，宫廷马经他调养，匹匹高大肥壮。汉武帝见他"容貌甚严"，牧养的马又甚"肥好"，不久便拜他为马监，又提升为侍中、驸马都尉、光禄大夫。此后终其一生，金日䃅都深受汉武帝信任。公元前87年，汉武帝病危，拜金日䃅为车骑将军，"授以后事"。委托霍光与金日䃅共同辅佐少主汉昭帝弗陵继帝位。这样看来，早先养马并不意味着以后就不能干出大事业。

对孙悟空来说，真正令人苦恼的是属下对他说的这番话：

这等殷勤，喂得马肥，只落得道声"好"字；如稍有些尪羸，还要见责；再十分伤损，还要罚赎问罪。（第四回）

这里关键还在于前一句，意思是你再怎么努力，也是没有用的，顶多就是别人说声"好"罢了。本来好好养马，只是为了证明自己的能力，以便日后提升，这么一说，不是把他的希望彻底给浇灭了？既然看不到前途，还不如现在就不干了。想当年石猴在师父处学艺，也是这也不学、那也不学，原因还不一样，就是因为学那些东西看不到前景。下属们说得也不错，以孙悟空的情况，既没有光明正大的高贵出身，在天庭也没有高人提携，可能真是把马养得再好，也没有出头之日。如果是在天庭军队中混，或许还有凭本事崭露头角的一天，但这种希望也是比较渺茫。基层"小官"的这种苦恼，不是天庭高层所能了解的。

不过，孙悟空不做弼马温并非造反。在中国古代，因为对工作不满意而辞官不做的情况并不少见，一般不认为这些人是在造反。例如，韩信在项羽的手下不受重用，做了个郎中。他多次给项羽献计，项羽都没有采用。韩信感到十分失望，于是就去投奔汉王刘邦。在刘邦那里，韩信开始也不被重用，第一次差点儿被杀头；第二次逃跑，又被萧何给追回来了。但是，我们不能说韩信是在造反，他只是觉得不得志，不想干了而已。

这次当弼马温，孙悟空并不吃亏，因为在天界上虽然只工作了十几天，但也是授了天箓，获得了"天仙"的身份，好歹也是"天庭官员"，为下一次转成齐天大圣省了很多手续。另外，以后进出南天门也方便自由多了，就像太白金星说的那样："如今见了天尊，授了仙箓，注了官名，向后随你出入，谁复挡也？"

四、玉帝人事任命上的难题

孙悟空不做弼马温，"反"回花果山去，论起来，很多人都指责玉帝不会用人。孙悟空回到花果山后，很快表示："那玉帝不会用人，他见老孙这般模样，封我做个什么弼马温，原来是与他养马，未入流品之类。"觉得玉帝是在以貌取人，心里很是气闷。不久他又对鬼王说："玉帝轻贤，封我做个什么弼马温！"当托塔李天王率哪吒三太子兴兵讨伐时，他对巨灵神说："对玉皇说，他甚不用贤！老孙有无穷的本事，为何教我替他养马？"在一回中，说了三次，可以代表他的真实感受了。

孙悟空对玉帝的以貌取人颇为不满。要说这猴王的长相，从电视剧中看，并不难看，还很有气质，但按书中的描写，可能要差点儿意思。在取经路上，驼罗庄中的老人见了孙悟空的样子，就公然瞧不起他，孙悟空自己也承认长得像个痨病鬼：

> 那老者见了他相貌丑陋，便也拧住口，惊喡喡的，硬着胆，喝了一声，用藜杖指定道："你这厮，骨挝脸，磕额头，塌鼻子，凹颉腮，毛眼毛睛，痨病鬼，不知高低，尖着个嘴，敢来冲撞我老人家！"行者陪笑道："老官儿，你原来有眼无珠，不识我这痨病鬼哩！相法云：形容古怪，石中有美玉之藏。你若以言貌取人，干净差了，我虽丑便丑，却倒有些手段。"（第六十七回）

如果他长得真像老人说的那样，确实是颇为寒碜。老人当面说他，孙悟空却没有为自己的长相辩白，只是转换话题说自己虽然长得丑，却有本事。看来他的长相即使与老人说的有些出入，也不会很大。在第二十回中也有老者这么描述他的面貌："拐子脸、别颏腮、雷公嘴、红眼睛的一个痨病魔鬼。"孙悟空这么大脾气，反应还是一样，不为自己的长相辩护，只是强调自己有本事，看来，这基本上就是他的真实形象了。想来玉帝及天庭众位高官，见到他这副尊容，并没有留下美好的印象。

那我们是不是可以就此说，玉帝确实不会用人呢？这个结论暂时还不好下。从孙悟空的角度讲，这次上天庭没有得到应有的重视，感到委屈确实无可厚非。但要由此就怪玉帝不会用人，那可能是错怪了。因为玉帝也有玉帝的难处。

玉帝的难处在什么地方呢？主要在两个方面：

一方面是天庭的规则与人事特点。天庭的规则，从总体上说是法力大者位尊，法力小者位低，以法力决定地位的高低。虽然存在某些例外，但从宏观上看大体如此。其实，岂止仙位的高低如此，即使是生命的长短，也是以法力大小为标准的。这种规则有一定的合理性，因为如果让法力小的统治法力大的，被统治者不满意，轻易就把规则推翻了，是不稳定的。

天庭的规则中不是没有道德与规范，不是没有升迁戒律及各种各样烦琐的规章条文和办事手续，但这些是以实力作为根本后盾的。如果不是这样，真有哪个妖魔本领高强、神通广大，像狮驼岭的三个妖怪说的那样："我们一齐上前，使枪刀搠倒如来。"那天庭的体系也就坍塌了。法力高强的如来是不可打败的，这正是稳定天庭秩序的最后支柱，这一点在孙悟空大闹天宫时体现得最清楚。

法力大者不仅位高，而且天界上还出产一些稀罕物，吃了能进一步提升法力。例如，蟠桃园有蟠桃三千六百株，前面一千二百株，花微果小，三千年一熟，人吃了成仙得道，体健身轻；中间一千二百株，层花甘实，六千年一熟，人吃了霞举飞升，长生不老；后面一千二百株，紫纹缃核，九千年一熟，人吃了与天地齐寿，日月同庚。这样的蟠桃吃一个，就可以达到取经路上不少妖怪所追求的，通过吃唐僧肉来实现的长生不老的目的。天庭安排的悖论在于，有资格吃上这类蟠桃的神仙，都已经实现了长生不老。

蟠桃确实是好东西，但能参加蟠桃会、有机会吃到蟠桃的只限于法力大、地位高的神仙。而且蟠桃分三等，能吃到最高等级蟠桃的没有几个人。于是这些能延年益寿、提升法力的仙界珍品，基本上被上位神仙给垄断了。

又如镇元大仙的人参果树，一万年只结三十个人参果，但吃一个人参果，就能活四万七千年。即使是像福、禄、寿三星这样的神仙，地位可谓挺高，见到镇元大仙的人参果也是羡慕不已。

我们的道，不及他多矣！他得之甚易，就可与天齐寿。我们还要养精、

炼气、存神,调和龙虎,捉坎填离,不知费多少工夫。(第二十六回)

这一体制的客观效果只能是使强者更强,进一步拉大上位神仙与其他神仙的差距。当然,强者越强越有利于天庭秩序的稳定。从蟠桃要几千年一熟看,天庭的生产力非常低下。如果按照"天上一天,地上一年"计算,蟠桃成熟一次的时间是以几十万年甚至上百万年为单位,生产力就更低下了。这样的好东西一般人可捞不着吃。像弼马温这样辛辛苦苦地干活儿的,所得到的福利也非常有限。

更麻烦的是,在天庭做基层小官与凡间相比还有一个重要的不同。在仙界,生命的长短也是由法力的大小来决定的。居于高位者一般修成了不老不死之身。既然不死,那么仙位就永不会空缺;而不老,则索性连退休也一并给免了,职位都成了终身制。这样下去,别人哪儿还有什么升迁的指望。在这样的规则下,不要有新人冒出来,才是大家都希望的局面。

天上空缺本来就少,玉帝也不好随意增加,以免机构无限制膨胀。于是玉帝的政策空间就非常有限了。玉帝封弼马温的过程是,先问天庭有什么空缺,旁边转过武曲星君说:"天宫里各宫各殿,各方各处,都不少官,只是御马监缺个正堂管事。"也就是说,天庭就这么一个空缺,一个萝卜一个坑,现在没有别的坑可以放这个萝卜了,你说你去不去。玉帝总不能说,某某某,比如天蓬元帅或者卷帘大将,请把你的位置空出来,让给孙悟空,你去做那个什么弼马温吧。这不是同样会引起很多矛盾吗?因此,玉帝即使不以貌取人,即使想重用人才,他也没有别的选择。

玉帝面临的另一个问题在于对人才的识别,即如何判断一个人的本事大小,如何判断一个人是否能被委以重任。毕竟一个人的本事不是直接写在脸上的,玉帝到此时对孙悟空的认知还非常有限。不过是出生时,孙悟空"目运两道金光,射冲斗府",惊动了玉帝,然后是龙王、阎王上表文来告孙悟空的状,再加上封官的时候看了他一眼,感觉猴头长相颇为不堪,还挺不懂礼貌。以上就是玉帝关于孙悟空的全部信息,就根据这么一点儿信息,能给他封一个大官吗?如果就这么封给他一个大官,玉帝所受到的指责可能更大。就这一次封猴王为弼马温,就一方面有人说玉帝不会用人,另一方面又有人(如龙王、阎王)说玉帝姑息养奸了。

如果本事真是写在脸上，一看就知，玉帝就不会派托塔李天王率哪吒三太子去讨伐弼马温了，而会直接在第一次就找一个能够收服孙悟空的神仙去。巨灵神在初见孙悟空的时候，也不会那么大的口气，说："你快卸了装束，归顺天恩，免得这满山诸畜遭诛。若道半个不字，教你顷刻化为齑粉！"看巨灵神这话，他是很把自己当一回事的。由于本事不是写在脸上，如果玉帝直接把孙悟空提拔到很高的位置，哪吒、巨灵神等大量的神仙肯定不会服气。花果山的一番战斗，起到了粗略衡量本事的作用。在这次战斗中，孙悟空颇显出几分本事，这样再提拔就好交代了。

在人类社会，这同样是一个令人苦恼的问题。《水浒传》中阮小五也发出类似的感叹："我弟兄三个的本事又不是不如别人。谁是识我们的！"颇有怀才不遇之叹。在任何一个社会中，有类似感受的人实在太多了。我们鉴别人才的方法，主要有以下几种：一是考试，在封建时代，则是科举。考试的好处是，可以大大缩小暗箱操作的空间。二是由大家推选，如古代的推举孝廉，现在的民主选举。三是通过一个人的政绩、业绩来判断他的本领大小。

这三个办法都有不足。考试有一定的偶然性，而且人的才能有很多不同的方面，难以进行综合有效的衡量。以推选的方式选拔人才，会产生一些弄虚作假的行为，特别是很多人会在选举过程中伪装自己，或者他们的特点就是长于选举、短于施政，是专门擅长宣传的人才。以政绩来衡量人，就更困难了。因为职务的数量少，自认为是人才的很多，不可能让每个人都轮着试一遍。而且好多人一旦上去，就把位置给占住了，即使干得很平庸，也坚决不肯下。以政绩衡量人的能力从逻辑上似乎有点儿"倒果为因"，因为识人、用人的困难正在于在一个人还没有崭露头角的时候就看准他，给他机会，让他在适当的岗位上做出业绩。很多人的苦恼也在于，自己始终得不到试一试的机会。

看来，天庭真应该集群仙之力，集体攻关，做出一个神仙本领测量器，这样就可以省去很多麻烦，减少很多争执。

另一方面，在不同的时候，用人有不同的模式。如果是在战乱时期、大变革时期，则讲究不拘一格用人才，像韩信这样有才能的，马上拜为大将军。在和平时期就不同，和平时期像韩信这样有才能的人，到了刘邦手下，很可能同样要经过一级级的考察、考核和评议，也要论资排辈，考虑各方面的平衡，最终的结果很可能是被埋没。

不管怎么说，玉帝对孙悟空的任命过程是不慎重的。首先，玉帝既没有考察其才能，也没有问他能不能担负起这个不大不小的官职；其次，玉帝不但没有对工作的性质进行说明，也没有对孙悟空进行任职培训，想当然地认为每个人上天后，对安排给他的任何职务都会感到满意。不过，即便做了考察又有什么用呢？毕竟位置只有这一个。但进行一些任职说明和培训的工作，包括基本的心理辅导，总是需要的吧。

平心而论，玉帝对孙悟空的任命已经是很不错了。他提拔孙悟空上了天，而且一上来就成了"中官"，手下有"监丞、监副、典簿、力士、大小官员人等"，也有几十号人。而这还是对一个刚犯了错误，来历又不太清楚的人。另外，即使玉帝真想提拔孙悟空，也要一步步地来。如果玉帝一开始给孙悟空安排一个比较高的官位，谁又能保证他就会好好干，而不惹出事端来？后来孙悟空做了齐天大圣，官品极矣，还不是胡作非为，弄出大闹天宫之事，这能说是因为官小造成的吗？从用人的角度看，先给孙悟空安排一个比较小的官位，让他慢慢干着，应该说并非不合理的做法。

第三节　不做弼马温就做齐天大圣

一、本事见长，脾气也长

在学成本领之前，孙悟空的性情非常温驯，并且很能忍，自称"人若骂我我也不恼，若打我我也不嗔，只是赔个礼儿就罢了，一生无性"。在祖师那里，孙悟空闲时"扫地锄园，养花修树，寻柴燃火，挑水运浆"。工作的内容与弼马温不同，但基本性质差不太多，都是一些琐碎的体力活。总体来说，这时他还是比较温顺的。

但在艺成之后，回到花果山之时，孙悟空的脾气迅速发生了变化，变得很暴躁，火气很大，动辄怒火冲天，奋起千钧大棒。现在不要说别人骂他、打他他不生气了，不给别人惹麻烦就不错了。

孙悟空首次进南天门的情形，与他进祖师洞府时有很大的区别。孙悟空来到祖师洞府的时候，心中十分欢喜，但又有几分忐忑不安，"看够多时，不敢敲门。且去跳上松枝梢头，摘松子吃了顽耍"。他只是在门口观看，而不敢冒冒失失地去敲门。而到了南天门，却直接往里闯。这南天门总比"斜月三星洞"的洞门地位要尊崇得多，庄严、肃穆得多了吧。他却视守在那里的增长天王等人为无物，至少停下来，点个头、打个招呼，说明一下情况总是应该的吧。

看来，除了极有修养的人物，一般人在长本事的同时，一点儿也不长脾气还真很难。像孙悟空这样，脾气大大见长也是正常情况。他就凭这副脾气，闯龙宫、闹地府，似乎也没闯出什么事。天庭又能怎么样？所以，他稍不满意，就撂下挑子，一路棒棍，打出南天门，回花果山去了。

二、鬼王是个马屁精

猴王回到花果山，众猴不禁要打听，大王在天庭做的是个什么官？猴王摇着手说："真是说不出口，简直丢死人了。玉帝看我长得不好看，就封我做个什么弼马温，官名还挺复杂，原来就是给他养马的，根本就不入流，真是气死我了。"

猴王觉得当弼马温是件很丢脸的事情，可别人不见得都这么想。这不，就有给他祝贺的。来的是两个独角鬼王。鬼王来到洞中，见到猴王倒身就拜。猴王说，你们这是干什么呢？原来这两个鬼王，听说猴王"授了天箓，得意荣归"，跑来拍马屁来了。他们认为"授了天箓"可是了不得的荣耀啊，还以为猴王这次回来是春风得意、衣锦还乡呢。对于鬼王献上的赭黄袍，猴王倒很喜欢，当即就穿起来，并立马封鬼王做了前部总督先锋。

不管怎样，对鬼王的一番马屁，孙悟空还是感觉很受用的。这两个鬼王一见官也封了，就接着问起孙悟空在天庭的情况。听孙悟空说是封了个弼马温，鬼王又"奏"道："大王有此神通，如何与他养马？就做个齐天大圣，有何不可？"既然孙悟空喜欢听人拍马屁，那就接着拍吧，反正出了什么祸事，还不是他先顶着？果不其然：

> 猴王闻说，欢喜不胜，连道几个"好，好，好！"教四健将："就替我快置个旌旗，旗上写'齐天大圣'四大字，立竿张挂。自此以后，只称我为齐天大圣，不许再称大王。亦可传与各洞妖王，一体知悉。"（第四回）

听了鬼王的建议，孙悟空马上执行，做齐天大圣的急迫心情可见一斑。更妙的是，从此以后，猴王再也不许众猴称他为大王，而必须改称齐天大圣了。猴王把地位看得也太重了吧。这称呼多别扭啊，以后众猴有什么事情要向猴王禀报，都不能说"报告大王"，而必须说"报告大圣"了。

众猴对这个命令执行得怎么样呢？从后来的情况看，这条命令确实是被不折不扣地执行了。例如，在孙悟空因三打白骨精而被唐僧赶走以后，回到花果山，一帮小猴见到孙悟空，就高叫道："大圣爷爷！今日来家了？"

孙悟空自封为"齐天大圣"，他的口气到底有多大呢？"齐天"的意思是和玉皇大帝平起平坐；"大圣"的意思是大聪明人。"圣"是后人称赞上古帝王的，如尧、舜、禹、汤，中国古代被称为"圣人"的没有几人。孙悟空活着的时候就已经是"圣"，而且还是"大圣"，不得了啊，了不得！不过，天庭的官名常常有些夸张，不能够完全从字面上理解。例如，增长天王不过是个看天门的，在《西游记》中曾分别在南天门、东天门和西天门出现；卷帘大将应该就只是一个御前侍卫之类的职位。如果这么看，孙悟空自称"齐天大圣"，似乎也不算什么。其实，真正的高手，像如来佛、太上老君，是不需要什么吓人的外号的。倒是玉皇大帝，弄出一个什么"高天上圣大慈仁者玉皇大天尊玄穹高上帝"，这么复杂的头衔，把什么好词都用上，实在没有必要。

当此之时，鬼王可以说是猴王眼中的大红人，后来的下场，书中没有交代。不过，看情形似乎不妙。孙悟空偷吃了蟠桃、仙酒、仙丹后，李天王率十万天兵前来讨伐，第一天就把七十二洞妖王与独角鬼王都捉去了。而他手下的四健将，一直到他被压在五行山下时，都还没什么事。当孙悟空因三打白骨精，被唐僧赶走回到花果山时，在花果山主持局面的还是这四健将。我们可以看一下孙悟空对鬼王被捉的反应，他说："胜负是兵家的常事，何况被捉去的头目是虎豹狼虫、獾獐狐狢之类，我同类者未伤一个，何须烦恼？"根本就没往心里去，而小猴子如果被捉，他的反应就不同了。看来马屁精最终没有什么好下场。

三、花果山政治制度的变迁史

我们可以大体总结一下花果山政治制度的历史变迁过程，详见下表。

花果山政治制度变迁史

	时间	制度变化	对制度变化原因、影响的分析
阶段1	一段漫长的自然状态	没有制度，有最基本的社会规范，如诚信规范	这种状态的延续与花果山有利的自然条件有关，花果山物产丰富，气候条件有利，众猴仅仅在山中采些野果之类就能生存，没有为了生存而进行集体生产的必要，从而未建立有效的社会组织

续表

时间	制度变化	对制度变化原因、影响的分析
阶段2 起始时间已不可考，算是猴王元年吧	石猴称王，这是走出自然状态的第一步。起初，众猴在猴王面前按照年龄大小排位。然后，猴王在猴群中分派了君臣佐使	石猴为众猴找到了一个安家之所。众猴兑现承诺，拜他为王。 石猴称王是一个订立和执行社会契约的过程，这个社会契约含有利益交换的成分。 此时的管理方式是无为而治，猴王领一群猿猴朝游花果山，暮宿水帘洞，合契同情，不过是大家一起玩乐罢了
阶段3 剿灭混世魔王之后	把众猴编好队伍，安营扎寨，逐日操演武艺	这个变化的方向是加强对众猴的管理，意味着猴王的权力和权威都大大加强。这建立在两个基础之上：一是猴王的能力大幅提升；二是猴王初步建立了功业，剿灭了欺压花果山众猴的混世魔王，赶走了外来入侵者，维护了花果山的独立地位
阶段4 自傲来国取回大量兵刃后	（1）计点人数，众猴共四万七千余口 （2）威服满山其他动物，使七十二洞妖王都来参拜，每年献贡，四时点卯	一方面，对众猴的管理大大加强，实行了户口制度，每只猴子都被纳入政府管理之下，再也不能自行其是，游离于组织之外。 另一方面，有了真刀真枪之后，花果山猴群的战斗力大大增强。其他动物无法抗衡，纷纷屈服，被编入外围军事组织，其地位要低一等
阶段5 取得金箍棒之后	（1）建立正式的管理体制，猴王将那四个老猴封为健将，将两个赤尻马猴唤作马、流二元帅，两个通背猿猴唤作崩、芭二将军。将安营扎寨，赏罚诸事，都付与四健将维持 （2）上天做弼马温时，把花果山的事务交给四健将管理	进一步细化管理体制，明确官员的地位与责任。 龙宫的经历增强了猴王的信心，有金箍棒在手，猴王准备干一番更大的事业。为此，把日常管理的权力进行了下放。 这四只猴被重用，可能与他们数次提出合理化建议并被采纳有关。 这一阶段，猴王结拜了六个弟兄，经过一番努力，花果山在妖界终于被认可为一支不可小视的力量
阶段6 不做弼马温，重回花果山之后	（1）鬼王献赭黄袍一件，猴王封鬼王为前部总督先锋 （2）采纳鬼王的建议，猴王自称齐天大圣。自此之后，只可称齐天大圣，不许再称他为大王	猴王所封的官职进一步增加，这其实是官僚体制自然会有的膨胀趋势的反映。 猴王自建旗号，称"齐天大圣"，有了更高的政治追求。称齐天大圣之举虽然表面风光，却给猴王惹来很大的麻烦，在实力不足时，"高筑墙、广积粮、缓称王"更为明智一些
阶段7 取经途中被唐僧逐回	（1）花果山已破败，猴王打败经常来抓猴的猎户 （2）打出"重修花果山复整水帘洞齐天大圣"的旗号，重新整治花果山 （3）逐日招魔聚兽，积草屯粮	孙悟空虽然回到花果山，但已然没了当初的雄心，倒有得过且过起来，不过是做一个自在王爷罢了。 八戒去请孙悟空时，见到一千二百多猴子，分序排班，口称："万岁！大圣爷爷！"按这口气，与做皇帝差不多了。但八戒并没有看到孙悟空对群猴进行军事训练。 看来，孙悟空在军事方面暂时没有野心了。 总体来说，孙悟空此时的举动只是权宜之计

虽然自发现水帘洞之后，孙悟空一直是花果山的猴王，但在做猴王的过程中，他的地位还是有些变化的。在头三百年中，猴王的能力也许比众猴要

高，但高得也很有限，并没有表现出什么特殊的能力。当此之时，他与众猴的地位还比较平等，实行的是无为而治。自三星洞艺成归来，孙悟空的能力得到了极大提高。加上为众猴赶走外来入侵者混世魔王，他威信极度提高。他再说什么，众猴基本不会反对。从此，猴王在花果山说话办事，一言九鼎，有什么决策，基本上由他一个人做出，其他人顶多能提供一点儿信息，供其决策时参考。

总体上，孙悟空在金字塔的顶端，其下是四健将，由四健将管理众猴，而其他走兽的地位更在众猴之下。大闹天宫一役中，花果山上首先被捉的是独角鬼王与七十二洞妖王，四健将与其他猴子没有一个被捉。看来，生死相搏之际，猴王首先把杂牌军推上了前线。

四、太白金星的变通之策

对于孙悟空不肯安心做弼马温，反出南天门的行为，天庭的做法还是招安。不过，招安是在兴兵讨伐失败的情况下才做出的决策。猴王打败哪吒三太子，李天王奏请玉帝增兵，玉帝想不到妖猴的本事还不错，听说妖猴还自称"齐天大圣"，更是感到惊讶，说："这妖猴何敢这般狂妄！着众将即刻诛之。"看来，玉帝本是持主剿的立场。

这时，太白金星提出变通之策：

> 正说间，班部中又闪出太白金星，奏道："那妖猴只知出言，不知大小。欲加兵与他争斗，想一时不能收伏，反又劳师。不若万岁大舍恩慈，还降招安旨意，就教他做个齐天大圣。只是加他个空衔，有官无禄便了。"玉帝道："怎么唤做'有官无禄'？"金星道："名是齐天大圣，只不与他事管，不与他俸禄，且养在天壤之间，收他的邪心，使不生狂妄，庶乾坤安靖，海宇得清宁也。"（第四回）

如前所述，天庭的规则有内在的问题。在这一规则下，让猴王做齐天大圣，一方面，天庭的面子过不去；另一方面，也存在没有合适的位置，不好给待遇的问题。太白金星的变通办法似乎解决了这两个问题：一方面，虽然表面上封孙悟空为齐天大圣，但这个官与其他官不同，并不真的是一个官。众神反而觉得这似乎是一个笑话，感觉没那么伤面子。另一方面，通过给孙悟空一个"有官无禄"的虚名，解决了看似困难的问题。

太白金星变通之策的关键在于"有官无禄"这四字。"有官无禄"是什么意思？关键在一个"禄"字上。禄者，俸禄也，也就是官员的工资福利待遇。按照太白金星的解释，所谓有官无禄，就是给他一个齐天大圣的空头名号，却不让他管事，也不给他发工资，暂且养在天庭，收收他的邪心妄念，也好让大家过几天太平日子。既然有官无禄，那所谓的"官"就是个糊弄事。太白金星的办法，说穿了，就是给占山为王的强盗头子一个虚名，让他们自以为是"天庭重臣"，老老实实地待着，不过官员的职责和待遇都没有。看来天庭这帮人就是不准备拿齐天大圣当"官"的，骗的只是孙悟空一个人。

太白金星的这个办法管不管用？对于不懂政府的运作体制、不了解官场运行规则的人来说是管用的。但即使管用，也只限于一开始时的短时期，而不可能长久。从长远看，这样的做法必然会出问题，因为谎言总有戳穿的一天。这个时间，对于人间，是发工资的时候；对于天庭，则是开蟠桃会的那一天。

太白金星忽视的另外一点，是名号的重要性。古人云，"唯器与名，不可以假人"①。齐天大圣虽然"有官无禄"，只是一个名号，但名号本身就有很大的价值。"齐天大圣"这样的名号本身容易让人产生许多联想，加上天庭在本没有"齐天大圣"官职的情况下，人为给孙悟空安排这一官职的做法，都会影响到天庭众神对孙悟空的看法。这也影响了孙悟空对自己地位的期望值，导致他听说自己未被邀请参加蟠桃会时，感到愤愤不平。不过这些都是后话。

不管怎么样，太白金星提出的办法一开始运作得还挺好，那"齐天大圣到底是个妖猴，更不知官衔品从，也不计较俸禄高低，但只注名便了"。天上众位大员此时或许觉得：猴王到底是个乡巴佬，毕竟没什么见识，好打发。此时的孙悟空所爱的主要是一个脸面，对于实际利益的重要性，还没有充分的认识。从后来大闹天宫来看，死爱面子真是害死人哪。

---

① 《左传·成公·成公二年》，杨伯峻编著：《春秋左传注》（修订本 第二卷），北京：中华书局2009年版，第788页。

虽然孙悟空得到的是一个有官无禄的职位，但表面文章还是要做的，天庭官员的气派还是要有的。首先是玉帝的亲切接见和殷殷嘱咐。玉帝说，你现在做了齐天大圣，以官品来说已经到了最高了，天庭还是很重视你的，"但切不可胡为"。玉帝讲了半天，重点还是在最后一句上，就是你看我们这么重视你，你可不要给我们惹事，辜负了大伙儿的期望。

玉帝讲完话，又安排人手给孙悟空建一座齐天大圣的府第。府第的位置一开始就选好了，就紧挨着蟠桃园的右边，为孙悟空以后看管蟠桃园做好了准备。在大圣府内，也设了一些办事机构。由于大圣不管事，这两个机构分别是"安静司"和"宁神司"，其实这两个下属部门的设置，听名字的意思，就是随时提醒孙悟空，要安静、守神。

玉帝讲话本是微言大义，颇有深意，可孙悟空完全没有领悟到玉帝讲话的重点，心里想的只是封官一事，玉帝这话算是白说了。孙悟空上任，是由五斗星君陪同去的。孙悟空到府上后，马上"打开酒瓶，同众尽饮"，这众神是包括五斗星君在内的。送走星君，他才"遂心满意，喜地欢天"，在他看来，这回真是称了自己的心意了。

从孙悟空被招安这件事来看，招安是要以实力为基础的。《水浒传》里面，梁山好汉的招安往往也是如此。也对，如果你没有实力，别人凭什么招安你，灭了你还差不多。而且被招安凭的还不是一般的实力，而需要有能让统治者感到很头疼、很麻烦的实力才行。打败哪吒，就是孙悟空与天界谈条件的前提。如果没有能力打败李天王和哪吒三太子，自称齐天大圣徒然自取其辱，是快速致死之道。

客观地说，孙悟空这一阶段的很多做法，有点儿像是无理取闹，但无理取闹有时也是争取权益的一种有效手段。无理取闹为什么能起作用？因为闹的积极一面在于，能够通过闹的过程向上面传达出多方面的信息，比如说你的实力、你的强烈愿望、你能够制造多大的麻烦等，这样就可以影响上级的信息和信念。

我们可以设想一下，如果孙悟空学艺归来，整天趴在花果山忙活他那"一亩三分地"，结果谁也不知道他有什么本事，自然不会有人给他安排一官半职。现在则不同了，拿起金箍棒舞动舞动，龙王就吓得不敢轻举妄动了。打败哪吒三太子，更是发出一个明确的信号，就是：我不是普通人，别以为我好糊弄、好打发。如果没有这些战斗，加上天庭又没有体育比赛、创新竞赛等项目，人们就很难看出孙悟空有多大的本事。如果天庭弄个运动会什么的，孙悟空说不定可以在跑步项目上拿个奖牌。

一般来说，闹是一种万不得已才用的办法。为什么要闹？因为其他办法难以见效，自己通过组织的渠道提意见，上面根本不当一回事，没有办法了，才闹。闹这种做法的负面效果也很明显，就是一般不会给上级留下什么好印象，给周围人的印象也不好。不过，孙悟空暂时还想不到那么多。

这样的事情，在人世间也很普遍。《水浒传》中，公孙胜初见托塔天王晁盖时，也演了这么一出。当时，晁盖正在堂后与吴用、阮氏三兄弟、赤发鬼刘唐讨论如何截取生辰纲。如此要紧的事情，当然不容外人前来打扰。正在这个时候，公孙胜来了。晁盖不想见，吩咐手下给他几升米打发走。结果，来人给多少米都不肯走，如此来回折腾了几次，最后，公孙胜发怒，"把十来个庄客都打倒了"。晁盖听说，吃了一惊，慌忙起身道："众位弟兄少坐。晁盖自去看一看。"后面的情况就不消说了，自然是公孙胜得以入伙，分一杯羹。显然，如果公孙胜不闹，晁盖就不会给他以应有的尊重，甚至连面都不见就打发走了。晁盖给公孙胜以应有尊重的关键，不在于公孙胜的闹事，而是他通过这件事看到了公孙胜的本事，看到了公孙胜的能量。公孙胜不这么一闹，也无法迅速有效地显出其本事。这一局面常常是我们在生活中碰到的难题。

但闹也不能闹得太过火，要把握好分寸。公孙胜对火候就掌握得很好，他在晁盖这里磨了两三次才闹，表明他是没有办法才如此，总体上是很尊重主人的。相反，如果他一来就大闹一通，晁盖会觉得他不把自己放在眼里，是成心来找事、砸场子来了，效果将适得其反，得不偿失。在这个方面，孙悟空就比公孙胜要差得远了。

从孙悟空的经历看，闹事似乎成了做官的一条捷径。这一点，宋江也深有体会。先造反把事情闹大，然后再招安，对于朝里无人、缺少后台靠山的人来说，确实要比一步一步地往上爬来得快一些。这真应了那句话："若要官，杀人放火受招安。"不过，这样升官虽然快，到底路数不正，副作用也很严重。一句话，同样是做官，这样的官做起来味道会差很多。另外，所谓"想当官，杀人放火受招安"，是对有实力的人而言的，换了没实力的人，不过是死得更快。

孙悟空虽然做了齐天大圣,却并没有什么事业上的追求,只知"日食三餐,夜眠一榻,无事牵萦,自由自在",另外"今日东游,明日西荡,云去云来,行踪不定",把天庭当成了旅游胜地,整天逛来逛去,好不自在。

做官对孙悟空来说,追求的主要是好玩和虚荣。他对于官职的看重,更多的是为了满足心理上的征服欲、成就感,而不是看重官位能带来的各种利益,或者由此带来的建功立业的机会。

从这个意义上说,此时的孙悟空是在以儿童的心态深度参与成年人的政治游戏中。对于政治游戏的目的与规则,他基本处于茫然无知的状态。他自称"齐天大圣",就像街角的一家小商店挂上"宇宙贸易公司"的招牌,有自娱自乐的性质,而并不清楚"齐天大圣"到底意味着什么。正因为如此,他对于名实严重不符的"齐天大圣"还做得很起劲。天上众神也从心里把他当小孩看,所以,太白金星说他"只知出言,不知大小",要众人不要与他计较。

在二次招安之前,孙悟空结拜了六个弟兄,都自称"大圣"。此次招安,客观上也有对这七大圣进行分化瓦解的作用,这可能也是天庭走的一步险棋。

五、许旌阳的补救措施

太白金星的变通之策表面上两全其美,实际上留下了大大的隐患。它最大的隐患在于,把孙悟空这么一个不是善茬的角色引入天庭,既不给他事干,又不给像样的待遇,好像是把他笼络在天庭,可以收收他的邪心,实际上还是一点儿约束也没有,而且直接把危险放到离自己更近的地方了。天庭由得孙悟空整天东游西逛,产生了以下几方面的不利结果:

其一,孙悟空在天界整天东游西逛,结果天庭在他眼中逐渐没有了神秘感。由于久居天宫之内,渐渐习以为常,对天庭的感受也从震慑变为羡慕,从羡慕受为试图觊觎。孙悟空到现在为止的经历是,通过闹龙宫、闯地府而上天做了弼马温;通过不做弼马温、反出南天门而做了齐天大圣。这似乎是说,越闹反而官做得越大,你能奈我何?照这个逻辑发展下去是非常危险的。而且这个逻辑实际上也不成立。但天界没有利用这一段时间,深入地向孙悟空介绍一下天庭的实力和游戏规则。

其二，孙悟空在天界东游西逛，一方面熟悉了天庭的地理形势，另一方面领会了天将的本事，知道了天庭的虚实。麻烦在于，孙悟空自以为了解了天庭的虚实，认为天庭众仙并没有什么本事，而实际情况不一定如此。也就是说，在这个过程中，他对天庭实力产生了有利于自己的错误认知，低估了天庭的实力，最终导致他在这个错误认知的基础上采取了冲动的行动。

其三，他在这一阶段结交的一帮朋友，对于大闹天宫多少也有帮助。你看他：

> 闲时节会友游宫，交朋结义。见三清称个"老"字，逢四帝道个"陛下"。与那九曜星、五方将、二十八宿、四大天王、十二元辰、五方五老、普天星相、河汉群神，俱只以弟兄相待。（第五回）

他这齐天大圣的头衔别的好处没有，却是级别高，有利于交朋结友，而以弼马温的身份交结朋友则肯定没有这么方便了。别看名号是个空的东西，有些方面还是管点儿用的。这些朋友感情有多深还不好说，但起码能先混个脸熟。既然当日曾以弟兄相待，他日在花果山讨伐猴王时，这九曜星、二十八宿等众神就不好意思太卖力了。

与做弼马温的时候相比，孙悟空现在还是学乖了。当年他做弼马温之时，还只知道埋头干活儿；现在有了之前的经验，所以他在天上抓紧时间，整天到处串门，把天庭各个地方、各个部门挨个串了个遍。

许旌阳看到了这种情况的危险性，于是启奏玉帝："今有齐天大圣日日无事闲游，结交天上众星宿，不论高低，俱称朋友。恐后闲中生事。不若与他一件事管，庶免别生事端。"许旌阳怕的不是大圣的闲游，而是怕他"闲中生事"。安排一件事做，是为了分散他的精力，使他没有时间闲游，减小日后生事的可能性。玉帝一听有理，于是让孙悟空去看管蟠桃园，给他找点儿事做。

但让他做点什么别的不好，偏偏让他去看管蟠桃园，这不是让猫去看小鱼、让黄鼠狼去管小鸡吗？这样的安排出问题是正常的，不出问题反而不太正常。不过，谁让玉帝当时"在蟠桃园右首起一座齐天大圣府"，把齐天大圣的府第就盖在了蟠桃园旁边呢。

看着这些桃树，猴王还挺喜欢，自此以后，"三五日一次赏玩，也不交友，也不他游"，真的不再东游西逛。许旌阳的办法似乎奏效了。

要是看着一树树青桃子也就罢了。一天，猴王发现"那老树枝头，桃熟大半"，觉得这桃子可以吃了，就想尝个鲜。大圣要偷桃也并不那么容易，玉帝哪能没有一点儿防范措施。在这园中，还有一个土地，另有一班锄树力士、运水力士、修桃力士、打扫力士。除了他们，还有齐天府的下属，这帮人老跟在身边，颇不方便。于是猴王忽设一计道："汝等且出门外伺候，让我在这亭上少憩片时。"假称要睡午觉，嫌这帮人吵闹，把他们给支走了。然后猴王脱了官服，爬上大树，把那熟透的大桃摘了许多，就在树枝上吃起来。过个两三天他又如法炮制，再来偷桃。

这书中"忽设一计"四字用得很有意思。如果猴子想吃桃，直接让手下出去，或者让他们在一边站着，自己是长官，直接吃了，又能怎么着？这也是某些官员的一种心态和做法。偏偏猴子又想吃，又不肯直接做，心里还是怕别人发现，所以，有了一"计"。不过，他的做法实在是算不上"计"，太缺乏技术含量了。

不管怎样，孙悟空的这个"计"就一直用下去了。当七衣仙女奉王母娘娘的旨意来摘桃时，土地说，现在不比以前了，要去摘桃子，先要报告大圣知道，我们才敢开园。仙女说，那行吧，大圣在哪里？土地说："大圣在园内，因困倦，自家在亭上睡哩。"实际上，大圣偷吃了仙桃，在树梢上睡着了。可想而知，大圣的偷桃行为在下属中间已经是公开的秘密了。

第四节　大闹天宫

一、大闹天宫的源起

大闹天宫的起因，在于王母娘娘开蟠桃会，却没有请孙悟空。这蟠桃会请的神仙并不少，包括西天佛老、菩萨、圣僧、罗汉，南方南极观音，东方崇恩圣帝，十洲三岛仙翁，北方北极玄灵，中央黄极黄角大仙，这个是五方五老。还有五斗星君，上八洞三清、四帝、太乙天仙等众；中八洞玉皇、九垒、海岳神仙；下八洞幽冥教主、注世地仙，各宫各殿大小尊神等。但仙女不曾听说请了大圣。看来请客的这个名单还是一个老名单，并没有做出调整，孙悟空虽然名注齐天，官称大圣，却不在邀请之列。

按照孙悟空上天时的安排，不请他参会与天庭当初的考虑是一致的。这"有官无禄"在天庭是怎么个意思，其实大费琢磨。从天庭的生活方式看，这里并不流通货币，也不搞物物交换、易货贸易，总体上实行的是一种配给制，物品从上向下按照品级进行发放。因此，官员的俸禄并不是工资，而是物品，主要是一些仙酒、仙果、仙丹之类的东西。既然齐天大圣有官无禄，"只注名便了"，自然就无缘参加蟠桃会。玉帝也亲口对观音说过："他乃无禄人员，不曾请他。"要想参加蟠桃会，除非他通过熬年头，或者为天庭建功立业，把这个有官无禄变成有官有禄。

不请就不请呗，其他神仙一般不觉得这是什么大问题。但在孙悟空看来，则是大大伤害了自尊心，因为他对齐天大圣地位的看法与别人是不一样的。在他看来："我乃齐天大圣，就请我老孙做个席尊，有何不可？"觉得自己不仅应该参加蟠桃会，而且可以在会上坐主位。而现在的情况是，他连参加会议的资格都没有，太令人气愤了。

于是他要去看个究竟。说是去看个究竟，但猴王的性子，不是那种能受气的主儿。这一去，并不是心平气和地打听，而是什么消息都没有打听着，就先把仙品仙酒给偷吃了。然后想回府睡觉，结果走错了路，误入兜率宫，偷吃了太上老君的五葫芦金丹。就这样，半是有意，半是阴错阳差，由此拉开了大闹天宫的序幕。

其实，即使没有蟠桃会不请自己参加这件事，猴王也是要出问题的。因为当七衣仙女来摘桃子时，孙悟空偷桃的事就已经瞒不住了。这几位仙女在树林摘桃，先在前树摘了两篮，又在中树摘了三篮，到等级最高的后树上摘取时，只见那树上花果稀疏，只有几个毛蒂青皮的。原来熟的蟠桃都已被孙悟空吃光了。对此，孙悟空也不可能有什么补救措施。问清七衣仙女的来意后，孙悟空似乎已经意识到情况不妙。一旦众仙女回复王母娘娘，他偷吃仙桃的事实必然暴露无遗。所以，不管怎样，这次蟠桃会他肯定是要出事的。

但此时猴王还没有造反之心、觊觎神器之意。你看他在偷吃仙酒之后的反应，他酒醒过来后，自揣自摸道："不好，不好！再过会，请的客来，却不怪我？一时拿住，怎生是好？不如早回府中睡去也。"好像没有什么英雄气概，更没有应对招数，竟然想"回府中睡去"，以此来逃避责任。他在偷吃太上老君仙丹后的反应也是如此：

> 一时间丹满酒醒，又自己揣度道："不好，不好！这场祸，比天还大，若惊动玉帝，性命难存。走，走，走！不如下界为王去也！"他就跑出兜率宫，不行旧路，从西天门，使个隐身法逃去，即按云头，回至花果山界。（第五回）

他跑回花果山，还是使个隐身法，从西天门偷偷逃走的。看来到了这个时候，他还很怕玉帝的责罚，对玉帝还有敬畏之心。

随着玉帝派天兵天将来讨伐，天将"一个个倒拖器械，败阵而走"，孙悟空的胆气又高涨了不少。之后，猴王被显圣真君二郎神所擒，但刀砍斧剁，雷打火烧，都无法伤及其身。太上老君把他领去，放在八卦炉中煅烧，也不能把他化为灰烬。反而被他跳出来，蹬倒八卦炉。这一番，猴王胆气更足，取出如意金箍棒,"打得那九曜星闭门闭户,四天王无影无形","只打到通明殿里,灵霄殿外",直冲玉皇大帝而来了。

到了这个时候,孙悟空才真正产生了轻视天宫之心,有了夺取玉帝位置之意。这种想法上的变化,说穿了,是由于对力量对比的认识发生了变化,发现玉帝也不能拿他怎么着,他反而可以搅扰得天庭永不清平。通过这一段经历,孙悟空对天庭的实力产生了深刻的怀疑。这种怀疑在取经的早期仍然存在,直至后来才逐渐消除,孙悟空真正从心理上承认山外有山,认清自己实力上存在的不足。

二、当强者碰到更强者

我们回头看猴王至此的人生历程。他起先并没有特别的神通,相应地,脾气也很好。但学了本事以后,想法发生了变化,开始信奉"强者为尊"的逻辑。自出师以后,孙悟空的所作所为,虽然有很多不符合组织规范和政治流程的地方,但结果都很好,官也越做越大,为什么?就因为一条:他的本事大、拳头硬。他的经历似乎表明:只要有本事,做什么、怎么做,都能行得通;行不通的也要变成行得通;实在不行就手底下见真章,靠实力来说话。

天界规则是以实力为基础的,但这并不意味着实力就是一切,也不是什么事都是单凭实力说了算。即使是最残酷的暴君,也不能光凭暴力来统治。因为他不能时时拿着武器,每时每刻准备与他人战斗,还要吃饭、睡觉、通过休息来恢复体力,还要享受生活。所以,即使是暴君,也会在一定的范围内,对某些人讲诚信,在一定范围内建立规则,以降低统治成本,提高统治效率。强力能够使人服从于某人,这种服从基于人们对强力的畏惧,但只靠畏惧很难建立起稳定而有效的统治。

实际上,在花果山,此时已经出现了一些不好的征兆,主要是猴王的权力和威信大大增强以后,没有人向他提不同意见,也不大有人给他提合理化建议了,基本上是一言堂。当初,孙悟空打出"齐天大圣"的旗号,就没有一个人出来劝谏或阻止。孙悟空搅乱蟠桃会,逃回花果山后,说要再去天上偷一些仙酒给大家喝,也没有人提出不同意见,连见多识广的通背猿猴也不认为这有什么不妥。就这样,危机在慢慢降临,众猴却茫然无知。

正在这个时候，一个真正的高手，一个只可仰视的高手出现了，这就是西天佛祖如来。如来先给孙悟空做了一番思想政治工作，希望他打消向天庭挑战的想法，说玉帝坐这个宝座，凭的不完全是武力，而主要是他的资历："自幼修持，苦历过一千七百五十劫。每劫该十二万九千六百年。你算，他该多少年数，方能享受此无极大道？"如来劝孙悟空说，你这个猴头，不要胡说八道，你这样下去，性命危在旦夕，还是趁早皈依吧。

此时大圣哪里听得进这些，说玉帝虽然年纪大一些，但也不能老占着这个帝位，还是赶紧把帝位腾出来给我吧。"只教他搬出去，将天宫让与我，便罢了；若还不让，定要搅攘，永不清平！"看来孙悟空对事情想得比较简单。如果当不成玉帝，他也就是不停地闹，说明他还只是一个破坏者，对于自己取代玉帝后要做什么，还没有明确的目标。这样的人，就算真把玉帝的宝座让给他，又能怎么样？他又能干什么呢？

有人说，孙悟空这"皇帝轮流做"的说法，代表了一种先进的意识，动摇了统治阶级的根基。这个说法有失偏颇。其实，孙悟空的说法，与李逵的"杀去东京，夺了鸟位，在那里快活"，基本上是一个境界。自己想做皇帝的说法中，丝毫没有什么打倒不公平的等级秩序、解救处于水深火热之中的人民的意思和追求，其着眼点还是"在那里快活"，追求个人的物质享受是其最根本的动力。

如来与孙悟空的话说到这个份儿上，再也没有什么道理好讲了，只好看手头功夫硬不硬了。这猴王的本事与如来差了十万八千里（其实远远不止），如来将五指化作金木水火土五座联山，唤名"五行山"，轻轻地就把他压住了。

此时的孙悟空，只有用比他更强的暴力来打败他，才会服气。他最引以为傲的是自己的一身好本事，认同的是强者为尊的逻辑。要改变他的观念，首先就要让他认识到，就算是"强者为尊"，也轮不到他来说话。因为他还不是最强者，还有比他更强的人。用实力打败他，就是给他以当头棒喝，让他认清现实，也使他开始真正反思自己的行为。

顺便说一下，孙悟空此次大闹天宫之举，给花果山带来了巨大的灾难。那独角鬼王及七十二洞妖王领导下的虎豹狼虫之类且不去说它，就以猴子而论，在大闹天宫之前，花果山共有猴四万七千口，但到第二十八回，孙悟空于取经路上中途返回花果山时,猴子已只剩下"千把"。

三、大闹天宫为何必败

孙悟空自认为武艺超群,又打出了"强者为尊"的口号,可他轰轰烈烈地大闹天宫却以失败而告终。孙悟空的失败其实是难免的,导致他失败的原因有以下几方面:

首先,孙悟空在大闹天宫之前已经经历了两次招安。两次招安虽然使他摸到了天庭的部分虚实,但对他的造反来说,必然会产生名分上的问题。由于被招安,他与玉帝就有了君臣的名分。如果是一个正常人,有问题有意见,可以通过正常渠道向玉帝反映。如果要争取参加蟠桃会的待遇,也应该通过组织渠道去反映和争取。可孙悟空完全没有顾及别人的感受,也没有按照组织程序反映其要求,所以他大闹天宫没有得到其他神仙的同情和支持,从战略上陷于孤立,结果成了孤军奋战。

如果孙悟空真是一个人才,并想获得更好的待遇,甚至想取玉帝而代之,也应该通过建功立业的方式,获得其他神仙的尊重,实现人心的归附。在中国历史上,大臣觉得君王没有什么真本事,试图篡位的情况并不少见,但成功的人很少。因为这需要一些条件。一方面是皇帝失德,失去了作为君主的权威,导致人心思动;另一方面是自己建立了能够震慑人心的功业,使得人心归附。反叛者或者有大德,或者有奇功,最好是两者兼而有之。在这种情况下,才容易成功。看看孙悟空此时的情形,玉帝表面上似乎无能,但他仍是众神尊敬的对象,太白金星、四大天王、九曜星、二十八宿等都没有不臣之心;孙悟空也没有在天界立下大威、树过奇功,反叛的理由更是好笑,不过是因为蟠桃会没有请他,为此而冲冠一怒,以这样的行径而觊觎玉帝的宝座,自然不可能获得天界众神的同情与支持。

其次,孙悟空的反叛也很盲目,打出的是"强者为尊"的旗号,但对于自己与天庭真正的实力对比并没有深刻的认识。他自以为了解天庭的虚实,其实事实不是那么回事。取经过程中发生的一件事情可以作为佐证。

在车迟国三清观,孙悟空竟然不知道"三清"是什么人物,问猪八戒:"这上面坐的是什么菩萨?"这太令八戒诧异了。在神仙队伍中,八戒见过无知的，但没见过这么无知的。孙悟空竟然到现在连道教和佛教都分不清，把"三清"当作菩萨了。八戒说："三清也认不得，却认做什么菩萨！"孙悟空还是不知道"三清"是谁，继续问是哪三清？八戒只好告诉他：中间的是元始天尊，左边的是灵宝道君，右边的是太上老君。看来大闹天宫时的孙悟空，不过是个不知深浅之辈，无知者无畏罢了。情报工作都做成这样了，还要起兵造反，如来跟他说的那番话："趁早皈依，切莫胡说！但恐遭了毒手，性命顷刻而休，可惜了你的本来面目！"确实是一点儿也不错。

不要说"三清"这样的大高手，就是一般的天将也不是他想象得那么弱。以至于他打到灵霄殿前的时候，被佑圣真君的佐使王灵官拦住，两人斗在一处，胜负未分；然后佑圣真君又调三十六员雷将把他围住，虽然一时半会儿捉不住他，却也使他不能打入灵霄宝殿。这些神将在天庭不过是一些二三流角色而已。

如果是被众神的车轮战术打败，那么孙悟空的失败还令人很感叹，觉得他是一个悲剧英雄，被一群宵小用卑鄙的方式打败了。实际情况是，他是被一个超一流高手轻而易举地击败的。孙子说："夫未战而庙算胜者，得算多也；未战而庙算不胜者，得算少也。多算胜，少算不胜，而况于无算乎？吾以此观之，胜负见矣。"讲究谋定而后动、先计而后战。孙悟空这样，根本就是无谋而动。另外"知己知彼，百战不殆"，孙悟空更没有做到。对于天界还有如来这样的大高手他竟茫然不知，对自己未能跳出如来的手掌心，还大吃一惊，说："我决不信，不信！等我再去来！"还要再去跑一趟。知己知彼是庙算的前提，而庙算的基础就是判断双方的实力对比。孙子还说："胜兵先胜而后求战，败兵先战而后求胜。"胜利的军队总是估算到可以获胜然后寻求作战，失败的军队是先仓促出战，然后希望能侥幸取得胜利。所以造反闹事，也要等待时机，等待对方犯错误，看准了再下手。这仓促起兵，没有成算，用在孙悟空的头上应该是不错的。①

最后，就算孙悟空坐上了玉帝的宝座，也坐不稳。因为他一无功业；二来德不足以服人；三来就算是力，也并不令人很服气；四来也没有自己的一班人马。对于天庭众神的管理，不能仅靠暴力来压服。如果不靠暴力压服，他

---

① 《孙子兵法》，"计第一""谋攻第三"和"形第四"，张文儒撰：《孙子新注》，北京：中华书局 2018 年版，第 9、33、40 页。

也没有什么别的办法来应付众神。我们在他身上并没有发现足够的管理才能，毕竟管理天界与管理花果山是大不相同的。最根本的问题在于，他的造反没有明确的理想和目标，他不能给众神指出新的目标和奋斗方向，并且，这个目标要值得众神为之而奋斗。因此，他大闹天宫是盲目的，是盲动。

孙悟空大闹天宫的行为，跟未成年人犯罪有点儿相似。主要表现在以下几个方面：首先，对自己的行为没有明确的规划，并没有对自己想要达到什么目标，采用什么样的手段才能够最有效地达到目标等问题进行认真的思考。他大闹天宫的过程，主要是由感性推动的。其次，他在做出一些违反天规的事情之前，并没有对行为的成本、风险和收益进行评估，只是一时兴起就去做了。对行为的社会危害性没有认识，对于自己将遭受什么样的惩罚也没有明确的概念。最后，从根本上说，他对天庭社会只有肤浅的了解。当他违反某些天规时，可能甚至没有意识到这是违反天规的行为。正如某些少年犯罪的时候，没有意识到自己已经触犯了法律，要受到法律的制裁。孙悟空将天庭的规则看得和在花果山时一样简单，而不知道这是一个水很深、情况很复杂的社会。在蟠桃会这件事上，他竟然说："我乃齐天大圣，就请我老孙做个席尊，有何不可？"还想去坐首席，他就没有想过，这个席位的分配是有规则的。他坐了首席，别人都往哪里坐？他完全不知道，每次蟠桃会，排座次都是一个十分复杂、高度敏感的老大难问题。

在这些方面，孙悟空是在吃了大亏以后，才逐渐开窍的。幸好如来给了他一个改过自新的机会，否则他真是死了都不知道自己怎么死的。

第三章　反思与磨炼

　　大闹天宫遭受挫败，孙悟空被如来镇压在五行山下。在五行山下的五百年中，孙悟空不得不对其人生经历进行反思，并由此开启了他人生的另一个发展方向。此后，他的行为模式与"妖"的距离越来越远，与神仙的做法越来越相似。孙悟空自己也逐渐不再认同其妖怪的身份了。

第一节　五百年后知悔了

一、五行山下的反思

孙悟空被压在五行山下，日子过得太难了。他在五行山下的活动空间非常小。佛祖为了限制他的活动范围，拿出一张帖子，让阿傩贴在山顶上。帖子上写着六个金字："唵、嘛、呢、叭、咪、吽"。帖子的意思有人说是"俺把你哄了也"。贴上帖子后，五行山就此生根合缝，孙悟空只能呼吸，或把手爬出来"摇挣摇挣"，身体的其他部位就无法活动了。平日的饮食也极差，饿了只能吃铁丸子，渴了只能喝熔化的铜汁。

以我们的眼光看，这日子自然是非常艰难，其艰难对孙悟空可能更甚，因为他是过惯了好日子的。想当年，因偷吃蟠桃会的仙酒逃下天宫时，花果山众猴安排酒果接风，将椰酒满斟一碗奉上，大圣喝了一口，就龇牙咧嘴地说："不好吃，不好吃！"现在让他过这样的日子，与从天堂直接打入地狱区别不大。

孙悟空也知道这次祸确实闯得太大，玉帝很生气，后果很严重。对他来说，更难受的是不知道未来会怎么样。他可以长生不老，此生无穷无尽，如果无穷无尽地在这五行山下度过，还不如一头撞死算了，可惜他是撞也撞不死的。一个人如果丧失了希望，这苦难的日子就更没法过了。

在五行山下，猴王的身体难以活动，但这不影响他心思的活动，正好可以利用这五百年的时间，反思自己多年来的行为，总结其中的经验教训、成败得失。孙悟空并不属于喜欢进行哲学思考和人生反思的类型。不过既然身体没法活动，又加上无事可干，想想这些问题未尝不是一个打发时间的好办法。

他会反思些什么呢？这一点我们无从知晓，不过我们可以根据普通人的人生经验，结合他的性格特征做一点儿基本的推测。

首先，猴王的一个感觉是上当了，被如来给骗了。这个骗局的根由在于那个赌赛。为什么要打赌自己能不能跳出如来的手掌心呢？这个赌赛太愚蠢了。如果与他真刀真枪直接干一仗就好了。但即使感觉被如来骗了，孙悟空对如来还是有点儿害怕。不管怎么说，能让你上当也是一种本事；何况他既然能哄你一次，就能哄你两次。如果自己找上门去，说不定如来又玩出别的花样来。想起这件事来，真是不甘心。不甘心之余，对如来多少也有点儿敬畏。毕竟当初在他的手心里，自己"风车子一般相似不住，只管前进"，竟然还在他手心里，也不知道如来是怎么弄的，反正孙悟空自问是没有这个本事的。

其次，从现在的情况看，过去的路是行不通了。即使猴王被放出来，再回花果山，重过以前的日子，也没有以前那么有意思了。以前的想法是"不伏麒麟辖，不伏凤凰管，又不伏人王拘束，自由自在"，这条线索一直往前推，甚至连生死的界限都可以打破，是有什么管辖就突破什么管辖，有什么束缚就突破什么束缚。但由于如来的存在，想完全由着自己的性子来是不可能了。孙悟空现在意识到，没有任何管辖和束缚，由着自己的性子来，这样的好事应该是不存在的。

认识到这一点后，如果让猴王再回花果山，过一种表面上自由自在的日子，实际上是在自欺欺人。即使真回到花果山，如来佛也会是他心中永远的痛。孙悟空在取经途中就曾回过花果山一次，但那次他并没有感到真正的快乐。自此以后，到取经行动结束，他再也没有主动回去过花果山。

既然回花果山的吸引力降低了，那么以后做什么呢？对这个问题，他此时应该还没有明确的想法。能明确的只是：五行山下的生活太悲惨，必须要改变；而这首先要设法从五行山下走出来。至于未来如何，可以出去以后再考虑，但大闹天宫之类的事情暂时是不会做了，因为既没有意思，也看不到前途。

以上是我们的基本猜想，其中的一些内容可以在孙悟空后来的经历中印证。

二、五行山下见观音菩萨

五百年望眼欲穿，盼星星、盼月亮，这一天，天庭终于派人来了，来人就是观音菩萨。于是，孙悟空和观音进行了一次重要的对话。这次对话为孙悟空开启了新的人生方向，改变了他此后的人生命运。

菩萨道："姓孙的，你认得我么？"大圣睁开火眼金睛，点着头儿高叫道："我怎么不认得你，你好的是那南海普陀落伽山救苦救难大慈大悲南无观世音菩萨。承看顾，承看顾！我在此度日如年，更无一个相知的来看我一看。你从哪里来也？"菩萨道："我奉佛旨，上东土寻取经人去，从此经过，特留残步看你。"大圣道："如来哄了我，把我压在此山，五百余年了，不能展挣。万望菩萨方便一二，救我老孙一救！"菩萨道："你这厮罪业弥深，救你出来，恐你又生祸害，反为不美。"大圣道："我已知悔了，但愿大慈悲指条门路，情愿修行。"（第八回）

菩萨问："姓孙的，你认得我么？"这是标准的废话，不过很多严肃的对话往往要从废话开始说起。孙悟空回答：我怎么不认得你，你是那南海普陀落伽山救苦救难大慈大悲南无观世音菩萨啊。这个说法大有趣味，要搁在以前，孙悟空顶多说一句，你不就是南海观世音吗，明知故问，搞那么神秘干什么。孙悟空现在的这个回答，不要说是他，就是普通神仙都不会使用，因为这个表述太拗口了，还有一点儿肉麻。正如称玉皇大帝为"高天上圣大慈仁者玉皇大天尊玄穹高上帝"一样，这种既长又拗口的称呼，照着念都难，更何况那么流利地背出来。这样的称呼，除了非常特殊的场合，平时是不用的。天庭的官员称呼玉帝，也没见谁搞得这么麻烦过。孙悟空这么称呼显然是有目的的，而不可能是口误，更不是脱口而出的。

孙悟空接着说：多谢您来看我啊！（咦，他什么时候学会这么讲礼貌了）。我在这里过得太难了，这么多年，也没有一个知心朋友来看看我。您能来真是太感谢了。观音并非孙悟空的知心朋友，对观音这次来看他，孙悟空确实有些感激，所以说："承看顾，承看顾！"这里面还真有点儿人情冷暖的意思在。一开始，菩萨并没有流露出此行是来寻访取经人的意图。孙悟空可能以为观音只是顺路来看看他的。观音只是来看看他，他为什么会如此感激呢？

这就与孙悟空的人生经历有关了。在被压于五行山下之前，孙悟空的人生总体上顺风顺水。他自幼就称王，身边一直不缺少陪伴的人。在凡间，他结拜了六个弟兄。在天庭，他是"天上众星宿，不论高低，俱称朋友"，过惯了呼朋引伴的日子，真的以为自己人缘很广，朋友很多。结果在五行山下一压五百年，却并无一人来看他，不仅天上的众神不来，连地上的妖怪也不来，结拜的弟兄们也不见了踪影。此时的孙悟空，对人情冷暖、世态炎凉才有了真切的体会，感到了人生的孤独。在这种情况下，平时并不怎么走动的观音菩萨竟来看他，怎能不令他感动呢？感动之余，他也有点儿奇怪，有点儿怀疑，所以马上问："你从哪里来也？"想弄清观音此来的原因和目的。

当观音说"上东土寻取经人去，从此经过，特留残步看你"时，孙悟空敏锐地感觉到这件事并不那么简单，其中定有文章，连忙求观音说："万望菩萨方便一二，救我老孙一救！"孙悟空明白，这个时候千万不能再死要面子，嘴巴硬了。孙悟空的反应虽然是观音所希望看到的，她却沉吟道：救你倒不是不行，但怕你出来又惹祸，我对人不好交代。孙悟空感觉有戏，赶紧表态：对过去的行为，我已经很后悔了，可以痛改前非。请您大发慈悲，给我指点一条明路。我愿意加入您的队伍，努力修行。

你看这猴头，整个一段话说得乖巧极了，哪里像当初那个"不懂人事"的样子。要说孙悟空可是一点儿也不傻，他知道观音菩萨这次来，决不会只是来散散步、遛遛弯。观音此来是有目的的，一个重要目的就是考察孙悟空的思想改造情况。对孙悟空来说，这既是机遇，也是挑战。如果抓不住这次机会，下次就不知道要等到哪一天了，而且有没有下次都很难说。如果孙悟空还像以前那样大大咧咧、自以为是，一副天下英雄舍我其谁的架势，估摸着观音早就掉头走了，他就难免落个把牢底坐穿的结局。另外，从他说的"如来哄了我"这句看，他此时对于如来的神通还有很大的怀疑。

就凭这段话，我们可以肯定，孙悟空在五百年中想了很多东西，明白了不少道理，至少知道像以前那样一味蛮干是不行了。五行山下这五百年，对于他的满腔抱负来说，可谓当头一棒。这一棒也把他给打醒了。

确实，菩萨这次来是奉了如来佛的指示。有三个细节暗示了这一点。第一，当初把齐天大圣压在五行山下时，如来放下一句话："待他灾愆满日，自有人救他。"如来这话是要兑现的。灾愆满与不满，哪里又有什么明确的标准，还不是如来一句话。

第二，这次让观音去寻访取经人时，如来特意叮嘱她："这一去，要踏看路道，不许在霄汉中行，须是要半云半雾：目过山水。"如来这话，对于要找什么人有很强的暗示性。观音在还未到五行山之前，就见到五行山发出的"金光万道，瑞气千条"[①]，如此显眼的目标，按照如来交代的走法观音是不可能看不到的。

第三，如来还交给观音三个箍儿，传给她金紧禁咒语三篇，并交代说："假若路上撞见神通广大的妖魔，你须是劝他学好，跟那取经人做个徒弟。他若不伏使唤，可将此箍儿与他戴在头上，自然见肉生根。各依所用的咒语念一念，眼胀头痛，脑门皆裂，管教他入我门来。"如来这话说明，观音要找的人选中，至少有一个是"神通广大"的妖魔。这人还很不听话，要给他戴上箍儿，才好管教。

观音从佛祖手中接过如此重大的任务，不可能不进行一番仔细的思量，对如来的暗示自然心领神会。因此，路过五行山时，观音的做法与别处不同。她主动停了下来，先是叹息不已，然后即兴"作诗一首"，显得很有闲情逸致。很可能观音此行的重点就在于对孙悟空进行考察。菩萨听得孙悟空"情愿修行"的话，没准儿心里在说：这猴头还是挺明白事理的，并不像想象得那样不好做思想工作呀，如来的眼光真是非同一般啊。"那菩萨闻得此言，满心欢喜"，看来这次任务是圆满地完成了。相比之下，观音在收八戒、沙僧时，并没有高兴的表示。

这一次的结果，菩萨和孙悟空可以说是双赢。一方找到了保护取经人的满意人选，另一方则成功地脱出了五行山的束缚。

我们应如何理解孙悟空说的"情愿修行"这句话呢？是不是这就表明孙悟空真有了修行的愿望？我觉得还不能这么说，这应该是孙悟空为了脱出五行山而采取的权宜之计。这话与鲁智深上五台山时的想法相似。当赵员外劝

[①] 五行山在平时应该是没有"金光万道，瑞气千条"。事实上，当唐僧与刘伯钦来到五行山下时，五行山没有任何异状。从刘伯钦的话来看，这山平时也是没有异状的。五行山突然大放光明，应该是如来佛的安排，是给了观音一个强烈的暗示。

鲁智深上五台山，又怕他不肯做和尚时，鲁达说："洒家是个该死的人，但得一处安身便了，做什么不肯？"鲁智深与林冲初次见面的时候，林冲问道："师兄何处人氏？法讳唤做甚么？"智深道："洒家是关西鲁达的便是。只为杀得人多，情愿为僧。"这最后一句话，道尽了鲁达出家的原因，哪里是要修行，不过是个避祸活命的手段罢了。

在《西游记》中，相似的情况出现了不止一次。在黑风山，观音收服黑熊怪，给他戴上禁箍，念了一通咒语，然后问："孽畜！你如今可皈依么？"那怪满口道："心愿皈依，只望饶命！"那怪后来还把这话颠倒说了一遍："但饶性命，愿皈正果！"总而言之，"皈依"是与"饶命"紧密联系在一起的。

后来观音出马收服红孩儿时，类似的场景再次上演。观音把天罡刀变成倒须钩钩住红孩儿，红孩儿慌了手脚，痛声苦告道："菩萨，我弟子有眼无珠，不识你广大法力。千乞垂慈，饶我性命！再不敢恃恶，愿入法门戒行也。"也把愿意修行的话搬出来了。当菩萨再次确认时，红孩儿道："果饶性命，愿入法门。"不过，红孩儿毕竟是小孩，菩萨刚饶了他的性命，马上就反悔，与观音争斗了几次，直到最终确认自己的法力与菩萨相差太远，"没奈何，才纳头下拜"。

看来对这种情况，菩萨早已是见多不怪了。她对于孙悟空"情愿修行"背后的想法，应该是心知肚明的。不过佛法无边，观音也不怕他反出天去。

第二节　不再认同妖怪身份

一、初见唐僧：冰火两重天

通过了观音的面试，孙悟空心里终于踏实下来，他现在要做的就是耐心等待唐僧的到来。他只希望这一天能早点儿到来。等待是痛苦的，孙悟空此时的心情颇为迫切。

这天，唐僧终于来了。孙悟空见到师父说的第一句话竟是："师父，你怎么此时才来？来得好，来得好！"喜悦之情溢于言表。然后他又承认自己五百年前大闹天宫，"犯了诳上之罪"，所以被佛祖压在这里。其实，他跟唐僧讲这些也是白讲，唐僧哪里知道大闹天宫这些事啊。他不仅不知道，这样的事对他来说也很难理解，更不能接受。孙悟空接着说，我因为以前犯了错误，急于改过自新，"故此昼夜提心，晨昏吊胆，只等师父来救我脱身。我愿保你取经，与你做个徒弟"。

他说自己整天在这提心吊胆的。为什么要提心吊胆呢？我想主要是怕唐僧走岔路错过了，以至于错过这个从五行山下脱身的难得机会。孙悟空见到唐僧时说的一番话，很有礼貌和条理，而且一点儿也不张扬，身段放得很低。不过，此时孙悟空对自己的本领仍然估计过高。这也难怪，他到现在为止，严格说来只败在了如来一个人手下。对于这次失败，他也并不心服口服。好吧，就算如来比自己强一点儿，总不会还有别人比自己强吧。

孙悟空一出来就一棒打死一只猛虎，在唐僧看来简直帅呆了，唬得他滚鞍落马，咬着手指头说（这可不是我乱说的，书中原文就是"咬指道"）：前两天刘太保打死一只老虎，还斗了半天。你上去一棒就把老虎给打死了，天哪，你也太厉害了吧。孙悟空一听，非常高兴，马上就吹开了："我老孙，颇有降龙伏虎的手段，翻江搅海的神通，见貌辨色，聆音察理，大之则量于宇宙，小之则摄于毫毛！变化无端，隐显莫测。剥这个虎皮，何为稀罕？见到那疑难处，看展本事么！"他这意思，打死一只老虎实在算不了什么，越到困难时节，才越能显出我的本事呢。

对孙悟空的本事，唐僧满意之极。不过出家人更重视的是心性，这两人的心性是否相合，也马上要面临考验了。

这一天，他们正往前走，忽见路旁呼哨一声，闯出六个人来，各执长枪短剑，利刃强弓，说："我等是剪径的大王，行好心的山主。大名久播，你量不知，早早地留下东西，放你过去；若道半个'不'字，教你碎尸粉骨！"唐僧还是第一次见到这个架势，吓得魂飞魄散，从马上摔下来，口里说不出话，心想：我命休矣，想不到西天未到，先死在这儿了。

孙悟空的反应大出唐僧所料。他轻轻把师父扶起来，说："师父放心，没些儿事，这都是送衣服送盘缠与我们的。"唐僧说，孙悟空，你是不是有点儿耳背呀，他们哪儿有这么好心。孙悟空说，师父您别不信，这样吧，您看管好衣服、行李、马匹，我去给他们讲讲道理。唐僧说，你还是免了吧，他们有六条大汉，你这么一个小个子，他们能听进你的道理？

这猴王能讲出什么道理来，不过是把《天龙八部》里面，梅兰竹菊四姐妹跟那个管菜园的缘根和尚讲的道理拿出来讲一遍。这四姐妹的道理倒也确实管用，至少缘根和尚就很信服，反而是听不进虚竹讲的大道理。这六个毛贼在听什么道理方面，可能与缘根差不多。

孙悟空的道理比梅兰竹菊四姐妹讲得更为彻底，直接把六个毛贼给打死了，这样他们再也不会来抢唐僧师徒的行李盘缠了。在这个问题上，师徒二人的观念出现了重大分歧。孙悟空打死六个毛贼后，剥了他们的衣服，夺了他们的盘缠，然后"笑吟吟"地向师父走过来。"笑吟吟"反映了孙悟空的心情和感受，他觉得自己做了好事，立了一功，以为唐僧一定会大大夸奖他一顿。没承想，等待他的是唐僧的一顿臭骂。

　　　　唐僧：你这猴头太闯祸了，他们虽然是强盗，但就算被官府捉去，也不够死罪。你有本事，把他们赶走就算了，何必打死他们呢？还好现在是在山里面，没有别人，要是在城市里你也这么行凶，我怎么脱得了身？

孙悟空：但我不打死他们，他们就要打死你呀。

唐僧：我就算死，也只是死一个，你一下打死了六个，这怎么说？况且我是和尚，走路都怕踩死蚂蚁，就算打死我，我也不能行凶。

在对话的后面，我们或许还可以补上下面两句。

孙悟空：要按师父你这样，那是到不了西天了。

唐僧：像你这样胡乱杀人，到西天又有什么意义呢？不过是手中有经、心中无经罢了。

最后，唐僧直接对孙悟空下了结论：你这样"去不得西天，做不得和尚。忒恶，忒恶"！你太差劲了，太差劲了！

这段话，从唐僧的眼光出发，总结了孙悟空过去的经验教训，也展望了孙悟空的未来。唐僧的话，也是孙悟空最听不下去的，于是他心头发火道："说我做不得和尚，上不得西天，不必恁般绪咶恶我，我回去便了！"你说我做不得和尚，我还不做了。说完，将身一纵，说一声："老孙去也！"唐僧连忙抬头看时，人已走得没影了，只是听到"呼"的一声往东边去了，筋斗云显然也是超音速的。唐僧没想到自己收了这么个徒弟，脾气竟这么大。只好一个人在那里孤零零地埋怨："这厮，这等不受教诲！我但说他几句，他怎么就无形无影的，径回去了？"

这件事体现了两点：第一，在孙悟空与唐僧之间，存在着观念上的巨大差异。在打死毛贼这件事上，孙悟空与唐僧都对对方的做法感到惊异，觉得对方竟然会如此想，真是受不了。如果他们真要一起往西天取经，至少有一人的观念要发生很大变化才行。第二，到这个时候，孙悟空的脾气仍然挺大，爱使性子，稍不满意，说走就走了。

唐僧说孙悟空的这番话不能简单看成无稽之谈。我们可以说唐僧迂腐，但他的话并非完全没有道理。是啊，到西天为的是什么呢？真的只是为了那几本书吗？当然不是。那么是为了名、为了利、为了地位、为了寻个出身？这些都不是真正的目的，至少都不是佛所追求的境界。如果像孙悟空这样胡乱杀人，在唐僧看来就算去西天也没有什么意义，到不到西天并没有什么区别。唐僧确实向孙悟空提出了一个根本性的问题。

二、龙王思想工作做得好

孙悟空离开唐僧后,并没有直接回花果山,而是来到东海龙宫。他不直接回花果山也很有意思,五百年了,难道一点儿不想念吗?当然不会。他不直接回花果山,是因为还没有想清楚今后的路该怎么走,还在犹豫不决、困惑迷茫之中。

孙悟空来到东海龙宫,龙王连忙出来迎接,把他接到里面坐下。坐下以后,龙王就开始做思想工作了。

龙王:听说大圣苦难已满,没有去道贺,真是不好意思。现在您想必是又回到花果山,重整仙山了吧?

孙悟空:这个想法我不是没有,只是现在又做了和尚了。

龙王(故作惊讶状):做和尚了?

孙悟空:说起来要多谢观音菩萨,她劝我行善,保唐僧去西天取经,皈依佛门。

龙王(绕了半天,正在这里等着他呢):哎呀,这可真是可喜可贺啊。这才叫改邪归正,走上正路了啊。既然这样,您怎么不往西边去,又到我们东边来了?

孙悟空把与唐僧的争执解释了一遍。

龙王(态度稍微冷淡下来了):原来是这么一回事,难得您来一回,不容易,不容易。来,给大圣看茶。

喝完茶,孙悟空也是闲得没事干,心情又郁闷,眼睛便往四下里看,发现龙宫的后壁上挂着一幅画,画的是"圯桥进履"的故事。故事发生在孙悟空被压在五行山下期间,孙悟空问龙王上面画的是什么。龙王就把画里的故事给他讲了一遍。

这"圯桥进履"的故事,史书上还真有记载,在《史记·留侯世家》里就有。故事说,张良闲暇无事漫步在下邳的圯桥上,一个穿着麻布短衣的老人走到张良跟前,故意把鞋子弄到桥下,然后对张良说:"年轻人,下去帮我把鞋子捡起来。"张良一愣，想打他，但看他上了年纪，就忍着怒气，下桥拾起了鞋子。那老人又说："给我把鞋子穿上。"张良听了颇为生气，转念一想，既然已经帮他把鞋子捡上来了，索性帮他穿上吧。老人伸脚让张良把鞋套上，笑着走了。张良很惊奇，目送老人走了一里左右，老人又回来了，说："小伙子不错，有培养价值，五天后天亮时，在这里同我相会。"张良感到奇怪，跪下回答说："是。"

五天后，天刚亮，张良来到桥上，老人已先到那里等候了。老人气愤地说："与老人说好的约会还迟到，这算什么？"说完就走，留下话说，"五天后早点儿来相会。"过了五天，鸡一叫张良就来到桥上，老人又先到桥上，愤怒地说："又晚来，这是为什么？"说完就走，边走边说，"再过五天，早点儿来。"五天后，还没到半夜，张良就在桥上等候。不一会儿，老人来了，高兴地说："应当像这样才对。"说着老人拿出一本书来，说："读了它就可以给君王当老师。十年后时局将发生变化。十三年以后，你来见我，找济北古城山下叫黄石公的就是。"说完转身离去，再没有说其他的话。天亮张良打开书一看，发现是《太公兵法》。张良觉得它不是一般的书，经常拿出来学习，后来辅佐刘邦得了天下。

张良后来的归宿是"太平后，弃职归山，从赤松子游，悟成仙道"。讲完故事，老龙王趁机规劝孙悟空：大圣啊，你也应该多向张良学习学习。"你若不保唐僧，不尽勤劳，不受教诲，到底是个妖仙，休想得成正果。"像现在这样心浮气躁是不行的。龙王说孙悟空现在是个"妖仙"，其实妖就是妖，仙就是仙，哪有什么"妖仙"，不过是在照顾孙悟空的面子，在"妖"后面加了个"仙"字罢了。其实，他不保唐僧的结果，就是一个"妖"，至少天界就是这么看的。

听了龙王的话，孙悟空"沉吟半晌不语"。用现在的话说，就是在做激烈的思想斗争。这实际上是两种前途、两种命运的抉择。一种前途是现在就转回花果山，再做美猴王。如果这样，他知道，美猴王也就是他人生的结局了。毕竟，天庭给了他这么多次机会，都被他糟蹋了，以后很难指望天界再给他这样的机会了。而且这个美猴王是不是能长期安稳地做下去，并不好说。另一种前途是回去给唐僧做徒弟，保他去西天取经。这条路的问题是现在要受很多气，但熬出来后可以有一个光明正大的出身，是正儿八经的"天庭高官的身份"。这当然也可以附带地改变自己在神仙心目中的形象。困难在于孙悟空受不了别人的气。如果走后一条路，最终的结果是他所希望的，不过过程中需要他做出很多改变。这些改变他一时半会还不适应，心理上不是很接受，所以在那里沉吟。

龙王怕情况有变化，就催促他说："大圣自当裁处，不可图自在，误了前程。"您还是快点儿拿个主意吧，不要犹豫来犹豫去，以免后悔都来不及了。龙王的话坚定了孙悟空的信念，他说："龙王你就别说了，我还是去保唐僧算了。"

利益权衡的结果，孙悟空还是决定回取经队伍。孙悟空做出这个选择，说明他已经决定要对自己的性格和行为方式做出改变。这次他是做了慎重考虑的，选择了哪条路，就得按照哪条路的套路来，否则不可能有好结果。孙悟空刚做完选择，他对菩萨的态度立马就发生了变化。在回去的路上他"碰巧"遇到了观音菩萨，"慌得个行者在云端里施礼"；对观音表现得明显比以前更有礼貌了。他没有想到的是，观音在此时出现，并不是巧合。

众所周知，做思想工作不是容易的事。要做孙悟空这个有名刺儿头的思想工作就更难了，龙王却把这个光荣而艰巨的工作轻而易举地完成了，龙王的水平确实高。龙王的思想工作是怎么成功的呢？

龙王先向孙悟空分析了他的利益之所在。这其实不难，几乎每个安分守己的天界神仙都会赞同龙王的这种利益观，但孙悟空是不是赞同就不好说了。所以，对这个问题只能隐晦地讨论，不能直接说："大圣，你这样不行啊，你还是应该回去啊。"而是讨论一个似乎不相干的人张良，用别人的经验来说法，让大圣自己去体会，这样他更容易接受一些。

仅仅这样还不够，龙王通过这个过程还传递了一些信息。其一，龙王没有说他重回花果山不好，还为自己没能前去道贺道歉，这样增加了孙悟空对龙王说法在心理上的接受度；其二，他听说孙悟空加入了取经队伍，连说可喜可贺。其中潜在的褒贬倾向是很明显的。龙王这样的铺垫，孙悟空不易觉察出来，却能得到心理上的暗示。我猜想，孙悟空现在心里很苦闷一件事，就是以他齐天大圣的身份，去保唐僧这样一个肉眼凡胎往西天取经，还要受唐僧的教训。他怕这事传出去没有面子、遭人笑话。当初他在天庭做了个弼马温，都觉得"活活的羞杀人"，不好意思说出口，现在这个唐僧弟子的身份，比之于弼马温光荣不了多少，论地位，实际上是大有不如。而龙王的反应给他一种感觉，神仙们并不觉得这是没面子的事情，反而普遍认为这才是正道，这使他觉得自己的担心有些多余，由此放下一半的心来。

再看圯桥进履的故事。黄石公对张良做的这些举动，与其说是在折辱张良，不如说是在考验张良。如果孙悟空把自己想象成张良，那么与黄石公相对应的肯定不是唐僧，而是如来。因为唐僧没有考验孙悟空的资格，他也没有能力给孙悟空以正果。如果把服从唐僧的行为视为如来对他的考验，而不是自己对他的折服，这样一想，孙悟空心里就好受多了。因为在对师徒关系的这一理解中，唐僧不过是如来考验自己的一颗棋子，就如同那只被黄石公扔到桥下的鞋子。如此一来，自己也就不必与肉眼凡胎的唐僧一般见识了。以孙悟空的聪明，能够打破菩提祖师的盘中哑谜，想通其中的关节显然不是难事。

这个思想工作的重点是进行换位思考，让孙悟空跳出个人一时的感受，更好地从长期看清自己应该何去何从。

三、戴上紧箍

要说这观音可真不是吃素的，时间拿捏得非常好。孙悟空前脚离开，她后脚就到，趁这工夫，把紧箍儿和紧箍咒一并传给了唐僧。

唐僧也算有道的高僧，按说出家人"不打诳语"，可唐僧为了骗孙悟空戴上紧箍，说起谎来面不改色心不跳。唐僧先假意称肚子饿了，让孙悟空从包袱里取些干粮来吃。孙悟空打开包袱一看，发现里面多出一套衣帽来，就起了好奇之心，问师父："这衣帽是东土带来的？"唐僧也是说谎不用打草稿，顺口就说："是我小时穿戴的。这帽子若戴了，不用教经，就会念经；这衣服若穿了，不用演礼，就会行礼。"把这衣服说得可神了。行者对于能学会"念经"和"行礼"很感兴趣，于是求师父道："好师父，把与我穿戴了罢。"唐僧欲擒故纵，还假意说道："只怕长短不一，你若穿得，就穿了罢。"

关键时刻，孙悟空还是放松了警惕，把衣帽穿戴上了。看来有时遇到事情还得多留一个心眼，特别是在平白无故得到好处的时候，更应如此。

看到孙悟空戴上帽子，唐僧心中暗喜，干粮也不吃了，默默念起紧箍咒检验一下效果。孙悟空好好的，突然觉得脑袋疼得不行，再一看，原来是师父念咒念的。孙悟空真有点儿上了贼船的感觉，这一下，想全身而退也难了。

唐僧的底气立马足起来，说："你今番可听我教诲了？"孙悟空说："听教了！""再可无礼了？"孙悟空说："不敢了！"（唐僧心中大喜，心道，这还差不多）不过孙悟空内心并不服气，不仅不服气，而且很生气，想一棒把唐僧打死。结果唐僧把紧箍咒又念了两三遍，孙悟空"跌倒在地，丢了铁棒，不能举手"，这下真的没有脾气了。他跪下求师父说，我愿保您去西天，再也不反悔了，您没事也别老拿它念着玩。唐僧进一步摆起师父的架子来，说："既如此，伏侍我上马去也。"孙悟空还能说什么，只好乖乖照办。唐僧至此总算有一点儿做师父的感觉了。

孙悟空还在生观音的气，想着要到南海找观音算账。唐僧说，徒弟你怎么就不明白呢，这办法是她教给我的，她能不会吗？你到南海去不是找死呀？行者一想也对，只好"抖擞精神"（强打精神吧），死心塌地保唐僧西去。

这观音做事也很刁。她不在孙悟空从五行山下出来的时候给他戴紧箍，而在他工作中途开小差之后，再让唐僧给他戴上紧箍。故意给了孙悟空一个表面上自我选择的机会，要不然，一开始就强迫孙悟空的感觉太强烈了。这次开小差，毕竟是孙悟空自己跑回来的，再给他戴上紧箍，孙悟空心理上稍微好接受一点儿（当然还是不好接受）；另外，也算是对他中途撂挑子不干的一种惩罚。

要对孙悟空进行改造，紧箍咒是一个必要的环节。有人认为，紧箍咒实际没有多大作用，理由主要有两点：一是紧箍咒没有念几次；二是孙悟空担心如果唐僧念紧箍咒的话，干脆让妖魔把他给吃了，不是免去麻烦了吗？这种观点实际上难以成立。以第二个理由来说，首先，孙悟空的目的是通过保唐僧到西天，改变自己的身份，求得正果，他自然不能让妖魔把唐僧给吃了；其次，就算妖魔把唐僧给吃了，观音还是会念紧箍咒。孙悟空真正忌惮的是如来和观音，他不敢向唐僧下手，正是有这一层的顾虑。

第一个理由更不成立。戴上紧箍并不是要时时给他念紧箍咒。紧箍咒念得少不表示紧箍咒的作用小。紧箍一直是孙悟空心头的一个阴影，它随时提醒孙悟空，自己有把柄捏在别人手里，使他不敢轻举妄动。比如，有好几次他想对妖怪、劫匪下手，因为怕唐僧念紧箍咒而作罢。紧箍咒是唐僧对付孙悟空的撒手锏，可以起到最后手段的作用，它的价值正在于"备而不用"。

观音让孙悟空戴上紧箍，并非出于恶意。观音并未有意念过紧箍咒。她唯一一次念紧箍咒，是为了辨别出假冒孙悟空的六耳猕猴。她也从未想过要用这个东西折磨孙悟空。另外到西天时，紧箍就从孙悟空的头上自动消失了。因此，菩萨给他戴上紧箍，主要是从引导孙悟空进行思想改造的角度着眼的。对此，孙悟空心里也基本上明白。

实际上，取经队伍是一个团队，现在要由这个团队去完成一项艰巨的任务。孙悟空显然是团队中的能人；缺了他这样的能人，取经团队到不了西天。另外，组织也要控制团队成员自行其是的行为。孙悟空神通广大，可以借以成事。但他又"性泼凶顽""不伏使唤"，连稍微说道他两声都不行。对这样的人，如果能加以约束，则可以更好地发挥他的积极作用。

从制度安排的角度看，观音的处置并非没有缺陷。最大的问题在于，通过掌握紧箍咒，唐僧可以控制孙悟空，反过来孙悟空对唐僧则没有制约，以至于在取经过程中，常出现外行领导内行的情况。对此，孙悟空也无计可施。唐僧念不念紧箍咒，什么时候念紧箍咒，只能看唐僧的想法而定。还好唐僧没有利用可以用紧箍咒控制孙悟空这一点做什么不法之事。

四、唐僧一逐孙悟空

孙悟空虽然同意保唐僧去西天取经，他是否就已不再认同自己是"妖"的身份了呢？我们说刚上路时还没有。在第十七回，孙悟空见到黑熊精，做自我介绍时，还说："你去乾坤四海问一问，我是历代驰名第一妖！"他认为自己不但是妖，还是"第一妖"，觉得光荣极了。如果他总是以这样一种心态自居而不做出改变，就会与他在西行路上一路降妖伏魔的做法自相矛盾。

其实，孙悟空此时还以妖怪身份自居，涉及他对取经是怎么一回事的认识。按照普通的想法，保唐僧取经，不过是一路负责唐僧的安全与起居，对付那些上门找事的妖邪与强盗。他只需做好保卫和护送工作就行了，并没有其他考虑。如果这样，自己是不是妖就不那么重要了。这样的想法显然低估了取经行动的难度，更脱离了如来、观音安排这次活动的目的。

取经的路途中，酝酿着唐僧与孙悟空的矛盾。到三打白骨精一回，二人关系出现了很大的危机。危机的根源在于，唐僧是肉眼凡胎，识不出妖怪的变化。如果孙悟空也识不出妖怪的变化也就罢了，偏偏孙悟空有火眼金睛，能识破妖怪的真面目。此时，孙悟空对妖怪的做法是举棒就打，虽然明知道唐僧会不高兴，却觉得可以先打死妖怪，再向师父做解释。

就这件事本身而论，孙悟空的做法并没什么错，但唐僧还是很坚决地要赶他走。孙悟空想留下来的态度也很诚恳。他不愿走有两个基本的理由：一是唐僧救过他的命，他还没有报恩；二是头上戴着个紧箍，回去了心里不舒服。因此，孙悟空对唐僧说，你让我走也可以，得先把那箍儿给除了。除此之外，孙悟空还有一点儿不是十分光明正大的想法：

> 苦啊！你那时节，出了长安，有刘伯钦送你上路。到两界山，救我出来，投拜你为师。我曾穿古洞，入深林，擒魔捉怪；收八戒，得沙僧，吃尽千辛万苦。今日昧着惺惺使糊涂，只教我回去，这才是鸟尽弓藏，兔死狗烹！（第二十七回）

孙悟空认为唐僧是过河拆桥，用得着的时候还好说话，现在有了八戒、沙僧保护，觉得不太用得着他了，就看他不舒服，非要赶他走。孙悟空这样的说法除了惹唐僧更不高兴外，没有任何别的效果。

唐僧看他还在磨磨叽叽，很不高兴，于是给他写了一纸贬书，断绝了师徒关系。或许唐僧真觉得手下有了八戒、沙僧，应该足以保自己上西天了吧，因此，他说话的底气很足，甚至说出"如再与你相见，我就堕了阿鼻地狱"的话来。看来，在任何时候都不要把话说得太满。

要说这孙悟空，在五行山下被压了五百年，性情真是与以前不同了。走就走吧，还非要拜师父一拜，当初离开菩提祖师都没有这样。唐僧还不愿受他的拜，说出来的话也气死人，说什么"我是个好和尚，不受你歹人的礼"。孙悟空是你不让我拜，我还偏要拜，于是使了个身外法，从脑后拔了三根毫毛，变了三个行者，连本身四个，四面围住师父下拜。唐僧左右躲不脱，只好受了一拜。

按礼数这已经很够意思了吧，孙悟空还不走，又对沙僧叮嘱了一番：师弟啊，你是个好人，对八戒的话要留心提防，路上有什么事情也要仔细。如果有妖精捉住了师父，就说我老孙是他的大徒弟。西天路上的这些小妖怪，听了我的名字就不敢伤害师父了。沙僧没有回应，唐僧又说出一句很伤人的话："我是个好和尚，不提你这歹人的名字，你回去罢。"就这么着把孙悟空给赶走了。

其实，唐僧是不了解孙悟空。如果他熟悉以前的孙悟空，一定会对孙悟空现在的行为感到惊讶，因为这与以前的孙悟空反差太大了。唐僧会对孙悟空说，够了，这哪里还是以前那个大闹天宫的齐天大圣，这么婆婆妈妈的不爽快，像个什么样子。

孙悟空这一走，还很伤心。

> 你看他忍气别了师父，纵筋斗云，径回花果山水帘洞去了。独自个凄凄惨惨，忽闻得水声聒耳，大圣在那半空里看时，原来是东洋大海潮发的声响。一见了，又想起唐僧，止不住腮边泪坠，停云住步，良久方去。

（第二十七回）

好一副多愁善感的样子。这次孙悟空也不找东海龙王了，直接回花果山，我们也可以顺便盘点一下花果山此时的局势。

五、孙悟空身份认同的剧烈转变

孙悟空回到花果山，看到的会是一副什么样的景象？花果山是否还是"瑶草奇花不谢，青松翠柏长春"，群猴其乐融融，一幅世外桃源、海外仙山的美好景象呢？我们只能说不是。

此时花果山的局面，只能用"凄惨"二字来形容。山上"花草俱无，烟霞尽绝；峰岩倒塌，林树焦枯"，草也死了，树也烧焦了，岩石也坍塌了，完全是不适合人兽居住的景象。原来当时二郎神捉拿齐天大圣时，率领梅山七兄弟，把整个花果山放火烧了。看到这种情形，孙悟空"回顾仙山两泪垂，对山凄惨更伤悲"。他刚从师父那里受气回来，再看到眼前的局面，心情之不爽是显而易见的。

这时，从花果山中跳出七八个小猴迎接大圣回山，把他们度日如年的情况做了汇报。孙悟空看到猴子这么少，就问："我当时共有四万七千群妖，如今都往哪里去了？"值得注意的是，孙悟空不是说有四万七千只猴，而是把猴子也都说成"妖"了。他这个说法上的变化是有原因的。经过了天上走一遭，再加上给唐僧做徒弟的这一段经历，从概念上他弄清了一个问题，就是这些年自己实际上是妖，下面带领的也是一群小妖，与他在西行路上要降了的对象属于同一个性质。这点既然已经明白了，就索性说开了，也不用藏着掖着不好意思。

原来的那些猴子到哪儿去了呢？原来这四万七千只猴子，大闹天宫时死了一大半；后来这里生存环境实在太恶劣，吃的东西也不够，又跑了一半；剩下的又被猎人抓走了一半，只剩下一千出头了。而且猎人抓走猴子后，对它们十分残忍，"拿了去剥皮剔骨，酱煮醋蒸，油煎盐炒"。孙悟空心里本来就撮火，听到这儿更是大怒。这时，来了大队猎户。孙悟空吹起一阵狂风，用山上碎石把这千余人马不加分别地全部给打死了，这也是《西游记》中孙悟空杀死平民最多的一次。

此时孙悟空皈依佛门，跟随唐僧往西天取经，在路上已行走了两三年，但他杀起人来还是一点儿不含糊。杀完猎户后：

> 大圣按落云头，鼓掌大笑道："造化，造化！自从归顺唐僧，做了和尚，他每每劝我话道：千日行善，善犹不足；一日行恶，恶自有余。真有此话！我跟着他，打杀几个妖精，他就怪我行凶。今日来家，却结果了这许多猎户。"（第二十八回）

从他鼓掌大笑看，心情似乎很好。然后他又做了一面彩旗，写上"重修花果山复整水帘洞齐天大圣"，挂在洞外。"逐日招魔聚兽，积草屯粮，不提和尚二字。"他又去找四海龙王，借些甘霖仙水，把山洗青了，栽上花草树木，使花果山恢复原来的样子。看他的架势，似乎有重走老路的想法。孙悟空这么做，是因为在唐僧那边暂时看不到前途，有点儿自暴自弃了。按孙悟空的说法是"他说我行凶作恶，不要我做徒弟，把我逐赶回来，写立贬书为照，永不听用了"，那我还能怎么着啊。

此时花果山的形势已远不如以前，一方面，没有了独角鬼王和七十二洞妖王；另一方面，由于在取经路上与妖魔为敌，以前的一帮结拜兄弟也不见了踪影。加上头上戴了个紧箍，被别人拿住了罩门，孙悟空这次也没有了继续造反的想法，不过是过一阵逍遥自在的日子吧。也是，反正造反也不可能成功（有了紧箍咒，您说能成功吗），何必再让人抓住把柄，说他有反心？

与孙悟空相比，唐僧的情况就很糟糕了。虽然唐僧的愿望是十分美好的，但现实却非常残酷，妖魔不会因为他是"好人"而放过他。更可悲的是，黄袍怪竟然把他变成了老虎，还被宝象国朝中武将"一拥上前，使各项兵器乱砍"一通，如果不是丁甲、揭谛、功曹、护教诸神暗中保护，"就是二十个僧人，也打为肉酱"。之后，老虎被用铁绳锁了，关在铁笼子里。被妖怪打了倒是正常，唐僧竟被满朝文武当成妖怪，痛打一番。唐僧由此也得到一个教训：原来人与妖的分别并不简单，并不是一眼就能看出来的，光苦口婆心地说自己是好人是不管用的。

在取经队伍面临瓦解之际，白龙马说服八戒，让他请孙悟空回来。在八戒面前，孙悟空一开始表现得对回去不感兴趣。他领着八戒欣赏花果山的风景，品尝土特产，一副漠不关心的样子。他真不想回去了吗？当然不是。八戒一来，他就已料到唐僧有难，而且是八戒、沙僧无法解决的困难，这一次是非他不可了。但人是讲脸面的呀，当初被唐僧赶回来的时候，做死做活地不要我，八戒、沙僧在旁边一声未吭，现在哪能说回去就回去了，也太不把自己当人了吧。回去自然是要回去的，但也不能说去就去。

八戒还有点儿急智，使一个激将法，编造了一番妖怪骂孙悟空的话语，把孙悟空"气得抓耳挠腮，暴躁乱跳"，立即决定要回去拿住妖怪，碎尸万段，"以报骂我之仇"。可见直到此时，孙悟空的性格仍十分冲动易怒。

孙悟空决意要去降妖，花果山的猴子慌忙拦住，希望他留在花果山。孙悟空说那可不行。为什么不行，他讲了两条理由：

> 小的们，你说哪里话！我保唐僧的这桩事，天上地下，都晓得孙悟空是唐僧的徒弟。他倒不是赶我回来，倒是教我来家看看，送我来家自在耍子……待我还去保唐僧，取经回东土。功成之后，仍回来与你们共乐天真。（第三十一回）

第一条理由是，我与唐僧有师徒的名分，尽人皆知，师父有难，我怎能不去。第二条理由则纯属骗人，说师父当时就没有赶他回来，只是让他回去看看，散散心。他这么说，有那么一点儿为长者讳、为尊者讳的意思，是在帮师父隐瞒情况，言语中并没有怪师父的地方。此外，他一直自认是一个响当当的英雄，绝非草泽间的普通人物，可以任人招之即来，挥之即去，说师父并没有赶他回来，也是为了维护自己的面子。

最奇怪的是接下来发生的一件事：

> 那大圣才和八戒携手驾云，离了洞，过了东洋大海。至西岸，住云光，叫道："兄弟，你且在此慢行，等我下海去净净身子。"八戒道："忙忙的走路，且净什么身子？"行者道："你哪里知道，我自从回来，这几日弄得身上有些妖精气了。师父是个爱干净的，恐怕嫌我。"八戒于此始识得行者是片真心，更无他意。（第三十一回）

你看，师父命悬妖手，情况十分紧急，连八戒都急得不行，孙悟空却不忙，在经过东海时，非要下去洗个澡。不过他这次没有拿八戒开涮的意思，而是说出了一番大道理：原来他回来这几天，竟然弄得身上有些"妖精气"了。他身上有什么妖精气？他不还是以前那个孙悟空吗？回来后过的日子，与他被压在五行山下之前，在花果山过的日子，并没有什么大的不同啊。那时手下还有两个独角鬼王、七十二洞妖王，并结拜了六个弟兄，每天云来雾去地不亦乐乎，怎么不觉得身上有妖精气？如果说有妖精气的话，其实到现在为止，孙悟空身上一直都有，不过他以前一直没有当回事罢了。现在则有了很强烈的与妖精划清界限的意识，因此想去洗个澡，洗掉身上的妖精气。

"妖精气"在海里洗不洗得掉呢？当然洗不掉了。毕竟气是个很玄妙的东西，是一种关于精神气质的东西，不是衣服脏了，洗洗就干净了那么简单。孙悟空说师父是个"爱干净的"，这意思难道是说师父的观念很超前，像现代人一样很讲卫生，在荒郊野外也不放松要求；而且不仅自己讲卫生，还要求身边的人讲卫生？当然不是。这里的"爱干净"，对应的是唐僧赶走孙悟空时说的话："我是个好和尚，不提你这歹人的名字。"原来唐僧觉得孙悟空不是个好人，所谓道不同不相为谋，竟耻于与孙悟空这样的坏人为伍，这是价值观的分歧，可就与本事大小无关了。通过一段时间的相处，孙悟空也基本了解了唐僧的价值观，这次到东洋大海中洗澡，其实更多的是做给自己看的，表达了要彻底改变自己，跟以前的自己决裂的决心。他也希望师父以后不要再嫌弃他了。这次洗澡，明确地传达出孙悟空不想再回花果山为王的意思。看来他杀完猎户时的"鼓掌大笑"，不过是强颜欢笑罢了。他这一弄，倒把八戒看得很感动，觉得自己以前真是错看了猴哥了。

至此，在孙悟空身上发生了一个最重大的变化。此后几十回中的经历，是孙悟空的转变最终得以完成的过程。

这一回，唐僧吃了亏，被变成老虎，好人被当成了歹人，教训极其深刻，对孙悟空的态度发生了很大变化。当他从老虎变回人时，认出孙悟空，一把挽住，表达了这段时间的想念之情，说："贤徒，亏了你也，亏了你也！这一去，早诣西方，径回东土，奏唐王，你的功劳第一。"师徒之间的心理距离明显缩小了。

第三节　对观音执弟子之礼

有不少《西游记》研究者说，孙悟空本人体现了一种反叛的、伸展个性的精神。他没有丝毫崇拜权威的意识，放言无忌，嘲弄一切，一个重要的例子是他曾诅咒观音"该她一世无夫"。还举孙悟空回花果山后打死许多猎户为例，说孙悟空皈依佛门之后，并无改悔之意。这些说法中所包括的证据就事实本身都是真实的，不过要用它们来支持其观点，却不大行得通。这个说法最根本的问题在于，忽视了孙悟空心理和行为的变化。事实上，孙悟空对观音菩萨的态度，前后发生了巨大变化，说是有强烈的反差也不为过。我们不能用孙悟空某一时某一地对观音如何，就断定孙悟空如何如何，而需要具体考察这话是孙悟空在其心理变化的哪个阶段说的。

孙悟空与观音的第一次真正意义上的接触，是在观音寻访取经人的时候。当时，孙悟空对观音很有礼貌，前面已经说过，这里讨论其后孙悟空与观音关系的变迁。

一、孙悟空起初并不太尊重观音

虽然当初为了从五行山下脱身出来，孙悟空对菩萨说话非常客气，很有礼数。不过，他对观音并无多少敬意，表面上的尊敬，更多的是为了争取一个出山的机会。不久，孙悟空被骗戴上紧箍，了解到背后的主使人是观音后，孙悟空对观音的看法就颇为不好了。他大怒道："不消讲了！这个老母，坐定是那个观世音！他怎么那等害我！等我上南海打他去！"孙悟空对观音十分不满，只是怕观音也给他念紧箍咒，所以没敢打上南海。（第十四回）

在蛇盘山鹰愁涧，孙悟空与观音就取经问题进行了一番辩论和讨价还价：

行者（对观音大叫）：你怎么生着法儿害我！
观音：你这个愚昧的家伙，我救了你，你不感谢我，还好意思跟我闹。
行者：我怎么谢你？你把我放出来就行了，为什么哄我戴上紧箍，让那老和尚念咒？
观音（笑着说）：这都是因为你不听话啊，戴上它，你才能真正入佛门呢。
行者：这件事就算了，这条孽龙被你放在这里成精，是怎么回事？
观音收服白龙后。
观音：我回海上去也。
孙悟空（扯住菩萨不放）：西天我不去了。路这么难走，要保这个肉眼凡胎，什么时候能到啊。说不定在路上把小命都丢了，还成什么功果。（这是孙悟空在讨价还价）
观音（看来不下点本钱，这猴子撂挑子了还真不好办）：你没信心怎能成正果，你可不要偷懒。这样吧，我许你叫天天应，叫地地灵，实在有应付不了的局面，我亲自来帮你。另外，我再给你三根救命毫毛，关键时刻用得着。（第十五回）

孙悟空得了这些许诺和好处，才谢了菩萨。说不定菩萨在回去的路上还在想：这个猴头并不是那么难以应付嘛，稍微给点好处，思想工作还是做得通的。看来做思想工作，不能光讲大道理，有时还得有点具体的措施、具体的激励才行。

这件事并不能使孙悟空对观音服气，想想也是，稍微要挟了两句，菩萨就许下了这些好处，说不定观音自己没有什么真本事，只不过是能调动的权力资源较多罢了。

离开蛇盘山，下一站是观音院。在这里，孙悟空想出一个对付黑熊精的主意，就是让观音变成黑熊精的道友凌虚子，自己变成凌虚子献给黑熊精的一粒仙丹。这主意本来不错，菩萨也采纳了。不过，孙悟空出主意时说的话让人不爱听，他说："菩萨若要依得我时，我好替你作个计较……菩萨要不依我时，菩萨往西，我孙悟空往东，佛衣只当相送，唐三藏只当落空。"（第十七回）也就是说，如果您采纳我这个主意，那么一切都好说，可以轻而易举地捉住妖怪；如果您不采纳我的主意，那么就对不起，拜拜了您哪！袈裟就只当是送给妖精了，唐僧取不取经也不关我的事了，大伙一拍两散。

你看他这话，对菩萨哪里有丝毫的敬意？领导您必须按我的办法来，如果是这样就好说了，要不然我就不干了。有这么跟领导说话的吗？这到底谁是领导啊。如果搁在唐僧，肯定不吃他这一套，就等着念紧箍咒吧。观音倒没说什么，只是笑道："这猴熟嘴！"真个就照孙悟空的办法做了。其实，这显示出来的正是观音的自信。这个自信是建立在强大实力的基础上。观音也不急于向孙悟空显示自己的强大能力与神通，否则那不成了与孙悟空较劲，卖弄本事了？观音才不会做这么没档次的事情。

二、对观音的认识发生变化

在降伏黑熊精的过程中，观音有意无意地向孙悟空显露出一项本事。孙悟空奈何不了黑熊精，找观音帮忙时，观音说，这事说起来是你不对。你先卖弄宝贝，把袈裟拿给小人看了；观音院的和尚放火烧你们时，你又故意弄风，使火势加大，还把我的留云下院给烧了；你现在"反来我处放刁"。菩萨讲了这么多，孙悟空从中发现了一点新信息，就是观音"晓得过去未来之事"。看来想骗菩萨是不行了，他慌忙向菩萨礼拜，说："菩萨，乞恕弟子之罪，果是这般这等。"实际情况跟您说得一点儿不差，是我刚才没有说实话。观音在出发前，顺便又敲打了孙悟空几句，说："那怪物有许多神通，却也不亚于你。"菩萨这话未明言的潜台词是，你其实没什么了不起，一个不起眼的黑熊精跟你的本事都差不多，一会儿你看我怎么收拾他。

孙悟空一开始对观音的心态，还是以感谢为主，毕竟观音把取经队伍的少数几个正式编制给了他一个，也没有找他要任何好处，这个知遇之恩是逃不掉的。但要说他对观音的尊敬之心，应该没有多少。因为孙悟空敬的是真本事，他并没觉着观音有多大的本事。慢慢地，情况发生了变化，他对观音的神通有了新的认识。

在五庄观，孙悟空毁了镇元大仙的人参果树。他奈何镇元大仙不得，镇元大仙也不想与孙悟空纠缠不休，只要求孙悟空救活果树了事。孙悟空一开始不觉得这是多大的事。结果转了一通，见了蓬莱仙境的福、禄、寿三星，方丈山东华帝君，以及瀛洲岛九老。这些神仙按说身份也不低了，听了这事都直皱眉头，觉得太难办。他们对孙悟空闯祸的能力也惊叹不已。三星一开始的反应是惊讶道："你莫不是把他人参果偷吃了？"觉得偷吃人参果就已是天大的祸事了，不曾想，他竟把别人的灵根都断了。

孙悟空无法，只好转到南海求观音菩萨。孙悟空说："弟子因此志心朝礼，特拜告菩萨，伏望慈悯，俯赐一方，以救唐僧早早西去。"现在有求于人，对观音非常客气。菩萨的回答顿时让他生出希望："你怎么不早来见我，却往岛上去寻找？"

孙悟空不直接去找观音，而是绕了一个大圈，可能是觉得这事犯不着劳动观音，更可能是对观音的神通还有所怀疑。因此，当观音说她净瓶里的甘露水就能救活人参果树时，孙悟空怕不保险，还要问一句："可曾经验过么？"菩萨说，已经试验过了，没有问题，孙悟空这才放心。观音答应为他救活人参果树，孙悟空心情大好，对观音的尊敬程度进一步提高，到五庄观时：

却说那观里大仙与三老正然清话，忽见孙大圣按落云头，叫道："菩萨来了，快接快接！"慌得那三星与镇元子共三藏师徒，一齐迎出宝殿。（第二十六回）

观音菩萨到了，孙悟空还先下来，让其他神仙出来迎接，礼数明显比以前周到了。

三、对观音死心塌地

1. 叮嘱八戒在菩萨面前要讲礼貌

孙悟空心中暗骂观音"一世无夫"，是在第三十五回，听说金角大王、银角大王是观音安排下来的时候说的气话。不过没有多久，孙悟空就对观音彻底服气了。

这天，唐僧师徒来到"六百里钻头号山"，唐僧被盘踞在这的红孩儿捉去。孙悟空想用自己当年与牛魔王结拜兄弟之情打动红孩儿,让他放了唐僧。可红孩儿根本不买账,还说他满口胡说八道。这也难怪,五百年没有来往不算,关键是现在孙悟空都不觉得自己是妖怪了。何况唐僧已经到手,眼看就要吃到唐僧肉了,哪能说放就放了。

不放师父就罢了,看老孙收了你。可红孩儿本事十分了得,孙悟空差点儿在他手上送了性命。他对八戒、沙僧说:"这妖精神通不小,须是比老孙手段大些的,才降得他哩。天神不济,地煞不能,若要拿此妖魔,须是去请观音菩萨才好。"从这话的内容看,他已明确承认自己不如观音的本领大了。但他现在的情形很惨,竟至于"皮肉酸麻,腰膝疼痛,驾不起筋斗云",无法亲自去请菩萨了。当八戒自告奋勇要去请菩萨时:

> 行者笑道:"也罢,你是去得。若见了菩萨,切休仰视,只可低头礼拜。等他问时,你却将地名、妖名说与他,再请救师父之事。他若肯来,定取擒了怪物。"(第四十一回)

有什么大不了的事要如此郑重其事呢?原来是叮嘱八戒注意礼貌,见了菩萨,千万不要抬头看,低头拜见就行了;也不要乱说话,有什么事,菩萨问起来再说。这可是以前没有过的事情,现在孙悟空不仅自己讲礼貌,还要求身边的人见到菩萨也要注意礼貌。不看上下文的内容,光把叮嘱八戒的话拿出来看,就算唐僧本人也不过如此了。孙悟空对观音的本事也十分有信心,认为只要观音肯来,一定能降伏红孩儿。

2. 亲自请观音:执弟子之礼

没想到红孩儿变做观音的模样,把八戒给骗了。没办法,孙悟空只好亲自出马。

孙悟空来到菩萨所在的南海普陀落伽山后,"端肃正行",很注意仪态。观音手下的二十四路诸天迎上来说:"大圣,哪里去?"孙悟空先向这二十四路诸天行礼。给守门的行礼,这是他上天庭时从未有过的事情,简直是太阳从西边出来了。孙悟空敬的显然不是诸天,而是其主人。孙悟空说要见菩萨。诸天说,你先在这等一等,我们去通报。虽然事情紧急,孙悟空还是耐心地等待。与此形成对照的是,孙悟空以前想去什么地方,一般都是直接往里闯的。

观音传话让进去，孙悟空于是"敛衣皈命，捉定步，径入里边"，走之前先还整整衣服，见到菩萨"倒身下拜"。说话也是以下对上的口吻，是"上告菩萨"。孙悟空说了红孩儿假扮观音之事，观音听了，心头大怒道："那泼妖敢变我的模样！"恨了一声，将手中宝珠净瓶往海心里扑地一掼，吓得孙悟空"毛骨悚然，即起身侍立下面"，好像他犯了什么错似的。他以为菩萨是在发脾气，其实菩萨另有他意。

一会儿，一只乌龟从海里把净瓶驮了上来。观音让孙悟空把净瓶拿上来，可孙悟空"好便似蜻蜓撼石柱，怎生摇得半分毫"，竟然拿不动，他于是上前跪下说，这瓶子弟子拿不动。按孙悟空的想法，现在之所以拿不动是因为自己受伤了。其实，观音是有意卖弄本事，挫一挫孙悟空的骄气。观音说："常时是个空瓶，如今是净瓶抛下海去，这一时间，转过了三江五湖，八海四渎，溪源潭洞之间，共借了一海水在里面。你哪里有架海的斤量？此所以拿不动也。"以前是个空瓶子，你自然拿得动了，现在里面装了一海的水，你什么时候能拿动这重的东西？看我就不同了。只见观音"走上前，将右手轻轻地提起净瓶，托在左手掌上"。这是多么巨大的实力差距，孙悟空看了，心里只有佩服的份儿。

出了观音的洞口，前面就是南海。观音说，孙悟空过海去吧。孙悟空说，还是请菩萨先走。观音说，还是你先走吧。两人这么让来让去是什么意思呢，孙悟空怎么不听菩萨的话了呢？只见孙悟空磕头说："弟子不敢在菩萨面前施展。若驾筋斗云啊，掀露身体，恐菩萨怪我不敬。"原来是这么回事，觉得驾筋斗云的姿势不雅，撅着屁股不好看，生怕对菩萨不礼貌。唉，学本领的时候，光顾了实用，忽略了法术的风度问题，当时哪能想到这么多啊。在这种情况下，菩萨用一叶莲花瓣，一口气把孙悟空吹过了南海。孙悟空笑道："这菩萨卖弄神通，把老孙这等呼来喝去，全不费力也！"（第四十二回）

从这一段孙悟空的表现看，通报、下拜、上告、侍立、跪下说话、合掌说话、口称弟子、不敢在观音前面施展筋斗云等，孙悟空的行为处处流露出对观音发自内心的尊敬，是恭敬得不能再恭敬了，完全是学生对老师的态度。他当年对菩提祖师也没这样。孙悟空的态度毫不虚伪，他也不是在拍菩萨的马屁，而是对观音彻底服气了，不过，菩萨显出的手段也确实非同一般啊。

收服红孩儿后，孙悟空对观音依然表现得十分尊敬，没有因为降伏妖怪后的喜悦而乱了分寸。当菩萨对孙悟空说"你如今快早去洞中，救你师父来"时：

> 行者转身叩头道："有劳菩萨远涉，弟子当送一程。"菩萨道："你不消送，恐怕误了你师父性命。"行者闻言，欢喜叩别。（第四十三回）

孙悟空还要执弟子之礼，送菩萨一程。菩萨说不用送了，他们就此分别。告别时，孙悟空竟然是"叩别"，对观音尊敬得无以复加。这与电视剧中孙悟空给我们的印象实在是相去太远了。

3. 塑造鱼篮观音的形象

第四十九回，唐僧师徒在通天河受阻，孙悟空请观音前来捉拿妖怪灵感大王。灵感大王本是观音养在莲花池中的一条金鱼，因为每日"浮头听经"，修成了手段，后来随着海潮泛涨，走入通天河，在此成精。观音亲自出面把它收服。收服此怪后发生了一件事。

> 行者道："菩萨，既然如此，且待片时，我等叫陈家庄众信人等，看看菩萨的金面。一则留恩，二来说此收怪之事，好教凡人信心供养。"菩萨道："也罢，你快去叫来。"那八戒与沙僧，一齐飞跑至庄前，高呼道："都来看活观音菩萨，都来看活观音菩萨。"一庄老幼男女，都向河边，也不顾泥水，都跪在里面，磕头礼拜。内中有善图画者，传下影神，这才是鱼篮观音现身。（第四十九回）。

这段话看起来好像没有什么特殊之处，孙悟空等人的做法似乎很正常。但正由于孙悟空在这里的表现太正常了，所以就不正常了，因为孙悟空可不是普通人。按照他以前的性格，不作势要举棒打死妖怪就不错了，至少也该上去问观音一个管束不严、失察的罪名。可他倒好，完全反其道而行之，不问任何人的责任，惦记的却是传扬观音菩萨的名声。这观音真是做了一笔好买卖，本来是管理松懈、工作疏忽放走了金鱼，现在却在此留下了鱼篮观音的光辉形象。我们只能感叹陈家庄众人的好脾气，这些年被灵感大王吃去了不少童男童女，竟然转眼就全忘了。

孙悟空没有上前问观音一个失察的罪名，表明他与刚踏上取经路途时相比，已经有了很大区别。当发生了灾害与危难时，孙悟空对于追究到底是谁的责任已经不那么上心了。孙悟空借机让陈家庄众人看一下菩萨金面的主意，马上使坏事变成了好事，使整件事情落了个"皆大欢喜"的结局。这么好的宣传创意，能被孙悟空想出来，也算很难得了。

观音的鱼篮之像，后来在第五十五回又出现了一次。唐僧师徒碰到蝎子精。孙悟空正觉得妖怪难以对付，只见一个老妈妈，左手提一个青竹篮，自南山路上挑菜而来。孙悟空认出是观音菩萨，叫道："兄弟们，还不来叩头！那妈妈是菩萨来也。"于是八戒、沙僧纷纷下拜。孙悟空则合掌跪下，叫了一声"南无大慈大悲救苦救难灵感观世音菩萨"。观音见他们认出自己，便踏祥云，起在半空，现了真像，原来是鱼篮之像。这次孙悟空又把观音的全称给叫出来了。他这么称呼时的心情，与在五行山下时有很大不同。因为此时，他个人并不太有求于观音，这个称呼是出于真正的敬意。

在"真假美猴王"一节，孙悟空再次被唐僧赶走。这一番，他没有回花果山，也不去东海找龙王，而是驾起筋斗云，起在空中，不知往哪儿去才好，愣了一会儿，才忽然省悟道："这和尚负了我心，我且向普陀崖告诉观音菩萨去来。"见了菩萨，孙悟空"倒身下拜，止不住泪如泉涌，放声大哭"，有满腔委屈要向人诉说，可见观音此时在他心目中地位之高。他放眼世界，觉得观音才是唯一可以依靠和倾诉的对象，也是可以为他做主的人。

第四节　对取经行动的思考

从五行山脱困以后，孙悟空的主要工作是保唐僧取经。取经行动是一个怎样的事业呢？从表面上看，这事非常简单，就是佛祖为了帮助南赡部洲的人民，决定把佛教经书这一强大的精神武器交到他们手中。孙悟空的使命是在这个过程中保护取经人的安全。

孙悟空一开始可能也是这么想的，但在莲花山降伏金角大王、银角大王这件事，促使他对取经行动的目的进行了更深入的思考。

这金角大王、银角大王是两个很难缠的妖怪，本事不弱且不说，而且手中的法宝超级多，每个法宝都很厉害。孙悟空与妖王斗智斗勇，好不容易靠自己的本事拿住妖怪。正在这个时候，发生了一件令他不得不深思的事情。原来，金角大王和银角大王不是一般的妖怪，而是太上老君的两个童子，一个是看金炉的童子，另一个是看银炉的童子。孙悟空对太上老君很生气，说："你这老官儿，着实无礼，纵放家属为邪，该问个钤束不严的罪名。"孙悟空说得理直气壮，可老君一点儿也不觉得理亏。原来其中另有文章，这两个童子下凡，与奎木郎、青毛狮子等人的下凡大不相同，是一次组织上委托神仙化装成妖怪，对取经队伍进行考察的行动。

老君对孙悟空透露了其中的底细，说："此乃海上菩萨问我借了三次，送他在此托化妖魔，看你师徒可有真心往西去也。"他一句话就把观音给"卖"了。而且这事老君开始还不同意，观音借了三次，他才肯给。老君这话，真是一言惊醒梦中人。

孙悟空听了，自然很不高兴，心中作念道："这菩萨也老大悫懒！当时解脱老孙，教保唐僧西去取经。我说路途艰涩难行，他曾许我到急难处亲来相

救。如今反使精邪揸害，语言不的，该他一世无夫！若不是老官儿亲来，我决不与他。"（第三十五回）

　　观音的做法也很有意思，一方面，当取经队伍在西行路上遇到困难时，她不吝出手相助；另一方面，她又唯恐取经队伍在路上遇到的困难不够大，还人为地制造了一些困难。观音的这两种做法是否相互矛盾呢？并不矛盾。观音帮助取经队伍是真心的，给他们制造障碍也是有意的，不过出自不同的目的罢了。观音的目的在于：一方面，要确保取经队伍到达西天；另一方面，又不能让取经队伍到达西天的过程太顺利，还要利用这个过程对他们进行严格考验。进一步说，如来与观音的目标不仅在于考验取经人，还试图通过取经行动来改造这几个人。要想同时实现这几个方面的目的，做领导也不是一般的难啊。

　　反过来想，孙悟空一开始对取经行动目的的理解可能仅限于上面的第一层意思，即保护唐僧顺利到达西天。孙悟空并不是一个头脑简单的人，老君的话肯定会促使他思考取经到底是怎么回事。明明一个筋斗就可以到达西天，举手之劳就能把经书送到东土，却偏偏要保一个肉眼凡胎的和尚，还要一步步行来。如来他们到底想通过取经行动达到什么目的？特别是，观音他们要考察的到底是谁，是唐僧还是孙悟空？显然，派再厉害的神仙下来做妖魔，也起不到考察唐僧的效果，反正妖怪一开始就把唐僧捉住，并关起来后，吓唬说要吃他的肉。如果还有考察孙悟空的意思，那又要考察他什么呢？是考察他的本事，还是看他是否忠诚，还是别的什么？不管怎么说，这一思考对于他此后的行为方式肯定会产生影响；他与妖怪的作战模式，也会相应地发生变化。

第五节　逐渐了解天界人情世故

我们在取经路上看到的一个重要现象是人情的泛滥。这与孙悟空以前接触的东西区别很大。孙悟空并不是没有见过世面的人，当初也做过齐天大圣，在天上待了差不多有半年，见了不少人物。但前期他只是东游西逛，后期主要在看管蟠桃园。他的注意力更多地放在专业技能的学习等方面，对于人情世故的认识极为肤浅，以为光有本事就行了。早先他信奉的是强者为尊的逻辑，未能认识人情世故及关系网的巨大作用——认为那些东西都是虚的，是"软实力"，关键时刻还得靠"硬实力"说话。

在取经途中，一方面，他意识到了自身能力的局限性；另一方面，他也发现，动用天庭力量可以发挥出巨大的潜力，也看到了各种各样复杂的社会关系的作用。孙悟空作为唐僧的大徒弟和取经队伍中本事最高的人物，许多复杂的关系都是由他直接参与处理的，特别是老君的点拨，使他逐渐开了窍。加上他本身天生聪明，很快就明白了其中的门道。

西天路上人情泛滥的情况是惊人的。取经队伍出发不久，就在黄风岭遇到黄风大王。这黄风大王本是灵山脚下的得道老鼠，因偷吃了琉璃盏内的清油，畏罪潜逃，被如来发现，交给灵吉菩萨关押。灵吉不负责任，未能严加看守，让黄风大王逃出，在黄风岭作怪。后来在灵吉菩萨的帮助下，黄风怪被收服。孙悟空要举棒打死他，却被菩萨拦住道："大圣，莫伤他命，我还要带他去见如来。"原来黄风怪虽是罪犯，但好歹是个灵山户口，不能随便打死。菩萨又说："我拿他去见如来，明正其罪，才算这场功绩哩。"把他交给如来，才可以显出孙悟空你的功绩呀，不然，你可能还是有过无功。所以，孙悟空还要感谢灵吉菩萨的处置。

后面的事情就更多了，我们试举几例。

一、与镇元大仙结拜

在万寿山五庄观，孙悟空受八戒怂恿，偷了镇元大仙的人参果，后来这事越闹越大，孙悟空索性把大仙的人参果树给毁了。这事的起因不过是一件小事，本来孙悟空等人偷吃人参果不对在先，结果又由于孙悟空的脾气，把小事闹成了大事。

镇元大仙与孙悟空经过一番交锋，最后与孙悟空达成协议。大仙主动提出："我也知道你的本事，我也闻得你的英名，只是你今番越理欺心，纵有腾那，脱不得我手。我就和你讲到西天，见了你那佛祖，也少不得还我人参果树。"孙悟空笑了：我还以为多大点儿事呢，不过是赔你一棵树嘛，好说好说。大仙道："你若有此神通，医得树活，我与你八拜为交，结为兄弟。"

这件事于情于理都是孙悟空、八戒不对。但镇元子最后不过要他们把树医活。其实镇元大仙也是没有别的选择。要说破坏取经大业，他可担不起这个责任。大仙的这个选择也是以孙悟空的实力为基础的。镇元大仙虽然不惧孙悟空，可拿他也没有好的办法，紧箍咒可不是人人都会念的。另外，如果真要把树医活，以孙悟空的本事显然是做不到的，因此，这考较的不是孙悟空个人的本事，而是他社会活动能量的大小。

最后的结果是皆大欢喜：观音出面救活了人参果树，孙悟空与镇元大仙结为兄弟。镇元大仙敲下十个人参果做了个"人参果会"，招待众仙，孙悟空又白吃了他一个人参果。

从对这件事的处理看，镇元大仙的气度是不错的。但实际上，整个事情的处理都是从人情出发的，没有人搬出法律条文，说唐僧师徒偷窃大仙的私有财产，应该如何如何处理。清风、明月发现人参果被偷后，不过是跑来把唐僧师徒臭骂了一通，丝毫没有用法律手段进行维权的意识。镇元大仙回来后，也试图依靠自己的暴力手段来解决。等到实在解决不了时，也没有想到要运用法律、制度的手段，就像当初龙王、阎王那样到天庭去告御状。他虽然说"我就和你讲到西天，见了你那佛祖，也少不得还我人参果树"，但实际没有一点儿要到西天告状的意思，而是说，就算到了西天，理还是那么个理，你必须还我人参果树。

看来这神仙之间的秩序，主要不是靠法律、制度来维持的，碰到事情，该怎么解决，主要靠大家各显神通。孙悟空从这一事件中，也体会到了朋友多的好处。

二、对奎木狼的处罚

从五庄观出发，经过白骨精的地盘，就轮到黄袍怪出场了。这黄袍怪本是天上二十八宿之一的奎木狼。奎木狼下界的原因，按他自己的说法："那宝象国王公主，非凡人也。他本是披香殿侍香的玉女，因欲与臣私通。臣恐点污了天宫胜境，他思凡先下界去，托生于皇宫内院，是臣不负前期，变作妖魔，占了名山，摄他到洞府，与他配了一十三年夫妻。一饮一啄，莫非前定，今被孙大圣到此成功。"（第三十一回）

说起来情深意重，是一个颇感人的爱情故事。但他下界去也就是了，那些杀人放火的勾当怎么算呢？宝象国被吃的宫女怎么办呢？看这意思就算了，孙悟空不提起，玉帝不提起，他自己更不会提起了。玉帝真正追究的是一件事："奎木狼，上界有无边的胜景，你不受用，却私走一方，何也？"天庭这么好，你怎么就下去了，难道天上的吸引力还不如下面吗？奎木狼的回答轻易地转移了话题，变成我这么一下界，让"孙大圣到此成功"，为取经人制造了一个劫难，配合了取经大业，坏事变成了好事。

玉帝听了奎木狼的话，气马上就消了，不过，还是要处置一下的。于是收了奎木狼的金牌，贬他去兜率宫给太上老君烧火，"带俸差操，有功复职，无功重加其罪"。他这一去，还是带着工资去的，比孙悟空当年"有官无禄"强多了。这摆明了就是走一下过场、履行一个手续，做样子给众人看。孙悟空看到玉帝如此处理，"心中欢喜"，还朝上唱个大喏。

玉帝对奎木狼的处理显然有失公平，相比于对天蓬元帅、卷帘大将以前过失的处理，只能说是太轻太轻了。这可能与奎木狼是二十八宿之一，而二十八宿在天庭有着巨大的影响力有关。

奎木狼在兜率宫到底烧了多长时间的火呢？奎木狼被捉，是在第三十一回，此时是唐僧师徒在取经路上的第四年。到第六十五回，在小雷音寺，为了帮助孙悟空捉拿黄眉怪，二十八宿一齐出马，其中就出现了奎木狼的身影。这应该是唐僧师徒在取经路上的第十年。这样算起来，往多里说，奎木狼也就给老君烧了六年的火，按照"天上一天，地上一年"的算法，实际最多给老君烧了六天炉子，就"有功复职"了。按照天庭的规则，奎木狼是不是真坐在炉子前烧火还不一定，因为老君又不是没有烧火的童子。就这事本身来说，奎木狼的用情还是很专一的。

或许在小雷音寺，孙悟空看到二十八宿中的奎木狼也来了时，心想：咦，你不是在给老君烧炉子吗？怎么也来了。又或许他此时对天界这一套人情世故、办事规则，已然颇有会心，见怪不怪了。以我的感觉，似乎后一种可能性更大些。

三、背景深厚的狮驼岭群妖

更过分的是狮驼岭的妖怪，其中的大大王是一只青毛狮子。这青毛狮子颇不平凡，本是文殊菩萨的坐骑。最有趣的是，它竟然下界了两次。

他第一次下界是在乌鸡国侵占王位三年，把乌鸡国王害死了（当然，后来又被孙悟空给救活了）。乌鸡国王觉得受了天大的委屈：他贵为国君，活着的时候有权有势，死了难道就白死了？心里肯定不服气，很想申冤。唐僧还说他太懦弱。乌鸡国王对唐僧这话颇为不解，说我怎么懦弱了？唐僧自然要给他讲讲大道理，说："你何不在阴司阎王处具告，把你的屈情申诉申诉？"

国王的冤魂说："他的神通广大，官吏情熟，都城隍常与他会酒，海龙王尽与他有亲，东岳天齐是他的好朋友，十代阎罗是他的异兄弟。因此这般，我也无门投告。"原来妖怪的来头大、熟人多、关系广，乌鸡国王贵为国王，他也不是没有告过，但结果不过是告了也白告，无可奈何之下，只好作罢。唐僧是如来佛亲传弟子，自然难以体会到乌鸡国王的苦恼。这个乌鸡国王，以前恐怕同样也无法理解其辖下子民投诉无门的窘境。

青毛狮子这次下凡，就其行为来说，并没有大恶，看在文殊菩萨的面子上，孙悟空就不追究了。也许是在这次下界过程中，充分体会到了下面的好处，青毛狮子真的自己开溜了。它第二次下界，伙同普贤菩萨的坐骑白象，以及那个和如来沾点亲带点故的金翅大鹏雕，盘踞于八百里狮驼岭，他做大魔、白象做二魔、大鹏是三魔。

因为他们是从天上下来的，颇有点儿见识，对手下妖怪进行了比较完善的管理，"他手下小妖，南岭上有五千，北岭上有五千，东路口有一万，西路口有一万；巡哨的有四五千，把门的也有一万；烧火的无数，打柴的也无数，共计算有四万七八千"。小妖的数目与花果山众猴相当。另外，按照太白金星的说法，这些小妖"都是有名字带牌儿的，专在此吃人"。每个小妖都有名字，还戴着腰牌，有点儿官府办事的架势。

这里的小妖小钻风，还识破了孙悟空的变化。孙悟空变成一个小妖，想混进小妖的队伍打探消息，结果被小钻风识破了，说："你面生，认不得，我们这里没有你。"孙悟空说："我是烧火的。"小钻风说："烧火的没有你这个嘴尖的。"孙悟空于是揉揉嘴，使嘴不那么尖了。小钻风又说："你刚才嘴还那么尖，现在不尖了，你的形迹可疑。另外，我们烧火的只管烧火，巡山的只管巡山，如果你是烧火的，就不该来巡山。"看来，这里对小妖的管理达到了很高的水平，不像其他妖怪盘踞的地方，对小妖基本上没有什么管理，处于放任自流的状态。为了确认孙悟空变成的小妖的身份，小钻风还进一步要看孙悟空的牌号，说："我们这巡山的，一班有四十名，十班共四百名，各自年貌，各自名色。大王怕我们乱了班次，不好点卯，一家与我们一个牌儿为号。你可有牌儿？"这小钻风不愧是专门巡山的，警惕性确实很高，问的问题也很到位。看来对小妖进行专业化分工和管理很有必要。不过妖王中有如此管理水平的，也就是在狮驼岭出现过。毕竟青毛狮子以前在乌鸡国三年的国王不是白当的，管理水平就是不一样。

青毛狮子当年也曾经有一段辉煌的历史。按小钻风的说法，"我大王神通广大，本事高强，一口曾吞了十万天兵"。行者听说他的"光辉事迹"后，心头暗笑，说这种事我当年也干过。他就不想想，同是大闹天宫，打败十万天兵，青毛狮子却不过是文殊菩萨的坐骑。

这大大王与二大王久住在狮驼岭狮驼洞，三大王大鹏却住在此地西去四百里远近的狮驼国。三大王在五百年前把狮驼国的国王、文武官僚及满城大小男女都吃了个干净，现如今城里都是些妖怪。这次为了吃唐僧肉，才跑来与狮驼岭的二位大王结拜为兄弟。按说五百年时间也不短了，这么多年来大鹏的种种恶行竟然没有人管，可见天庭行事效率之低下，对人间管理之混乱了。大鹏如此行事，或许是利用了五百年前孙悟空大闹天宫，造成天界混乱的时机。

对于这帮妖怪的底细，天庭并不是不了解。你看，前来报信的太白金星是怎么说的："那妖精一封书到灵山，五百阿罗都来迎接；一纸简上天宫，十一大曜个个相钦。四海龙曾与他为友，八洞仙常与他作会，十地阎君以兄弟相称，社令城隍以宾朋相爱。"他们与地方官衙的勾结已经到了十分严重的地步。正因为如此，大鹏的恶行已有五百年了，也没有人管。

这伙妖怪的本事倒真不含糊，把猴王整治得十分难受。最后是如来带领文殊、普贤出马，将三名妖怪一举拿获。但对于作恶多端的金翅大鹏雕，并未加以严惩，而是被定在佛祖的头上，让他在光焰上做个护法。如来还说："我管四大部洲，无数众生瞻仰，凡做好事，我教他先祭汝口。"这相当于是公然地给好处了。

第六节　老于世故的孙悟空

对于人情世故这一套，孙悟空在取经路上不但看到了很多，对于运用这一套来解决问题也越来越熟练。

在取经路上，只要与各路神仙攀得上一点儿关系的，最后都从轻发落，保住了性命。比如陷空山的老鼠精，因为偷吃了如来佛的香花和蜡烛，修得几分本事，自称半截观音。后来为保性命，认托塔天王做干爹，天王与哪吒放他下界后，又自称地涌夫人。凭着与天神之间这么一点儿莫名其妙的关系，被拿住后就可保住性命。李天王与哪吒出面拿住妖怪后，天王与行者还很客气。

> 天王掣开洞口，迎着行者道："今番却见你师父也。"行者道："多谢了！多谢了！"就引三藏拜谢天王，次及太子。沙僧八戒只是要碎剐那老精，天王道："他是奉玉旨拿的，轻易不得。我们还要去回旨哩。"一边天王同三太子领着天兵神将，押住妖精，去奏天曹，听候发落。（第八十三回）

你看看，孙悟空已完全没有要处理妖怪的意思，反倒是沙僧和八戒不开窍，想把这妖精"碎剐"，这又关他们两个什么事呢？从孙悟空与沙僧、八戒态度的对比看，他的变化确实太大了，此时的孙悟空对人情世故已经非常熟练。说来也是，神仙高高在上，都是爱面皮、注重形象的，你打的是他的手下，伤的是他的面皮，损害的是他的威信，最终结果只能是影响天庭安定团结的政治局面。这又能给自己带来什么好处？毕竟见到妖怪，不问清楚来历情由，一味打杀，看在别人眼里，多少是政治上不成熟的一种表现。

在老鼠精之前不久出现并作恶的另一个妖怪是南极寿星的脚力——一只白鹿。这白鹿做了比丘国国丈,竟然让比丘国王以一千一百一十一个小儿的心肝做药引,以求延年益寿,真是残忍之极。后来寿星出面,希望孙悟空、八戒饶了妖怪性命。孙悟空说:"老怪不与老弟相干,为何来说人情?"他不是说寿星不该说人情,而是说这与你没有关系,你为何要来说人情。寿星说,这事与我关系很大,它是我的一副脚力。孙悟空说:"即是老弟之物,只教他现出本相来看看。"(第七十三回)这名义上是处理了,实际上相当于没有处理,就这么卖了寿星一个大人情。孙悟空自己也曾说过"与人方便,自己方便"的话(第十八回)。说这话的时候,他对于其真实含义可能体会不深,现在他应该是已经深得其中三昧了。

孙悟空对于在黑水河作恶的鼍龙的处理,颇能反映发生在他身上的变化。

在黑水河中,本有一位河神,因为年迈身衰,被一个鼍龙强占了河神府,又伤害了很多水族。黑水河神无可奈何,到西海龙王那儿告状。没想到西海龙王是鼍龙的母舅,不准黑水河神的状纸。原来,这鼍龙是泾河龙王的第九子,泾河龙王因犯了天条被魏征斩杀,敖顺见鼍龙"无方居住","着他在黑水河养性修真"。它去黑水河,本来就是西海龙王安排的①。黑水河神想启奏上天,却因为神微职小,见不着玉帝。要不是取经队伍经过此地,他这冤真是投诉无门了。看来不仅平头百姓有难言的苦衷,这当了个小干部的神仙,有冤同样也很难申。

孙悟空找到敖顺,敖顺"大惊",慌忙向孙悟空跪下叩头。我想,敖顺"大惊"不是因为知道鼍龙在黑水河作恶,出乎他的意料(他早已看过黑水河神的状纸了),而是因为鼍龙作恶这事,本来被自己瞒下,现在却被孙悟空知道了。想不到黑水河神还不死心,把这状又告上去了。

孙悟空先吓唬了龙王一下,说:"我才心中烦恼,欲将简帖为证,上奏天庭,问你个通同作怪,抢夺人口之罪。"不过,话锋一转,又卖了龙王一个人情,说:"据你所言,是那厮不遵教诲,我且饶你这次:一则是看你昆玉分上,二来只该怪那厮年幼无知,你也不甚知情。你快差人擒来,救我师父!再作

---

① 《西游记》在西海龙王的名字上出现了一个小小的失误。在第三回中,本来是"南海龙王敖钦、北海龙王敖顺、西海龙王敖闰",而且第八回中,小白龙也说自己是西海龙王敖闰之子。但在第四十一回,西海龙王的名字变成了"南海龙王敖钦、北海龙王敖闰、西海龙王敖顺"。在黑水河这一节,敖顺也是西海龙王。后来在第四十六回和第七十七回,敖顺又成了北海龙王。

区处。"

孙悟空先吓唬敖顺,说要把这事捅上去,问他的罪;然后又轻轻转过话题,说敖顺并不知情,可以撇清关系。又说鼍龙年幼无知,有情有可原之处。还暗示自己与东海龙王颇有些交情,可以卖他一个面子。最后孙悟空说,你派人帮我捉拿妖怪,可以将功折罪。孙悟空短短几句话,有打有拉、恩威并用,意思照顾得非常全面,处理也极为妥当,简直是政治老手的处理手法。相信太白金星这样的官场老油条见了,也会颔首微笑,说:"要得,要得。"

龙王心存感激,连忙要安排酒席,向大圣赔礼。由于赶时间,大圣只喝了龙王一杯香茶了事。

敖顺差太子摩昂前去捉住鼍龙之后,八戒因为曾被妖怪捉住,差点儿被蒸来吃了,很是生气,拿起钉耙上前就筑,要取妖怪性命。孙悟空连忙扯住八戒说:"兄弟,且饶他死罪罢,看敖顺贤父子之情。"他倒是很关心鼍龙的死活。他这么做,是因为看到这是一个与西海龙王(背后是龙王一系)拉关系的好机会,或许也有对当年东海龙王曾给他若干帮助的感谢之意。在此前与红孩儿争斗之际,他也请四海龙王帮过忙,对他们多少欠下了人情,此时正好还这个人情。当摩昂太子要带走妖怪回去发落之际,孙悟空还说:"多多拜上令尊,尚容面谢。"还要感谢西海龙王帮他们捉拿妖怪。这事其实全是因西海龙王而起。(第四十三回)

鼍龙被带走时,摩昂太子说得很漂亮:"虽大圣饶了他死罪,家父决不饶他活罪,定有发落处置,仍回复大圣谢罪。"熟悉中国古代政治的人看了这话,会心一笑,因为这话实在太熟悉了,实际上是不了了之的场面话。你想,在外人面前不处置,难道回去后自家人还处置吗?同样是四大名著,对于这样的语言,我们在《水浒传》中可以得到很多明确的验证。

在《水浒传》第九回有这样一段情节。林冲听说沧州牢营的管营、差拨"十分害人,只是要诈人钱财"。如果不给好处的话,会把新来的犯人暴打一百杀威棒,能让人七死八活。为此,林冲采取了必要的应对之策,在孝敬了管营、差拨之后,出现了下面的情节:

> 管营道:"你是新到犯人,太祖武德皇帝留下旧制,'新入配军须吃一百杀威棒'。左右!与我驮起来!"林冲告道:"小人于路感冒风寒,

未曾痊可，告寄打。"牌头道："这人见今有病，乞赐怜恕。"管营道："果是这人症候在身，权且寄下，待病痊可却打。"

林冲的体质棒极了，所谓"感冒风寒"，都是子虚乌有的事情，但管营的话说得滴水不漏，"权且寄下，待病痊可却打"，只是说现在不打你，等你病好了还是要打的。林冲现在就没病，也就不存在"病痊"的问题。管营这话，是标准的场面话，却说得很有艺术。这样的艺术，外人不一定参得透。相似的情节在《水浒传》中多次出现。宋江在江州营房，也是先使了钱，然后说"小人于路上感冒风寒时症，至今未曾痊可"，你看连生的病都是一样的。

对这种情况，我们或许纳闷：既然是假戏，为什么要费这么大的劲来演？差拨在收了林冲的钱后，对林冲进行了点拨："少间管营来点你，要打一百杀威棒时，你便只说你一路患病未曾痊可。我自来与你支吾，要瞒生人的眼目。"这最后一句"要瞒生人的眼目"，便是关键之所在，即要让不了解详情的人看了，在面上挑不出毛病来。这样，大家都没有落下把柄，事情就做得干净了。谁要是追究起来，顶多是一个失察与被蒙蔽的责任。大家都这么做的结果，同样的事情，明里暗里有了两套规则，两条不同的逻辑。

我们还是回到原来的话题，这鼍龙到底是如何被处置的呢？书中很快就有交代了。下一站，取经队伍来到车迟国，有了车迟国比武之举。在比试求雨本事的时候，西海龙王就派上用场了。过程中，孙悟空还与敖顺聊了几句：

（行者）道："向日有劳，未曾成功；今日之事，望为助力。"龙王道："遵命，遵命！"行者又谢了敖顺道："前日亏令郎缚怪，搭救师父。"龙王道："那厮还锁在海中，未敢擅便，正欲请大圣发落。"行者道："凭你怎么处治了罢，如今且助我一功……"（第四十五回）

孙悟空一句"凭你怎么处治了罢"，就把处置鼍龙的事轻轻揭过。正因为与几位龙王之间存在着许多人情往来，孙悟空在取经过程中与龙王一系的关系亲近了很多，多次找龙王帮忙都是随叫随到。

孙悟空在降伏九头怪的过程中，还修复了与二郎神的关系。两位英雄人物一下子称兄道弟，关系迅速接近。当时，二郎神兄弟不过是打猎从那里路过，被孙悟空注意到了。他说："八戒，那是我七圣兄弟，倒好留请他们，与我助战。若得成功，倒是一场大机会也。"可又有点儿不好意思，于是对八戒说："但内有显圣大哥，我曾受他降伏，不好见他。你去拦住云头，叫道：'真君，且略住住。齐天大圣在此进拜。'他若听见是我，断然住了。待他安下，我却好见。"孙悟空为了见二郎神，与他拉上关系，还动了不少心思，对细节考虑得确实很周到。

二郎神听说孙悟空在此，非常高兴，英雄相惜嘛。他的六兄弟也很豪爽，称孙悟空为"孙二哥"。对于二郎神称他为"贤弟"，孙悟空丝毫不恼，还很高兴。于是众兄弟在星月光前，幕天席地，举杯叙旧。孙悟空在整个过程中的处事安排极为老到，哪里还有大闹天宫时毛毛躁躁的样子。

孙悟空此次与二郎神称兄道弟，与他当初做齐天大圣时，与群神"俱只以弟兄相待，彼此称呼"的含义大不相同。经过这段时间的锻炼，孙悟空对朋友的性质和作用的看法有了实质性的变化；对于何为真正的朋友，也有了更大的辨别力。

在取经过程中建立的这些人情关系确实很有用，孙悟空对此深有体会。第九十二回，取经队伍已快到西天，在金平府青龙山，唐僧一行被犀牛精所阻。孙悟空上天求玉帝帮忙。玉帝差遣二十八宿中的四位下来，其中就包括被孙悟空留下人情的奎木狼。降伏妖怪后，唐僧拜谢奎木狼等人时，八戒搀起师父，说："师父，礼多必诈，不须只管拜了。四星官一则是玉帝圣旨，二则是师兄人情。"连八戒都看出这里面有师兄的人情在起作用了。

更有甚者，孙悟空不知什么时候还学会了送礼这一套。此次捉拿三只犀牛精，共得到六只犀牛角，这可是个好东西。孙悟空让奎木狼等人拿四只犀牛角进贡玉帝，回缴圣旨；留一只给金平府作为镇府之宝；然后"我们带一只去，献灵山佛祖"。不过，到了西天，这个礼物最终并没有交给如来。这其实怪不得孙悟空，而应怪唐僧不懂礼数。唐僧在金平府动身之前，吩咐孙悟空"将余剩的宝物，尽送慈云寺僧，以为酬礼"。这犀牛角十有八九就属于这"余剩的宝物"之列，所以，到了西天，孙悟空也就拿不出犀牛角来了。

第四章　从心所欲不逾矩

十四年的取经路程，更是孙悟空的一段关键的心路历程。在这个过程中，孙悟空的心性发生了很大变化。到达西天被封为佛，标志着这个变化过程的最终完成。

第一节　话里话外紧箍咒

孙悟空保唐僧取经的路程，也是他心性得到修炼的过程。表面上，孙悟空对付的是外在的魔，但与外在妖魔作斗争的过程，也是他内心在发生变化的过程。这就像一个人经历人生的逆境，虽然从事后看，逆境已经过去了，但他的心志在逆境中得到了磨炼，他的很多观念也在这个过程中发生了变化，这些变化会对他产生长期影响。同样，取经过程中，很多外在的物质方面的过程很快过去了，内在的变化却表现出高度的连续性。

当唐僧师徒到达西天时，孙悟空的转变得以圆满完成。以如来的高明，这段路程的长短安排得正合适。如果到达西天时，孙悟空的心性未发生足够的转变，如来的安排在很大程度上就失败了。扫荡沿途妖魔，不是取经行动的主要目的，充其量只是一个附带的成果。一方面，这些妖魔很多就是神佛放纵下来的，或是神佛"疏于管理"而走失的；另一方面，很多妖魔的收服，主要依靠的是神界的力量，而非单纯依靠取经队伍。另外，把经书送往东土，也不需要这么大张旗鼓，兴师动众。这个任务对佛祖来说只是举手之劳罢了——由金刚护送唐僧及经书返回大唐，一个来回也只花了八天时间。

因此，考察和改造唐僧师徒，特别是孙悟空与唐僧，才是此行的重点。这次改造行动确实也很成功。我们在这里先讨论一下紧箍咒在改造孙悟空的过程中发挥的作用。

一、紧箍咒与意志无力问题

《西游记》的读者，包括我自己在内，从感情上说基本上都倾向于孙悟空，因此难免对孙悟空头上的紧箍非常反感。特别是从事实上看，唐僧念紧箍咒的时机常常并不合理，这样紧箍咒似乎起到的主要是负面作用，在客观上反而是在帮助妖怪。如果这样理解，其实是没有看到紧箍咒的真正价值之所在。

首先，我们承认，紧箍对孙悟空确实是一个很大的约束，是他心底的痛。孙悟空在取经路上不肯还俗，很大程度上是因为头上戴了个紧箍，还俗了心里也不舒服。他在唐僧的面前不敢胡来，也是因为有很大的顾忌。紧箍咒是一个最后的威慑手段，虽然唐僧使用的次数并不多，但有着绝大的威慑力。就像现在的原子弹一样，虽然不怎么使用，但你手里有它和你手里没有它时，别人对你的态度是很不一样的。紧箍咒这个东西，你只要会念就行了，并不需要天天念，天天念就落了下乘。

其次，从积极的角度讲，紧箍咒的作用不仅仅是在具体的场合避免孙悟空不听话，避免他做坏事这么简单。紧箍咒在一定程度上可以解决一个"意志无力"问题。

观音让孙悟空戴上紧箍并没有什么恶意，她也没有利用孙悟空头上有紧箍为自己谋利益。对于为什么给孙悟空头上戴紧箍，观音菩萨有自己的解释：

> 菩萨笑道："你这猴子！你不遵教令，不受正果，若不如此拘系你，你又诳上欺天，知甚好歹！再似从前撞出祸来，有谁收管？须是得这个魔头，你才肯入我瑜伽之门路哩！"（第十五回）

对菩萨的解释，孙悟空没有多说，基本上接受了。菩萨讲的不光是骗人之语，其实是有些道理的。我们仔细看一下菩萨所讲的道理：孙悟空你并不是不想入我佛门，但以你的性格，你管不住自己，必然又要惹出祸事来，结果还是你自己倒霉；有了紧箍咒，就可以使你不惹祸，紧箍表面上是在约束你，其实是在帮助你，为你好。其中的关键之处在于，孙悟空以前自我约束能力差，总是凭着一时的想法和心情行事，闯下许多祸事来，导致出现他所不希望的结果。菩萨的这段论证实在是妙极了，涉及一个人的意志有时无法控制其行为这个很深的问题。

意志无力涉及这样的一种情况，就是我明知道这么做是错的，应该那么做，却没有能力使自己做正确的事情，而不做错误的事情。结果明知道应该那么做，实际却这么做了。这种情况在生活中并不少见，意味着我们的情感和行为没有听从理性和意志的控制。

意志无力的情况，在社会生活中非常普遍。有些人其实一开始不想做贪官，却成了大贪污犯；很多人说我下决心从明天开始一定要努力学习，但每次拿起书本时，学习的欲望又没有了；有些人并不想打游戏，说我只是看一眼，结果看一眼就变成耗了三个小时；等等。这些都是意志无力的表现。

说到紧箍咒，我想到希腊神话中的一个著名故事，这两件事看起来虽然完全不同，内在的道理却是一致的。

在著名的荷马史诗《奥德塞》中，英雄奥德修斯在海上漂流返回故乡途中，要经过一个岛屿。这个岛屿的石崖边居住着唱魔歌的海妖塞壬姐妹。她们坐在一片花丛里，唱着蛊惑人心的歌。甜美的歌声把过往的船只引向该岛，然后撞上礁石船毁人亡。过往的船只都受到迷惑就会走向毁灭，无一幸免。奥德修斯遵循女神喀耳斯的忠告，为了对付塞壬姐妹，采取了谨慎的防备措施。船只还没驶到能听到歌声的地方，奥德修斯就令人把他拴在桅杆上，并用蜡把其他人的耳朵塞住。他还告诫他们，通过塞壬岛时不要理会他的命令和手势。

在经过该岛时，奥德修斯听到了迷人的歌声。歌声如此令人神往，他绝望地挣扎着要解除束缚，并向随从叫喊着，要他们驶向正在繁花茂盛的草地上唱歌的海妖姐妹，但没人理他。海员们驾驶船只一直向前，直到最后再也听不到歌声。这时他们才给奥德修斯松绑，并取出自己耳朵中的蜡。这次塞壬海妖们算是白唱歌了。

在这个故事中，当奥德修斯亲耳听到海妖歌声的时候，自愿选择让船只驶向该岛，这一做法带来的结果将是自身的毁灭。这表明有时人的感性会战胜理性，并由此带来自己并不希望看到的可怕后果。幸好奥德修斯提前采取了预防措施。其核心是限制自身的行动自由，使自己的意志不能付诸实施；他为同伴采取的措施是，把诱惑物关在门外，使他们感受不到，从而相当于诱惑物不存在。

孙悟空的意志无力表现在，从大的方向上，他希望成正果，成为被神佛所接受的人物，为此，愿意保唐僧往西天取经。但到了具体场合，由于性格、观念、情绪及师徒二人本事差异等方面因素的作用，他又无法容忍唐僧的一些做法，容易做出有违他根本利益的事情。孙悟空容易意气用事，他在生气的时候，甚至会进入狂暴状态，犯下一些自己事后也后悔的错误。

这一点在五庄观就表现得非常明显。清风、明月怪他们偷吃了人参果，八戒也怪他多吃了一个，打了一个"偏手"（实际是这个人参果掉到地上，"遇土而入"，自己消失了），你看孙悟空的反应：

恨得个大圣钢牙咬响，火眼睁圆，把条金箍棒揝了又揝，忍了又忍道："这童子这样可恶，只说当面打人也罢，受他些气儿，等我送他一个绝后计，教他大家都吃不成！"好行者，把脑后的毫毛拔了一根，吹口仙气，叫："变！"变做个假行者，跟定唐僧，陪着悟能、悟净，忍受着道童嚷骂。他的真身出一个神，纵云头跳将起去，径到人参园里，掣金箍棒往树上乒乓一下，又使个推山移岭的神力，把树一推推倒。可怜叶落桠开根出土，道人断绝草还丹！那大圣推倒树，却在枝儿上寻果子，哪里得有半个？原来这宝贝遇金而落，他的棒刃头却是金裹之物，况铁又是五金之类，所以敲着就振下来，既下来，又遇土而入，因此上边再没一个果子。他道："好，好，好！大家散火！"（第二十五回）

孙悟空把"金箍棒揝了又揝，忍了又忍"，这是在干什么？这是感性与理性在作斗争。一方面，理性告诉他，在这种情况下应该忍耐，不能冲动；另一方面，感性又很强烈地驱动着他往另外一个方向采取行动。并且他清楚地知道，冲动的后果不符合他的利益，也不符合任何人的利益。理性试图抑制住感性的冲动，最终却没有成功，这就是意志无力的一种表现。

孙悟空忍得如此难受，最终还是没有忍住，那么他受的气很大吗？其实一点儿不大。像这样被人冤枉（而且孙悟空被骂并不冤枉，因为他确实偷吃了别人的至宝人参果），骂一顿，对于八戒来说是根本不会在乎的。孙悟空就为了别人骂他这点小事，竟然索性把大树给毁了，断绝了五庄观的灵根，差点儿铸成难以挽回的大错。

推倒人参果树的那一会儿，他的心情倒是很畅快，还说："好，好，好！大家散火！"那他真的想散伙吗？并不是。等到镇元大仙回来，孙悟空又被逼无奈，四处求人医活人参果树。好在观音施展神通将树救活了，要不然镇元大仙肯定跟他没完，永远也不会原谅他。

或许孙悟空后来对自己在五庄观的行为也有所反思，反思的结果应该是认为自己当时有做得不对的地方，害得还要到处去求人帮忙救活人参果树。问题在于，好多事情，孙悟空也知道这么做不对；但在当时的情况下，他控制不住自己，感情战胜了理智，做下了不符合自己利益的事情，甚至造成非常严重的后果。以孙悟空打倒人参果树的情况来看，他当时的表现，跟一个没有长大的小孩没什么两样，不过是逞一时快意、斗一口气罢了。

因此，孙悟空需要控制自己冲动的情绪，以及有时想半途而废的想法①。如果头上不戴个紧箍，完全靠孙悟空自觉、自制去克服取经路上的一切困难，是很难实现的。紧箍有助于帮助他解决自控能力不足的问题，而一旦这个问题得到解决，继续戴着紧箍就没有意义了。到达西天之后，孙悟空的头上不再有紧箍，他也不想还俗，性格不那么冲动了。这实际上体现了他的自我约束能力有了显著的增强。

从长期角度看，紧箍发挥的作用是积极的，紧箍的消极作用并不明显。因为孙悟空最终实现的是自制，而不是压制自己的欲望。与之相比，唐僧在很大程度上实践的是苦行，而不是自制，他对很多事情是想做而不敢做，甚至是连想也不敢想。唐僧对菩萨的很多说法采取"谨遵教旨"的态度，通过反复念诵的方式，强迫自己接受和认同，而不敢有丝毫的怀疑。他并不是采取疑而后信的态度，有一点儿"存天理，灭人欲"的意思，像是在自己给自己念紧箍咒。

孔子说："吾未见好德如好色者也。"② 他没有见过喜爱道德能像喜爱美色那样的人。为什么会这样？因为人们喜爱美色，是真心诚意地喜欢；而人们对道德的喜爱，需要理性和意志在其中发挥积极的作用，这样一来，就没有对美色的喜欢那么"真"、那么"诚"了。这里的"好色"，可以广泛地指喜欢物质享受。欲望是自然的，但我们不能做欲望的奴隶，所以要靠意志的力量来对欲望加以适当地约束，包括有时要有强有力的约束。通过反思和修炼，意志力逐渐增强，意志与欲望的较量达到一个平衡，人也就成了社会人。

---

① 孙悟空曾经分别向观音和如来提出，给他念一个松箍咒，放他还俗。
② 《论语·卫灵公第十五》，杨伯峻、杨逢彬注译：《论语》，长沙：岳麓书社2021年版，第158页。

从总体上说，紧箍咒代表的是来自外部的约束，以一种相对消极的方式起作用。随着孙悟空心智的进一步成熟、自我控制能力增强，以及社会道德观的形成，他逐渐学会了自我约束，且自我约束能力逐渐增强。当他心不起念、清净无垢之际，便成佛了，紧箍也随之消失。

二、自动消失的紧箍

到达西天，孙悟空成佛后：

> 孙行者却又对唐僧道："师父，此时我已成佛，与你一般，莫成还戴金箍儿，你还念什么紧箍咒掯勒我？趁早儿念个松箍儿咒，脱下来，打得粉碎，切莫叫那什么菩萨再去捉弄他人。"唐僧道："当时只为你难管，故以此法制之。今已成佛，自然去矣，岂有还在你头上之理！你试摸摸看。"行者举手去摸一摸，果然无之。（第一百回）

紧箍自行消失显然不是有人念松箍咒的结果。紧箍的消失应该是一个隐喻，表明孙悟空不会再犯会使唐僧念紧箍咒的事情了。经过十四年的磨砺，孙悟空已达到从心所欲不逾矩的境界。什么是该做的，什么是不该做的，以及事情该怎么做，他都有了明确的认知，他的看法也绝不同于刚加入取经队伍之时。至此，我们可以自信地说，以后孙悟空不会再说"皇帝轮流做"之类的话了。他在如来、观音面前，也不会轻易失了礼数。

我们看唐僧对紧箍消失的说法，"当时只为你难管，故以此法制之"，为什么给你戴紧箍，因为你不听话。这话反过来理解就是，现在你头上的紧箍之所以消失，是因为你已不再"难管"了。这里，唐僧使用了一种隐晦的说法，"今已成佛，自然去矣"。综合起来看，唐僧的话似乎意味着"成佛"与"不难管"之间存在某种内在的联系。

在取经过程中，曾经发生过一件很有趣的事情。一次，当孙悟空去化斋之前：

> 行者转身欲行，却又回来道："师父，我知你没甚坐性，我与你个安

身法儿。"即取金箍棒,幌了一幌,将那平地下周围画了一道圈子,请唐僧坐在中间,着八戒、沙僧侍立左右,把马与行李都放在近身,对唐僧合掌道:"老孙画的这圈,强似那铜墙铁壁,凭他什么虎豹狼虫,妖魔鬼怪,俱莫敢近。但只不许你们走出圈外,只在中间稳坐,保你无虞;但若出了圈儿,定遭毒手。千万,千万!至嘱,至嘱!"(第五十回)

孙悟空的这个举动很有意思。我们不知道他画的圈子是不是真像他说得那么神,我感觉有点儿悬。以他这回遇到的妖魔青牛精来说,他本人与之单打独斗都占不到什么便宜,凭什么他画的一个圈子就有这么大的神力?

不过这个圈子确实很有寓意,它具有这样的特点:只要不出圈子,就可"保你无虞",确保你不会出事;只要出了圈子,就"定遭毒手",肯定出事。对这个圈子,唐僧一开始在里面安坐,没有出事;后来受八戒的劝说,走出圈子,很快遭了青牛怪的毒手。孙悟空的说法在事实上倒是成立了。

孙悟空说师父"没甚坐性",根本不是事实。此时他们离开车迟国不久,在车迟国,虎力大仙提出与唐僧师徒比坐禅。孙悟空自认没有坐性,说:"坐禅我就输了,我哪里有这坐性?你就把我锁在铁柱子上,我也要上下爬蹭,莫想坐得住。"但三藏却有好坐性,而且自小如此——他"幼年遇方上禅僧讲道,那性命根本上,定性存神,在死生关里,也坐二三个年头"。孙悟空的说法,显然是冤枉了师父,他应该是另有所指。

当我们从全书的角度理解这段话时,可以把它看成一个寓言。这里的圈子所指的是社会规则和规范,当我们遵守它时,什么事情都没有;当我们不自量力,走出这个圈子,在社会规则与规范的外面行事,就难免要碰得头破血流。孙悟空到达西天时,他对社会的认识以及心性的修炼都很成熟了,可以说是常年自然就坐在圈子中了。

三、从心所欲不逾矩

对于到达西天时孙悟空的心理精神状态,可以借用孔子的一句话"从心所欲不逾矩"来形容。孔夫子这话很有意思,一方面要"从心所欲",心中要有想法,而不是做思想上的奴隶,什么都不敢想。只有自由地去思想,才能说是"从"心所欲。另一方面，又能做到"不逾矩"。"从心所欲不逾矩"这种境界就是，想怎么干就怎么干，怎么对怎么干，怎么干怎么对；心里想什么就做什么，都不会违反规矩；虽然有规矩，却并不妨碍思想和行为的自由。换个文雅的说法，是"顺心而为，自然合法，动念不离乎道"。

到达从心所欲不逾矩的境界后，行为不再需要意识去引导，而是顺乎自然。我们有时做正确的事情，需要通过自己的意志力、毅力来实现，需要下很大的决心，克服一些不利的情绪。这个境界就差了很多了。人活到"从心所欲不逾矩"这个份儿上，那真是活得明白透彻，对于世间生活游刃有余，做什么事情心里也不会觉得别扭、难受、有牵挂了。

这一境界的关键在于"欲"与"矩"之间可能存在的冲突，如何对之进行有效的平衡。从心所欲不逾矩不是通过调整"矩"，使"矩"内的空间增大，或者使"矩"更有弹性而达到的。它是通过调整"心"来实现的，或者说是通过调整自己的欲望，使之适应"矩"而实现的。适应的结果，欲望在规则、规范的界限内活动，社会的规则与规范被完美地内化到人心中。它可能也是这样一种状态，即身体有约束，心灵无约束，自己所做的每件事，是结合自己的欲望与理性思考之后认为最该做且最愿意做的事，没有勉强的成分在里面。

小孩子往往喜欢"从心所欲"。孙悟空闯龙宫、闹地府、大闹天宫之时，是"从心所欲，处处逾矩"，结果被压在五行山下，五百年不得自由，更无法随心。与孙悟空相反，唐僧虽然能做到"不逾矩"，却是通过随时压制自己的所思所想、压制自己的欲念来实现的。

"欲"与"矩"的辩证法比较玄妙，在人生中又普遍存在。其实，这在孙悟空的唯一法宝如意金箍棒上也有体现。这个棒名为"如意"，能大能小，变化无方，"要大弥于宇宙间，要小却似针儿节"；棒子两头用"金箍"包裹，这金箍与唐僧套在孙悟空头上的紧箍或许有相似的寓意。譬如说，有了紧箍，唐僧可以指挥孙悟空；有了两端的金箍，这个棒子也就能如孙悟空的心意。

非常难得的是，孙悟空没有因为被压五行山下这个巨大的挫折而从此消沉，他没有因为清楚地知道有"矩"而从此束手束脚、畏首畏尾，只看掌权者的眼色行事。而是在保唐僧往西天的路上，逐渐了解社会的运行规则，体悟自然之道，但也不失却其分明善恶的本心，最终达到了更高的人生境界。

要达到从"心所欲不逾矩"的境界，有一个前提，就是要对"矩"有深刻的认识，包括明的"矩"、暗的"矩"、成文的"矩"、不成文的"矩"，都要有深刻的认识。只有这样，才能够很好地适应它，才能够知道自己有没有逾越它。要深刻地认识"矩"，要以丰富的社会经验为前提，所以年轻人很难做到"从心所欲不逾矩"，孔子也是到了七十岁才达到"从心所欲不逾矩"的境界。

大闹天宫时的孙悟空，在心理与人生智慧方面是非常不成熟的。到达西天时的孙悟空，法力虽无大的提升，人生的境界却发生了很大的变化。像孔子评价自己时所说的那样，逐渐达到了"知天命""耳顺"与"从心所欲不逾矩"的境界。他也成为天界重要的建设性力量。"从心所欲不逾矩"代表了心灵修养上最后阶段的造诣。当然，达到这一点后，还可以进一步提升，但那主要只是程度的差别了。

从现实人生的角度，特别是在快速变化的现代社会，我们还面临一个孙悟空不曾遇到的难题，就是这个"矩"是在不断变化的过程中的，而非一成不变。因此，对如何在变化的过程中把握"矩"，不逾"矩"，提出了更高的要求。

第二节　妖精菩萨，总是一念

一、菩萨妖精与妖精菩萨

孙悟空在取经的早期阶段，已经历了一个观念上的变化，就是不再认同自己的妖怪身份。对此，值得思考的是，神与妖的区别到底在哪里，孙悟空是在什么意义上不再认同于妖怪的身份。

在第十七回观音院收黑熊精一节，孙悟空建议观音菩萨变成凌虚子，攻黑熊精一个出其不意。观音变成凌虚子后：

> 行者看道："妙啊，妙啊！还是妖精菩萨，还是菩萨妖精？"菩萨笑道："孙悟空，菩萨妖精，总是一念。若论本来，皆属无有。"行者心下顿悟。

孙悟空的话很有意思：妖精可以变成菩萨，菩萨可以变成妖精，当菩萨变成妖精时，她到底是妖精还是菩萨？如果妖精代表恶，菩萨代表善，那么妖精菩萨是不是意味着好坏、善恶集于一身？既然高手都可以变化如意，改变自己的形象，那该如何透过妖精与菩萨的假象看到其真实的形象？特别是妖精与菩萨的本质区别是什么？是因为菩萨有天界的承认，而妖精没有获得天界的承认吗？

观音对此提供了一个简单明了的回答：判断菩萨和妖精的唯一标准，在于你心里是怎么想的，它取决于心中的一念，即心中存的是善念还是恶念。如果心存善念，无论表面看起来是菩萨还是妖精，都是菩萨[①]。观音进一步

[①] 观音这话，也是对"以貌取人"和形象包装的反对。

说，其实就连妖精和菩萨本来也都是没有的。有了念想，才有了妖精、菩萨的区别。心念是可变的，因此，是妖精还是菩萨就不是固定的。心正魔可为神，心不正神就成了魔。观音这话，直指要害，透彻无比。

听了观音的话，行者"心下顿悟"。他悟出了什么，大可琢磨。难道孙悟空听了观音的话，就真的像佛门公案中说的那样，见心明性，心地空明，瞬间成佛了不成？从孙悟空此后的表现看，他还真没有达到这样的境界。因为此后他很快又偷吃人参果，推倒人参果树，还回花果山杀了一千多猎户。

孙悟空总体来说是比较实际的，一时半会悟不到那么深，但他至少悟到了一点，那就是，我以前虽然犯了犯上之罪，做了大逆不道之事，被判处过有期徒刑，但佛家是不太在意这些的，只要你改过自新，就可以既往不咎，所谓"放下屠刀、立地成佛"。因此，我今日是妖精，明日依然可以成菩萨，对过去的行为不要有太大的心理负担。由于观音强调心中的"一念"，因此以后要多加注意的是自己的所思所想，要重视世界观、人生观、价值观的改造。改造成功了，就是菩萨；改造不成功，还是妖精。

正因为妖精与菩萨的分别，只在一念之间，所以观音菩萨可以把八戒、沙僧收在取经人的队伍中。

你看收沙僧时的光景。沙僧一开始跟木叉打得不亦乐乎，后来知道木叉是观音菩萨的弟子，马上放下兵器，见观音纳头下拜，告道："菩萨，恕我之罪，待我诉告。我不是妖邪……"此时，沙僧做的是妖邪之事，在流沙河吃人无数，还吃了九个取经人。不过他的内心中，却以做妖为耻，流露出做妖怪的痛苦。一听说菩萨要收留他，立即表示"我愿皈正果"。反过来说，也正因沙僧心中还有此"念"，菩萨才给他指了一条明路。送走菩萨后，沙僧也在流沙河"洗心涤虑，再不伤生，专等取经人"。

八戒的情况与此类似。不过，他比沙僧更狠一些，是主动撞上来，"不分好歹，望菩萨举钉钯就筑"。后来见到菩萨的莲花，心中惊悚，知道来的是观音后，撇了钉钯，纳头对观音的弟子木叉下礼道："老兄，菩萨在哪里？累烦你引见一引见。"木叉说菩萨不就在那儿吗？于是八戒朝上磕头，厉声高叫道："菩萨，恕罪，恕罪！"不过，八戒的皈依稍微困难一些，当观音说他不应伤生造孽时，八戒说："前程前程，若依你，教我嗑风！常言道，依着官法打杀，依着佛法饿杀。去也，去也！还不如捉个行人，肥腻腻的吃他家娘！

管什么二罪三罪，千罪万罪！"说得很凶，其实八戒的意思不过是，如果我不吃人，难道去喝西北风，那不就饿死了。观音说，可以吃的东西很多啊。八戒听了这话，似梦方觉，是啊，有很多方法可以填饱肚子，何必为了填饱肚子而把命送了呢。但又觉得，即使我改正，又有什么用？反正也不会有什么出路。于是观音为他指点一条出路，说："我领了佛旨，上东土寻取经人。你可跟他做个徒弟，往西天走一遭来，将功折罪，管教你脱离灾瘴。"意思只有一条，跟着唐僧走，大有好处。八戒听了这个情况，连忙说："愿随，愿随！"

从八戒、沙僧皈依前的情况看，他们并不特别高尚；但从内心讲，也不愿为妖，吃人只是为了度日，并不以吃人、为非作歹为乐。这与取经路上很多妖怪的情况不同。这里核心的问题，不在于外界环境的好坏，而在于你内心的想法与意向。也就是说，如果条件许可，你是否想往"善"的方向发展。八戒、沙僧都自称不是妖邪，就是其意向的一种表达。唐僧在取经路上也曾说过相似的话，他说："心生，种种魔生；心灭，种种魔灭。"这也可以解释很多从天界下来的妖魔，他们此时为妖，是因为有了心魔，被心魔所主宰了。他们被收服回到天界后，如果其心中的魔还在，则未来还有再次下界为妖的可能。

二、二心的争斗

孙悟空能经过西天的路途而成佛，一个重要的方面，是因为他在这个过程中，心性发生了根本的变化。

第五十八回，当真假美猴王打上灵山时，佛祖对大众道："汝等俱是一心，且看二心竞斗而来也。"假孙悟空一方面是六耳猕猴，是另一个独立的存在；另一方面，他作为孙悟空心魔的寓意也很强。某种意义上，假孙悟空所做的正是真孙悟空潜意识中想做而没有做的事情。假孙悟空是怎么想的呢？你看他对沙僧说："我打唐僧，抢行李，不因我不上西方，亦不因我爱居此地。我今熟读了牒文，我自己上西方拜佛求经，送上东土，我独成功，教那南赡部洲人立我为祖，万代传名也。"这个想法多么合理，我不想吃唐僧肉，也不是要做妖，更不是要冒充他去干坏事，只是想自己到西方拜佛祖，把经书取回来送往东土，让南赡部洲人立我为祖，万代传名。取经的任务我自己去完成有什么不好呢？这个做法只有一个困难，正如沙僧对假孙悟空所说的："自来没个孙行者取经之说。""兄若不得唐僧去，那个佛祖肯传经与你！却不是空劳一场神思也？"沙僧这话说得再清楚不过了：你这猴头怎么不明白呢？取经行动是如来精心安排的重要行动，天下皆知唐僧是孙悟空的师父，你自己去西天，如来能把经传给你吗？

有这二心的争斗，是因为孙悟空到此时有一点还不明白。对于要去西天、取经回东土、路上斩妖除魔这几件事，他都能理解。唯一让他无法理解的是，去西天就罢了，为何非得要保唐僧去。这个道理，不管他想得通、想不通，都是必须接受的。

另外有个佐证，可以说明六耳猕猴其实是孙悟空的潜意识。在三星洞，当孙悟空打破盘中哑谜，深夜求菩提祖师传长生不老之术时说："此间更无六耳，止只弟子一人。"已经说了此间没有六耳（即没有第三人），但这个变作孙悟空的偏偏是"六耳猕猴"，显然有前后照应之意。真是"心生，种种魔生；心灭，种种魔灭"。神与魔的冲突，既是两种力量之间的冲突，也是人自身两种不同欲望和意向之间的冲突。假孙悟空不过是真孙悟空的心魔罢了。正因为如此，当观音菩萨暗念紧箍咒时，真假孙悟空一齐喊疼，这疼并不是装出来的。

真孙悟空打死假孙悟空，也就是打消了自己身上与假孙悟空相似的念头，他的心念又迈过了一个重要关口。这时，如来认为孙悟空已经基本通过考核。在孙悟空打死六耳猕猴后，如来鼓励他说："好生保护他去，那时功成归极乐，汝亦坐莲台。"（第五十八回）如来直接向孙悟空许诺说功成之后他可以"坐莲台"，这个说法的含义至为明显。换句话说，就是到了西天，孙悟空也可以转正成为天庭的高官。这也说明如来对孙悟空到此时为止的思想改造已经颇为满意。听了这话，孙悟空算是吃了一颗定心丸。

第三节　自觉维护等级制度

孙悟空的变化是多方面的、综合性的，其中的一个重要方面，是他对等级制度的态度发生了根本变化，这很具体地体现在他对玉帝、如来、唐僧等人态度的变化上。

一、歌功颂德一首诗

孙悟空对玉帝态度的变化，在青牛精一役中有清楚的体现。这一回，孙悟空见到玉帝，所使用的语言与第一次见玉帝时大不相同，基本上中规中矩。他说："疑是上天凶星思凡下界，为此老孙特来启奏，伏乞天尊垂慈洞鉴，降旨查勘凶星，发兵收剿妖魔，老孙不胜战栗屏营之至！"什么"特来启奏""伏乞天尊垂慈洞鉴""不胜战栗屏营之至"，这些话从他嘴里都很流畅地说出来，连葛仙翁都在一旁笑他"前倨后恭"，跟以前有了很大分别。

玉帝派人在天界检查各路神仙的上班情况，发现"满天星斗，并无思凡下界"，大家的上班态度都很端正。面对这一结果，孙悟空对与他一同检查值班情况的可韩丈人真君说："既是如此，我老孙也不消上那灵霄宝殿，打搅玉皇大帝，深为不便。你自回旨去罢，我只在此等你回话便了。"他觉得玉帝的工作很繁忙，"打搅玉皇大帝，深为不便"，其实是知道尊卑有别，知道维护领导的权威了。

更令人称奇的是，在我们印象中似乎没有喝过几碗墨水的孙悟空，面对天上神仙都在认真上班、严格履职的情况，还"作诗纪兴"，写下了一首诗，诗曰：

> 风清云霁乐升平，神静星明显瑞祯。
> 河汉安宁天地泰，五方八极偃戈旌。

（第五十一回）

孙悟空特意在天庭作出这样一首诗来，以诗明志的意思再明显不过了。所谓的乐升平、显瑞祯、天地泰、偃戈旌，都是意境比较一般的讴歌。不管诗作得怎么样，就凭他这一手，肯定能让玉帝对他的印象大大改观。这也有助于增加玉帝的权威：你们看看，那个大闹天宫的猴头现在都学得这么乖巧了，我就不信还有哪个不开眼的敢来找事。孙悟空对玉帝态度的变化，反映的其实是他对玉帝所代表的整个天庭态度的变化。

在乌鸡国，妖道篡位，做了乌鸡国国王，虽然他把乌鸡国治理得"风调雨顺，国泰民安"，但妖道的做法破坏了君王尊严、尊卑秩序。对于孙悟空的出现，妖道是不满的，他说："孙行者，你好惫懒！我来占别人的帝位，与你无干，你怎么来抱不平，泄漏我的机密！"对此，孙悟空呵呵笑道："我把你大胆的泼怪！皇帝又许你做？"从"皇帝轮流做，明年到我家"到现在认为说"皇帝又许你做"，孙悟空在等级尊卑方面的观念也发生了很大的变化。

对于黄眉怪变成如来的模样，孙悟空的反应是：丢了马匹行囊，掣棒在手喝道："你这伙孽畜，十分胆大！怎么假倚佛名，败坏如来清德！不要走！"双手抡棒，上前便打。

越到后来，孙悟空对体制的尊重表现得越发明显。到第八十六回，他碰到花豹子精。花豹子精自称"南山大王"，行者听了骂道："这个大胆的毛团！你能有多少的年纪，敢称南山二字？李老君乃开天辟地之祖，尚坐于太清之右；佛如来是治世之尊，还坐于大鹏之下；孔圣人是儒教之尊，亦仅呼为夫子。你这个孽畜，敢称什么南山大王，数百年之放荡！"他这话说得颇为大义凛然，讲述道理的方式也与一般儒生无二。一个妖怪自称"南山大王"，又是什么了不得的事情呢？妖怪要是不称什么什么大王，才是怪事了，这比起他当年自称"齐天大圣"已经要好得多了。如果他现在碰到一个妖怪自称"平天大圣""混天大圣"什么的,他不定要急成什么样子呢!看来纲常名教的思想,至此已经深入孙悟空内心了。

在车迟国,他还劝告车迟国国王道:"望你把三教归一,也敬僧,也敬道,也养育人才,我保你江山永固。"这表现出了宗教上的宽容精神,并把宗教信仰与贤人政治的观点捏合在一起了。

二、孙悟空与如来的关系变化

孙悟空要达到"从心所欲不逾矩"的境界,需要有一个前提,就是他真心地尊重这个"矩",即学会尊重天界秩序。但这又有一个前提,就是他要真心尊重作为天界秩序维护者的如来。只有真心敬重如来,他的心理变化才能顺利完成。

孙悟空是从石头里蹦出来的,从小没有家庭权威的羁绊。他在花果山又很顺利地称王,而不是像其他猴子那样在一个大王的手下过活。这造成的结果是,对他来说,在生命的早期,在人生观念养成的重要阶段,没有权威的概念,不知道尊重权威。在大闹天宫时,他做的是打倒权威的事情。自五行山下出来后,他接受了人生的重大教训,慢慢学会了尊重权威,对权威不再采取简单排斥、一味作对的态度。

孙悟空对如来认知的变化主要通过两个方面来完成,一是认识到如来的法力,二是认识到如来除了法力以外,其他方面还有很多高明之处。

1. 逐渐认识到如来的神通

孙悟空一开始被压在五行山下时,对如来的本事并不服气,认为是被如来"哄"了。说得也是,他与如来并没有进行真刀真枪的实战,或许如来只是玩了个"魔术",把他给蒙了。在他看来,如来赢得不够光明正大,不算真本事,做法甚至有点儿为真正的英雄所不齿。

要认识到与如来本事的差距,孙悟空首先要对自己的真实本事有一个比较切合实际的定位。取经过程可以让他做到这一点。

刚踏上取经路的时候,孙悟空还是颇为自信的。唐僧见到孙悟空轻易打死一只猛虎,颇为震撼,对此,孙悟空自我吹嘘道:"……我老孙,颇有降龙伏虎的手段,翻江搅海的神通,见貌辨色,聆音察理,大之则量于宇宙,小之则摄于毫毛！变化无端，隐显莫测。"在他看来，以自己的通天本事，保唐僧到西天不过是小事一桩罢了。不过，取经队伍出发不久，孙悟空就接连遇到高人。刚刚收服猪八戒，就碰到了乌巢禅师，然后是镇元大仙。路还没走多远，就出现了两大高手。其中，镇元大仙的本事与孙悟空不分伯仲，乌巢禅师的神通显然在孙悟空之上。孙悟空因觉得乌巢口气大，对他不太礼貌，"心中大怒，举铁棒望上乱捣"。结果却是，"只见莲花生万朵，祥雾护千层。行者纵有搅海翻江力，莫想挽着乌巢一缕藤"。差距不是一星半点儿，只是乌巢乃世外高人，不跟他计较，没有进行反击罢了。天下高手之多，于此可见一斑。

在取经过程中，很多来自天上神佛的坐骑、童子之类的人物下凡，就已使孙悟空束手无策，颇感难办；另有很多妖魔，也需要借助天界的力量才能降伏。在与妖魔作斗争的过程中，孙悟空发现自己并不是像以前想象的那样，能纵横天界而无敌。观音在这个过程中也显示出了超凡的实力（包括收服黑熊精、救活人参果树、收服红孩儿和灵感大王等）。观音展现出的实力的全面性、均衡性更令他望尘莫及，于他后来自觉地对观音执弟子之礼，不敢在她面前造次。

观音的手段尚且如此，观音背后的如来其手段就可想而知了。可是孙悟空存了一个"如来哄了我"的先入之见，一开始并没有往这方面深想。他也不想想，自己连如来的手掌心都翻不出去，这如来能是好惹的吗？孙悟空一个筋斗是十万八千里，当时他"风车子一般相似不住，只管前进"，应该是走了很远很远吧，结果还在如来手心里，这得要有多大的本事才能做到呀。孙悟空在取经路上应该会经常思考这一段经历：这到底是如来哄了他呢？还是如来真的有特别大的本事？弄清楚如来的真实底细，对于孙悟空来说确是一件大事。从感情上他更愿意相信是前者，但理智的声音告诉他，更可能是后者。

在取经路上，特别是取经路上的早期，孙悟空与如来直接打交道的情况不多。他对如来的认识是多方面因素共同作用的结果，包括对观音能力的认识转变、对自身能力的重新定位、对天庭体制的思考、自身身份认同的转变和思想观念的变化等。

第五十二回，此时取经队伍已经走了约一半路程，在孙悟空与金兜山独角兕大王打斗过程中，孙悟空曾做了一段长篇自我介绍。其中提到大闹天宫时与如来的赌赛，他的说法已变成"其实如来多法力，果然智慧广无量。手中赌赛翻筋斗，将山压我不能强"。他对如来的实力已不再怀疑，认为如来法力强大、智慧无量，只是因为双方实力不在一个档次，如来才用赌赛的方式轻松赢了他。

后来出现了真假美猴王的事件。又有一个猴子出来搅局，弄得众神束手无策，分辨不出真假，连观音菩萨也没有办法。最后，两只猴子打到雷音寺佛祖殿前，结果如来一口就道出假孙悟空的来历。这时，菩萨、金刚、罗汉等众神包括孙悟空都要上前捉拿妖怪。如来却不慌不忙，说"孙悟空休动手，待我与你擒他"，随后扔出金钵盂，就把六耳猕猴给罩住了。六耳猕猴在钵盂下现出本相后，被孙悟空一棒打死了。

孙悟空对六耳猕猴的本事十分清楚，六耳猕猴与他的本事基本上在伯仲之间，在天界众神之前显得还很突出，但在如来面前就不够看了。如来端坐在金莲上，根本不用起身，随手扔出金钵盂，就把它给罩住了。罩住以后，似乎猕猴的本事大打折扣，以致被孙悟空结果了性命。如果如来要对付孙悟空，似乎也不用费太大的事。

孙悟空对于这一事件中显示出来的实力差距显然有清醒的认识。当如来让他回去继续保唐僧取经时，孙悟空"叩头谢"道："上告如来得知……望如来方便，把松箍儿咒念一念，褪下这个金箍，交还如来，放我还俗去罢。"此时，孙悟空对取经之事还有点儿怀疑，也不知道取完经后能得一个什么正果，于是委婉地表达了希望如来放他一马的意思，不过被如来拒绝了。如来说："你休乱想，切莫放刁。我教观音送你去，不怕他不收。好生保护他去，那时功成归极乐，汝亦坐莲台。"如来既显示出他对观音和孙悟空的权威，也向孙悟空明确地许了好处，从而坚定了他的信念，打消了他的疑虑。

取经队伍经过狮驼岭的时候，遭受了惨重的挫败。妖怪还传出假消息，说唐僧被他们"夹生吃了"。这次孙悟空确实感到与对手实力差距较大，无法应付，于是找如来做主。说起师徒一行在狮驼岭的遭遇，孙悟空"泪如泉涌，悲声不绝"，对此：

如来笑道："孙悟空少得烦恼。那妖精神通广大，你胜不得他，所以这等心痛。"行者跪在下面,捶着胸膛道:"不瞒如来说,弟子当年闹天宫,称大圣,自为人以来,不曾吃亏,今番却遭这毒魔之手!"(第七十七回)

直到此时,孙悟空对自己的本事仍十分自负,可狮驼岭的妖怪本事确实高强,特别是大鹏金翅雕的神通实在他之上。这次败得如此之惨,令孙悟空感到锥心之痛。但如此难缠的三个妖怪,如来带着文殊和普贤前往,还不是一举就给拿下了?如来收拾妖怪,从来不真刀真枪地比拼,而是不显山不露水地略施小计,手到擒来。在《西游记》中,从来就没有如来与谁大战多少回合,不分胜负的事情,这次收拾大鹏也是如此,让人测不出他的深浅。大鹏对如来没有办法,只得"皈依","在光焰上做个护法"。孙悟空对如来的神通又有了新的认识。

2. 如来值得尊敬之处很多

经过取经路途的磨炼,孙悟空对如来的实力有了更深刻的认识,他不再相信当年被压在五行山下,是因为上了如来的当,而是二人之间的水平有巨大差距,即使不把他压在五行山下,如来也有很多其他办法对付他。

在明确这一点之后,我们可以对孙悟空被压在五行山下做一点儿更深入的思考。

孙悟空一开始可能不了解,取经行动实际上是如来一手安排的,观音不过是主要的执行者而已。后来他会认识到,与其说观音从五行山下把他救了出来,不如说是如来救了他更恰当。熟悉规则的人都能想到,这么大一件事,没有如来的首肯,观音哪敢擅自做主,把他这个闯祸精放出来。

正因为观音深刻领会了如来的意图,因此,在取经队伍出发未久,就来坚定孙悟空的意志,说你尽管放心往前走,有什么困难我会帮你:"我许你叫天天应,叫地地灵。十分再到那难脱之际,我也亲来救你。"另外,观音还送给孙悟空三根救命毫毛。这三根毫毛在取经途中也确实发挥了不小的作用,实有救命之功。观音如此费力耗神,为的是什么?取经事业圆满成功之日,论功行赏,唐僧师徒都得到了正果,又没有自己什么事,反而是唐僧、孙悟空的排名还在观音之上。观音这么做,显然另有原因。这个原因,只能从佛祖的身上去寻找。

对于被压在五行山下,直至加入取经队伍,到西天成佛这整个事情,如果孙悟空冷静地想一想就会发现，被压在五行山下，如来并不是哄了他，而是挽救了他。因为如来有置他于死地的能力；不仅如来，就是他的授业恩师也有这个能力。当他离开菩提祖师之时：

> 祖师道："你这去，定生不良。凭你怎么惹祸行凶，却不许说是我的徒弟，你说出半个字来，我就知之，把你这猢狲剥皮锉骨，将神魂贬在九幽之处，教你万劫不得翻身！"孙悟空道："决不敢提起师父一字，只说是我自家会的便罢。"（第二回）

祖师不仅有能力处死他，还可以让他"万劫不得翻身"，决定他死后的命运。如来的法力应该更高，手中掌握的权力资源更是不可小觑，真要想对付他，显然不是一件太难的事。

其次，相比于后来被他打死的六耳猕猴等妖怪，他大闹天宫闯下的祸事更大。如来只是把他压在五行山下，已是很宽大地处理了。这体现的是如来的宽容，而决不可能是如来的无能。如来总体上是一位比较宽容的领导者。例如，对于孙悟空打死六耳猕猴，如来颇不忍心。对此，孙悟空还说："如来不该慈悯他，他打伤我师父，抢夺我包袱，依律问他个得财伤人，白昼抢夺，也该个斩罪哩！"

到取经中途，如来更是不计较孙悟空以前的过错，许他到西天后也可成佛。如来的法力、手段和心胸气度都不是寻常可比。以力服人是假服，是身服心不服；以德服人，是心服；德、力并用，可以让人口服心也服，这才是如来要的效果。当孙悟空想通这些事情中的关节后，就很容易明白如来对他的好，对如来的看法也会出现很大的改观。相应地，他也会改变对很多事情的认识。

在取经过程中，一方面，孙悟空清晰地认识到自己能力的有限性。另一方面，也明确了自己的可能性，即在众人的帮助下，他可以辅助唐僧完成取经的伟业。这样，他既不悲观失落，因一路困难太多、前景渺茫而灰心；也不再是"天下事舍我其谁"，抱有不自量力的空洞抱负。正是在这个不断摸索、不断调整认知的过程中，他对自身在天界的位置逐渐形成了比较准确的定位，完成了对自己命运的把握。

三、孙悟空对唐僧态度的变化

在取经行程中，孙悟空对唐僧的态度发生了重大的变化。一开始孙悟空对唐僧有感激之心，主要是因为唐僧把他从五行山下放出来，对他有救命之恩。但他内心对唐僧并不尊敬。他们离开五行山不久，八戒、沙僧还没有加入队伍的时候，在蛇盘山鹰愁涧，孙悟空就打起了退堂鼓，他扯住观音菩萨不放道："我不去了，我不去了！西方路这等崎岖，保这个凡僧，几时得到？似这等多磨多折，老孙的性命也难全，如何成得什么功果！我不去了，我不去了！"从他的话里话外可以明显看出，孙悟空一点儿也不看好唐僧。（第十五回）

1. 孙悟空与唐僧的三次分手

在取经路上，孙悟空与唐僧共有三次分手。三次分手的情况都有所不同，可以在某种意义上反映两人关系的变化。

孙悟空与唐僧的三次分手

分手详情	第一次	第二次	第三次
时间	刚踏上取经路	约在取经队伍出发后的第四年	约在取经队伍出发后的第八年
地点	出五行山不远	白虎岭	无名山区
原因	孙悟空打死六个毛贼，以为唐僧会赞他的本事，不想却被唐僧责怪、唠叨	孙悟空三次打死白骨精变化的人物，唐僧认为他错杀了好人	孙悟空打杀了几个强盗，特别是把他们曾投宿过的杨老儿家的儿子打死了
孙悟空的态度	孙悟空主动离开唐僧	孙悟空死活不肯走，最后实在留不下来，只好拜别师父	孙悟空对强盗下手已有一定分寸，并没有把强盗全部打死。被唐僧赶走后，他不知往何处去，最后决定找观音评理
唐僧的态度	唐僧没想到刚训斥了两句，猴头就走了。他感到奇怪、失望和悲哀	唐僧坚决要赶走孙悟空	唐僧坚决要赶走孙悟空
回来的原因	在东海龙宫，龙王用"圯桥进履"的故事开导孙悟空，经过利益权衡，孙悟空决定返回取经队伍	唐僧被黄袍怪变成了老虎，八戒前往花果山请回孙悟空	降伏六耳猕猴后，如来派观音亲自护送孙悟空回取经队伍，唐僧真正接受了孙悟空
回来后的情况	一回来孙悟空就被骗戴上了紧箍	唐僧、孙悟空的师徒关系有所改善。孙悟空数落了八戒和沙僧，初步奠定了在二位师弟前的地位	经此一事，唐僧明白取经队伍不能少了孙悟空。孙悟空也知道保唐僧才是正道。师徒关系此后有了实质性改善，此后未再出现大的矛盾

孙悟空与唐僧的第一次分手，主要原因在孙悟空自己。唐僧虽然唠叨了他几句，但并没有要赶他走的意思，可孙悟空觉得受不了唐僧的气，将身一纵，"呼"地一下就飞走了，令唐僧呆在当场。第二次和第三次则大不相同，这两次都是孙悟空求着不肯走，并且都忍受了被念紧箍咒的痛苦。

第三次分手的情形很有意思，孙悟空被唐僧赶走之后：

> 却说孙大圣恼恼闷闷，起在空中，欲待回花果山水帘洞，恐本洞小妖见笑，笑我出乎尔反乎尔，不是个大丈夫之器；欲待要投奔天宫，又恐天宫内不容久住；欲待要投海岛，却又羞见那三岛诸仙；欲待要奔龙宫，又不伏气求告龙王。真个是无依无倚，苦自忖量道："罢，罢，罢！我还去见我师父，还是正果。"

他甚至想到要投奔天宫，又担心现在这样子去，天庭容不下他。想了半天，竟然失去了主张，觉得人生没有了方向，自己的选择竟是如此之少，于是决定还是低声下气去求唐僧。可是，求唐僧又能得到什么样的结果呢？

> （行者）遂按下云头，径至三藏马前侍立道："师父，恕弟子这遭！向后再不敢行凶，一一受师父教诲，千万还得我保你西天去也。"唐僧见了，更不答应，兜住马，即念"紧箍儿咒"，颠来倒去，又念有二十余遍，把大圣咒倒在地，箍儿陷在肉里有一寸来深浅，方才住口……大圣疼痛难忍，见师父更不回心，没奈何，只得又驾筋斗云，起在空中，忽然省悟道："这和尚负了我心，我且向普陀崖告诉观音菩萨去来。"（第五十七回）

他先是回来给师父认错，保证以后决不再犯，但这也不管用，怎么办？要搁在以前，肯定是纵一个筋斗云，回花果山去也。可现在，回花果山的念头一起即灭，这条路一开始就被否定了。因为自从在"东海洗澡"之后，他就决心洗心革面，重新做人。其中最重要的一点是，一定要找个归宿，坚决不能走回头路，再做妖怪了。

孙悟空以前对于如何通过正常渠道维护自己的权益没有经验。这一次，他站在空中想了半天，终于想通了，还是要去找观音菩萨来评理。哎，这么想就对了嘛。孙悟空有能力不假，但很多问题不是看谁的本事大这么简单。

那么对这事，观音是怎么看的呢？按观音的说法，还是孙悟空不对。

> 行者望见菩萨，倒身下拜，止不住泪如泉涌，放声大哭。菩萨教木叉与善财扶起道："孙悟空，有甚伤感之事，明明说来，莫哭，莫哭，我与你救苦消灾也。"行者垂泪再拜道……菩萨道："……据我公论，还是你的不善。"行者噙泪叩头道："纵是弟子不善，也当将功折罪，不该这般逐我。"（第五十七回）

观音对孙悟空像大人哄小孩一般，说不要哭，不要哭，来来来，有什么事情我给你做主。当观音说这件事还是孙悟空不对时（从语气上，观音更接近于说孙悟空也有做得不对的地方，而不是把错误都归结到他身上），孙悟空的说法是，即使我做得不对，师父也不该狠心把我赶走，而应该给我一个改正的机会。这个说法的潜台词是，他找观音评理的目的不在于争个谁对谁错，而在于师父不该赶走他。孙悟空现在的思维方式，与他第一次离开唐僧时真是完全不同了。

2. 妖怪变成人形欺骗唐僧时，孙悟空态度的变化

白骨精第一次变成一个少女来欺骗唐僧，被孙悟空发现后，他的反应是："放下钵盂，掣铁棒，当头就打。"当唐僧说这少女是个好人时，孙悟空对唐僧一点儿面子也不给，反而说："师父，我知道你了，你见他那等容貌，必然动了凡心。"几句话，把长老羞得个"光头彻耳通红"。趁唐僧羞惭之际，行者"掣铁棒，望妖精劈脸一下"。当白骨精又变成一个年满八旬的老妇人时，孙悟空的反应依然是"更不理论，举棒照头便打"。这次的后果是唐僧把紧箍咒颠倒念了二十遍。

当白骨精第三次变成一个老公公的时候，由于教训就在眼前，孙悟空颇费了一番思量："不打杀他，他一时间抄空儿把师父掳了去，却不又费心劳力去救他？还打的是！就一棍子打杀他，师父念起那咒，常言道，虎毒

不吃儿。凭着我巧言花语，嘴伶舌便，哄他一哄，好道也罢了。"一方面，他担心师父被妖怪捉去，还要费力去救；另一方面，他也心存幻想，认为自己几句话能说服师父。这次的结果是，唐僧先念了紧箍咒，然后把他赶走了。

白骨精这事在一段时期内是孙悟空心中的一个阴影。在被逼无奈之下，他逐渐明白了一个道理，就是唐僧与自己不同，特别是二人存在认知与价值观上的差异。在这种情况下，沟通和理解就很重要。如果依着自己的意思硬来，虽然明知自己做的事情是对的，但最后的结果可能适得其反。因此，他慢慢学会了忍耐。

到了莲花山，银角大王变成受伤的"道者"向取经队伍求救时，孙悟空的做法有了很大变化。虽然他明知这道者是妖怪所变，却并不直接在唐僧面前逞强动手，而是背起"道者"，走了三五里路。他的想法是，在路上慢慢走，与唐僧等人拉开距离，在僻静处下手。可惜他的想法被妖怪识破（这哪还有识不破的），被妖怪压在了大山之下。

这妖怪变成人形求唐僧救命的招数，确实击中了孙悟空的命门，弄得他苦不堪言。红孩儿也会玩这一手，他变成一个七岁顽童，被吊在树梢，高喊"救人"。孙悟空先是劝唐僧"莫管闲事"，走路要紧；后来觉得还是不保险，干脆使了个"移山缩地之法"，从这个峰头超过去了。红孩儿一见没法，索性直接让自己重新吊在唐僧师徒前面不远处。这下孙悟空彻底没招了。这一次，"大圣见师父怪下来了，却又觌面看见模样，一则做不得手脚，二来又怕念紧箍儿咒，低着头，再也不敢回言"，再也不敢自行其是了。

第八十回，老鼠精地涌夫人变成少女求救时，唐僧心软，让八戒去救人。孙悟空及时赶回，制止了八戒的行为。唐僧训斥了孙悟空几句，孙悟空也对自己的观点进行了辩解。唐僧总算吸取了以前的教训，说："也罢，也罢。八戒啊，你师兄时常也看得不差，既这等说，不要管他，我们去罢。"师父的思想工作竟然给做通了！！后来，妖怪使出"传音入密"的本事，把"活人性命还不救，昧心拜佛取何经"这话反复向唐僧耳中顺风传送，唐僧终于回头把妖怪给救下来了。不过，对比孙悟空、唐僧早先的行为，双方其实都已经发生了极大的变化。

四、孙悟空对唐僧越来越尊敬

孙悟空与唐僧分手是在两人的意见发生剧烈分歧的时候，也是二人关系不和睦的时候。在二人关系的后期，孙悟空对唐僧的态度发生了显著变化，主要是对唐僧越来越尊敬了。当然，我们也可以说，他尊敬的与其说是唐僧，不如说是他更加接受了讲究尊师重道、高下尊卑的社会规范。

在红孩儿一役中，孙悟空被红孩儿的烟火一熏，又被冷水一逼，弄得火气攻心，三魂出舍，几乎丧了性命。后来被八戒使了个按摩禅法，救转过来。孙悟空醒来后大叫一声："师父啊！"沙僧道："哥啊，你生为师父，死也还在口里，且苏醒，我们在这里哩。"从这个细节可以看出，他对唐僧还是有感情的。

在狮驼岭，妖怪传出假消息，说唐僧被他们夹生吃了。孙悟空听到消息后，反应十分强烈：

大圣听得两个言语相同，心如刀搅，泪似水流，急纵身望空跳起，且不救八戒沙僧，回至城东山上，按落云头，放声大哭，叫道：师父啊——

恨我欺天罔网罗，师来救我脱沉疴。

潜心笃志同参佛，努力修身共炼魔。

岂料今朝遭蜇害，不能保你上婆娑。

西方胜境无缘到，气散魂消怎奈何。（第七十七回）

随着西天行程的继续，越往后走，孙悟空对唐僧的感情越深。最能反映孙悟空对师父态度变化的是下面这件事。在花豹子精一节，孙悟空先用瞌睡虫使妖精睡着了，然后：

跑至后园，高叫"师父！"长老道："徒弟，快来解解绳儿，绑坏我了。"行者道："师父不要忙，等我打杀妖精，再来解你。"急抽身跑至中堂。正举棍要打，又滞住手道："不好！等解了师父来打。"复至园中，又思量道："等打了来救。"如此者两三番，却才跳跳舞舞的到园里。长老见了，悲中作喜道："猴儿，想是看见我不曾伤命，所以欢喜得没是处，故这等

作跳舞也？"行者才至前，将绳解了，挽着师父就走。（第八十六回）

你看他，为了先救师父还是先打妖怪犹豫来犹豫去，这有什么好犹豫的呢？先打妖怪还是先救师父有很大分别吗？两者的客观差别只在于让师父多受一会儿苦与少受一会儿苦，不过是早一刻、晚一刻罢了。他的犹豫正体现了师父在他心目中地位的变化，也反映了降妖与尊师这两者在他心目中优先性的考虑。这种考虑正要从无意识状态转向有意识的自觉行为。孙悟空观念转变的结果，是明确地认为即使只是让师父少受一点儿时间的苦，也是很重要的事情，并值得为此付出其他方面的代价。

拿定先救师父的主意后，孙悟空心情大好，"跳跳舞舞"地来到园里。唐僧也说他"欢喜得没是处"。唐僧并不真正理解孙悟空高兴的原因。其实，孙悟空的高兴，是一种明悟后的高兴。像手舞足蹈这样的自发反应，一般是在悟了一种道理、心灵境界有所提升时才出现。正如他在菩提祖师处初步悟道之时，喜得"抓耳挠腮，眉花眼笑，忍不住手之舞之，足之蹈之"。

对孙悟空这次的表现，不能只从他与唐僧关系的角度看。我觉得，这应该从更广泛的角度来理解，即这件事体现了孙悟空对为人处世之道有了新的领悟。比如说面对相似的情况，以后该怎么做？是先行善还是先除恶。在这里选择先救唐僧，不过是孙悟空想通的普遍道理在这个特殊场合下的一个运用。

喜到极致，自是心神难定，孙悟空也不例外。孙悟空有这样的反应，在全书中不多见，也就是这里提到的这两次。即使在灵山被封为佛，也没见他有特别欢喜的表示。他想通了尊师重道的道理，心里特别高兴也是可以理解的。唐僧这次终于体察了孙悟空的一片挚诚，对本领高过他太多的徒弟放了心，此后再没有产生念紧箍咒的想法。从此师徒同舟共济，其心态境界真是离到西天成佛不远了。

后来，在玉华县，玉华王的三位王子试图拜孙悟空、八戒、沙僧为师，他们三位也有收徒之意。当三位小王子拜毕：

行者转下身来，对唐僧行礼道："告尊师，恕弟子之罪。自当年在两界山蒙师父大德救脱弟子，秉教沙门，一向西来，虽不曾重报师恩，却也曾渡水登山，竭尽心力。今来佛国之乡，幸遇贤王三子，投拜我等，欲学武艺。彼既为我等之徒弟，即为我师之徒孙也。谨禀过我师，庶好传授。"三藏十分大喜。八戒、沙僧见行者行礼，也即转身朝三藏磕头道："师父，我等愚鲁，拙口钝腮，不会说话，望师父高坐法位，也让我两个各招个徒弟耍耍，也是西方路上之忆念。"三藏俱欣然允之。（第八十八回）

这件事孙悟空处理得十分得体。他说，收徒弟不只是我们自己的事，因为他们成了我们的徒弟，就成了您的徒孙，与您也有名分，因此这事我不敢擅自做主，必须禀告师父。唐僧听了孙悟空的话，"十分大喜"。他喜的肯定不是收了三个好徒孙，这样的弟子如果想要，可以有一大把，实在算不了什么。真正令他大喜的是，孙悟空如此尊重他，如此明白事理。八戒、沙僧说"我等愚鲁，拙口钝腮，不会说话"，其实，这显然不是会不会说话的问题，而是明不明事理的问题。

自第八十回以后，孙悟空对唐僧这样尊敬的表现越来越多。第八十一回，当唐僧偶感风寒，身体不适，怕耽搁了行程时，孙悟空对唐僧说："师父说哪里话！常言道，一日为师，终身为父。我等与你做徒弟，就是儿子一般。"一直在这里服侍了师父三天，等师父身体好了才上路。在汉语中，从字面上说，师父是"学习上的父亲"的意思，但又有多少人真能做到这一点呢？孙悟空虽然本性顽劣，但现在他做得可以说是十分不错了。

取经队伍的组合，一开始只是利益的结合，此时却建立起深厚的情谊，这个变化确实来之不易。孙悟空对唐僧的尊敬，显然不是紧箍咒起作用的结果，而是真实情感的表现，毕竟紧箍咒是无法强迫一个人从内心真正尊敬另一个人的。

第四节　对天庭外人物的态度

在取经路上，孙悟空接触到了很多新的事实，这些事实对他的认知形成了一定冲击，并改变了他对很多事的看法和处理方式。他对普通人、强盗和妖怪的态度也发生了变化。例如，在火焰山，他问路的时候，就对普通的老者表现得很尊敬：

>那老者猛抬头，看见行者，吃了一惊，拄着竹杖，喝道："你是哪里来的怪人？在我这门首何干？"行者答礼道："老施主，休怕我，我不是什么怪人，贫僧是东土大唐钦差上西方求经者。师徒四人，适至宝方，见天气蒸热，一则不解其故，二来不知地名，特拜问指教一二。"那老者却才放心，笑云："长老勿罪，我老汉一时眼花，不识尊颜。"行者道："不敢。"老者又问："令师在哪条路上？"行者道："那南首大路上立的不是！"老者教："请来，请来。"行者欢喜，把手一招，三藏即同八戒、沙僧，牵白马，挑行李近前，都对老者作礼。（第五十九回）

孙悟空对长者这样的态度，在他做齐天大圣之时，是连玉皇大帝和太上老君也享受不到的。

一、不杀生的教育

孙悟空对妖怪和强盗的态度发生变化，在一定程度上是因为他对于应如何使用自己的能力的看法发生了变化。这与他在取经路上受到的不杀生教育有关。

孙悟空在取经路上很快体会到唐僧对杀生行为的强烈反对。不过唐僧的态度对孙悟空的教育效果有限。真正影响他的，是观音在这个问题上的做法。在红孩儿一役中，孙悟空在与红孩儿的争斗中受挫，于是请出观音。观音在降妖之前，做了一些准备工作：

> 顷刻间，早见一座山头，行者道："这山就是号山了。从此处到那妖精门首，约摸有四百余里。"菩萨闻言，即命住下祥云，在那山头上念一声"唵"字咒语，只见那山左山右，走出许多神鬼，却乃是本山土地众神，都到菩萨宝莲座下磕头。菩萨道："汝等俱莫惊张，我今来擒此魔王。你与我把这团围打扫干净，要三百里远近地方，不许一个生灵在地。将那窝中小兽，窟内雏虫，都送在巅峰之上安生。"众神遵依而退。须臾间，又来回复，菩萨道："既然干净，俱各回祠。"遂把净瓶扳倒，唿喇喇倾出水来，就如雷响……孙大圣见了，暗中赞叹道："果然是一个大慈大悲的菩萨！若老孙有此法力，将瓶儿望山一倒，管什么禽兽蛇虫哩！"（第四十二回）

观音在降妖之前，为了避免杀死不相干的生灵，特意召出本地山神土地，把方圆三百里内的生灵全部送到安全之地；待众神落实以后，方才放出大水来。对菩萨的做法，孙悟空的态度是"暗中赞叹"，是既赞且叹，一方面非常赞成，另一方面有很多感叹。令他感叹的，正是观音的做法与他以前做法之间的显著区别。

观音的做法传达了一个信息，它所包括的不仅是一种爱心，对孙悟空来说，更重要的是如何使用自己的武力、能力，要用自己的能力干什么、不干什么。显然，对观音来说，高强的能力不是用于恃强凌弱的。这有助于使孙悟空明白，虽然天界是一个强者为尊的社会，但并不是一个鼓励恃强凌弱的社会。在天界，真正受尊重的神仙不仅法力高强，而且要有善心、有功德。法力高强只是受尊重的必要条件之一，但它远不是充分条件。这一认识对孙悟空的人生道路会有较大的影响，对他如何做神、如何用自己的法力也是一种触动。

二、对强盗态度的变化

取经过程中，孙悟空对强盗的态度也发生了变化。在刚踏上取经路途时，孙悟空对碰到的第一拨六个强盗的做法是："拽开步，团团赶上，一个个尽皆打死。剥了他的衣服，夺了他的盘缠，笑吟吟走将来。"觉得打死强盗是天经地义、理所当然的事情。打完强盗，还"剥了他的衣服，夺了他的盘缠"，"笑吟吟"，心情很好。强盗碰到他算是倒了大霉了，因为他比强盗还狠。强盗不过是要留下买路财，在不留下买路财的情况下才杀人；他却对强盗一个不留，全部杀光。

经过一段取经路途后，孙悟空的心性发生了变化。在第五十六回，唐僧师徒又碰上剪径的强人。这一次，孙悟空的做法相比以前温和了许多。他还和强盗们先开了一阵玩笑，但玩笑归玩笑，强盗们不见到钱财是不肯住手的。孙悟空说他们没有盘缠，那贼大怒：

> 轮起一条挖挞藤棍，照行者光头上打了七八下。行者只当不知，且满面陪笑道："哥呀，若是这等打，就打到来年打罢春，也是不当真的。"那贼大惊道："这和尚好硬头！"行者笑道："不敢，不敢，承过奖了，也将就看得过。"那贼哪容分说，两三个一齐乱打。（第五十六回）

后来他被那贼又打了五六十下。在这种情况下，才打死了两个强盗，让剩下的强盗四散逃生去了。孙悟空这样做也是没有办法，对这些强盗不给钱不行，思想工作又做不通，打死两个，把剩下的惊走，算很宽大的处理了。孙悟空打死这两个强盗也有其道理，因为他们对变化成和尚的孙悟空如此之狠，对其他平民百姓会如何可想而知，对这样的人一味宽容，反而会助长强盗的气焰。这次他打死强盗后，并没有像第一次那样有好心情。对孙悟空的行为，唐僧虽然不喜，大体上也接受了。后来，这帮贼人又试图追杀唐僧师徒，结果被孙悟空打杀了不少。唐僧这才一怒之下，把孙悟空赶走了。

在对强盗的处理上，孙悟空与唐僧的差异，严格说来还不只是价值观的差别，更涉及对什么手段更有效的看法差异。唐僧强调的是"劝善"，孙悟空信奉的是"惩恶"。在他看来，惩恶就是在"劝善"，而且这种方法"劝善"的效果最好，还可以避免强盗对更多人造成伤害。

这样两种不同的态度，与他们所受的不同教育以及各自不同的经历有关。唐僧是佛门正宗，接受的是正统教育，加上长期在朝廷周边工作，理论水平和政策水平很高，讲起道理来一套一套的。至于孙悟空，往不好的方面说，是卑贱出身，长期在"江湖上混"，在取经路上也是直接与各色复杂人等打交道，对于江湖之事，比唐僧的了解要深刻得多。孙悟空深知对强盗、妖怪讲大道理，做思想工作是行不通的。而且你不打他，他却要打你。唐僧在道理讲不通的情况下，却把局面交给孙悟空来收拾，也是让孙悟空左右为难哪。

快到西天时，唐僧师徒在铜台府地灵县遇到最后一拨强盗。这伙强盗很凶恶，还杀死了曾经热情招待唐僧师徒的寇员外，抢了寇员外家的钱财。强盗见到唐僧师徒后，又想抢劫他们："众贼遂持兵器，呐一声喊，跑上大路，一字儿摆开，叫道：'和尚，不要走！快留下买路钱，饶你性命！牙迸半个不字，一刀一个，决不留存！'"看这架势绝非善茬。这一次孙悟空的表现比以前更为温和。他使了个定身法，把毛贼一个个定住，将毫毛变成绳索，把他们捆绑起来，盘问了一番。然后从强盗身上搜出金银财宝，准备送还寇员外家。他也做了一定的思想斗争，"行者欲将这伙强盗一棍尽情打死，又恐唐僧怪他伤人性命，只得将身一抖，收上毫毛"，让这些毛贼一个个落草逃生去了。孙悟空也动过打死这些强盗的念头，但考虑到师父的感受，还是放弃了。他在对付强盗的时候，还是隐隐觉得"伤人性命"不是好事，虽然这些强盗其罪可诛，打死他们并不为过，但孙悟空最终还是放他们走了。

三、对妖怪态度的变化

此外，孙悟空对妖怪的态度也发生了微妙的变化。在取经路途刚开始时，孙悟空对妖怪的反应是上去举棒就打，并且除恶务尽。他对白骨精就是这样。其实，孙悟空这样的做法有一定的风险。如果他对妖怪一概采取赶尽杀绝的做法，最终可能是他在天界无法立足。所谓"水至清则无鱼，人至清则无友"，这话在天界也是同样适用的。

从中国古代政治的层面，我们可以"反事实"地想一想，如果白骨精不是无主的妖魔，而是个有来头的，与天上某位尊神能扯上关系，孙悟空不问情由地打死白骨精就在无意中犯下了大错，在这位尊神面前就不好解释了，以后自然就很难处了。因为他打死的是白骨精，伤的却是主人的面皮；对方口头上不会说，心里却有一本账。

这中间的道理孙悟空一开始并不明白，慢慢地他才想通其中的关节，知道很多妖魔是有来头的，不能随便处理，最好还是查清根由，交给主人发落。后来，孙悟空每次遇到妖魔，首先要做的一件事就是唤出山神土地询问一番，探究这些妖魔的出处。"若是天魔，解与玉帝；若是土魔，解与土府。西方的归佛，东方的归圣。北方的解与真武，南方的解与火德。是蛟精解与海主，是鬼祟解与阎王。各有地头方向。"这才是负面影响最小的稳妥处置之法。

当孙悟空进到老鼠精的洞里，看到鼠精供奉的"尊父李天王之位""尊兄哪吒三太子位"时，不由满心欢喜，也不去搜妖怪找唐僧了，直接拿着牌子出了洞口，"嘻嘻哈哈，笑声不绝"。八戒和沙僧问他这么高兴，是不是救出了师父？他说："不消我们救，只问这牌子要人。"对于如何对付妖怪，他现在有着极为丰富的经验，知道首先第一条是确认妖怪的出处和来历；找到了妖怪的主人，救师父、降妖怪的事情就迎刃而解了。

这说明孙悟空对人情世故，以及天庭的规则越来越熟悉、越来越运用自如了。另外，在取经后期，孙悟空对妖怪确实变得比以前仁慈了。很多时候，他对妖怪并没有了赶尽杀绝的意思。

在狮驼岭，经过一番苦战，孙悟空依次打败大魔青毛狮子和二魔白象。此时，妖怪使了一个缓兵之计。妖精三兄弟假意认输，并让小妖抬着轿子送唐僧过山。对此，唐僧心花怒放，他合掌朝天道："善哉，善哉！若不是贤徒如此之能，我怎生得去？"又径直向前，对众妖作礼道："多承列位之爱，我弟子取经东回，向长安当传扬善果也。"而孙悟空"是太乙金仙，忠正之性，只以为擒纵之功，降了妖怪，亦岂期他都有异谋"，他并不想消灭妖怪，也不怀疑妖怪另有阴谋。看来随着心变善，孙悟空的警惕性也大大降低了。就这样，"师父喜喜欢欢的端坐轿上，上了高山，依大路而行"。唐僧师徒竟轻易相信了妖怪的仁慈。

这一路上，妖怪对唐僧师徒的照顾确实比较周到，"那伙妖魔，同心合意的，侍卫左右，早晚殷勤。行经三十里献斋，五十里又斋，未晚请歇，沿路齐齐整整。一日三餐，遂心满意；良宵一宿，好处安身。西进有四百里余程"。四百多里地，抬着走山路，也走了好几天。如果不是妖怪后来又要吃唐僧肉，唐僧师徒应该就此与妖怪分手告别，可能唐僧在后来的路途中会对此感慨不已，说妖怪中也有好人，说不定还要一路为他们做宣传呢。不管怎么说，至少唐僧师徒是可以与妖怪和平相处的，只要妖怪不阻碍取经队伍一行西去就行了。唐僧坐在小妖抬的轿子上，孙悟空等人左右随行，大家的心情都很好。对于狮驼岭如此凶残的妖怪，唐僧师徒都能宽恕，想起来也是令人有些匪夷所思。

对几个要吃唐僧肉的蜘蛛精，孙悟空也不像以前对白骨精那么狠。当蜘蛛精在濯垢泉中洗浴之时：

> 行者道："我若打他啊，只消把这棍子往池中一搅，就叫做滚汤泼老鼠，一窝儿都是死。可怜，可怜！打便打死他，只是低了老孙的名头。常言道：'男不与女斗'，我这般一个汉子，打杀这几个丫头，着实不济。"
> （第七十二回）

什么"男不与女斗"，不过借口罢了，难道白骨精不是女的？说来说去，还是为自己心软，不肯下手找理由。这背后反映的基本事实是：孙悟空的心还是变善了。如果是刚踏上西行路途的孙悟空，根本不会有这些乱七八糟的考虑，直接全部消灭就完了。

第五章　孙悟空成长过程分析

　　孙悟空的人生经历无疑是独特的。但是，在他独特的人生经历中，体现出一些普遍的规律，并能给我们带来特殊的启发。孙悟空经历的特殊性，在一定意义上，可以弥补分析上的一些盲点。像孙悟空这样一个不服管的人物，最终成功被天界收服，也可以为我们提供人事管理方面的启示。

第一节　从"无性"到成佛是一个循环

一、从"无性"到成佛的变化

孙悟空一开始的"无性",并不是因为修养高,而是因为他还没有什么特别的本事。并且由于没有本事,从而没有自信,以至于到了祖师的洞府门口,"看够多时,不敢敲门",连敲一下门都不敢。孙悟空此时的"无性"并不是高明的境界,而是无能的反映。在中国古代,百姓对于官府、有权势者有一种天然的畏惧,是一种相似的态度。

人的本性到底是什么?这看起来简单,其实却是说不清道不明的。骂不还口、打不还手就是人的本性,就是"无性"吗?我看未必,把它称为"没脾气"更恰当一些。另外,骂就还口、打就还手,不也是人的天性的流露吗?

随着孙悟空本事增强,脾气也相应见长,要求越来越高了。这个发展过程直到遇到如来才终止。以被压在五行山下为分界线,孙悟空的性格又开始向另一个方向发展。这个变化以他到达西天成为斗战胜佛为一个临时终点,自此以后,神界系统不再需要用紧箍咒来对他进行管理。此时的孙悟空,不会再像大闹天宫时那样,嫌弼马温的官小,甚至稍不如意就大闹蟠桃会,声称要搅攘得天界永不太平。确实,连唐僧这样的人他也能鞍前马后地服侍十四年,忍受很多没有道理的训斥和唠叨;另外,在五行山下"饥餐铁丸,渴饮铜汁",五百年的苦日子也都熬过来了,对他来说,还有什么逆境和困难是无法承受和克服的呢?

一个人的脾气不是孤立的,而是受社会关系特别是自身在其中所处位置的影响。从孙悟空的情况看,他的本事与脾气之间确实有内在的联系,这一点即使在取经过程中也没有改变。唐僧师徒路遇青牛怪,孙悟空丢了金箍棒,到天宫求助时,葛仙翁笑他为何"前倨后恭",孙悟空说:"不是甚前倨后恭,老孙于今是没棒弄了。"这就是孙悟空对自己态度变化的亲口解释:现在手里没了金箍棒,底气就不足了,所以见到玉帝,态度也是客客气气的。可见实力还是基础性的因素,有实力就有自信,这一点是不会错的。但一个人在有自信时如何表现,则可以大不相同。

综观孙悟空所走的道路,我们可以发现这是一个从起点到终点的圆形结构。初见祖师的时候,他还是一只"无性"的猴。学了本领之后,他就不甘于做一只没有脾气、被人打骂还要向人赔礼的猴子了。在祖师洞府,孙悟空在师兄弟前卖弄本领是变化的开始。祖师洞察到孙悟空这一变化的端倪,马上把他赶走了,并说"你这去,定生不良"。可以说学了神通,是他生性的开始;此后的大闹天宫则是一种任性的表现,真的是"从心所欲"、无法无天了。孙悟空大闹天宫,做了普通人想做而不敢做、也不可能做的事情。

孙悟空大闹天宫,表面上看是在挑战天庭的权威,实际也是在与自己的心魔搏斗。只是到了第七回,得意忘形的孙悟空才在如来佛的手心里发现自身原本的渺小,自我膨胀的泡沫破灭了,他又退回到有限的尺度。

被压在五行山下,五百年后再获新生,是孙悟空收性的开始。这一阶段,孙悟空逐渐认识到一个基本事实:在社会中生存,不能没有规矩、没有约束。这个变化的开端是孙悟空表示"我已知悔了"。但他到底为什么悔,悔什么?尚不清楚。十四年取经路途的磨难,是归性的过程;及至彻悟成佛,又回到新的"无性"层次。这个层次与他早期既有相似之处,也有重要不同。他早期的没有脾气,是因为没有本事。到他成佛之时,他对强盗、妖怪表现出以前所没有的仁慈,对很多事情不再轻易"咬牙大怒",这不是因为没有本事,而是因为心中有了"善"念,因为他的格局增大,心胸、视野更开阔了。与此同时,他的心智更为成熟,有了十分丰富的社会经验,已经能够在神界社会中生存发展并游刃有余了。

孙悟空的变化过程,套用一个我们熟悉的说法,是一个螺旋式上升的过程。从"无性"走到其对立面,从与世无争发展到与天庭争锋,然后又从与天庭争锋发展到其对立面,即重新皈依,最后达到一个更高层次的"无性"阶段,终得圆满。

被压在五行山下，象征着孙悟空必然会遇到的一个人生障碍。这个障碍可能是五行山，也可能是别的东西。这里有一个客观限制与主观意志的区分。孙悟空一直在追求自己的自由、大自在，这个追求在碰到如来佛的时候，终于遇到挫折，也就是遇到了对自己能力的客观限制。人生道路上有很多分岔，不同的人在这些人生关头做出不同的选择，走上不同的发展方向，差别越来越大。在巨大的困难和苦难面前，有些人变得更加坚强，有些人却对自己失去信心，甚至自甘堕落。从这个意义上，孙悟空没有在五行山下变得消沉，是很难得的，这是一种十分值得我们学习的品质。

对如来把孙悟空压在五行山下，我们该怎么看？如果孙悟空对自由的追求及他人性的完满发挥需要以战胜天界第一高手为条件来实现，如果他必须成为天界第一高手才能获得所谓的自由，那么，打败如来对孙悟空来说是一个喜剧，对人类来说则是一个悲剧。我们的追求不可能是使自己成为第一人，这个目标即使用一生去追求也基本上不可能实现，或者全世界只能有个别人能够实现。我们的自由不以此为基础。自由体现在我们有自己的意志、有自己的追求上，它是在客观限制的约束范围内，做我们认为正当的事，并在这个过程中，协调与他人的关系。

简单地说，可以把孙悟空的变化总结为下面几个环节：在孙悟空早期精神状态下，基本上是想干什么就干什么，心无挂碍，吃蟠桃、闹天宫是其体现；直到这一做法行不通为止，不得不开始对人生进行反思和重新规划；在这个过程中，首先了解到存在外在束缚，然后逐渐认识到是些什么束缚；之后是一个历练的过程，慢慢学会在外界的束缚之内做合理的事情；逐渐进入自觉状态，此时实现的是真实的自由，即在真实世界中求自由，而不是幻想中的自由。孙悟空学会经过理性的反思来做事，在反思达到圆融的境界后，做事仍能心无窒碍，这是另一种悟，是契合客观现实的悟，并最终成佛。

二、灵山是个什么所在

关于取经成佛，我们还可以问的一个问题是：灵山到底在哪里？这个问题似乎太愚蠢，灵山不就在西天吗？好，如果灵山在西天，那怎样才能到灵山？这个答案似乎也很简单，就是"走过去"。但真的能"走"到灵山吗？

如果这样，住在灵山近处的人就有福了，因为对他们来说，到灵山比其他人方便多了。

灵山真的在西天吗？似乎不尽然。孙悟空曾说："佛在灵山莫远求，灵山只在汝心头。人人有个灵山塔，好向灵山塔下修。"这就产生了一个表面上的矛盾。一方面，灵山在人心里面，而且每个人心里都有一座灵山；另一方面，取经队伍又辛辛苦苦地在向西天的灵山进发。这两种行为之间是什么关系呢？两个灵山相比较，到底哪一个更真实？恐怕心中的灵山才是更真实的灵山之境。唐僧曾对孙悟空的话评论道："若依此四句，千经万典，也只是修心。"像孙悟空后来说的，"但要一片志诚，雷音只在眼下"，因此，到灵山的路，不只是一条物质之路，更是一条心灵之路。真正要到达的，也是这样一个灵山，即人人心中有的那座灵山。

快到布金禅寺的时候，唐僧曾亲口肯定孙悟空对《心经》的理解，认为孙悟空"解得是无言语文字，乃是真解"。为什么能够以"无言语文字"解经，并且获得的还是真解？关键在于，经文的真谛在人心而不是文字，所谓不立文字，直指本心。当心灵体会到这种境界的时候，具体的文字反而不重要了。

一方面，对意义的理解离不开语言；另一方面，对佛学真义的把握最终又要超越语言。因为语言只是对精神境界的一种表述，每个人都可以对他人美妙的语言进行模仿，但语言无论如何不是精神境界本身。如庄子所说，"言者所以在意，得意而忘言"，或如陶渊明所说，"此中有真意，欲辩已忘言"，无言语文字的真解，就是得到了"真意"而忘掉了语言，以至于不用语言来表达。当然，也可以更玄妙一点儿，像老子说的，"道可道，非常道；名可名，非常名"，道既是可道的，又是不可道的，不可道之道要通过可道之道来表达，反过来，可道之道正是为了传达那不可道之道。

灵山是那个心灵的灵山，这并没有使到达灵山变容易，反而更难了。麻烦在于，物质之路我们知道怎么走，路再崎岖、再遥远，一步步行来，总有到达的一天。心灵之路要怎么走，没有简单易行的法子，不是光靠能吃苦就可解决的，还需要有适当的法子，需要遵循心灵、心性的逻辑来进行修身、养性才行。

在取经队伍刚出发两三年之际，唐僧师徒远远望见镇元大仙所在的万寿山。唐僧见这山不比寻常，以为离雷音不远了，说："若是相近雷音不远路，我们好整肃端严见世尊。"八戒、沙僧也走得有些不耐烦了，问这里离雷音还有多远，要走几年才能到。其实从东土到西天，十万八千里，他们此时"十停中还不曾走了一停"。

> 行者道："这些路，若论二位贤弟，便十来日也可到；若论我走，一日也好走五十遭，还见日色；若论师父走，莫想！莫想！"唐僧道："孙悟空，你说得几时方可到？"行者道："你自小时走到老，老了再小，老小千番也还难。只要你见性志诚，念念回首处，即是灵山。"（第二十四回）

孙悟空的话颇有深意：如果你整天想着哪天到雷音，走一千辈子也到不了灵山。但只要师父"见性志诚"，到灵山却是轻而易举的事情，所以不要想那么多，踏踏实实往前走就行了。从这段话看，灵山之路是心灵之路的含义极为明显。所以，在第八十五回，孙悟空对唐僧说："似你这般恐惧惊惶，神思不安，大道远矣，雷音亦远矣。"唐僧听了孙悟空的话，也"心神顿爽，万虑皆休"。

当然，心灵之路的行走，也需要物质上的人生经历、人生经验、人生智慧来辅助、浇灌、培育。我们看到很多高僧，不仅佛法功深，而且对人世间的很多事情，看法、见解也很深刻，充满智慧。佛法的真意，不是光在那里打打坐、念念经就能了解的。心灵的超脱，所谓"拿得起、放得下"，首先需要曾经拿起过，特别是拿起过很重要、很看重的东西，"放下"它才是一种本事。然后在其他事情上才能做到放得下，再经过对人生的一点儿哲学思考，就有可能做到不动心，并明其本心。

取经的路上，风餐露宿、降妖伏魔，物质方面的苦难是巨大的。对佛祖来说，让唐僧师徒受苦不是目的；为了受苦而让他们受苦，没有任何意义，更不是佛祖的境界。苦难是帮助他们进行心性修炼的一部分。人们在经受外在困难的过程中，其内在的意志也自然会得到锻炼，信念也经受了考验。唐僧与孙悟空在取经的路上，也在讨论和交流对佛经的理解，在这个方面，他们是亦师亦友的关系。经过这一行程，他们对佛经的理解得到了很大提升。他们不仅行走在通往西天的物质之路上，也行走在悟道的心灵之路上。

三、两界山的寓意

孙悟空的人生经历了很多变迁，其中最根本的变迁发生在从五行山下出来以后。被压在五行山下，成为了孙悟空一生中最大的转折点。这个五行山在书中还有一个名字，唤作"两界山"。唐僧刚出发西去时，路上无人保护，想请刘伯钦护他西行。刘伯钦说："长老不知，此山唤做两界山，东半边属我大唐所管，西半边乃是鞑靼的地界。那厢狼虎，不伏我降，我却也不能过界，你自去罢。"（第十三回）

你说这事也真巧了，这五行山不仅是关押石猴的场所，也成了大唐与鞑靼边境上的标志物与分界线。五行山又被唤作两界山，应该是有寓意的。所谓"两界"，可以指人生的两个境界，自此西行，孙悟空的人生就踏入了另一个境界。在此之前，孙悟空经历的是张扬自我的能力、伸张自己的个性的人生之旅；而从这里开始，孙悟空将要踏上道德之旅和皈依之旅。在后一阶段，对孙悟空来说，重要的不是要进一步提升自己的法力，而是要逐渐学会如何在神仙社会中生存，了解个人与社会的关系，熟悉天界体系的运行规则与社会规范。当然，从明面上说，我们也可以说孙悟空从此进入了佛门修行的阶段。

有趣的是，未到两界山之前，唐僧先到了双叉岭。这两个地方是紧挨着的。这双叉岭，可能也有命运分双岔的意思，不过这个命运的分岔是针对唐僧而言的，因为唐僧正是在双叉岭开始经受西天取经过程中的第一次"难"。

回过头看，石猴当年越过水帘瀑布，实际上也是越过了一个分界。这一跃，使猴群从自然状态进入社会状态，也产生了很多相应的社会问题。任何一个大分界的跨越并不是容易的事情，所以水帘洞这个地方很隐蔽，隐藏得很深。这个界限最终被一个天生的英雄人物给打破了，否则水帘洞的秘密不知道还要等到何年何月才会被发现。

第二节 孙悟空为何能成佛

看了孙悟空的人生历程，容易产生的一个问题是：孙悟空为何最后能成佛？孙悟空成佛，不仅是一个心性修炼问题，在更大程度上，它可以被理解为天界授予孙悟空一个高级的领导职位，看成是主流社会对他的认可和奖赏。为什么孙悟空会被授予这么高的职位？大体来说，有以下三方面的原因。

一、因有大功而得大赏

孙悟空的大功在于成功地保送唐僧到达西天取得经书。从孙悟空的角度说，主要的功绩不在于取得了经书，把经书送到东土大唐，这件事说大也大，说不大也不大，因为这事对孙悟空来说是举手之劳。孙悟空的主要功绩在于一路的降妖伏魔。

如果把取经之路比拟为历史上著名的丝绸之路，那么，孙悟空就是凭一条棒打出了一条通道（现在的说法是交通大动脉）。同时，他也造福于沿途诸多王国的政府与百姓。取经途中，一些国王在他们的帮助下得以恢复王位，恢复国家秩序，佛教的思想也在这个过程中得以广泛传播。例如，灭法国就是因为受了唐僧师徒的影响，从要杀灭和尚改成尊敬和尚，国名也改成钦法国，国王还想拜唐僧为师。他们往西天这一路，可以说是功德无量。而且这一功绩由于宣传得法而尽人皆知，包括很多妖怪都在关注。

二、建立了广泛而深厚的人脉

大闹天宫之际，孙悟空实际是在单打独斗。虽然做齐天大圣的时候，他称这个为兄，呼那个为友，但别人是不是拿他当自己人看，很成疑问。以他当时的状况，不过是天界一个孤独的怪人罢了。

经过西天取经这一遭，情况有了根本的变化。我们可以简单地盘点一下，孙悟空建立了哪些人脉。

首先，与唐僧等人朝夕相处，师徒之间、师兄弟之间建立了深厚的友谊。唐僧、八戒、沙僧、白龙马都成了他的支持力量。唐僧本是金蝉子转世，是如来佛的二弟子，在佛祖面前说得上话，最后又被封为旃檀功德佛。八戒曾是天蓬元帅，统领八万天兵，势力并不可小视。通过白龙马，整个龙族一系，也与孙悟空拉紧了关系。

其次，取经事业是一项倾注了如来佛、观音菩萨颇多心血的事业，孙悟空圆满地完成任务，颇得佛祖、观音的青睐。在取经过程中，他与观音也结成了事业上的友谊。孙悟空后来对观音表现得非常恭敬，基本上是执弟子之礼。观音对孙悟空的各种要求基本上是有求必应，表现出特别的照顾，她对孙悟空显然也是另眼相看。

最后，在取经过程中，很多天界神佛对他欠下了或大或小的人情。其中包括四海龙王、托塔天王、哪吒三太子、二十八宿、太上老君、南极寿星、文殊菩萨、灵吉菩萨、弥勒佛、太乙救苦天尊、太阴真君、毗蓝婆等。这些神佛的来头颇为不小，他们的分布也很广泛，隐隐成为一支能够支持孙悟空的力量。

孙悟空还与镇元大仙结拜为兄弟。镇元大仙是地仙之祖，他"门下出的散仙，也不计其数"。结拜之举使孙悟空在地仙一系拥有了极高的辈分，可以发挥巨大的影响力。

孙悟空在取经路上与二郎神也修复了关系，两人称兄道弟，关系颇为不错。二郎神手下有一班人马，孙悟空与梅山六兄弟都以兄弟相称。另外，在取经过程中，有些妖魔被收服，皈依佛门，如牛魔王、红孩儿、黑熊怪、多目怪等。孙悟空对他们有引荐之德，这对于他今后的事业也是有帮助的。

这么一算下来，经过短短十四年时间，孙悟空的关系网与以前相比有了天壤之别，完全不可同日而语。加上他又通过取经行动，被西天树立成改过自新的正面典型人物；他的事例由于可以起到教育各路妖魔的作用，而被到处宣扬。自此之后，孙悟空在天界的一言一行，都可以产生举足轻重的作用。

孙悟空无疑是个聪明人。当初被压在五行山下，是因为错误地估计了形势，也因为没有人向他深入剖析和传授在社会中生存发展的道理。自从被佛祖压在五行山下，痛苦地思考了五百年后，他也学乖了，知道单凭一个人的力量，根本不能与整个社会相抗衡，于是转变了态度，与天庭各路势力积极合作。我们可以反过来想一下，如果孙悟空在取经路上，对各路妖魔采取铁面无私的做法，实行赶尽杀绝的政策，而不买求情人的面子，会得到什么样的结果。结果不外乎是，在取经的路上碰得头破血流，甚至不排除半途被换人的可能性。而且就算到了西天也不用想被封为佛了，因为他已经把天界的实力人物基本上都得罪光了。其结果是取经行动虽然成功了，他在天界也没法混了。

现在这样的做法的结果就大不相同。孙悟空逐渐明白了一些天庭"潜规则"，再碰到妖怪，他的做法不是上去举棒就打，而是先唤出土地、山神问一下妖精的来历。这么做的好处很大，很多妖怪的主人因此欠下孙悟空一笔不小的人情。其结果，也许这一开始并不是孙悟空的本意，却实际上因着这一路降妖伏魔的过程，编织了一个相当严密的神仙社会关系网。有了这个广阔的关系网做后盾，做了斗战胜佛的孙悟空往后在天界做起事来，肯定是通行无阻，几乎没有办不到的事情。

对于关系网的作用，孙悟空自己还是比较清楚的。在第五十六回，当他打死两个强盗，唐僧给他们念经超度时说，如果好汉要到地府去告状，"只告行者"，不要告其他人。对此，孙悟空是什么反应呢？只见他：

> 攥着铁棒，望那坟上捣了三下，道："遭瘟的强盗，你听着……尽你到哪里去告，我老孙实是不怕：玉帝认得我，天王随得我；二十八宿惧我，九曜星官怕我；府县城隍跪我，东岳天齐怖我；十代阎君曾与我为仆从，五路猖神曾与我当后生；不论三界五司，十方诸宰，都与我情深面熟，随你哪里去告！"（第五十六回）

他在这里吹嘘的正是其关系网。孙悟空清楚地知道，有了这个关系网，走到哪里都不用怕，根本不在乎几个强盗的阴魂到阎王那去告状。

三、摆正了自己的位置

孙悟空能够成为斗战胜佛的一个重要原因在于，经过五百年的反思与十四年的磨砺，他认识到自身能力的局限性，调整了心态，摆正了自己的位置，但并没有因此变得消极，而是依然积极作为。摆正的这个位置包括多个方面，如他相对于佛祖、观音的位置，相对于天庭体系各路神仙的位置，以及他在取经队伍内的位置。其中，摆正在取经队伍中的位置非常重要。如果还像在大闹天宫时那样，他很可能就会向唐僧发问："凭什么你来坐这个位置，让我事事听你的？"或者说："你要做师父也可以，就怕金箍棒不答应。"特别是当唐僧的观点明显不对时更是如此。

摆正自己的位置，孙悟空慢慢体会到互相合作所具有的巨大潜力。到后来，有什么事情，他首先想到的就是向上级寻求帮助，去找观音、玉帝，甚至东海龙王等来帮忙。取经路上，孙悟空不再搞个人英雄主义，而是虚心向各路神仙学习，能够看到不同神仙的长处，间接来说就是能够看到自己的短处；他也懂得了包容别人，不再轻视别人，意识到龙王等人在某些方面的本领有时也是挺管用的；还学会了做事以大局为重，而不逞个人意气。

更难得的是，在取经过程中，他很好地配合了唐僧的工作，完成了自己的职能。对唐僧的有些不是很合理的命令，没有采取违反程序的做法，而是尽量与唐僧协调好关系。只有在唐僧非要赶他走的情况下，才去找观音菩萨"评理"，评理的目的也不是分个对错、争个胜负，而是重新回到唐僧身边。

正是因为孙悟空在内心先摆正了自己的位置，并且通过他的行为向众神表明了这一点，所以他后来的行为越来越被体系所认可和接受，他也得到了各路神仙的更多有效帮助。从一个"妖仙"，成长为具有"大职正果"的佛，孙悟空经过十四年相对漫长的考察期终于转正，最后有关部门对他的评语是"优秀"。孙悟空在为人处世与工作作风上的改变，使得取经事业得以顺利进行、圆满完成。他的转变也向我们表明了斗战胜佛之所以成功，齐天大圣之所以失败的缘由。

当然，取经保唐僧的过程中，孙悟空不仅建立了功德，他的心本身也得到了修炼，对佛经的理解有了质的变化。在第九十三回，唐僧曾说："孙悟空解得是无言语文字，乃是真解。"唐僧是修道多年的高僧，他亲口说孙悟空解得《心经》，自然是较为权威的判断。到第一百回，孙悟空被封为佛，也是对他修心成就的肯定。

第三节　吴承恩对大闹天宫的态度

孙悟空的转变虽然完成了，不过很多人可能会为他的转变而叹息，认为这是以他的个性受压抑为代价的。或许我们不能这么看，毕竟人是一种社会动物，在社会中，个体是不能为所欲为的。正像卢梭所说："人是生而自由的，但却无往不在枷锁之中。自以为是其他一切的主人的人，反而比其他一切更是奴隶。"在弗洛伊德看来，个人自由并不是文明的产物，恰恰相反，文明的作用是要限制个人。我们是在社会中生长、培养的，想完全超脱于社会是不可能的，甚至我们想什么、如何想，都逃脱不了社会的影响。比如说，孙悟空关于做大王、拜师父、做大圣、认为做弼马温对他是一种侮辱等，这些都是从社会生活中学会和产生的观念。

我们在这里简单地探讨一下，《西游记》作者吴承恩对孙悟空大闹天宫行为的态度。

一方面，吴承恩并没有很反对大闹天宫，正因为如此，他把孙悟空大闹天宫的过程写得十分生动。当读起这一段故事的时候，我们的同情主要还是在孙悟空一边。

另一方面，吴承恩对大闹天宫的行为也并不是完全肯定，而是以曲笔表达了自己的态度。刘伯钦在向唐僧介绍五行山的时候，说了如下一段话：

> 太保道："这山旧名五行山，因我大唐王征西定国，改名两界山。先年间曾闻得老人家说：'王莽篡汉之时，天降此山，下压着一个神猴，不怕寒暑，不吃饮食，自有土神监押，教他饥餐铁丸，渴饮铜汁。自昔到今，冻饿不死。'"（第十四回）

这里的古老相传，"王莽篡汉之时，天降此山"，真是大有意味。这话虽然是太保说的，但是谁让太保这么说的呢？只有吴承恩才能安排他这么说。这话本来是完全可以不说的，因为它在整个《西游记》的情节中毫无必要（不过在表达作者的想法方面却有些用处）。在这段话中，不提王莽的名字完全不影响故事情节。显然，这话是作者有意识地加上去的，是在把孙悟空的大闹天宫与王莽之试图篡汉相类比。

这个隐晦的说法传达出来的意思非常清楚，即吴承恩并没有歌颂孙悟空大闹天宫。从时间上，大闹天宫和王莽篡汉同期，可以说有照应的意思，上界不安，人间自然不宁。不管怎么说，大闹天宫既然与王莽篡汉相提并论，自然不会是什么很光彩的事情。

在孙悟空大闹天宫，在灵霄殿前与王灵官斗在一起时，作者用如下的诗句描写两人的争斗：

> 赤胆忠良名誉大，欺天诳上声名坏。一低一好幸相持，豪杰英雄同赌赛。铁棒凶，金鞭快，正直无私怎忍耐？这个是太乙雷声应化尊，那个是齐天大圣猿猴怪。金鞭铁棒两家能，都是神宫仙器械。今日在灵霄宝殿弄威风，各展雄才真可爱。一个欺心要夺斗牛宫，一个竭力匡扶玄圣界。苦争不让显神通，鞭棒往来无胜败。（第七回）

这"赤胆忠良名誉大"说的自然是王灵官，"欺天诳上声名坏"指的就是孙悟空了。另外，此时孙悟空并不是妖怪，而是天界正式册封的"齐天大圣"，但作者却说"那个是齐天大圣猿猴怪"，看来是不是妖怪，不在于他的官方身份，而在于他的行为和心理。

我们再看孙悟空后来对自己当年大闹天宫的行为是怎么看的。一开始，孙悟空对于被如来压在五行山下并不服气，认为自己是运气不好，要不然就夺位成功了。所以，他在五行山下初见观音菩萨时还说："如来哄了我。"随着取经过程的逐渐展开，孙悟空对很多问题的看法发生了变化。大闹天宫而最终失败，在一段时期内是他人生最大的痛，他难免会对这事不断地进行反思。在反思过程中，想法也发生了变化，再谈起这件事的时候，说法虽然往往语焉不详，但还是能让人捕捉到很多信息。

孙悟空在第一次见唐僧的时候，自我介绍说："我是五百年前大闹天宫的齐天大圣，只因犯了诳上之罪，被佛祖压于此处。"这里就自承犯了诳上之罪。不过，他此时这么说，还是言不由衷的成分居多，心里并不真正服气，有点儿"人在屋檐下，不得不低头"的意思。

走不多远，来到了蛇盘山鹰愁涧。在这里，行者对山神土地说："你等是也不知。我只为那诳上的勾当，整受了这五百年的苦难。"这次孙悟空说话的内容似乎更为真实一些，因为他说话的对象是在神界微不足道的山神与土地，从而可以自由地表达真实想法，犯不着勉强自己说一些言不由衷的话来讨好他们。不过，如果仔细揣摩这话，其中还是有很多委屈的意思。

第五十八回，在真假孙悟空一节，两个孙悟空去找玉帝，想分辨个真假，玉帝说："你两个因甚事擅闹天宫，嚷至朕前寻死！"大圣口称："万岁！万岁！臣今皈命，秉教沙门，再不敢欺心诳上，只因这个妖精变作臣的模样。"他自称"再不敢欺心诳上"，就是直接在玉帝面前承认自己以前的做法不对。在第五十二回，他向青牛精介绍自己的时候说："……几番有意图天界，数次无知夺上方……七七数完开鼎看，我身跳出又凶张。"将自己闯龙宫、闹地府、不做弼马温的行为定性为"无知"①，说自己蹬倒老君炉后的行为是"凶张"。

在第七十七回，孙悟空还自己作诗说："恨我欺天困网罗，师来救我脱沉疴。潜心笃志同参佛，努力修身共炼魔。"表达了对当年闹天宫行为的"悔恨"，和对师父把他从五行山下救出来的感激之情。"努力修身共炼魔"，炼的是他自己的"心魔"，因为他说的是通过修身来炼魔，而不是通过战斗来炼魔。这话也是自承以前的作为是妖魔的行径。实际上，后来孙悟空是很讲尊卑礼节的，讲究"礼"，自然就包含了反对以下犯上的意思在内。

吴承恩对大闹天宫持并不完全赞许的态度，还反映在对大闹天宫的结果的描写上。我们这里不是指孙悟空夺位的失败，而是指对花果山与人间界造成的一些恶果。其中一个恶果是，由于大闹天宫之举，花果山变得面目全非，原来有四万七千只猴子，还有众多其他生灵，后来却只剩下一千多只猴子。

---

① 在孙悟空按照时间顺序的描述中，他说完"数次无知夺上方"，才说"御赐齐天名大圣"，以及此后的诸般事情。因此，"数次无知夺上方"显然是指被封为"齐天大圣"之前的事情。

大闹天宫造成的另一个恶果是，由于孙悟空蹬倒老君的丹炉，落下几块砖来，砖里还有余火，在人间形成八百里火焰山，造成一方生灵涂炭。当火焰山的土地（本是老君看守丹炉的道人，因为丹炉被孙悟空蹬倒，而被贬下界）向孙悟空讲述这般情形的时候，还很怕孙悟空怪罪。对土地说的"这火原是大圣放的"，孙悟空很生气。土地讲完这件事中间的曲折后，孙悟空明知土地所说应该没有半点儿虚假（土地拿这事骗他干什么），他的态度却还是"半信不信"。显然，孙悟空对于当年大闹天宫造成这样的后果有点儿内疚，所以心理上不大愿意承认。

第四节　孙悟空是如何被成功改造的

像孙悟空这样很不好管理的"刺儿头",是怎么变成一名合格的、工作出色的人员的？这涉及颇为复杂的教育与人才培养问题。

孙悟空确实很不好用,我们不能简单地怪玉帝轻贤。像早期孙悟空那样,即使把他放到非常重要的管理岗位上,谁又能保证他不会出事？重用了他,不一定会有什么好结果。早期孙悟空是一个情绪性很强的人物,往好的方面说是个性情中人,但这样的人,偏偏又想做官。如何安排？确实是一个极大的难题。

对于像孙悟空这样既有本事又有名利追求（想做大官）的人来说,管理起来不是易事。如果很有本事但淡泊名利,事情就好办了,一个虚衔挂起来就行,甚至根本连虚衔都不要。

对孙悟空这样的人其实没有十分有效的办法,还是如来的办法好,先改造他的性格、心理,提高他的情商、官商,然后再考虑如何使用他。这与中国古代在重用一个人之前,先对他进行一番磨炼的做法是一致的。孟子曰:"天将降大任于是人也,必先苦其心志,劳其筋骨,饿其体肤,空乏其身,行拂乱其所为,所以动心忍性,曾益其所不能。"

一直到被镇压之前,孙悟空都没有遭受什么大的困苦,特别是没有遭受精神上的痛苦。给他施加肉体上的痛苦,目的不在于让他受苦,而在于"动心忍性"。早期的孙悟空,做事向来只考虑自己,不考虑其他神仙的感受,对别人的苦衷没有感觉,只想着别人应该迁就他,从不考虑自己怎么配合别人。这样的人,本事越大、任命的职位越高,闯下的祸患也往往越大。让他一路顺风顺水,只会助长其骄矜之心、自满之意,养成其刚愎自用的性格。

发生在孙悟空身上的变化，很大程度上是如来佛有效引导的结果。如来对孙悟空的改造，可以分为武力压制、利益引导和身份认同的塑造三个层面。

一、武力压制

首先，对于孙悟空狂暴的行为，如来坚决地进行了武力压制。从某种意义上说，要有效地管理孙悟空，暴力手段是不可缺少的，尽管暴力手段不可多用，不可常用。如来使用的暴力手段，起到的不仅是压制住孙悟空的作用，还有多方面的效果，可以说有稳定天界秩序的作用。试想一下，如果如来拿不出雷霆手段，而是陷入与孙悟空的持久战，天界会是一种什么局面？必然是其他妖魔鬼怪纷纷蠢蠢欲动，说不定孙悟空的六个结拜弟兄就起而效尤，天界众神的立场也会摇摆不定。轻松压制住孙悟空，则可以威慑无数心怀念想的妖魔，换取天界更长久的太平。

孙悟空的失败在于实力不足，因此实力对比非常重要。不过，实力问题比初看起来要复杂得多。这里有一个真实的实力对比与认知到的实力对比的关系问题。实力对比必须被认识到，才能发挥作用。如果一个人满腹经纶，但他不善言辞，也不著书立说，别人就无法知道他的水平。如来有通天的本事，但孙悟空一点儿都不了解，对孙悟空来说就相当于不存在。在取经路上，白骨精就是太低估了孙悟空的实力，以为可以变做人形蒙混过关，说穿了这还是情报工作做得不好，信息不灵通所致。

掌权者常常需要让潜在的反叛者认识到自己实力的强大，但并不总是有这样的机会。没有机会，就创造机会。有时候，掌权者为了让敌人认识到自己有力量，需要采取一些方式，如发动战争，举行大型的围猎、演习活动，以炫耀军威、威慑敌人，包括潜在的反叛者。

孙悟空不知道自己实力的局限性和有限性，所以才会有很多在天界其他人看来不合适的举动。如果他一开始就认识到自身实力的局限，知道自己在天界的大致位置，他自然会产生敬畏之心，很多"无理"要求也就不会提出。在一定的认知结构下，行为体就会有相应的行为。

如来在孙悟空大闹天宫的时候，露了一手本事。后来，又在唐僧师徒取经的过程中，多方位、全面地向人间、向各方妖魔展现了天界强大的综合实力。这个展现过程有很强的艺术效果，能深入潜在反叛者的内心，让他们对自身实力的局限性产生更清楚的认识，其威慑作用是巨大的、不言而喻的。

如来的武力压制，不仅限于把孙悟空镇压在五行山下，紧箍咒也是一种形式的武力压制。有了对五行山下惨痛经历的历史记忆，加上头上戴了个紧箍，孙悟空的性格终于慢慢踏实下来了。

二、利益引导

但光有暴力是不够的。压制手段使用太多，容易使人变得消沉。对于实现某些目的，暴力手段的作用不可替代。就一个体制的管理来说，有很多目标不能通过暴力手段实现，特别是要实现一些建设性的目标，就必须广泛发挥成员的积极性。暴力手段也许可以压制反叛，却不能激发出众人的生产力，不能使众人精诚合作，做一些更有建设性、创造性的事情。简言之，暴力手段可以实现天界的稳定，却不能实现天界的繁荣昌盛。所谓"可以马上得天下，不能马上治天下"，说的就是这个道理。

在这种情况下，给予利益上的引导就十分必要了。利益引导的价值在于，发挥个人内在的积极性，使他们自己监督和调整其行为，以实现他们希望达到的结果。在这个过程中，最理想的情况是，上级通过发挥个人的积极性，实现自己所希望的目标，而个人也认为这是实现其利益的最好方式。如来就是这么做的，他为孙悟空指点了一条明路，也就是对孙悟空进行了利益上的引导。通过孙悟空的自我理性选择，把他的行为引导到天界希望的方向上去。一支有生力量就这般为天界所用了。

在这方面，如来的做法不完全都是光明正大的。他安排给孙悟空戴上紧箍，实际上就断了孙悟空的退路。孙悟空并不是不想还俗，不想中途退出。他曾经分别隐晦地向观音和如来提出过还俗的想法，但他的还俗有个前提，就是先去掉头上的紧箍。戴着紧箍去还俗，对他来说是不可接受的。因为自由是一种心态，戴着紧箍回到花果山，就不可能有这样的心态。如果不能去掉紧箍，他宁愿再吃几年苦，拼着再熬几年，混一个正式的出身。从成本收益角度，紧箍极大地增加了孙悟空中途退出的成本，或者说极大地减小了孙悟空中途退出的收益，从而改变了孙悟空的选择，使他在面对不利形势的时候,仍然能踏实地待在取经队伍内。

因此,用利益来引导,不见得就是只给好处。有时候,使用一些手段增加对方中途退出的成本,以改变其选择,还是必要的。

另外,也可能有这样的情况,就是给予了利益,但孙悟空自己对利益的认识与上级的认识有一定的出入,这时候做思想工作就很重要了。特别是,上级要跟他讲清楚,采取不同的做法会得到什么样的不同结果,避免他犯迷糊。这方面东海龙王发挥了积极且及时的作用,打消了孙悟空消极颓废的思想,使他迅速振作起来,重新回到取经队伍中。

到事业完成,如来及时兑现了对孙悟空的许诺,甚至把他的位置安排在观音之上。这胡萝卜加大棒配合运用的技巧确实用得非常老到。

三、身份认同的塑造

用利益引导行为,比赤裸裸地使用暴力手段从形式上文明很多,而且在很多方面更为奏效,因为它可以在一定程度上激发内在的动力。不过仅靠利益来引导行为,也有其缺陷。孔子说得很清楚,"道之以政,齐之以刑,民免而无耻"[①]。用政策来管理、领导,用刑罚来整治、规范,人民只求免于刑罚惩罚,却失去了廉耻之心;而且即使是对政刑,他们也是心存侥幸,能躲就躲,能逃就逃。利益引导的特点在于,只能影响人们对成本收益的功利计算,而不涉及人的偏好、价值观的变化。在这种情况下,不做坏事是因为外部的约束和激励,而不是因为心理感情的塑造和改变。人们主要只根据利益来行事有很大的缺点,在于随时要注意不同人之间利益的平衡,而利益总有摆不平的时候。因此孔子说:"放于利而行,多怨。"[②]认为一切都依据利益来行事,会导致很多怨恨。

利益的作用有时而后穷,也不能总给人以胡萝卜吧,而且一直给的结果,是人的胃口越来越大。从弼马温到齐天大圣,再到大闹天宫,虽然有人事安排方面的问题,利益摆不平而招致孙悟空的怨恨也是很重要的因素。"胡萝卜"也有不能发挥作用的时候和领域。比如,孙悟空成佛以后,用什么利益来推

---

① 《论语·为政第二》,杨伯峻、杨逢彬注译:《论语》,长沙:岳麓书社 2021 年版,第 13 页。
② 《论语·里仁第四》,杨伯峻、杨逢彬注译:《论语》,长沙:岳麓书社 2021 年版,第 38 页。

动他继续努力工作呢？吊人胃口的东西总有不够用的时候。最理想的情况是，让他成为天庭内的成员，自觉地把维护天庭的利益视为他个人的利益，这是更为经济和稳定的状况。其关键在于改变孙悟空的身份认同。

身份认同的变化，意味着孙悟空要改变对自己身份的看法，同时接受与新身份相应的价值观念体系。从经济学的含义上，这将改变孙悟空行为的内在约束。此时，他会把天庭的正统规范内在化，从而形成一个被内化的惩罚系统。由此，即使违反规范能带来物质上的利益，也会使他产生心理上的痛苦，从而构成一种内在的惩罚。

新的规范被内化后，遵守它能够带来效用，而违反它则会带来心理上的痛苦，这与物质产品能给人带来效用并没有实质性的区别。规范的内化还有一个特点，就是一旦遵守它成为一种习惯，遵守它的成本会大大降低，违反它的成本明显升高。通过习以为常而使规范内化，可以减少服从的成本。

让内在的赏罚起作用，也是一种利益引导。但这个利益引导来自孙悟空的内部，是他自己对自己的约束，而不是外在强制或外部利益激励的结果。在取经的早期阶段，孙悟空可能会在心里骂观音；但在后期阶段，他不仅会在行为上（出于利益考虑）尊重观音，而且会在内心尊重观音。这是仅仅靠利益的外部激励不能起作用的地方。"端起碗吃肉，放下碗骂娘"，这种现象的存在，就是因为利益刺激与身份认同的方向不一致。由于身份认同没有改变，利益刺激一结束，真实的态度就出来了。

从《西游记》的内容看，孙悟空身份认同变化的线索是很清楚的。

当东海龙王向孙悟空讲述"圯桥进履"的故事时，孙悟空沉吟良久，他有什么可以沉吟的？如果回去做妖仙，实际上并没有什么成本。但继续保唐僧取经，却要经受很大的考验，还要受唐僧的气。如此看来，选择取经之路，代价更大。在这种情况下，还要权衡，从成本收益的角度，只能说在此时的孙悟空看来，取经后得到的收益要大于继续在花果山占山为王的收益。他此时并不知道取经后就能成佛，能知道的只是那时会修成正果，被天庭认可。显然，此时他从观念上已不再那么认可以前占山为王的做法了。

认同的变化是打开一个大门。当此之时，孙悟空的认同变化还只是刚刚发生；但进入这个路径以后，会不断有后续的变化，如滚雪球一般，通过时间的积累，最后产生巨大的变化。这个累积的过程之所以能发生，是因为他的思维方向发生了变化。孔子说:"仁远乎哉？我欲仁，斯仁至矣。"①仁很遥远吗？只要你真想要它，它就会来的。同样，只要孙悟空真心想进入天庭内，就能做得到。

"东海洗澡"一事，标志着孙悟空的身份认同出现明确的转折。他认识到神和妖是不同的，自己再也不愿做妖了。对于等级秩序，他后来也努力维护。这表明，由于他的身份认同发生了变化，相应地，他所持有的世界观、价值观也发生了变化。人生的追求发生变化后，做人的准则也与以前不同了。这是一种普遍的情况。在身份认同的变化稳定下来时，孙悟空自觉地与过去的做法划清了界限，并与其他采取他以前做法的"妖魔"进行了坚决的斗争。

孙悟空是幸运的。他被压在五行山下后，在取经的路上，得到了很多人的帮助，特别是观音成了他的坚强后盾。当孙悟空意志消沉、面临困境时，会去找观音，他相信观音能够并且愿意帮助他。这有助于他在取经的过程中坚持下来，取得最终的成功。

总体上说，孙悟空的转变是由以下几方面的因素造成的：一是吃了大亏，开始反思；二是在如来手下的挫败，让他认识到自身能力的局限性；三是经观音之口，天界向他指引了一条向善之路；四是在改过自新的过程中，得到了积极的帮助。孙悟空也想过放弃，并曾经"重修花果山复整水帘洞"，试图重走老路。不过，在东海龙王、观音菩萨等的劝说和帮助下，最终没有功亏一篑。最根本的是，他认识到以前的路走不通，并付出了很大的努力来改变。

被压在五行山下，以及此后五百年的经历，对孙悟空来说，不仅让他知道了人上有人、天外有天，还知道了自身能力的局限性。取经的过程，更让他了解了社会生活、社会治理的复杂性。大闹天宫之时，他的一往无前不仅是因为高估了自己的能力，也是因为低估了社会问题的复杂程度，说穿了是因为：你还年轻啊！取经路上的这一段经历，对孙悟空来说，类似于我们从少年变为成年人的过程。这个过程有所失，但更有所得。

孙悟空的变化过程还表明一点，就是承担责任有助于使人迅速走向成熟。在从不需要承担责任到必须承担起责任的过程中，人的观念会发生很大变化。一方面，他现在能够深刻理解到别人为他付出了那么多；另一方面，他也会发现，要做点儿事可真不容易。我们在小说、电影和现实生活中可以看到很

---

① 《论语·述而第七》，杨伯峻、杨逢彬注译：《论语》，长沙：岳麓书社2021年版，第75页。

多相似的事情。比如说，一个浪荡子在结婚后，感到了家庭的责任，他的行为方式迅速发生很大改变；或者一个浪荡子经历了家破人亡的惨痛，而迅速成熟起来。这里面既有他对社会的认识发生变化的一面，也有他现在必须依靠自己承担起责任，从而看待很多事情的视角发生转变的一面。

太容易得到的东西不是真的，这在孙悟空身上也有体现。"弼马温"和"齐天大圣"这两个职务得来的都太容易了，结果没有被他珍惜，好像觉得这是他理所应得的。后来，孙悟空保唐僧取经，历经千辛万苦，百般磨难，终于得成正果，成为"斗战胜佛"。我想，对这一个位置他一定会百般珍惜吧。

《西游记》中，如来的神通确实广大，孙悟空都翻不出他的手掌心，确实太厉害了，真是佛法无边啊。如果我们换一个角度，不把如来理解为一个具体的神佛，而理解为天界的化身，则孙悟空跳不出如来的手掌心就太正常了。按这样的方式来理解，可以看作如来后来给孙悟空以改过自新的机会，如来封他为"斗战胜佛"是对他功绩的承认和肯定。这样理解，整个《西游记》的大故事似乎也很合理。

下篇 《西游记》中的管理谋略

上篇讲述了孙悟空的心路历程，其中也涉及了天庭规则的一些内容。本篇对天庭规则和天庭政治进行更为集中的探讨。

第六章从利益角度对取经队伍内部，孙悟空与唐僧、八戒、沙僧的关系进行分析。

第七章对菩提祖师的身份进行讨论。这有助于解释孙悟空本事的前后差异，孙悟空为何能加入取经队伍，以及他为何能在取经成功后成佛的现象。

第八章分三个专题对天庭政治权谋进行探讨，涉及天庭对孙悟空的管理、如来佛的领导艺术，以及"八十一难"的性质等等。

这些内容的探讨，有助于更全面地揭示天庭规则的逻辑与运行方式，对于认识中国古代政治的微妙之处也有直接的启发意义。

第六章　取经队伍内部利益分析

在前往西天的路途上，取经队伍内部出现的一些利益分歧，以及这些利益分歧的最终解决，是集团内政治中的一个重要问题。本章对这方面的问题进行分析。我们把重点放在孙悟空与取经队伍内其他人的关系上，首先从相对简单的孙悟空与沙僧的关系入手，然后讨论孙悟空与八戒、唐僧的关系。

第一节　孙悟空与沙僧的关系变迁

一、沙僧的利益格局

分析孙悟空与沙僧的关系，首先要考虑沙僧的利益格局，分析沙僧的利益所在，以及他的策略选择空间。

沙僧是什么来路呢？当取经队伍来到流沙河时，沙僧对自己的身份进行了比较详细的介绍：

自小生来神气壮，乾坤万里曾游荡。
英雄天下显威名，豪杰人家做模样。
万国九州任我行，五湖四海从吾撞。
皆因学道荡天涯，只为寻师游地旷。
常年衣钵谨随身，每日心神不可放。
沿地云游数十遭，到处闲行百余趟。
因此才得遇真人，引开大道金光亮。
先将婴儿姹女收，后把木母金公放。
明堂肾水入华池，重楼肝火投心脏。
三千功满拜天颜，志心朝礼明华向。
玉皇大帝便加升，亲口封为卷帘将。
南天门里我为尊，灵霄殿前吾称上。
腰间悬挂虎头牌，手中执定降妖杖。
头顶金盔晃日光，身披铠甲明霞亮。

往来护驾我当先，出入随朝予在上。
只因王母降蟠桃，设宴瑶池邀众将。
失手打破玉玻璃，天神个个魂飞丧。
玉皇即便怒生嗔，却令掌朝左辅相。
卸冠脱甲摘官衔，将身推在杀场上。
多亏赤脚大天仙，越班启奏将吾放。
饶死回生不典刑，遭贬流沙东岸上。
饱时困卧此山中，饿去翻波寻食饷。
樵子逢吾命不存，渔翁见我身皆丧。
来来往往吃人多，翻翻复复伤生瘴。
你敢行凶到我门，今日肚皮有所望。
莫言粗糙不堪尝，拿住消停剁鲊酱！

（第二十二回）

　　我们简单回顾一下沙僧早期的经历。一开始他四处闯荡，寻师访道，"云游数十遭"，走了"百余趟"，才找到名师，得其指点。这与孙悟空颇为相似。然后是"三千功满拜天颜"，作为人才进入天庭，玉帝亲口封为"卷帘大将"，与孙悟空被封为"弼马温"的情况相似。不过，沙僧在这个位置上干得很踏实，对工作安排也很满意，有一定的成就感和自豪感。这从他自己的说法可以看出来："南天门里我为尊，灵霄殿前吾称上。腰间悬挂虎头牌，手中执定降妖杖。头顶金盔晃日光，身披铠甲明霞亮。"看来他很喜欢这种威风凛凛的架势，喜欢跟在玉帝身边的排场。这个卷帘大将是干什么的呢？却是"往来护驾我当先，出入随朝予在上"，原来是个紧紧跟在玉帝身边的高级保镖，相当于御前带刀侍卫。

　　卷帘大将这个位置，也不完全是虚构。《明史》（卷五十三，志第二十九，礼志七）中详细记载了明太祖朱元璋的登基大典，在记述了各种职官的就位次序和位置之后写道："卷帘将军二人于帘前，俱东西向。"在明朝皇帝的冠礼仪式中，也有这样的内容："典仪二人位于丹陛上之南、东西相向。鸣鞭四人位于丹陛上、北向。将军二人位于殿上帘前之左右。将军六人位于殿门之左右。将军四人位于丹陛上之四隅。将军六人位于奉天门之左右、东西相向。"(《明会典》卷六十)。所谓"卷帘将军",大概是位于"殿上帘前"的两位"将军",有点儿天子亲信的意思,但在权力体系中并没有什么突出的位置。

沙僧在天庭的地位显然不高[1],特别是后台也不硬。他在天庭犯的错误是"失手打破玉玻璃",既然是"失手",就没有犯罪故意,按说罪不至死,可玉帝却翻了脸,要将他推出斩首。出面为他求情的也不过是赤脚大仙。虽然保住了性命,玉帝的惩罚还是不轻,被"打了八百,贬下界来"。这还不够,按照沙僧的说法:"又教七日一次,将飞剑来穿我胸胁百余下方回。"简直难受得不行。相比于孙悟空闯龙宫、闹地府、不做"弼马温"的处理,这个处罚确实相当重了。毕竟每次为孙悟空说好话的是太白金星,他的分量与赤脚大仙是大不一样的。

除了后台不硬外,与孙悟空、八戒相比,沙僧的另一个劣势是,没有退路。如果取经事业遭到挫败,孙悟空可以回花果山称王称祖,耍子去也;八戒也很愿意重回高老庄,再续前缘。唯有沙和尚,处于近乎无处可去的悲惨境地。就是他以前做妖怪时所在的流沙河,也是一个资源非常匮乏、自然条件极其恶劣的所在。那个地方"莲叶莫能浮""平沙无雁落""哪里得客商来往?何曾有渔叟依栖",在这样的地方做妖怪,日子过得还不如跟在孙悟空、八戒后面为师父牵马挑担子舒服,毕竟这免去了七日一次被飞剑穿胸口的惩罚。做妖怪做到这个份儿上,只能算是很没有出息了。您还别说,与取经路上的大多数妖怪比起来,沙僧的本事确实不能说高,只能说比小妖强些罢了。

此外,沙僧还缺乏安全感。想当初,他仅仅因为"失手"打碎玻璃盏,就受到了极严重的处罚,差点儿丢了小命,这在沙僧的心里留下了很大的阴影。之后又在流沙河过了几百年苦不堪言的日子,极大地打击了他对生活的信心。在万寿山五庄观,唐僧师徒被镇元大仙捉住,绑在柱子上。到了晚上,孙悟空救唐僧时沙僧慌了道:"哥哥,也救我们一救!"沙僧竟担心孙悟空不肯救他!可见,他的心理状态确实不好。

与孙悟空、八戒相比,沙僧总体上说比较有上进心。这从他讲述自己在天上做卷帘大将的经历时,使用的一番扬扬自得的描述用语就可以看出来,

---

[1] 当孙悟空第一次上天时,他在南天门看到的景象是,"两边摆数十员镇天元帅,一员员顶梁靠柱,持铣拥旄",光南天门前就站着几十员元帅,那卷帘大将确实是算不得什么了。

什么"南天门里我为尊,灵霄殿前吾称上",什么"腰间悬挂虎头牌"(不就是腰里别着个工作证、出入证吗,这也值得说吗),什么"头顶金盔晃日光,身披铠甲明霞亮",在孙悟空看来都是些虚头巴脑、没有一点儿实际的东西,但他讲起来却感觉特别好,可见其追求之所在。

以上几点决定了沙僧最大的利益在于取经事业取得成功。

那么,沙僧在队伍内的发展前景如何呢?他完全是跟着队伍内的其他人走。如果师父、大师兄最后谋个好差使,所谓"一人得道,鸡犬升天",他的行情也会水涨船高。但他的命运不由自己把握,而主要取决于师父的心情。确实,他在取经过程中从事的工作,总体上相当于一个内务打杂的,降妖不指望他,化斋这样的事情也不用他。取经事业圆满完成之际,如来论功行赏,说他"登山牵马有功",实在说不出什么像样的功劳来了。

二、沙僧的行为方式及其变化

由于后台不硬,退路基本没有,能混入取经队伍,对沙僧来说已经是天大的造化,因此他必须紧紧抓住这个千载难逢的机会,从此修成正果、脱离苦海。我们相信,除了唐僧以外,他是师徒四人中最不愿看到取经事业失败这种局面出现的人了。

在红孩儿捉走唐僧后,孙悟空怪师父"每每不听我说",有些"意懒心灰",说了几句牢骚话,我们看八戒和沙僧分别是什么反应:

> 行者道:"兄弟们,我等自此就该散了!"八戒道:"正是,趁早散了,各寻头路,多少是好。那西天路无穷无尽,几时能到得!"沙僧闻言,打了一个失惊,浑身麻木道:"师兄,你都说的是哪里话。我等因为前生有罪,感蒙观世音菩萨劝化,与我们摩顶受戒,改换法名,皈依佛果,情愿保护唐僧上西方拜佛求经,将功折罪。今日到此,一旦俱休,说出这等各寻头路的话来,可不违了菩萨的善果,坏了自己的德行,惹人耻笑,说我们有始无终也!"
>
> 行者道:"兄弟,你说的也是,奈何师父不听人说……因此上怪他每每不听我说。故我意懒心灰,说各人散了。既是贤弟有此诚意,教老孙

进退两难。八戒，你端的要怎的处？"八戒道："我才自失口乱说了几句，其实也不该散。哥哥，没及奈何，还信沙弟之言，去寻那妖怪救师父去。"

行者却回嗔作喜道："兄弟们，还要来结同心，收拾了行李马匹，上山找寻怪物，搭救师父去。"（第四十回）

沙僧听到孙悟空、八戒都说要散伙，心里哇凉哇凉的，连身体都麻木了：现在好不容易混进外围组织，有了重新进入天庭的可能性，要是由得两位师兄就此散了，那真是前途一片渺茫，半点儿希望都没有了，让他如何不心惊。至于那些理由，虽然看起来冠冕堂皇，实则经不起推敲，论道德修养、为人处世及爱惜面子，他又能比孙悟空强得了多少？

孙悟空说这话并不是没有来由的，自有他的目的。他的目的就在于提醒八戒、沙僧，取经的事业是一项集体事业，我是你们的大师兄，你们应该努力支持我，不要在背后给我添麻烦，否则，我就不干了！他说这话想要换得的是八戒、沙僧的表态，对沙僧的表态孙悟空很满意，下一个就轮到八戒表态了。八戒连忙表明态度，说刚才散伙的想法是胡说的，我们不该散（也许他在心里说：你说散伙就行，我说散伙就不行）。对此，孙悟空"回嗔作喜"，说只要团结一心，就有希望，现在还是想办法救师父吧。看来，孙悟空为了收服八戒、沙僧还是用了不少心思的。

那么，沙僧在取经路上是不是一点儿心眼都没活动过吗？也不能这么说。虽然从利益格局看，他在师徒四个人中所处的境况是最差的，但这并不意味着他没有改善自己境遇的机会。在取经队伍中，孙悟空身份很高、风头最劲，如果将孙悟空排挤出取经队伍，由于他与八戒在身份、本事上差异不大，且由三徒弟变成了二徒弟，境况自然会大有改善。

正是基于这样一种利益考虑，虽然他自己没有采取行动主动排挤大师兄，但对于八戒排挤孙悟空的行动在心理上并不抵触，而是采取了默认的态度。

孙悟空三打白骨精的时候，八戒不断借机向师父进谗言，导致唐僧赶走了孙悟空。这段时间内，沙僧一句好话没替孙悟空说。当唐僧要写赶走孙悟空的贬书时，拿纸笔、取水磨墨的也是沙僧。在这个过程中，沙僧并无任何不愿意的表示。虽然他是按唐僧的命令在做事，但一点儿表示或说法都没有，还是有点儿不太正常啊！不仅如此，孙悟空走了后，黑松林里八戒去化斋，好久没回来，沙僧开始在背地里说起八戒的坏话来，他说："师父，你还不晓得哩，他见这西方上人家斋僧的多，他肚子又大，他管你？只等他吃饱了才来哩。"（第二十九回）看来，随着八戒做了大师兄，沙和尚也在某种程度上扮演起八戒的角色来了。

可惜，这样的日子没有过几天，好梦就被现实无情地浇醒了。可以说梦有多好，现实就有多残酷。取经队伍没走多远，就碰上了黄袍怪。在去西天的路上，黄袍怪不算难缠的妖怪，不过，八戒和沙僧加起来也不是他的对手。更不像话的是，八戒根本没有一点儿大师兄的样子，在两人合伙都打不过妖怪的情况下，他竟然找理由开溜了，结果沙僧"措手不及"，一下被抓住了。

到了这个时候，沙僧对自己的处境有了更清醒和现实的认识，对自身的定位也明确多了。当八戒请回孙悟空，孙悟空到妖怪洞府救他的时候：

> 那沙僧一闻"孙悟空"的三个字，好便似醍醐灌顶，甘露滋心。一面天生喜，满腔都是春，也不似闻得个人来，就如拾着一方金玉一般。你看他抖手佛衣，走出门来，对行者施礼道："哥哥，你真是从天而降也！万乞救我一救！"行者笑道："你这个沙尼！师父念'紧箍儿咒'，可肯替我方便一声？都弄嘴施展！要保师父，如何不走西方路，却在这里蹲什么？"沙僧道："哥哥，不必说了，君子既往不咎。我等是个败军之将，不可语勇，救我救儿罢！"行者道："你上来。"沙僧才纵身跳上石崖。（第三十一回）

沙僧听说孙悟空回来了，感到喜从天降。孙悟空很生气，说师父念紧箍咒的时候，你一声不吭，你不是有本事，要保师父去西天吗，怎么在这儿蹲着？沙僧对此也没有出言反驳。孙悟空要说生气也真有点儿生气，不过并没有太生气，毕竟沙僧不是他要针对的主要对象，而是要加以团结的对象，所以这话是笑着说的。沙僧连忙求情说：我们是败军之将，你大人有大量，过去这些事情就不要计较了吧。这次，他对孙悟空特别尊敬，说话之前还先整衣"施礼"，孙悟空叫他上来，他才跳上石崖。他为什么要这么做？从内在的方面说，这反映了他对自己在团队中重新定位的清醒认识；从外在的方面说，是特意以夸张的方式表现对大师兄的尊重，以表明他的心迹。

经过这一遭，沙僧在取经队伍中基本完成了角色转变。他与师父、师兄的关系也基本理顺了。从此以后，他主要是默默做好自己的本职工作，很少给别人惹麻烦，并努力润滑团队内的关系。八戒在与黄袍怪的战斗中临阵脱逃的行为，也让沙僧吸取了教训，使他从此在与妖怪的战斗中，不太肯出力了。

虽然自身的定位很清楚，我们能否说沙僧的心情就很愉快呢？这还很难说。《西游记》的文学水平极高，能用最少的一两句语言描述一个人的总体形象，他们三个师兄弟的形象特色分别是："一个是毛脸雷公嘴的和尚，一个是长嘴大耳朵的和尚，一个是晦气色脸的和尚。"这话在书中数次出现，"晦气色脸"就是沙僧给人的印象。这既描写了他的外在形象，在某种意义上可能也是其心情的写照。毕竟沙僧被贬下凡尘，并没有投胎转世的经历，基本维持了原来的形象，但按照以前的形象，应该是气宇轩昂、相貌堂堂才对呀，只是现在脸色变得不太好了。当然，以貌取人是有风险的，这样来揣摩他的心理也可能是靠不住的。

从此以后，沙僧对大师兄表现得非常尊重，基本上是言听计从，是不是就说他对大师兄的看法就特别好、特别正面呢？应该说基本上如此，但也不完全这样。沙僧出事是在蟠桃会上，而孙悟空当年曾大闹过蟠桃会。对于孙悟空大闹蟠桃会，沙僧不可能有什么好的看法。"失手"打碎玻璃盏，又不是故意搞破坏，按说并不是什么犯罪的行为，只要折价赔偿就行了，却给予了这么严重的处罚。据萨孟武先生推测，这是因为孙悟空大闹天宫以后，玉皇大帝的权威降低。玉帝为了维护自己的权威，不能不采用恐怖政策，迫使群仙帖服。天蓬元帅在蟠桃会上犯了错误，被打了两千锤，贬下凡尘，或许也与此有关。如果是这样，沙僧要是对大师兄有一些不好的看法，实属正常。

另外，从价值观上，沙僧对孙悟空当年造反一直是有看法的。现在这个"反贼"竟然摇身一变，成了自己的大师兄，排名还在自己上面。虽然这是菩萨的安排，一向唯领导之命是从的沙僧不好说什么，但心里有些想法总是难免的。不过，沙僧对他的想法压抑得很深，平时一直没有表露出来，但他真实的想法在真假美猴王一节还是隐约透露了出来。沙和尚去花果山讨行李时，打死了变成自己模样的猴精，然后去找南海观音菩萨帮忙。他正要向观音讲

事情的详细经过:

> 忽见孙行者站在旁边,等不得说话,就掣降妖杖望行者劈脸便打。这行者更不回手,彻身躲过。沙僧口里乱骂道:"我把你个犯十恶造反的泼猴!你又来影瞒菩萨哩!"(第五十七回)

他在骂的过程中,说孙悟空是个"十恶造反的泼猴",说他"又"要来骗菩萨。观音安排孙悟空与沙僧一起去水帘洞辨个真假,二人纵起两道祥光,离了南海:

> 原来行者筋斗云快,沙和尚仙云觉迟,行者就要先行。沙僧扯住道:"大哥不必这等藏头露尾,先去安根,待小弟与你一同走。"大圣本是良心,沙僧却有疑意,真个二人同驾云而去。(第五十八回)

不过是两个人的行动速度不一样,沙僧就起了疑心,说"大哥不必这等藏头露尾",你还是跟我一起慢慢走吧。要说这沙僧的警惕性还是挺高的,这也表明,沙僧对大师兄还是不够信任。

总体上,与孙悟空、八戒相比,沙僧更为理性、更能忍。这样能忍的神仙,让仙界更能放心使用。从利益的角度看,沙僧所处的利益格局决定了,一旦看清形势后,心理上也就没有什么不服气的想法了。因为,他实际是孙悟空功劳的重要获益者。他最大的利益在于搭上取经行动的"便车",一直到西天。他最担心的是取经队伍中途散伙,取经行动半途而废。对这一点他有强烈的恐惧感,而且这种恐惧感更甚于唐僧。因为唐僧毕竟是圣僧,有着宗教式的献身精神,而沙僧是没有的。

不过,即使这样,沙僧在取经行动中也曾出现过动摇。在狮驼岭一役中,孙悟空与八戒前去与青毛狮子精战斗,孙悟空被妖怪一口吞了下去。八戒"喘呵呵"地跑回去报信,"哭哭啼啼"地说:"师兄被妖精一口吞下肚去了!"唐僧听了,放声痛哭。孙悟空从青毛狮子肚中脱身回来,发现八戒与沙僧已经在那里分行李了。

虽然分行李散伙是八戒的提议,但沙僧这次没有反对。其实,这是很好理解的。虽然取经路途已经走了一大半，但是一个又一个妖精，永远没有止歇的战斗，也让沙僧感到这个挑战还是太大了些。他不知道的是，狮驼岭出现的妖魔就是西天路途上最厉害的一拨了。另外，沙僧看得很清楚的是，没有孙悟空，取经队伍到不了西天。在此前的第五十八回，观音曾对唐僧说过，"须得他（指孙悟空）保护你，才得到灵山"，这话沙僧牢记在心。现在孙悟空已死，那不分行李还能怎的？

　　沙僧见孙悟空活着回来了，对八戒谎报军情很生气，说："你是个棺材座子，专一害人！师兄不曾死，你却说他死了。"他见到孙悟空很不好意思，"也甚生惭愧，连忙遮掩，收拾行李，扣背马匹，都在途中等候不提"。显然沙僧的脸皮远不如八戒厚，对这样的事情八戒是满不在乎的。为了挽回自己在大师兄心目中的形象，重获大师兄的信任，沙僧还向孙悟空告密，说八戒"攒了些私房"。结果八戒从牙缝里省下的四钱六分银子都被孙悟空拿走了。越到后来，沙僧向孙悟空靠得越紧。在灭法国，孙悟空要唐僧等人化装成凡人过境，唐僧不乐意。沙僧说："师兄处的最当，且依他行。"唐僧"无奈"，只好少数服从多数，"脱了褊衫，去了僧帽，穿了俗人的衣服，戴了头巾"（第八十四回）。显然，沙僧渐渐有了自己的想法和独立的判断，并不是在什么事情上都对唐僧言听计从。

第二节　孙悟空与八戒的关系变迁

跟孙悟空与沙僧的关系相比，孙悟空与八戒的关系要复杂得多。我们先从八戒的利益格局与个性入手，对他们的关系变化进行分析。

一、猪八戒的利益格局

我们先看八戒的来路。在高老庄时，八戒曾在孙悟空面前吹嘘自己的来历：

自小生来心性拙，贪闲爱懒无休歇。
不曾养性与修真，混沌迷心熬日月。
忽然闲里遇真仙，就把寒温坐下说。
劝我回心莫堕凡，伤生造下无边孽。
有朝大限命终时，八难三途悔不喋。
听言意转要修行，闻语心回求妙诀。
有缘立地拜为师，指示天关并地阙。
得传九转大还丹，工夫昼夜无时辍。
上至顶门泥丸宫，下至脚板涌泉穴。
周流肾水入华池，丹田补得温温热。
婴儿姹女配阴阳，铅汞相投分日月。
离龙坎虎用调和，灵龟吸尽金乌血。
三花聚顶得归根，五气朝元通透彻。

功圆行满却飞升，天仙对对来迎接。
朗然足下彩云生，身轻体健朝金阙。
玉皇设宴会群仙，各分品级排班列。
敕封元帅管天河，总督水兵称宪节。
只因王母会蟠桃，开宴瑶池邀众客。
那时酒醉意昏沉，东倒西歪乱撒泼。
逞雄撞入广寒宫，风流仙子来相接。
见他容貌挟人魂，旧日凡心难得灭。
全无上下失尊卑，扯住嫦娥要陪歇。
再三再四不依从，东躲西藏心不悦。
色胆如天叫似雷，险些震倒天关阙。
纠察灵官奏玉皇，那日吾当命运拙。
广寒围困不通风，进退无门难得脱。
却被诸神拿住我，酒在心头还不怯。
押赴灵霄见玉皇，依律问成该处决。
多亏太白李金星，出班俯囟亲言说。
改刑重责二千锤，肉绽皮开骨将折。
放生遭贬出天关，福陵山下图家业。
我因有罪错投胎，俗名唤做猪刚鬣。

（第十九回）

　　从其早期经历看，猪八戒可以说是一个典型的有福之人。起初，他不过是个二流子一类的人物，游手好闲，好吃懒做，也没有修身养性、长生不老的追求，却"忽然闲里遇真仙"，神仙找上门来了。这运气实在是太好了，哪像孙悟空、沙和尚都是历经千辛万苦，经过长时间的寻找，才有机会得到高人指点。

　　八戒学道有成，飞升上天之时，受到的礼遇也不是孙悟空、沙僧可比的。"功圆行满却飞升，天仙对对来迎接"，这排场、这架势，等闲仙人是享受不到的。猪八戒在天上，应该算是天庭中高层大官了吧。然后是玉皇大帝摆下宴席，与群仙聚会，封八戒为"天蓬元帅"，掌管天河。他也获得了参加蟠桃大会的资格,要知道"齐天大圣"是不在蟠桃会受邀人员之列的。沙僧虽然也参加了蟠桃会,其实是一个服务人员,而不是正式受邀人员,不能与八戒相提并论。这样看来,八戒在天庭的地位不低,也算个成功人士。显然,八戒"忽然闲里遇真仙",遇到的不是一般人物。

后来,八戒酒后犯了生活作风错误,按天庭的法律应该处斩,太白金星出面求情,改为重责两千锤,贬下凡尘。如果也像沙僧那样,由赤脚大仙出来求情,可能处罚就重得多了。

与沙僧相比,八戒不幸的地方在于,被贬下凡尘后错投了猪胎,一方面形象大大受损;另一方面,投胎转世也使他的法力大打折扣,以至于比沙僧强不了多少。当八戒还是天蓬元帅的时候,他的神通应该不在二十八宿之下,毕竟是统领八万水兵的元帅。他的天罡三十六变应该也不至于像后来那样平庸。可是,投胎以后,他与沙僧两人双战黄袍怪,战了八九个回合,就感到气力不济了。这真是一个巨大的损失。夺舍投胎使法力大大受损,是一个太令人无奈的事实。像黄袍怪、金角大王、银角大王等都是从天上直接下来的,法力无损;而与黄袍怪私通的"披香殿侍香的玉女",在下凡后投胎为宝象国公主,是一点儿本事也没有了,甚至没有了前世的记忆。相比之下,八戒是"夺舍投胎"(第八回八戒自述),比这又强得多了①。

不管怎么说,八戒比沙僧强的第一点在于出身更高、后台更硬。即使是在福陵山的时候,也有世外超一流高手乌巢禅师劝八戒"跟他修行",不过八戒不曾去。看来这家伙是走到哪都有高人照顾,而且他对高人还不领情,这福气不是一般地好。

八戒比沙僧强的第二点在于,他留下了退路。在跟随唐僧上路之时,他就想好了这一点:

> 那八戒摇摇摆摆,对高老唱个喏道:"上复丈母、大姨、二姨并姨夫、姑舅诸亲,我今日去做和尚了,不及面辞,休怪。丈人啊,你还好生看待我浑家,只怕我们取不成经时,好来还俗,照旧与你做女婿过活。"

---

① 在神话叙事中,"夺舍"按字面的意思就是夺取别人的房子,但显然它要夺取的不是一般的房子,而是灵魂的居所。"夺舍投胎"是要夺取另一个生物的躯壳,作为其元神的居所。由于被夺取的肉食有天然格局的限制,在这个过程中,法力有所损失应是正常的情况。

行者喝道："夯货，却莫胡说！"八戒道："哥呵，不是胡说，只恐一时间有些儿差池，却不是和尚误了做，老婆误了娶，两下里都耽搁了？"（第十九回）

八戒并不是那种决然地放下一切、一往无前地追求取经大业的人，所以上路之前特意叮嘱老丈人，"你还好生看待我浑家"，万一事业发展不顺利，我是还要回来的。孙悟空骂他胡说，八戒辩解道，这不是胡说。他担心的是出现最不利的结果，即"和尚误了做，老婆误了娶，两下里都耽搁了"。

从八戒的这番话看，要说他不想到西天成正果是假的，但他也做了取经行动不成功的打算，所以采取了两面下注的做法。毕竟小心无大错，在还没有成功之前，他就先为失败做好了准备，留下了退路。

总而言之，八戒的基本情况是：后台较硬，万一取经失败有退路，而且对取经事业热情不大，没有多大的感情和精神上的投入，不过把它看成获取利益的一个手段。在这样的背景下，他对取经事业的坚定性就取决于以下两个因素了：一是这件事的风险和难度；二是事业完成后所能得到的好处大小。这些都影响到八戒在取经路上的表现。取经事业难度的影响在于，每当碰到困难的时候，他就想散伙，中途退出。就取经事业完成后的好处而言，它有一个特点，就是取经过程经历一段时间以后，再退出来就不太值得了。因为如果这样，前面的苦就白吃了，这牵涉一个沉没成本的问题。所以，在取经路上的早期，八戒退出的想法出现的次数更多；到取经路上的后半程，如果不是遇到非常大的挫折，八戒不再轻言退出了。

二、猪八戒的基本性格

接下来我们讨论猪八戒的性格。这里讨论的性格，主要是一些与取经事业和取经队伍的团结有关的方面，而不关心猪八戒所具有的一般意义上的性格缺点，如贪吃、贪睡等。我们分析他的性格和为人，是为了更准确地把握猪八戒对很多事情的想法和态度。

猪八戒的性格有以下几方面的特点：

1. 注重物质利益，人格不是很高尚，也不太相信佛法这些事情八戒对佛法之类并不热衷，说穿了，不过是把它当作谋生的手段罢了。观音菩萨前往东土寻访取经人时，路过福陵山，劝八戒向善，八戒说："前程前程，若依你，教我嗑风！常言道，依着官法打杀，依着佛法饿杀。去也，去也！还不如捉个行人，肥腻腻的吃他家娘！"在菩萨面前说"依着佛法饿杀"，真是一个不知死活的家伙。但他的价值观也在其话语中表现无遗。从根本上说，什么佛法之类，不如填饱自己的肚皮重要。

第九十三回，在布金禅寺，僧人请唐僧师徒喝茶用斋：

> 这时长老还正开斋念偈，八戒早是要紧，馒头、素食、粉汤一搅直下。这时方丈却也人多，有知识的赞说三藏威仪，好耍子的都看八戒吃饭。却说沙僧眼溜，看见头底，暗把八戒捏了一把，说道："斯文！"八戒着忙，急的叫将起来，说道："斯文，斯文！肚里空空！"（第九十三回）

此时，取经路途走了一大半，离佛祖所在的灵山已经不远，他还是这样一副德性，可见其对物质利益的看重一直没有改变，对于面子之类的东西满不在乎。另外，他的念想不小，当取得真经返回东土时，金刚希望八戒不要在长安贪图富贵，误了期限。八戒笑道："师父成佛，我也望成佛，岂有贪图之理！"看来他物质上的期望值挺高。

2. 爱占小便宜，还喜欢抢功

在七绝山碰到长蛇精，正当孙悟空与妖精斗得难解难分之际：

> 八戒、沙僧在李家天井里看得明白，原来那怪只是舞枪遮架，更无半分儿攻杀，行者一条棒不离那怪的头上。八戒笑道："沙僧，你在这里护持，让老猪去帮打帮打，莫教那猴子独干这功，领头一钟酒。"好呆子，就跳起云头，赶上就筑。（第六十七回）

八戒在有功劳可得的时候，表现还是颇为勇猛的。

书中有一个情节，反映了唐僧、八戒与沙僧在道德人品上的差异，非常到位和传神。在金兜山，唐僧、八戒、沙僧进入青牛精"点化"的庄宅，在房间里发现三件纳锦背心。八戒很高兴，说："也是我们一程儿造化，此时天气寒冷,正当用处。师父,且脱了褊衫,把他且穿在底下,受用受用,免得吃冷。"唐僧说这样不好吧,我们还是不要贪小便宜。对此:

> 八戒道:"四顾无人,虽鸡犬亦不知之,但只我们知道,谁人告我?有何证见?就如拾到的一般,哪里论什么公取窃取也!"三藏道:"你胡做啊!虽是人不知之,天何盖焉!玄帝垂训云,暗室亏心,神目如电。趁早送去还他,莫爱非礼之物。"那呆子莫想肯听。(第五十回)

沙僧倒是没有说话。不过八戒穿了以后,沙僧道:"既如此说,我也穿一件儿。"也拿了一件穿了。这清楚地反映出三人性格的差异:八戒占起小便宜来理直气壮;唐僧则坚守自己的原则,即使没有外人在场,也坚持洁身自好;沙僧的态度最有意思,又想占小便宜,又有点儿不好意思,不敢说出口,所以一直在旁边观望,等八戒穿上来历不明的衣服后,他也穿上了。

3. 怕困难,爱偷懒

在平顶山八戒巡山一节,八戒的做法是:

> 行有七八里路,把钉钯撇下,吊转头来,望着唐僧,指手画脚的骂道:"你罢软的老和尚,捉掐的弼马温,面弱的沙和尚!他都在那里自在,捉弄我老猪来跄路!大家取经,都要望成正果,偏是教我来巡什么山!哈哈哈!晓得有妖怪,躲着些儿走。还不够一半,却教我去寻他,这等晦气哩!我往那里睡觉去,睡一觉回去,含含糊糊的答应他,只说是巡了山,就了其帐也。"(第三十二回)

你看他说的,晓得有妖怪,还要"躲着些儿走"。这不是因为害怕打不过妖怪,而是从他的利益角度分析,拼命打妖怪不符合其利益,反正什么事有大师兄顶着,自己积极个什么劲?正因为有这样的想法,有时即使一群本事不大的小妖也能捉住他,就不足为奇了。

4. 有退路,并且经常用语言向别人暗示这一点

还没有离开高老庄,他就希望老丈人给他准备好退路,万一不行再回来。在西天路上,一碰到困难,他就要打退堂鼓,讲泄气话,动不动就要分了行

李散伙。在狮驼岭那一回，孙悟空被狮子精一口吞下，八戒以为孙悟空死了。孙悟空制住狮子精后，回来看到的景象是："远远的看见唐僧睡在地下打滚痛哭。猪八戒与沙僧解了包袱，将行李搭分儿，在那里分哩。"这个八戒，只要看情况不对就做散伙的打算，并且迅速付诸行动，没有任何心理障碍。

5. 不是善茬，有利益勇于争取

这一点最清楚地表现在到达西天以后，如来封赏众人之时。听说自己被封了个净坛使者，八戒大为不满，口中嚷道："他们都成佛，如何把我做个净坛使者？"经过这么长时间的磨炼，到了西天面对佛祖，他竟然对安排给自己的职务不满意，胆敢跟佛祖讨价还价，竟不怕佛祖一怒之下把他打回原形。看来八戒也是个狠角色，为自己争取利益时胆子大得很。

另一件能体现他性格的事情是，在乌鸡国，老国王托梦给唐僧。唐僧被惊醒后，连忙叫醒徒弟。八戒对于半夜被叫醒很不高兴，他说："当时我做好汉，专一吃人度日，受用腥膻，其实快活，偏你出家，教我们保护你跑路！原说只做和尚，如今拿做奴才，日间挑包袱牵马，夜间提尿瓶焐脚！这早晚不睡，又叫徒弟作甚？"这番话，可谓把平时想说却没有说出口的真实想法都讲出来了。

三、孙悟空与八戒的明争暗斗

根据八戒的利益格局，以及他的基本性格，我们可以问一句：他凭什么要对孙悟空好？以取经事业而论，如果这件事成功，在三个徒弟中，最后的结果必然是好处大部分要被孙悟空给占了。既然这样，八戒凭什么要处处帮助孙悟空、维护孙悟空呢？他显然没有这么做的充分理由。如果非得有理由，理由只有一个，就是他要借助孙悟空的力量，使取经队伍到达西天，他也能成个正果。

另外，他与孙悟空的关系中还有一个不利因素：从一进入取经队伍，他就对孙悟空没有好感。当孙悟空在高老庄收服八戒时，八戒听说来的是孙悟空，说道："哏！你这诳上的弼马温，当年撞那祸时，不知带累我等多少，今日又来此欺人！不要无礼，吃我一钯！"联想到猪八戒是因为在蟠桃会上犯错被贬下来的，看来问题就出在孙悟空大闹天宫之后，天庭举办的那次补救性质的蟠桃会上。八戒认为自己现在之所以这么狼狈，是因为被孙悟空大闹天宫给连累了。在五庄观偷吃人参果时，八戒对孙悟空也不满意，认为他多偷吃了一个，嚷道："既是偷了四个，怎么只拿出三个来分，预先就打起一个偏手？"简直把孙悟空给气死了。显然，孙悟空给八戒的第一印象并不好。这也正常，毕竟八戒是天界的正牌元帅，掌管八万水兵，可谓一方之侯。对于像孙悟空这样还曾经造反的新贵，内心肯定是多少有所不满的。

1. 挤走大师兄

综合上述因素，我们可以想象，八戒在取经路上会采取什么手段实现自己的利益。对他来说，实现自身利益的最佳办法就是挤走孙悟空，自己做大师兄。

这个想法本来难以实现，但八戒看到了一个有利条件，就是师父耳根子软。在三打白骨精这一回，猪八戒说唐僧："天下和尚也无数，不曾象我这个老和尚罢软！""罢软"就是没有主见，做事颠倒，分不清好坏。他这么说唐僧，唐僧竟然一句话也没反驳，更没有训斥他。这使八戒看到可乘之机。于是他借助孙悟空三打白骨精之机，数次进谗言，成功地赶走孙悟空，自己做起了"大徒弟"。

其实唐僧也不傻，他早已看出自己的大弟子恃才傲物，不好管教；二徒弟猪八戒看起来似乎更听话一些。而且到此时为止，唐僧还没碰到八戒和沙僧对付不了，只有孙悟空出场才能收拾局面的妖精。唐僧对三个徒弟本事的高低也缺乏基本的感性认识，认为有八戒和沙僧两个弟子，保护自己到西天应该也够了。当孙悟空说"我去我去！去便去了，只是你手下无人"时，唐僧发怒道："只你是人，那悟能、悟净就不是人？"这时，取经队伍中的所有人似乎都低估了取经行动的难度，包括孙悟空也是如此，所以他怪师父"鸟尽弓藏，兔死狗烹"。

赶走了孙悟空，猪八戒有模有样地做了几天大师兄。看他们在路上的架势："你看那呆子，抖擞精神，叫沙僧带着马，他使钉钯开路，领唐僧径入松林之内。"看来这一阵八戒的心情很好。不过，他很快就体会到了做大师兄的难处。

这不，唐僧的肚子饿了，说八戒你给我寻些斋饭来吃吧。八戒说，没问题呀，我啊，"钻冰取火寻斋至，压雪求油化饭来"，说得多好听！反正甭管了，一定给您把斋饭化回来就是了。结果化斋并不是这么简单。他出了松林，往西一直走了十多里地，却没有碰到一户人家，真是"有狼虎无人烟"。八戒走了一会儿，觉得很辛苦，心想："当年行者在日，老和尚要的就有，今日轮到我的身上，诚所谓当家才知柴米价，养子方晓父娘恩，公道没去化处。"（第二十八回）这才知道，当大师兄不光是表面上威风，还要吃很多苦。这么走了一会儿，瞌睡又上来了。这么着，他竟然在草丛里睡下了。

更不幸的还在后面。不曾想，这西行路上妖魔横行，不久就碰上了黄袍怪。八戒、沙僧在众神的帮助下，堪堪与黄袍怪打个平手，但他们仍然对自己的实力没有清醒的认识。以他们的实力，也不掂掂自己的斤两，还要去管宝象国国王的家事，要帮国王从碗子山波月洞救回公主。唐僧也大言不惭地说："贫僧有两个徒弟，善能逢山开路，遇水迭桥。"在国王与八戒之间还有一番对话：

> 国王定性多时，便问："猪长老、沙长老，是哪一位善于降妖？"那呆子不知好歹，答道："老猪会降。"国王道："怎么家降？"八戒道："我乃是天蓬元帅，只因罪犯天条，堕落下世，幸今皈正为僧。自从东土来此，第一会降妖的是我。"国王道："既是天将临凡，必然善能变化。"八戒道："不敢，不敢，也将就晓得几个变化儿。"国王道："你试变一个我看看。"八戒道："请出题目，照依样子好变。"国王道："变一个大的罢。"那八戒他也有三十六般变化，就在阶前卖弄手段，却便捻诀念咒，喝一声叫："长！"把腰一躬，就长了有八九丈长，却似个开路神一般。吓得那两班文武，战战兢兢；一国君臣，呆呆挣挣。时有镇殿将军问道："长老，似这等变得身高，必定长到什么去处，才有止极？"那呆子又说出呆话来道："看风，东风犹可，西风也将就；若是南风起，把青天也拱个大窟窿！"那国王大惊道："收了神通罢，晓得是这般变化了。"（第二十九回）

看着满朝文武瞠目结舌的样子，八戒心里一定乐开了花。以他的本事，骗骗凡夫俗子自然是轻而易举。八戒走后没有多久，看到沙僧赶来助阵，心头大喜，说："来得好。我两个努力齐心，去捉那怪物，虽不怎的，也在此国扬扬姓名。"真是死到临头还不自知。

可惜现实实在太残酷，就八戒这么一点儿虚荣心也不给满足。八戒、沙僧两人联手，在黄袍怪的手下走不到十个回合就已不支。八戒谎称要"出恭"，赶紧开溜了；沙僧则被妖怪一把抓住。

八戒的美梦还没做多久就破灭了。没奈何，他又打起分家的主意。小白龙忠心护主，让八戒去请回大师兄。我们看八戒怎么说：

  八戒道："兄弟，另请一个儿便罢了，那猴子与我有些不睦。前者在白虎岭上，打杀了那白骨夫人，他怪我撺掇师父念'紧箍儿咒'。我也只当耍子，不想那老和尚当真的念起来，就把他赶逐回去，他不知怎么样的恼我，他也决不肯来。倘或言语上，略不相对，他那哭丧棒又重。假若不知高低，捞上几下，我怎的活得成么？"（第三十回）

这段话中，八戒以比较隐晦的方式承认了自己撺掇师父赶走孙悟空的事情，说孙悟空与他有些"不睦"，害怕师兄心眼不大，要找他算账。他宁愿"另请"一个人，也不想去见大师兄。不过为自己的前途想，再加上小白龙的极力劝说，八戒最终还是决定去走一遭。

2. 请回大师兄

在白龙马的劝说下，猪八戒来到花果山。在花果山，他看到的景象是，只见行者在山坳里，聚集群妖。他坐在一块石头崖上，面前有一千二百多猴子，分序排班，口称："万岁！大圣爷爷！"

此情此景，令八戒羡慕不已，心想："且是好受用，且是好受用！怪道他不肯做和尚，只要来家哩！原来有这些好处，许大的家业，又有这多的小猴伏侍！若是老猪有这一座山场，也不做什么和尚了。"原来孙悟空在这里的日子过得这么舒服，真是没想到啊。这下八戒对于能否说动大师兄更加心里没谱了。不过既然来了，好歹要见上一面。八戒又有点儿怕见孙悟空，于是混在猴群当中。这一切孙悟空看得很清楚。对于八戒请他回去的说法，孙悟空的应对是，请八戒在花果山享用美食，欣赏山间风景。虽然八戒心里急得不行，也只能耐心周旋。

后来，孙悟空又说：我的好兄弟呀，我再带你到水帘洞里去耍耍，怎么样？八戒说：多谢你的好意，不过师父确实等着急了，我就不进水帘洞了吧。

孙悟空说：既然这样，我也就不留你了，就此告别吧。八戒急了：哥哥，你不去了？孙悟空说："我往哪里去？我这里天不收地不管，自由自在，不耍子儿，做什么和尚？我是不去，你自去罢。但上复唐僧，既赶退了，再莫想我。"

你看孙悟空不回去的理由多么充分，态度多么坚决。八戒见到这种情况，不好相逼，只好找路而去。可孙悟空又派了两个机灵的猴子跟着八戒，这不是自相矛盾吗？看来孙悟空这一番安排应对，不过是做样子给八戒看罢了。

孙悟空这一副悠闲无比、自得其乐的架势，向八戒传递出一个信息：这个大师兄当不当无所谓，我在这里舒服得很，犯不着去受那个气。你要是觉得自己有本事尽可去当。所以，他有闲心领八戒欣赏花果山美丽的自然风光，品尝当地的土特产。只这一手，就大大奠定了他以后在八戒面前的心理优势。

孙悟空反复表明不肯回去，还有另一层考虑。毕竟自己当初是被唐僧赶回来的。那时唐僧做得可绝情了，还写下什么贬书，两位师弟在旁边一声未吭，现在哪能说回去就回去了。去自然是要去的，但也不能说去就去，必须由八戒亲口说出实情，自己有脸有面地回去才行。

结果，八戒在背后骂起了孙悟空，被众猴给抓了回来。您也许会奇怪，以八戒的本事，众猴应该是抓不住他的，怎么就被抓回来了呢？不就是因为顾忌着众猴背后的孙悟空吗？要说这个八戒，关键时刻，对人情世故还是有一定的把握的。当孙悟空要打他时：

> 八戒慌得磕头道："哥哥，千万看师父面上，饶了我罢！"行者道："我想那师父好仁义儿哩！"八戒又道："哥哥，不看师父啊，请看海上菩萨之面，饶了我罢！"行者见说起菩萨，却有三分儿转意。（第三十一回）

八戒这话似乎大有问题，让师兄看在师父的面上饶了自己；师兄不同意，八戒却要师兄看在海上菩萨的面上饶了自己。这又有什么不一样的？你说怪了，八戒这么说，还真管用。孙悟空听了这话，为什么会回心转意呢？八戒这话背后是有含义的：你这猴头，自以为有几分本事，可以不给唐僧面子，也许你并没有真心把他当作你的师父，但你有没有想过唐僧的背后是观音菩萨、如来佛祖啊。师父骂你几句，你可以跟师父计较、使性子，但你能跟菩萨、佛祖使性子吗？俗话说得好，"不看僧面看佛面"，僧是唐僧、佛是佛祖，用在这里真是贴切极了。何况唐僧还是佛祖的二弟子呢，这么一想，孙悟空能不回心转意吗？您别说，这八戒讲话还真有点儿艺术。

后来，八戒急中生智，使一个激将法，编造妖怪如何瞧不起孙悟空，孙悟空气得半死，说"既是妖精敢骂我，我就不能不降他，我要把这妖怪碎尸万段，以报骂我之仇！报完仇，我就回来"。孙悟空的意思是，既然妖怪这么不懂礼貌，我就去教育教育他，教育完了我再回来。你可别理解错了，我跟你回去并不是要保唐僧。对他这话，八戒也很配合，说："哥哥，正是，你只去拿了妖精，报了你仇，那时来与不来，任从尊意。"那是那是，您只管去报仇，报完仇，回不回来，还是您自己拿主意。八戒的应答也可见出其水平：不管孙悟空怎么说，把你请回去我就成功了；回去以后，你的说法可能就变了，因此，现在我不同你较真。

孙悟空与八戒的这一段交锋十分有趣。打从八戒在花果山现身，孙悟空就看得很清楚：师父一定是遇到了八戒、沙僧应付不来的麻烦，所以他做出一副不着急、不上心的架势。因为他心中有数，这一次要吃定八戒。他把八戒晾在一边，也是给八戒一个教训，让他今后老实一点儿。你看孙悟空后面的话：

> 行者骂道："这个好打的夯货！你怎么还要者嚣？我老孙身回水帘洞，心逐取经僧。那师父步步有难，处处该灾，你趁早儿告诵我，免打！"
> （第三十一回）

按孙悟空的说法，我在这水帘洞里，天天想着师父呢。明明很上心，却显得不上心；明明很在意，却装作不在意。这就是孙悟空的心机了。孙悟空在这种情况下重回取经队伍，他的状况将大有改善。现在取经队伍内的所有人都明白了一个基本事实：要想到西天，少不了孙悟空。这一点不明确，八戒就不会死心，对孙悟空也不会服气。

回到宝象国，孙悟空也不忘敲打八戒、沙僧一番，前面讲过他与沙僧的一番对白。在救被变成老虎的师父时，孙悟空又有一段话：

> 行者笑道："师父啊，你是个好和尚，怎么弄出这般个恶模样来也？你怪我行凶作恶，赶我回去，你要一心向善，怎么一旦弄出个这等嘴脸？"八戒道："哥啊，救他一救罢，不要只管揭挑他了。"行者道："你凡事撺唆，是他个得意的好徒弟，你不救他，又寻老孙怎的？原与你说来，待降了妖精，报了骂我之仇，就回去的。"沙僧近前跪下道："哥啊，古人云，不看僧面看佛面。兄长既是到此，万望救他一救。若是我们能救，也不敢许远的来奉请你也。"行者用手挽起道："我岂有安心不救之理？快取水来。"（第三十一回）

孙悟空先是把师父、八戒数落了一通，又把救完师父后就回去的话再说了一遍（其中似乎有点儿威胁的意思，虽然很含蓄）。在这种情况下，沙僧跪下恳求，孙悟空才改变态度，对他温言抚慰。这个大师兄做得确实很有技巧。当然，他这么做，也有不得已之处。

从八戒的角度看，这次到花果山请大师兄，触动也挺大。首先，给他印象最深的是，大师兄原来在花果山有这么好的一处所在，真是自有一番天地。如果他有这么个好地方，都没有兴趣参加取经行动了。说得也是，放着现成的福不享，受那份罪干什么。其次，从他们的一番应对中，八戒也看出孙悟空这人一点儿不傻，明白着呢，可不像原来想的那么好糊弄，只是大师兄很多事情不愿与他计较罢了；如果孙悟空要对付他，招数多了去了。再加上他前一阵体会到做大师兄的一些辛苦，多方面一综合，自己几乎在所有方面都比不过大师兄。在回去的路上，八戒还亲历了孙悟空在东海洗澡这一幕。这些都使他对大师兄的抵触情绪大大降低。在此后的取经路途中，八戒虽然对孙悟空还有一些不满，但性质已经有很大不同。其目的已不在于挤走大师兄，而只是为了发泄一下情绪，获得心理的平衡罢了。

3. 八戒行为的变化

经过这件事以后，八戒断了挤走大师兄的念想，安心做他的"二师兄"。但这并不意味着八戒就转了性，前面所说的八戒的利益格局，以及他的基本性格并没有什么变化。在这个背景下，八戒还是要努力实现自身利益的最大化，不过他使用的方式和手段发生了变化。

对猪八戒来说，要最大化其利益主要有两条路径：一是提高自己能从取经行动中获得的收益。这主要通过取代孙悟空的位置来实现。二是如果第一条路行不通，那么剩下可行的渠道只能是降低自己付出的成本。其主要做法是少付出劳动，少承担责任。

有人认为，《西游记》的写作中有一个重要漏洞，就是猪八戒的本事前后差异甚大，以至于在取经路上，有时一群小妖都能捉住他。其实，这不是吴承恩写作中的疏漏。如果猪八戒在每次战斗中的战斗力都一样，那就不是《西游记》，而成了《隋唐演义》《封神演义》。那样写，英雄人物太过脸谱化、符号化了。

经过挤走孙悟空又请回孙悟空这件事，猪八戒承认自己不如猴哥。从此以后，我们很难看到八戒奋勇争先的情景。对他来说，奋勇争先的意义已经不大了，反正什么事有孙悟空顶着，就算自己再积极、再卖力，也不影响结果，主要功劳也不会是他的。既然收益基本上是固定的，那么从改善自身处境的角度出发，只好从减少成本或者降低投入的方面着眼，主要就是搭大师兄的"便车"。这个"便车"一直搭到西天就最好不过了，你看沙僧不也是如此吗？毕竟，八戒比沙僧的本事也强不了多少，他就算拼死战斗，也不会使整体局面有多大改观。

另外，八戒在夺权行动失败后，对孙悟空还是有些不满，心理上仍感到有些不平衡。这种心理时不时找机会表达出来。在平顶山巡山的时候，他就骂道："你罢软的老和尚，捉掐的弼马温，面弱的沙和尚！他都在那里自在，捉弄我老猪来跄路！大家取经，都要望成正果，偏是教我来巡什么山！"所以他不好好巡山，找地方睡觉去了。这次去睡觉，不仅体现了他不爱劳动的本性，更是他有意的行为，其目的很明确，就是为了减少自己的付出。

孙悟空看见八戒睡觉，变成一只啄木鸟啄了他一下。八戒看见啄木鸟，咬牙骂道："这个亡人！弼马温欺负我罢了，你也来欺负我！"八戒这话清楚地表明了他对孙悟空的不满。他是在"无人处"说出了自己的真实想法，认为弼马温经常欺负他。这也表明了他不肯付出劳动的态度，他对妖怪的态度是"晓得有妖怪，躲着些儿走"，尽量回避，不主动去招惹，更没有主动降妖伏魔、为民除害的想法。

后来在乌鸡国，八戒又试图暗中报复孙悟空。为了撺掇师父念紧箍咒，还费了不少心思，我们很少看见他为打妖怪费这样的心思。当孙悟空骗他从井下救回乌鸡国国王的尸体后：

> 那呆子心中暗恼，算计要报恨行者道："这猴子捉弄我，我到寺里也捉弄他捉弄，撺唆师父，只说他医得活；医不活，教师父念"紧箍儿咒"，把这猴子的脑浆勒出来，方趁我心！"走着路，再再寻思道："不好！不好！若教他医人，却是容易：他去阎王家讨将魂灵儿来，就医活了。只说不许赴阴司，阳世间就能医活，这法儿才好。"（第三十八回）

你看八戒的做法，先是要给师兄出难题，让他救活人，不然就让师父念紧箍咒，把孙悟空念得死死的，他才高兴。他一边走一边想，对此"再再寻思"，开动他那个平时不怎么想事的脑瓜，反复思考的结果是这样不行，太容易了，要增加难度，不许孙悟空找阎王，要在阳世间就把国王医活。回去以后，八戒果然在唐僧面前说了一番言语，唐僧念起紧箍咒，"勒得那猴子眼胀头疼"。孙悟空十分生气，八戒却"笑得打跌"。

值得注意的是，八戒从来没有在唐僧面前进沙僧的谗言。两相比较，我们可以看出，进谗言并不是八戒的习惯，他这样做实际上是利益关系使然。

随着取经行动的深入开展，后来，八戒的心理也发生了一些变化。慢慢地，时间抚平了八戒的不满。到取经行动的后期，八戒对孙悟空越来越佩服，是真心服气了。有时候也主动上前帮助孙悟空对付妖怪，也不在师父面前进孙悟空的谗言了。毕竟人都是有感情的，八戒也不例外。

第三节　孙悟空如何获得对八戒、沙僧的调度权

在唐僧师徒的四人结构中，唐僧是师父，另外三个是徒弟。从生物学角度说，师徒关系并不是血缘意义上的家庭关系。不过，中国传统文化中有一个突出的现象，就是尊师重道，强调师徒如父子。师父就相当于家长，徒弟就相当于子女，"父为子纲"的观念在传统师徒关系中也得到了体现。如果徒弟背叛师父，就是"欺师灭祖"，是不会有好果子吃的。另外，在师门内部，大师兄的地位非常高，仅次于师父，相当于家庭内的长兄。当师父不在或遇难时，大师兄便担当起责任，行使相当于师父的权力，这是"长兄如父"的观念在师徒关系中的延伸。

从理论上说，道理虽然是这样的，但孙悟空一开始并没有这样大的权力。这出于两个方面的原因：一方面，师父基本上一直都跟徒弟们在一起，孙悟空没有机会行使代理的权力。另一方面，他的两个师弟八戒、沙僧在加入取经队伍之前都不是善茬，都干过吃人的勾当，加入取经队伍也是出于功利的目的。此前他们在天庭都有过一段"光荣史"，不会轻易听他的话。加上师父对他的看法在一段很长的时期内都不太好，因此，比起二师兄、三师弟，大师兄的地位没有什么大的不同。

自猪八戒上演了一出挤走大师兄、又请回大师兄的戏之后，孙悟空的大师兄地位基本巩固。在这种情况下，他使了一点儿手段，从师父手中获得了对两个师弟的调度权。虽然这个权力用得不多，但毕竟获得了使用这个权力的授权。

事情发生在第三十二回，也就是孙悟空被猪八戒请回打败黄袍怪后不久。离开宝象国，一行人来到平顶山。平顶山上有两个妖怪，即金角大王和银角

大王，他们十分厉害，为此，日值功曹特意变作樵夫，提醒取经队伍注意安全。借此机会，孙悟空使了个心眼儿，取得了对八戒、沙僧的调度权，其主要办法是装哭。

（行者）暗想："我若把功曹的言语实实告诵师父，师父他不济事，必就哭了；假若不与他实说，梦着头，带着他走，常言道乍入芦圩，不知深浅。倘或被妖魔捞去，却不又要老孙费心？且等我照顾八戒一照顾，先着他出头与那怪打一仗看。若是打得过他，就算他一功；若是没手段，被怪拿去，等老孙再去救他不迟，却好显我本事出名。"正自家计较，以心问心道："只恐八戒躲懒便不肯出头，师父又有些护短，等老孙羁勒他羁勒。"好大圣，你看他弄个虚头，把眼揉了一揉，揉出些泪来。（第三十二回）

孙悟空这一假哭，吓坏了八戒和沙僧。八戒推测，前方肯定是有大大的凶险，连大师兄都害怕了，于是嚷嚷着要分行李。唐僧当然要调查了解手下人的情况，就问："孙悟空，有甚话当面计较，你怎么自家烦恼？这般样个哭包脸，是虎唬我也！"

孙悟空回答说，师父，我还真不是吓唬您，刚才来报信的不是别人，是日值功曹。前面的妖怪确实厉害，我们不能往前走了，取经的事暂时缓一缓吧。听他这么说，唐僧自然害怕了。

长老闻言，恐慌悚惧，扯住他虎皮裙子道："徒弟呀，我们三停路已走了停半，因何说退悔之言？"行者道："我没个不尽心的，但只恐魔多力弱，行势孤单。纵然是块铁，下炉能打得几根钉？"长老道："徒弟啊，你也说得是，果然一个人也难。兵书云，寡不可敌众。我这里还有八戒、沙僧，都是徒弟，凭你调度使用，或为护将帮手，协力同心，扫清山径，领我过山，却不都还了正果？"（第三十二回）

"那行者这一场扭捏，只逗出长老这几句话来。"孙悟空做了半天戏，等的就是唐僧这句话。这样，他就明确得到了长老的授权，可以名正言顺地调动八戒和沙僧了。得到授权以后，他趁热打铁，立即使用，让八戒去巡山，本人还变成蟭蟟虫在后面跟踪。他这么做，不过是要提醒八戒，自己可不像师父那么好糊弄，你别跟我动歪心眼儿。孙悟空这一跟踪，果然抓住了八戒的把柄。八戒在巡山的路上，指手画脚地叫骂，偷懒睡觉编谎话，都让孙悟空听得一清二楚。

孙悟空拿到八戒的证据，立即回去向唐僧反映情况。要命的是，唐僧对孙悟空的话还不信，说："他两个耳朵盖着眼，愚拙之人也，他会编什么谎？又是你捏合什么鬼话赖他哩。"唐僧很有信心地认为八戒不会骗他，反而以为是孙悟空在编排八戒的不是。结果实际情况真像孙悟空说得那样，长老不由对八戒十分失望，但还是有些偏心眼儿，他说："孙悟空说你编谎，我还不信。今果如此，其实该打。但如今过山少人使唤，孙悟空，你且饶他，待过了山再打罢。"相当于没有惩罚，让他再去巡山。这事如果搁在孙悟空身上，什么也不用说，肯定要先把紧箍咒颠倒念上十几遍。经过这么一弄，毕竟极大地打击了唐僧对八戒的信任，使八戒在唐僧心目中的形象、地位急剧跌落，八戒从此没有了与大师兄相争的可能性。

不久，取经队伍遭遇红孩儿，唐僧不听孙悟空劝说，被妖怪一阵风卷走。唐僧总是因为其错误判断影响队伍的顺利前进，对这种状况，孙悟空也有些失去信心，说："兄弟们，我等自此就该散了！"猪八戒立即接上："正是，趁早散了，各寻头路，多少是好。"这番对话，吓坏了沙僧。经沙僧一番苦劝，孙悟空说出他烦恼的原因："怪他（唐僧）每每不听我说。故我意懒心灰，说各人散了。"原来，孙悟空这番话有两层考虑。一是说师父总是不识好歹，而"我老孙火眼金睛，认得好歹"；你们认不出那树上吊的孩儿是妖精变的，我却能认出。二是希望以后碰到这样的情况，两位师弟还是要有自己的立场。他对沙僧比较放心，对八戒还不太放心，所以专门问："八戒，你端的要怎的处？"就是要八戒表态。经此一遭，孙悟空在两位师弟面前的地位得以进一步巩固。

随着前往西天的路程向前推进，八戒越发认识到大师兄的神通广大和交友广阔，对孙悟空的处世智慧也有了更深的认识，对他是越发尊敬了。在车迟国与三位国师比武，孙悟空的智慧和武功充分显示了出来。猪八戒看了，不由咬着指头，对沙僧道："我们也错看了这猴子了！平时间谗言讪语，斗他耍子，怎知他有这般真实本事！"（第四十六回）他对孙悟空逐渐有点儿仰视的味道了。孙悟空此时的表现却有点儿令人失望，他见到两个师弟"唧唧哝哝，夸奖不尽"，却犯了疑心病，心道："那呆子笑我哩！正是巧者多劳拙者闲，老孙这般舞弄，他倒自在。等我作成他捆一绳，看他可怕。"看来到此时孙悟空对两位师弟还是不够信任。他们夸奖他，他却以为是在笑话他，还把八戒捉弄了一回。不过取经的漫漫长路难以打发，他们在路上聊天唠嗑的时候，沙僧应该会告诉他当时的实情，纠正他的错误认知吧。

到第八十一回，又发生了一件事，多少能反映一点儿孙悟空的心态。偷香油的老鼠精摄走了唐僧，孙悟空对此大为光火：

> 行者怒气填胸，也不管好歹，捞起棍来一片打，连声叫道："打死你们，打死你们！"那呆子慌得走也没路，沙僧却是个灵山大将，见得事多，就软款温柔，近前跪下道："兄长，我知道了，想你要打杀我两个，也不去救师父，径自回家去哩。"行者道："我打杀你两个，我自去救他！"沙僧笑道："兄长说哪里话！无我两个，真是单丝不线，孤掌难鸣。兄啊，这行囊马匹，谁与看顾？宁学管鲍分金，休仿孙庞斗智。自古道，打虎还得亲兄弟，上阵须教父子兵，望兄长且饶打，待天明和你同心勠力，寻师去也。"（第八十一回）

这件事说明了两点：第一，行者直到此时，对两位师弟还十分不满，还有靠自己的本事单独保唐僧到西天的想法；第二，他觉得西天之行自己付出太多，八戒、沙僧付出太少，总是被师弟搭"便车"。"便车"一搭十几年，结果却是四人一起到西天领赏，心中颇有不满。孙悟空经常驾筋斗云往来这条路，知道这里离灵山已然不远，后面并没有特别厉害的妖怪，认为凭自己就可以保唐僧到西天，所以有此一想。还是沙僧的应对比较好，先降低自己的姿态，"近前跪下"说话，然后又指出一人保唐僧的困难，"这行囊马匹，谁与看顾"，你一个人保唐僧，既要牵马又要挑担子，还要化斋、打妖怪。你不在的时候，一个普通的强盗就能要了唐僧的性命。真要就你一个人，必然是什么事都得自己亲手去做，顾头不顾尾，你以为这事情就那么容易？其潜台词是，虽然二位师弟功劳不显，其实也是不可或缺的。孙悟空"虽是神通广大，却也明理识时"，听了沙僧一番话，马上就回心转意了。

其实，孙悟空应该是没有独自保唐僧到西天的想法。这菩萨的安排，岂能随便更改，师兄弟的名分也不是说不要就不要的。他不过是借机发泄一下内心的不满罢了。另外，也是提醒两位师弟，不要什么都指着大师兄，有些事情还是要多上一点儿心。

总体上，在前往西天的过程中，孙悟空在两位师弟面前的权威不断巩固。孙悟空对此也费了不少心思。不过，孙悟空这么做不完全是为了掌权，他是为了避免与妖怪作斗争时有后顾之忧，目的还是要同心协力，保护唐僧到西天。他从唐僧手中取得对师弟的调度权，不过是为了更有效地做事罢了。

从前面的分析也可以看出，如果孙悟空的本事不够高强，大师兄的位置他是坐不稳的。这对我们为人处世也有启迪作用：不管一个人的人生经验多么老到，机会多么好，还是要有真本事。这是干事业的基本前提。当然唐僧是个例外，但谁也不敢保证自己就是那个例外的唐僧，何况，唐僧是不能够独当一面地做事业的，只能靠如来给他罩着，还好如来是长生不老的，不然，唐僧在天界的前景不一定很妙。

第四节　孙悟空与唐僧的关系变迁

我们前面对孙悟空与唐僧的关系已经进行过一番分析，这里再从利益角度对二人的关系进行一些讨论。这两方面的内容实际上并不冲突，而是互补的关系。把它们结合起来，可以对二人之间的关系形成更全面和深刻的理解。

唐僧这人，除了"根红苗正"外，还有一些其他方面的优点，主要是有着执着的追求。在取经路上经过不少年头了，能始终不忘上路的初心，并一直把它当作首要的任务去完成。另外，他对于如来、观音的讲话和指示十分尊重，尽可能身体力行，不像孙悟空有很强的逆反心理。虽然只是一介凡夫俗子，在几个徒弟面前显得本领低微，还经常分不清好歹，但作为取经队伍的领导，唐僧也还是可以的。最关键的是，如来、观音把他放在了这个领导岗位上，唐僧也有决心不折不扣地完成他们交办的任务。

明明不过是要到西天取得经书，再把经书送到东土大唐。简简单单的一件事，如来却规定要一步一步走着去。对这样的任务，孙悟空、猪八戒、沙僧可能很难理解，在不理解的情况下也很难不折不扣地执行。你看孙悟空，直到第七十七回，还在那儿犯嘀咕，认为："这都是我佛如来坐在那极乐之境，没得事干，弄了那三藏之经！若果有心劝善，理当送上东土，却不是个万古流传？只是舍不得送去，却教我等来取。"孙悟空直到此时还在怀疑如来其实舍不得把经书送到东土，还在想："若不肯（把经书）与我，教他把松箍儿咒念念，退下这个箍子，交还与他，老孙还归本洞，称王道寡，耍子儿去罢。"你看他的政治立场和组织观念都不知到哪里去了，真是自由散漫惯了。

唐僧则不同，对于佛祖的安排，理解也好，不理解也罢，总而言之一句话：无条件地遵照执行，反正佛祖自然有佛祖的考虑。

不过在执行佛祖安排的任务过程中，唐僧也有他的苦恼，而且是很大的苦恼。最大的苦恼在于，上方给他配备的人手。这些人不是没有本事，而是太难管教，都是虎狼一般的人物；论实质，比虎狼还要凶狠得多。几个徒弟长得都不咋地，基本上是凶神恶煞一类，一路不知吓倒了多少人，其中孙悟空的形象似乎还稍微好一点儿。其实，唐僧刚看到他们的样子心里也难免有点儿害怕。刚上路的一段时期，天天跟他们在一起，可能晚上也做了不少噩梦。不过后来长期相处，每天面对这几张脸，也就看习惯了。唐僧还要在别人面前为他们说好话，说什么"丑自丑，甚是有用"之类。这三个家伙，不仅长相不堪，"一个夜叉，一个马面，一个雷公"，而且经常大言大语、大声大气，害得唐僧经常要向人赔笑，说"他都是这等粗鲁，不会说话"。

当然，唐僧是有道高僧，这些对他算不了什么，都只是些面子问题、形象问题，不过是多向外人赔笑脸，多做解释工作罢了。毕竟，如何有效地带领和整合这支团队，完成佛祖交办的取经任务才是最重要的。

由于孙悟空是唐僧手下最有本事的，也是最不听话的，因此，我们在这里重点讨论唐僧与孙悟空的关系。

一、唐僧对孙悟空并无好感

一开始，唐僧对孙悟空并没有什么好感，这也正常。唐僧不太喜欢孙悟空，主要出于以下几方面的原因：

1. 价值观差异

唐僧是有道高僧，对佛经有精深的研究。他对学术研究有莫大的兴趣，喜欢探讨纯理论问题。加入取经队伍之前，唐僧已经取得了很高的学术地位。在水陆大会上，他是经过严格选拔确定的大会坛主，在台上讲经。当时，观音变成的"疥癞游僧"从听众席出来，拍着宝台厉声高叫，嘴里还振振有词。作为一般的听众，这么做很没有礼貌，这样的指责基本上属于砸场子的行为，把大会坛主从根本上给否定了。

唐僧却没有一点儿责怪的意思，而是心中大喜，翻身跳下台来。唐僧此时并不知来人是菩萨化身。他之所以会这样做，是因为对知识、对真理的强烈渴求在驱动着他。不管怎么说，唐僧是高级知识分子，是有层次、有追求的文化人。而孙悟空，按他此前的表现，在唐僧眼中属于大逆不道之辈。他刚入师门不久，就一口气打死六个强盗，唐僧怪他草菅人命，他还说唐僧迂腐。按唐僧的标准，这样的弟子实在是不宜到西天去的。

2. 性格差异

唐僧的性格是"绵里藏针"。一方面，他似乎个性懦弱，经常被妖精唬得魂飞魄散。另一方面，取经的信念强烈地支撑着他，在取经这件事上从来没有发生过动摇。唐僧的性格似弱实强，颇有几分倔强，遇到困难时不肯轻易退缩。孙悟空的性格则相反，属于恃才傲物、桀骜不驯的类型。成为唐僧徒弟没有多久，不过因为唐僧唠叨了他几句，就一声不吭溜走了，弄得唐僧既恼怒又惊讶。徒弟竟是这样怪异的性格，与唐僧想象的和谐师徒关系模式实在差得太远。

3. 本事差异

这一差异也是唐僧心底的痛。唐僧虽然满怀理想，却手无缚鸡之力，当遇到困难的时候，总是束手无策。而这个徒弟，虽然有点儿无法无天，却是真有本事。不仅大徒弟的本事高强，就是二徒弟、三徒弟，师父也比不过。徒弟太有才了，反过来说就是师父太无能了，这两者的关系是成比例的，所以，唐僧并不为孙悟空的才能感到莫大的欢喜。对这个大弟子，唐僧既不能在价值观上说服他，更无法靠自身的本事慑服他。那师父的权威性在哪儿呢？说起来自己是师父，但其实似乎这个徒弟在自己面前的地位更高些，起码自己没有心理上的优势。从利益的角度讲，师父对徒弟的依赖并不逊于徒弟对师父的依赖。这个徒弟在师父面前有时也确实不留情面，多次在公开场合说师父是"脓包""忒不济"，唐僧也是好面子、有身份的人啊，听了这话，你让他的脸往哪儿搁？

二、唐僧的领导策略：联合八戒、制约孙悟空

由于师徒在价值观、性格、本领方面的差异，加上徒弟在公开场合经常不给师父应有的尊重，因此，在取经行程的早期阶段，唐僧对孙悟空在心理上颇不接受，在感情上也不太喜欢。

由此导致的第一个反应是，他要对孙悟空加以控制，以树立和强化师父

那本来就微不足道的权威。趁孙悟空负气离去的空当，观音送来了紧箍，并传给他紧箍咒。唐僧赶紧把这当成一件大事来办，"坐于路旁，诵习那定心真言。来回念了几遍，念得烂熟，牢记心胸"。孙悟空回来后，唐僧不惜违背出家人不可打诳语的戒条，骗他戴上紧箍。孙悟空戴上紧箍后，唐僧在孙悟空并未犯错的情况下，立即念起紧箍咒，就是因为他意识到这是维护师父权威的一个重要资源和手段。

掌握了紧箍咒这个权力资源，唐僧找回了一点儿做师父的自信，觉得基本可以控制住孙悟空了，但实际情况还是有点儿出入。面对白骨精一次次的变化，孙悟空竟然屡次采取先斩后奏的做法，不顾自己的命令和告诫，这令唐僧觉得很没有面子。其实，孙悟空对白骨精动手时，心里很顾忌师父念紧箍咒，不过想到事业为重，认为师父的思想工作能做得通，他以为"凭着我巧言花语，嘴伶舌便，哄他一哄，好道也罢了"，却不知唐僧对他这个弟子一直就不满意。

在"三打白骨精"这一回，驱使唐僧做出赶走孙悟空决定的，主要有两个原因：第一还是感到这个猴子不听话，不好控制；第二是觉得现在手下有八戒、沙僧，不见得就到不了西天。孙悟空说："你不要我做徒弟，只怕你西天路去不成。"对此，唐僧并不相信，他说"我命在天"，认为地球不会因为少了你孙悟空就不转了，反正他唐僧不怕。孙悟空的伤心就不用说了，他说师父："今日昧着惺惺使糊涂，只教我回去，这才是鸟尽弓藏，兔死狗烹！"认为师父并不是真被白骨精给骗了，而是假装糊涂，想借这个机会赶他走。孙悟空此时与师父相处已经有一段时间了，这话应该不是没有一点儿来由和根据的。

以白骨精第二次变成的"年满八旬"的老妇人来说，八戒见了推测道："师兄打杀的，定是她女儿。这个定是'他'娘寻将来了。"孙悟空说："兄弟莫要胡说！那女子十八岁，这老妇有八十岁，怎么六十多岁还生产？断乎是个假的，等老孙去看来。"① 白骨精的社会经验显然不够丰富，她变化的母亲和女儿的年龄差了六十多岁，明显不符合社会生活的常识。

白骨精第一次变成一个花容月貌的少女，先说要把"斋饭"送给唐僧等人吃，后来又称是给丈夫送饭，也是前后矛盾，基本属于无事献殷勤，非奸

---

① 白骨精第三次变成的老公公就明确说，这个少女是他的女儿。

即盗之类。识别这个妖精的变化并不需要火眼金睛，以常理推测，就可以判断出个八九不离十。相似的情况，在取经途中多次出现。

人们常说，是因为猪八戒的挑拨，才使唐僧赶走了孙悟空，这当然不错。但仔细分析猪八戒的挑拨语言，就会发现其理由都十分粗糙，基本上是捕风捉影，对孙悟空动机和行为所做的最坏的推测，从来都没有什么坚实的事实依据。唐僧乃是有道高僧，是智力水平很高的高级知识分子，对于这些经不起推敲的话，却总是如此轻易地相信，太不符合情理。我们可以大体下结论说，不是猪八戒的挑拨水平高，而是唐僧有先入之见，本就愿意接受甚至从内心欢迎八戒的挑拨，他俩在这个问题上的立场具有一致性。

孙悟空一路上总叫八戒为"呆子"，唐僧对此也予以认可。这样，唐僧自认为与八戒相比，具有智力和道德上的优势，这使他能在八戒面前找到作为领导者的感觉和自尊。同样的感觉在孙悟空那里却很难产生。孙悟空人很聪明，道德上的弱点也不明显，既不贪财，也不好色，还不偷懒。孙悟空还多次在公开场合埋汰唐僧，说他"脓包""忒不济""好不聪明"，我们没有理由相信唐僧爱听这样的话。唐僧在孙悟空面前缺乏自信，在其潜意识中容易出现心理上的失衡；相比之下，唐僧自然会对八戒从感情上更亲近一些，八戒的某些缺点在他眼中反而成了可爱之处。

孙悟空还有一个特别不利的地方，就是他历史上的"污点"。对于八戒，唐僧暂时并不担心他会夺权篡位。孙悟空则不同，一方面他曾做过"齐天大圣"，原先就是天庭一个级别很高的官，现在还经常耍老孙派头；另一方面，他当年就有"皇帝轮流做"的要求，只是因为力有不敌，没有成功罢了。现在，面对自己这个能力一般的上级，难保他不会产生类似的取而代之的想法，还好有个紧箍咒在手，可以对他稍稍加以控制，不然后果实在是不堪设想。

我们即使抛开唐僧对取经形势的错误判断不论，唐僧赶走孙悟空的决定也是愚蠢的。因为孙悟空虽然不听话，但毕竟还有个紧箍咒制约着他。赶走了孙悟空，唐僧又拿什么制约八戒和沙僧，凭什么保证八戒就会那么听他的话呢？好在孙悟空很快就回来了，我们没有看到唐僧与八戒的矛盾激化。

遇到黄袍怪，自己还被变成老虎，蒙受了极大的冤屈。这次遭遇使唐僧明白，取经行动还真是少不了孙悟空。孙悟空在被唐僧赶走以后，志气有一点儿消磨。这使双方的关系有了一定改善，但并不能说唐僧就对孙悟空有了完全的信任。其实，唐僧还有一个性格上的缺点，就是书生气太重，喜欢空言大道理，总觉得自己是科班出身，书本知识学得好，相反几个徒弟没有什么文化。因此，他在徒弟面前特爱说教，常常一副真理在握的架势，有点儿教条主义的倾向。其性格也有些刚愎自用，不属于从善如流的类型。

无奈之下请回孙悟空，使孙悟空在取经队伍内的地位无形之中得了到很大提高。然后，在平顶山，孙悟空取得了对八戒、沙僧名义上的调度权，其地位进一步稳固。孙悟空在打败金角大王、银角大王的过程中表现得十分卖力。但这一阶段，唐僧还是频频上妖怪的当。屡次上当的根本原因不在于唐僧没有分辨力，而在于唐僧本能地不信任孙悟空。每次孙悟空提醒唐僧这是妖怪的骗局时，唐僧往往不假思索地对他予以痛斥。这种情况直到二人关系有了很大改善的取经后期，才出现变化。

种种迹象表明，唐僧实际上一直在寻找敲打孙悟空的机会。只要孙悟空的表现稍有令他不满意的地方，他就可以在八戒的"蛊惑"之下给孙悟空念紧箍咒，而且往往是颠来倒去地念一二十遍。

唐僧的做法是在大徒弟面前没有自信的表现。他需要通过间歇性的惩戒向孙悟空表明到底谁是师父、谁是徒弟；特别是要表明，不管你孙悟空的本事和功劳有多大，这个名分和身份关系是不可改变的。孙悟空的功劳越大，唐僧就越有必要强调这一点。这实在是一个令人悲哀的悖论。相比之下，八戒犯了错误就很少受到严厉的处罚。这固然和八戒的有眼色、会奉承有关，但根本原因在于八戒本领有限，对师父的地位不会构成威胁，反而是师父需要通过与他联手来对孙悟空进行制衡。我们可以反过来想一下，如果唐僧跟八戒也闹翻了，结果只能是更加强化孙悟空的地位，而师父则会真的被架空了。

这种情形，沙僧多少也看到了一点儿，在红孩儿一役中，唐僧也狠狠的，要念紧箍咒，却是沙僧苦劝，只得上马又行。看来在沙僧的劝阻之下，唐僧也知道自己念紧箍咒的理由并不充分，"只好"上马继续前行。

在乌鸡国为了救活老国王，唐僧也念了紧箍咒，还念了两次。当孙悟空说乌鸡国王已经死了三年，没法救了时：

> 三藏闻其言道："也罢了。"八戒苦恨不息道："师父，你莫被他瞒了，

他有些夹脑风。你只念念那话儿,管他还你一个活人。"真个唐僧就念"紧箍儿咒",勒得那猴子眼胀头疼。

那孙大圣头痛难禁,哀告道:"师父,莫念,莫念!等我医罢!"长老问:"怎么医?"行者道:"只除过阴司,查勘哪个阎王家有他魂灵,请将来救他。"八戒道:"师父莫信他。他原说不用过阴司,阳世间就能医活,方见手段哩。"那长老信邪风,又念"紧箍儿咒",慌得行者满口招承道:"阳世间医罢,阳世间医罢!"(第三十八、三十九回)

这回念紧箍咒竟然分别念了两次,第一次还稍微说得过去,第二次念得实在是没有道理。唐僧的目的不就是要救活乌鸡国王吗?孙悟空已经答应了,唐僧却听信八戒的说法,要孙悟空不去阴间,就在阳世间救活乌鸡国王。这个额外的要求除了增加孙悟空救人的难度外,没有任何别的作用。显然,这是唐僧在配合猪八戒。它表明唐僧主观上想多对孙悟空念紧箍咒,以体现和强化对孙悟空的控制的想法。他也一直在为念紧箍咒寻找理由和借口。

三、如来、观音对唐僧的约束

唐僧与孙悟空最后一次大的冲突发生在"真假美猴王"一节。这一次,孙悟空因为打死几个强盗,被唐僧赶走。唐僧明知孙悟空对取经行动的重要性,却依然很坚决地要赶走孙悟空,应该不是仅仅因为孙悟空打死几个毛贼,而是矛盾长期积压之下的结果。

在孙悟空打死毛贼后,唐僧出于慈悲之心,让八戒挖坑埋了尸首,然后自己焚香祷告,超度亡魂。

三藏离鞍悲野冢,圣僧善念祝荒坟,祝云:

拜唯好汉,听祷原因:念我弟子,东土唐人。奉太宗皇帝旨意,上西方求取经文。适来此地,逢尔多人,不知是何府、何州、何县,都在此山内结党成群。我以好话,哀告殷勤。尔等不听,返善生嗔。却遭行者,棍下伤身。切念尸骸暴露,吾随掩土盘坟。折青竹为香烛,无光彩,有心勤;取顽石作施食,无滋味,有诚真。你到森罗殿下兴词,倒树寻根,他姓孙,

> 我姓陈,各居异姓。冤有头,债有主,切莫告我取经僧人。
>
> 八戒笑道:"师父推了干净,他打时却也没有我们两个。"三藏真个又撮土祷告道:"好汉告状,只告行者,也不干八戒、沙僧之事。"大圣闻言,忍不住笑道:"师父,你老人家忒没情义。为你取经,我费了多少殷勤劳苦,如今打死这两个毛贼,你倒教他去告老孙。虽是我动手打,却也只是为你。你不往西天取经,我不与你做徒弟,怎么会来这里,会打杀人!"(第五十六回)

唐僧一番祷告,完全撇清了自己的责任:如果亡魂到阎王殿前告状,请只告孙悟空,不要告我唐僧;后来,他又补充说也不关八戒、沙僧的事。唐僧的说法确实绝情。因为孙悟空说得很清楚,他打这几个毛贼,完全是从保唐僧取经的立场出发的;如果不是为了保唐僧,他也不会杀这些毛贼。

赶走孙悟空后,六耳猕猴变化的假孙悟空趁机前来,在唐僧与假孙悟空之间进行了一段对话:

> 孙行者跪在路旁,双手捧着一个瓷杯道:"师父,没有老孙,你连水也不能够哩。这一杯好凉水,你且吃口水解渴,待我再去化斋。"长老道:"我不吃你的水!立地渴死,我当任命!不要你了!你去罢!"行者道:"无我你去不得西天也。"三藏道:"去得去不得,不干你事!泼猢狲!只管来缠我做甚!"(第五十七回)

由于唐僧并不知道来的是假孙悟空,因此,他的话对真孙悟空同样有效。他说:我宁愿渴死,也不喝你端来的水;另外,你虽然认为没有你我到不了西天,我的想法却是我到不到得了西天与你没有关系。这简直就是"道不同不相为谋"的另一种表达法了,他是铁了心不要孙悟空了。

孙悟空与唐僧朝夕相处,对唐僧的想法自然十分清楚,于是在打死假孙悟空后,对如来说:"上告如来得知,那师父定是不要我。"希望如来放他还俗而去。如来对此也很重视,说:"你休乱想,切莫放刁。我教观音送你去,不怕他不收。"看来,如来也发现唐僧确实坚持想赶走孙悟空,取经队伍面临分裂的危险,对这个问题不能不重视,于是安排观音陪孙悟空回去专门处理此事。

观音代表如来向唐僧表明了天庭最高官的态度，说："你今须是收留孙悟空，一路上魔障未消，须得他保护你，才得到灵山，见佛取经，再休嗔怪。"观音的意思主要有以下几点：第一，你现在必须收留孙悟空。这是命令，你必须服从。第二，没有他的保护，你是到不了灵山的；你到不到得了灵山，还是组织上说了算。第三，你以后不要再随便对他发脾气了，"再休嗔怪"是说再也不要乱发脾气了，这剥夺了唐僧以后拿孙悟空撒气的权力。观音的话说得虽然平静，其实是必须被不折不扣执行的命令。对此，唐僧还有什么好说的，只能诚恳且无条件地答应。从此以后，再没有发生唐僧想赶走孙悟空的事情，唐僧也没有再念紧箍咒了。

一般人都觉得唐僧很愚蠢。因为读完整个故事，我们都看得很清楚：没有孙悟空，唐僧就到不了西天。不过，这也值得琢磨。我们可以想一下：没有孙悟空，唐僧真的到不了西天吗？恐怕不尽然，唐僧就不太相信这一点。唐僧数次赶走孙悟空，就是因为他认准了一条：有佛祖和观音的支持，自己可以到西天；至于有没有孙悟空，不是最重要的。现在观音明确地给了他一个警告，唐僧才知道天庭对他的支持是有条件的，于是改变了念头，不再出现赶走孙悟空的想法。

四、唐僧的决策两难

在取经路上，唐僧常常面临决策上的两难问题：如果在取经途中处处听专业水平更高的孙悟空的意见，取经过程一定会少走不少弯路。但这也有一个危险，那就是唐僧的领导水平会遭到孙悟空的怀疑，他在徒弟中的威信也会下降。但如果每次都反对孙悟空的观点，也会造成徒弟们对自己判断能力的怀疑。

唐僧的心理其实可以理解，有时候，越是他不对，反而越坚持，这是一种自然的心理反应。在取经路上，唐僧心里一直很苦，因为他手下有一个本领比他大太多的弟子。这个弟子不仅本领大，而且脾气差、面子广、朋友多。整个取经行动，风头都被大徒弟出尽了。自己不过是一个傀儡，不过是反复被妖魔捉去，或绑在柱子上，或下到蒸笼里，在降妖过程中基本上都是靠边站。

正是基于对孙悟空的这种矛盾心态，唐僧有时故意鼓励八戒的歪理邪说。也许唐僧并非纯然有意，但八戒在客观上确实可以起到制约孙悟空的某种作用。在潜意识中，唐僧希望提高八戒在取经队伍中的地位和作用，以平衡孙悟空的影响。不过，这些都以不损害取经大业为前提。

他们的心理在第九十二回反映得很清楚。因为帮助金平府降伏了犀牛精，为地方除了害，府县官留住他师徒四众，大排素宴，遍请乡官陪奉。以前有妖怪时节，老要出灯油的二百四十家大户也天天来请他们。由于主人都太热情，他们住了一个多月，还不得起身。唐僧深感不妥，于是吩咐孙悟空，让他们明天天不亮就起身，以免误了取经，惹佛祖怪罪。

次日五更早起，唤八戒备马。那呆子吃了自在酒饭，睡得梦梦乍道："这早备马怎的？"行者喝道："师父教走路哩！"呆子抹抹脸道："又是这长老没正经！二百四十家大户都请，才吃了有三十几顿饱斋，怎么又弄老猪忍饿！"长老听言骂道："馕糟的夯货，莫胡说，快早起来！再若强嘴，教孙悟空拿金箍棒打牙！"那呆子听见说打，慌了手脚道："师父今番变了，常时疼我爱我，念我蠢夯护我。哥要打时，他又劝解。今日怎么发狠转教打么？"行者道："师父怪你为嘴误了路程，快早收拾行李备马，免打！"（第九十二回）

八戒说得很清楚，师父平时是爱我护我的，今天竟然骂我，是很反常的情况。为什么会这样呢？孙悟空解释得很透彻，就是师父怕他因为贪吃而误了取经的行程。师父虽然有用八戒制衡孙悟空的想法，但这都是以确保取经大业的顺利进行为前提。八戒想在这里长吃长住，师父自然要怒了。其实唐僧对吃一向不太在意，这次居然在这里停留了三十多天，已经是对八戒特别照顾了。

这段话还反映出一个问题。面对八戒时不肯走，唐僧其实没有什么好办法，能制住八戒的办法只有一个，就是："教孙悟空拿金箍棒打牙！"这反过来意味着，如果孙悟空不在，唐僧拿八戒根本没有办法。因此，唐僧为了坐稳取经队伍的领导位置，其实是不能赶走孙悟空的。

在取经路上的后期，一方面孙悟空的意志有些消磨。另一方面唐僧的权力受到了观音戒语的约束，再加上孙悟空对佛家心经的领悟有了提升，师徒关系形成一种新的平衡，真正往和睦的方向发展了。在第八十六回，孙悟空救了唐僧后心情特别好，唐僧与孙悟空的关系有了实质性改善。自此之后，唐僧虽仍然对八戒有些偏爱，但他试图通过八戒制衡孙悟空的想法基本上没有了，这使八戒感到师父对自己的态度发生了变化。这其中的关系很微妙，八戒虽然对此有所感觉，却不明其中的奥妙。

即使如此，唐僧与孙悟空的师徒关系中，还是有很大的利益互补的成分在。当取经队伍到达西天，唐僧坐接引佛祖的船过了凌云仙渡后，反身谢了三位徒弟。对此，孙悟空说："两不相谢，彼此皆扶持也。我等亏师父解脱，借门路修功，幸成了正果；师父也赖我等保护，秉教伽持，喜脱了凡胎。"（第九十八回）此时唐僧、孙悟空都已达到佛的境界，而且这是他们在取经行动基本结束时对整个行程的评价。这段话应该有重要的参考价值，基本可以代表他们对取经过程中相互关系的认识。他们的认识还是很理性的，并没有唱一些不切实际的高调。取经这件在一般人看来无比崇高的事业，在他们的眼中同时也是一件互惠互利的事情。这也说明，我们从利益关系的角度分析他们的关系是有其合理性的。

在取经过程的后期，孙悟空关于利益考虑的心理也有表露。第八十回，当孙悟空前去化斋之时：

> 却说大圣纵筋斗，到了半空，伫定云光，回头观看，只见松林中祥云缥缈，瑞霭氤氲。他忽失声叫道："好啊，好啊！"你道他叫好做甚？原来夸奖唐僧，说他是金蝉长老转世，十世修行的好人，所以有此祥瑞罩头。"若我老孙，方五百年前大闹天宫之时，云游海角，放荡天涯，聚群精自称齐天大圣，降龙伏虎，消了死籍。头戴着三额金冠，身穿着黄金铠甲，手执着金箍棒，足踏着步云履，手下有四万七千群怪，都称我做大圣爷爷，着实为人。如今脱却天灾，做小伏低，与你做了徒弟，想师父头顶上有祥云瑞霭罩定，径回东土，必定有些好处，老孙也必定得个正果。"

由此我们可以揣摩孙悟空的心态，他对保唐僧心里一直有些情绪。"做小伏低，与你做了徒弟"说法中，显然有少许抱怨的意思。对于到了西天之后能得到什么待遇，孙悟空也一直有些不确定。这次看到唐僧头顶上的"祥云瑞霭"，觉得师父到西天后所成的正果必然不低，自己也"必定有些好处"。孙悟空一直有一个基本的原则，就是亏本的买卖是不肯做的，现在看来，保唐僧取经并不是亏本买卖，这使他的心情变得很好。

最后，我们把取经队伍成员的利益格局及其行为反应列在下表：

取经队伍成员的利益格局与行为反应

对比要素	唐僧	孙悟空	猪八戒	沙僧
参加取经队伍前的身份	高贵	高	较高	一般
退路	有不成功便成仁的决心，不考虑退路问题	有较好的退路	有他本人愿意接受的退路	几乎没有
团体合作的观念	不强，但作为团队领袖，无法搭便车	很弱	很弱	较强
对取经事业的信念	强烈	不强，主要是作为一个任务来完成	基本没有	不强
取经成功的回报（基于各自的主观价值判断）	很看重	预期值一开始不确定	比较看重	很看重
取经路上面对挫折的反应	特别坚定，从不打退堂鼓	不是很坚定，如果没有紧箍，可能就跑了，有了紧箍后坚定多了	不坚定	坚定，没有提出过散伙的想法，也反对别人散伙的提议

第七章　神秘的菩提祖师

在《西游记》中，有一个人颇为神秘，这就是传授孙悟空本事的菩提祖师。本章我们对菩提祖师的身份进行探讨。这一探讨并非出于猎奇的心理，而是因为孙悟空师父的身份与《西游记》整个故事有内在的联系，有助于我们回答下面两个问题：一是孙悟空的本事为何前后看起来有巨大的反差；二是为什么孙悟空能加入取经队伍，并最终成佛。有了对这两个问题的回答，《西游记》的整个故事才更加完整。

第一节　太上老君与孙悟空的关系

我们先不直接讨论孙悟空的师父是谁,而是考察孙悟空与太上老君是什么关系。首先看太上老君都给了孙悟空哪些好处。

一、太上老君给孙悟空的好处

1.太上老君给孙悟空的第一个好处是如意金箍棒

金箍棒是孙悟空的唯一法宝,不可或缺的随身兵器。这金箍棒和太上老君又有什么关系呢?

首先我们看孙悟空获得金箍棒的过程,孙悟空到龙宫去借兵器,在东海龙王感到为难之际:

> 后面闪过龙婆、龙女道:"大王,观看此圣,决非小可。我们这海藏中,那一块天河定底的神珍铁,这几日霞光艳艳,瑞气腾腾,敢莫是该出现,遇此圣也?"龙王道:"那是大禹治水之时,定江海浅深的一个定子。是一块神铁,能中何用?"(第三回)

龙婆、龙女的话再清楚不过,就是这几天金箍棒突然生出了感应,以至于"霞光艳艳,瑞气腾腾"。如果说法宝能对主人产生感应,这感应应该是在孙悟空身上,而不是别人。毕竟,金箍棒在孙悟空手中被使用得最为得心应手,孙悟空自己也确实感到离不了这根棒子。法宝是由主人注入法力和灵气形成的,它的灵气是由制造者注入和感化。定海神针见到孙悟空的异常情况应是其制造者发出的，那么定海神珍的真正主人是谁呢？

在第七十五回，孙悟空与狮驼岭的老魔青毛狮子有一段对话：

那老魔举刀架住道："泼猴无礼！什么样个哭丧棒，敢上门打人？"大圣喝道："你若问我这条棍，天上地下，都有名声。"老魔道："怎见名声？"他道：

棒是九转镔铁炼，老君亲手炉中煅。
禹王求得号神珍，四海八河为定验。
中间星斗暗铺陈，两头箍裹黄金片。
花纹密布鬼神惊，上造龙纹与凤篆。
名号灵阳棒一条，深藏海藏人难见。
成形变化要飞腾，飘摇五色霞光现。
老孙得道取归山，无穷变化多经验。
时间要大瓮来粗，或小些微如铁线。
粗如南岳细如针，长短随吾心意变。
轻轻举动彩云生，亮亮飞腾如闪电。
攸攸冷气逼人寒，条条杀雾空中现。
降龙伏虎谨随身，天涯海角都游遍。
曾将此棍闹天宫，威风打散蟠桃宴。
天王赌斗未曾赢，哪吒对敌难交战。
棍打诸神没躲藏，天兵十万都逃窜。
雷霆众将护灵霄，飞身打上通明殿。
掌朝天使尽皆惊，护驾仙卿俱搅乱。
举棒掀翻北斗宫，回首振开南极院。
金阙天皇见棍凶，特请如来与我见。
兵家胜负自如然，困苦灾危无可辨。
整整挨排五百年，亏了南海菩萨劝。
大唐有个出家僧，对天发下洪誓愿。
枉死城中度鬼魂，灵山会上求经卷。
西方一路有妖魔，行动甚是不方便。

> 已知铁棒世无双,央我途中为侣伴。
> 邪魔汤着赴幽冥,肉化红尘骨化面。
> 处处妖精棒下亡,论万成千无打算。
> 上方击坏斗牛宫,下方压损森罗殿。
> 天将曾将九曜追,地府打伤催命判。
> 半空丢下振山川,胜如太岁新华剑。
> 全凭此棍保唐僧,天下妖魔都打遍!
>
> (第七十五回)

此外,在第八十八回,孙悟空在玉华县收徒之时,把此棒的来历又讲了一遍:

> 鸿蒙初判陶镕铁,大禹神人亲所设。
> 湖海江河浅共深,曾将此棒知之切。
> 开山治水太平时,流落东洋镇海阙。
> 日久年深放彩霞,能消能长能光洁。
> 老孙有分取将来,变化无方随口诀。
> 要大弥于宇宙间,要小却似针儿节。
> 棒名如意号金箍,天上人间称一绝。
> 重该一万三千五百斤,或粗或细能生灭。
> 也曾助我闹天宫,也曾随我攻地阙。
> 伏虎降龙处处通,炼魔荡怪方方彻。
> 举头一指太阳昏,天地鬼神皆胆怯。
> 混沌仙传到至今,原来不是凡间铁。

这两首诗比较长,从中我们可以读出以下几方面的意思:

第一,这条棒确实是与孙悟空有缘。因为它本来是一件举世无双的宝贝,可是已"流落东洋""深藏海藏人难见",以至于连老龙王都没有觉出这是一个宝贝。由于孙悟空要到龙宫去取宝,结果宝贝发生了异变,"霞光艳艳,瑞气腾腾"。按孙悟空第三回对众猴的说法,"这宝贝镇于海藏中,也不知几千百年,可可的今岁放光"。"可可的"就是"赶巧了"。凭什么他就有这么好的运气,就赶得这么巧?

不管怎么样,结果是"老孙有分取将来",而且这宝贝"长短随吾心意变"。孙悟空拿着它,也不用什么特殊的法门和口诀,就能让金箍棒大小随心,甚至可以变成一根绣花针放在耳朵眼里(也不怕戳穿了耳膜)。那么,是不是随便来个神仙或妖怪就能让这宝贝小大随心、变化自如呢?可能不见得,要不然金箍棒早就被妖怪变成绣花针偷走了,而且偷走了,孙悟空也没有办法把它找回来。孙悟空诗中又有一句"变化无方随口诀",如果使用金箍棒是有口诀的,那么孙悟空没有经过额外的学习就知道了使用它的口诀,这就更有缘了。

第二,这根棒乃是太上老君用"九转镔铁"在八卦炉中亲手炼制的。老君在这根棒上下了很大的功夫。你看,"中间星斗暗铺陈,两头箍裹黄金片。花纹密布鬼神惊,上造龙纹与凤篆",这显然说的是金箍棒的内部构造。从表面上看它只是一根普通的铁棒,实际上内部另有洞天,中间还有"星斗"铺陈。而所谓的"花纹密布鬼神惊",应该是老君设计的符箓、法决之类,所以才会有"鬼神惊"的效果。对于这些,孙悟空一开始并没有什么认识,但到他说这话的时候,应该已经逐渐参透了金箍棒中的一些秘密。

可见定海神针是老君所炼,应具有老君的灵气和思维,换句话说,老君可以驾驭和操纵它。从龙婆的话中我们得知,定海神针开始异变,好像与孙悟空有缘,这难道不是老君在幕后操纵吗?可见棒子是老君冥冥之中赠予孙悟空的。金箍棒是孙悟空唯一贴身的东西,是唯一属于孙悟空的法宝,吴承恩把这样一个重要物品的主人归于老君应该是有深意的。

第三,金箍棒在天界其实大有名声。"曾将此棍闹天宫,威风打散蟠桃宴……掌朝天使尽皆惊……金阙天皇见棍凶",这几句话很有意思。由于孙悟空在大闹天宫之时,手持的武器是金箍棒,这条棒,天上众神中肯定有不少知道其来历的(当然只限于资历很老的高级上位诸神),说不定太白金星就是其中一个。这些人心里会怎么想?我们可以假想一下,某一天突然从下界冒出一个妖仙,在天界某个地方闹将起来,派去的神仙一看,来人手中的兵器是观音的玉净瓶,或者如来的金钵盂,那这些神仙该怎么办?还不是只好假打一番，佯装不敌，然后启奏玉帝，将此人招安了事①。

正因为他拿的是这样一件武器，所以才有"掌朝天使尽皆惊"的效果。更有意思的是这句话，"金阙天皇见棍凶"，玉皇大帝看到的是"棍凶"，而不是人凶。玉帝历过一千七百五十劫，每劫该十二万九千六百年，可谓见多识广，经验丰富，自然知道此棒的来历。所以，他见到这种情况，觉得十分难办。玉帝在对孙悟空的处置上，基本上是别人怎么说他怎么办，只有去请如来这个主意是他自己拿的。看来，玉帝能坐稳这个位置，说他只是运气好，其实十分无能，显然是不准确的。

最后，这里面也隐含地说出这样一个意思，就是如来找孙悟空保护取经人，是大有深意的。你看孙悟空说的："西方一路有妖魔，行动甚是不方便。已知铁棒世无双，央我途中为侣伴。"知道"铁棒世无双"并做出请孙悟空保护取经人决策的人显然不是唐僧，而是如来佛。孙悟空这话大有意思。为什么不说因为孙悟空本事大，所以才要找他保护取经人呢？佛祖、观音显然十分识货，自然知道金箍棒背后的秘密，并由金箍棒而看中了孙悟空的价值。由孙悟空来保护唐僧，就意味着取经行动成了一件佛道联手的事业了。至少老君不会暗中给取经事业制造什么麻烦。如果找一个其他什么人来保唐僧，情况就不太好说了。

正因为其中有这许多关节，所以，当真假美猴王一节，唐僧再次赶走孙悟空之后，孙悟空怕唐僧不肯收留他，求如来褪下紧箍，放他还俗而去时，如来说，你不要胡思乱想，我让观音送你到唐僧那里去；另外，你到了西天，也能够成佛。如来为什么如此郑重其事地派观音护送孙悟空回去见唐僧，因为他知道观音了解其中的关节与奥秘，有些话由观音去说更合适。

观音对唐僧说："你今须是收留孙悟空，一路上魔障未消，须得他保护你，才得到灵山，见佛取经，再休嗔怪。"观音这话说得再明白不过了。她明确告诉唐僧，"须得他保护你，才得到灵山，见佛取经"，这话该怎么理解呢？是没有孙悟空的保护，唐僧就到不了西天；还是没有孙悟空的保护，就算唐僧到了西天，也拿不到真经？或许这两种含义都有。观音说的"再休嗔怪"是给唐僧的一个警告，让他以后不要再啰哩啰唆地怪孙悟空

---

① 当然，金箍棒与这些宝贝不同。它只是老君众多宝贝中的一个，也不是贴身宝贝。所以，这个身份关系要费更多时间琢磨。

了。唐僧此时已经在前往西天的路途上走了十几年，也从大小妖怪的口中知道自己是什么金蝉子转世、十世修行的长老，觉得自己身份不错，可以在这个大徒弟面前耍耍脾气。观音不好说破孙悟空的身份，只好给了他一点儿隐晦的警告。

在《西游记》中，金箍棒的来历到此时才从孙悟空的口中说出，以孙悟空张扬、爱吹牛的性格，应该是他现在才知道金箍棒的来历。在孙悟空亲口念出的诗中，如此详细地介绍了金箍棒的来历，看来此时他已经逐渐知道很多事情的来龙去脉了。

2. 偷吃五葫芦金丹

偷吃五葫芦金丹，使孙悟空的修为大大提高。我们且看他是如何偷吃到金丹的：

> 好大圣，摇摇摆摆，仗着酒，任情乱撞，一会把路差了，不是齐天府，却是兜率天宫。一见了，顿然醒悟道："兜率宫是三十三天之上，乃离恨天太上老君之处，如何错到此间？也罢，也罢！一向要来望此老，不曾得来，今趁此残步，就望他一望也好。"即整衣撞进去。那里不见老君，四无人迹。原来那老君与燃灯古佛在三层高阁朱陵丹台上讲道，众仙童、仙将、仙官、仙吏都侍立左右听讲。这大圣直至丹房里面，寻访不遇，但见丹灶之旁，炉中有火。炉左右安放着五个葫芦，葫芦里都是炼就的金丹。大圣喜道："此物乃仙家之至宝。老孙自了道以来，识破了内外相同之理，也要炼些金丹济人，不期到家无暇。今日有缘，却又撞着此物，趁老子不在，等我吃他几丸尝新。"他就把那葫芦都倾出来，就都吃了，如吃炒豆相似。（第五回）

原来是老君与燃灯古佛在三层高阁朱陵丹台上讲道，老君也很有趣，竟把兜率宫的人全部带走了，以至于孙悟空走错了路，来到兜率宫，进去一看，"四无人迹"，完全是一座"空城"。这金丹"偷吃"得太容易了，没有任何技术含量，简直就和白捡的一样。老君难道连一个童子都不能留下吗？镇元大仙去听元始天尊讲道，不也还要留下清风、明月看门吗？而且这五葫芦金丹，竟然都是炼就的。老君出门时，就算要带走所有童子，那把这"仙家的至宝"让几个童子随身带上不行吗？反正又累不着他本人。

3.用金刚琢打孙悟空

大闹天宫时，孙悟空和二郎神杨戬曾打得难解难分，不分胜负。玉帝与太上老君、观音菩萨、王母娘娘，以及众仙卿到南天门观看战况。在观音菩萨与太上老君之间进行了一场对话：

> 菩萨开口对老君说："贫僧所举二郎神如何？果有神通，已把那大圣围困，只是未得擒拿。我如今助他一功，决拿住他也。"老君道："菩萨将甚兵器？怎么助他？"菩萨道："我将那净瓶杨柳抛下去，打那猴头；即不能打死，也打个一跌，教二郎小圣好去拿他。"老君道："你这瓶是个磁器，准打着他便好，如打不着他的头，或撞着他的铁棒，却不打碎了？你且莫动手，等我老君助他一功。"菩萨道："你有什么兵器？"老君道："有，有，有。"捋起衣袖，左膊上取下一个圈子，说道："这件兵器，乃锟钢抟炼的，被我将还丹点成，养就一身灵气，善能变化，水火不侵，又能套诸物；一名'金刚琢'，又名'金刚套'。当年过函关，化胡为佛，甚是亏他，早晚最可防身。等我丢下去打他一下。"话毕，自天门上往下一掼，滴流流，径落花果山营盘里，可可的着猴王头上一下。猴王只顾苦战七圣，却不知天上坠下这兵器，打中了天灵，立不稳脚，跌了一跤，爬将起来就跑，被二郎爷爷的细犬赶上，照腿肚子上一口，又扯了一跌。他睡倒在地，骂道："这个亡人！你不去妨家长，却来咬老孙！"急翻身爬不起来，被七圣一拥按住，即将绳索捆绑，使勾刀穿了琵琶骨，再不能变化。（第六回）

观音为替天庭分忧，提出用玉净瓶打孙悟空一下，帮二郎神奏功。老君急忙制止了观音。按老君的说法，是担心菩萨的瓶子是瓷器，可能会被摔碎，这可能吗？观音已经说了，"我如今助他一功，决拿住他也"，表示了充分的自信，观音的玉净瓶还会有打不着孙悟空这样的事吗？观音做事向来稳重，这样的事情应该不会发生。另外，从老君一贯散仙般的性格看，观音想用玉净瓶打就让她打吧，就算打破了，关他什么事呢？让她先试试，失败了自己再上不行吗？

老君以前有很多次出手的机会，但他一直不出手，直到旁边有高人要出手时他才急忙出手，其中颇有玄机。观音菩萨说"即不能打死，也打个一跌"，说明玉净瓶抛下去，至少能打孙悟空一跌，但也不排除打死孙悟空的可能性。观音说话，向来有分寸，应该不是在吹牛。

金刚琢在天界是一等一的宝物。如果不是第一，至少也是天界顶尖。这个宝物"善能变化""又能套诸物"，结果却被老君拿来当砖头使，用它打了孙悟空的脑袋一下，害得孙悟空"立不稳脚，跌了一跤"，以这样的方式使用金刚琢实在是太浪费了。后来青牛精偷了老君的金刚琢下界，才真正显出宝贝的厉害来，制得孙悟空及各路神仙几乎无计可施。另外，老君要对付孙悟空的办法很多，根本用不上金刚琢这样的仙家至宝。例如，他可以用幌金绳捆住孙悟空，也可以把孙悟空收入紫金红葫芦或羊脂玉净瓶等，非常轻而易举，但他却拿出金刚琢来，难道表示他很卖力吗？

4. 八卦炉中的煅烧

孙悟空被捉住后，包括玉皇大帝在内的天庭众神长舒了一口气，这个祸害总算被解决了。可接下来的情况，却令玉皇大帝感到有点儿难办，孙悟空竟然是"刀砍斧剁，雷打火烧，一毫不能伤损"。在这种情况下，老君又开始出主意了：

> 太上老君即奏道："那猴吃了蟠桃，饮了御酒，又盗了仙丹。我那五壶丹，有生有熟，被他都吃在肚里，运用三昧火，锻成一块，所以浑做金钢之躯，急不能伤。不若与老道领去，放在八卦炉中，以文武火锻炼。炼出我的丹来，他身自为灰烬矣。"……
>
> 那老君到兜率宫，将大圣解去绳索，放了穿琵琶骨之器，推入八卦炉中，命看炉的道人，架火的童子，将火扇起锻炼。（第七回）

这猴子为什么会刀砍斧剁，雷打火烧，一毫不能伤损，原来是偷吃那五壶仙丹，炼成了金刚之躯，看来这仙丹吃得真是及时。如果只是吃蟠桃、饮御酒，而不偷吃五壶仙丹，对孙悟空来说，很可能就性命不保了。

二郎神等人抓住孙悟空后，为了防止他变化逃窜，用勾刀穿了他的琵琶骨，使孙悟空再也不能变化。可老君在把孙悟空推入八卦炉之前，却先为孙悟空松了绑，然后又"放了穿琵琶骨之器"，为孙悟空的行动提供了很大方便。老君为什么要去掉勾刀，连人带钩子一起炼岂不是更安全？他难道不知道放开孙悟空的琵琶骨可能会生出事端，使他逃窜起来更方便？老君真要处理孙悟空，不仅不应该"放了穿琵琶骨之器"，而且还应该从孙悟空身上收回属于自己的金箍棒才对呀，但老君也没有管。唯一的解释是老君不希望孙悟空死，想让他自救活命。

老君这一番把孙悟空放入八卦炉中煅烧，造成了什么后果呢？我们看孙悟空后来的一段话，他被莲花洞的银角大王收进紫金红葫芦，担心被葫芦化为脓水，但转念又想："没事，化不得我！老孙五百年前大闹天宫，被太上老君放在八卦炉中炼了四十九日，炼成个金子心肝，银子肺腑，铜头铁背，火眼金睛，哪里一时三刻就化得我？"（第三十四回）

可见老君并不是想杀他炼丹。实际是在密授他铜头铁背、火眼金睛之术。老君如果有意要杀他，何须如此大费周折。以老君之能，更不会去做这种完全达不到预期效果的事情。孙悟空说起在八卦炉中这件事时，似乎无怨恨之情，而有感激之意，可见孙悟空明白老君从客观上其实是帮了他。试想红孩儿的火都可以让孙悟空几乎殒命，更何况是老君。

老君的八卦炉虽然炼起丹来是个好东西，但用来烧人却不行，因为这炉是乾、坎、艮、震、巽、离、坤、兑八卦。"巽乃风也，有风则无火"，孙悟空钻在巽宫位下，所以一点儿火也没烧着，只是熏得眼睛难受。八卦炉是老君常用的物件，老君对其性能特点有纯熟的把握，也只有这样，才能用它炼出高质量的仙丹来。老君难道不知道用八卦炉烧人存在着设计上的重大缺陷？那应该不可能。不要说孙悟空了，在被放在炉子里烧的时候，谁不知道要找个没火的地方躲起来。

当孙悟空从八卦炉中逃出来时，发生了有趣的事情：

> 那大圣双手侮着眼，正自揉搓流涕，只听得炉头声响，猛睁睛看见光明，他就忍不住将身一纵，跳出丹炉，唿喇一声，蹬倒八卦炉，往外就走。慌得那架火看炉与丁甲一班人来扯，被他一个个都放倒，好似癫痫的白额虎，风狂的独角龙。老君赶上抓一把，被他一摔，摔了个倒栽葱，脱身走了。即去耳中掣出如意棒，迎风幌一幌，碗来粗细，依然拿在手中，

不分好歹,却又大乱天宫,打得那九曜星闭门闭户,四天王无影无形。(第七回)

孙悟空推了老君一个倒栽葱,很多人据此认为老君的本事其实不咋地。我们当然很难相信老君竟是如此不中用。其实,从老君对孙悟空的暗中保护可以看出,他情急之下拉孙悟空是想让他别把事情闹大,否则局面不好处理,但孙悟空已经进入狂暴状态,"好似癫痫的白额虎,风狂的独角龙",哪里肯听,推了老君一把,便大闹天宫去了。我们可以想一想,如果孙悟空此时出来,被老君拉住不闹了,会有什么后果,事情会如何发展?如果这样,孙悟空也就不会被如来佛收编了。不过,这个情节也许从侧面表明,老君虽然道法无边,但并不是肉身特别强大的炼体派,不是十分讲究身体的打熬和本体武功的修炼。

5. 西天路上指点迷津

在平顶山,孙悟空费尽心力,终于打败金角大王和银角大王,结果发现他们不过是老君两个看炉子的童子。孙悟空说老君"纵放家属为邪,该问个钤束不严的罪名"。老君答道:"不干我事,不可错怪了人。此乃海上菩萨问我借了三次,送他在此托化妖魔,看你师徒可有真心往西去也。"老君这话,表面看似乎没什么,其实是泄露了重要机密。他向孙悟空挑明观音向他借金角、银角之事,一方面提醒孙悟空,对菩萨也要多一个心眼儿;另一方面更重要的是,暗中指点迷津,让孙悟空看清取经行动的真相。这可以加快孙悟空觉悟的速度。否则,以老君在天界崇高的身份,犯不着跟孙悟空说这个。后面有很多神仙纵放下属下界为妖,他们对孙悟空不是也没做什么解释吗?

这一次,老君还在孙悟空面前显露了一点儿本事。当时,金角、银角已经在葫芦和净瓶中化为脓水,老君"揭开葫芦与净瓶盖口,倒出两股仙气,用手一指,仍化为金、银二童子,相随左右",真是举重若轻,不需要什么施为,实在是绝世高手才有的架势。

综合来看,孙悟空的不死之身是由于吃了老君的仙丹,铜头铁背和火眼金睛是由于在老君的八卦炉中煅烧,唯一的贴身武器金箍棒是老君亲手打造的。凡此种种表明,老君与孙悟空的关系非同小可。

二、孙悟空师父的特征

关于菩提祖师，我们可以明确以下几点：

第一，祖师的神通无疑是十分了得，否则不可能在十年内使孙悟空的能力得到如此大的提升，教出的徒弟也不可能给天庭惹出这么大的麻烦。从师父本事大小这一点，就已经大大缩小了人选的范围。

第二，师父是佛道兼修的高手。这一点的证据很多。你看祖师洞府外的景象，"烟霞散彩，日月摇光""时闻仙鹤唳，每见凤凰翔"，完全是一派道家气象。为祖师开门的仙童儿，"鬌髻双丝绾，宽袍两袖风"，也是道家打扮。住的地方"一层一层深阁琼楼，一进进琼宫贝阙，说不尽那静室幽居，直至瑶台之下"。佛家住的是寺庙，这里却是楼阁；佛家坐的是莲台，这里却是瑶台。分明是道家神仙的排场，但主人却道号菩提，是一个佛教的称谓。

祖师给美猴王起名，也兼容二教。那个"孙"字，"狲字去了兽旁，乃是个子系。子者儿男也，系者婴细也，正合婴儿之本论"，这是道教的理论。而"孙悟空"二字又带有浓厚的佛教色彩。祖师讲授的内容也大半是道教方面的，如请仙扶鸾、问卜揲蓍、休粮守谷、采阴补阳等。但祖师说法的时候，"天花乱坠，地涌金莲。妙演三乘教，精微万法全"，又有灵山法会的气象。不过他总体上是"说一会道，讲一会禅，三家配合本如然"，是一个兼有道、佛两教气质的人物。

当孙悟空打破盘中哑谜，半夜跪在师父床前时，祖师假装睡着了，还口中自吟道："难，难，难！道最玄，莫把金丹作等闲。不遇至人传妙诀，空言口困舌头干！"师父给他讲长生之道时也说道：

> 显密圆通真妙诀，惜修性命无他说。
> 都来总是精气神，谨固牢藏休漏泄。
> 休漏泄，体中藏，汝受吾传道自昌。
> 口诀记来多有益，屏除邪欲得清凉。
> 得清凉，光皎洁，好向丹台赏明月。
> 月藏玉兔日藏乌，自有龟蛇相盘结。
> 相盘结，性命坚，却能火里种金莲。

攒簇五行颠倒用，功完随作佛和仙。

（第二回）

　　道家讲"金丹"，佛家讲"心性"，祖师讲了半天，基本上是丹道之学。从这些内容判断，祖师不像佛门中人，是道家的可能性较大。不过祖师佛道皆通，特别是最后一句"功完随作佛和仙"，口气很大，内容也很奇特。意思是说，你跟着我学了本事，要成佛或者做神仙都没有问题，只是取决于你的愿望罢了。如来一系的人应该不会说这样的话，但这话如果放到太上老君身上，倒挺符合。因为老君在第六回介绍金刚琢时说："当年过函关，化胡为佛，甚是亏他"。既然老君化胡为佛，那佛教其实是他所创，他佛道双修不足为奇，"功完随作佛和仙"也就不是大话了。

　　至于"化胡为佛"这件事，历史上似乎没有，但我们这里只是就《西游记》这本书来读其中的故事。老君"化胡为佛，甚是亏他"这话是当面对观音菩萨说的。观音是佛教中的重要人物，却没有进行反驳，算是对此默认了。于是我们可以这样理解：在《西游记》的神魔体系中，佛教是老君创立的，老君既是道祖，在佛教中也有极高但超然的位置。后来在第五十二回，老君曾对孙悟空说："我那金刚琢，乃是我过函关化胡之器，自幼炼成之宝。"再次提到"化胡为佛"之事，是不是在向孙悟空暗示一点儿什么东西？

　　当菩提祖师初次出场时，书中是这样描写的：

　　　　大觉金仙没垢姿，西方妙相祖菩提。
　　　　不生不灭三三行，全气全神万万慈。
　　　　空寂自然随变化，真如本性任为之。
　　　　与天同寿庄严体，历劫明心大法师。

（第一回）

　　第一句"大觉金仙没垢姿"明说祖师的身份是仙，而不是佛；但第二句又说他是"西方妙相祖菩提"，看来同时也是西方之祖；后面又说"与天同寿庄严体"，说明他是天地开辟之时就存在的人物，要同时满足这三个条件实在是太难了，如来佛的弟子辈人物自然可以排除在外。我们基本上可以将其初步锁定在太上老君的身上。

三、三星洞是个什么所在

我们再看祖师所居的洞府。祖师洞口有一个石碑,上面写着"灵台方寸山,斜月三星洞"。这既是地名,也意有所指。其中,灵台、方寸都是心的意思,如方寸已乱就是心已乱,而方寸大乱是心神大乱;灵台清明则是心灵清明。斜月三星是一个字谜,是一个弯钩上面三个点,就是心字。有人据此认为孙悟空到三星洞发现了自己的本心,从而开发出自身的潜能。清人陈士斌认为:"以此心为天地之心,则可;以此心为人心之心,则失之远矣。"刘一明认为:"菩提心,即天地之心,亦名道心。"不管是"人心"还是"道心",着眼点还在于心本身。

在这里,我们提出一个稍微有些不同的说法。

三星洞洞府所在是西牛贺洲。第八回中如来曾这样评价西牛贺洲:"我西牛贺洲者,不贪不杀,养气潜灵,虽无上真,人人固寿。"说西牛贺洲"无上真",就是没有真正的高手。看来如来佛虽然神通广大,却没有觉察出方寸山中的三星洞。有人据此认为,菩提的道行不逊于如来,因为他可以避开如来的法眼。

我认为对这件事还可以有另外的解释。这个地方的地名到处都用"心"字,可能是指它不过是绝世高手幻化出来的,是老君用意念开辟出来的一个空间,以在这里点化孙悟空,使其悟道。这个三星洞的历史上,除了孙悟空以外,也没有培养出什么别的出众人物,似可构成一个佐证。如果是这样,如来探测不到这个所在就很正常了。也正因此,当孙悟空学成毕业之时,祖师不许孙悟空说是他的徒弟,不让孙悟空以后再去找他。

孙悟空寻师和学艺的过程也很古怪。他在南赡部洲游荡了八九年,一无所获,然后渡海来到西牛贺洲。一天,他听到一个樵夫在唱歌,这樵夫唱什么"观棋柯烂,伐木丁丁"等,也听得没有头绪,不过,最后一句总算听懂了,"相逢处,非仙即道,静坐讲《黄庭》",这神仙不就在这里吗。然后由樵夫的指引,孙悟空找到了祖师所在的洞府。在洞门口,也是从里面走出一个童子把他引进去,而不是他自己敲门进去的。如此看来,从樵夫唱歌到他给猴王指引路线,再到童子把猴王领进山洞,表面上是孙悟空主动寻访找到师父，但实际上这也可能都是祖师安排好的。没有樵夫在孙悟空听力范围内大声唱歌，吸引他的注意力，也许他在西牛贺洲再游荡个八九年，也难免一无所获。对这件事，我们可以问一下，到底是孙悟空找到了师父，还是他在祖师的指引下才找到了师父？

　　祖师教孙悟空本领的时间维度也很有意思。孙悟空入门以后，随师父上了七年的课。孙悟空经过七年时间，终于开悟了。在这种情况下，师父决定在晚上秘密向他传授长生之道。这个教学过程很短，其实只有一个晚上。然后很有意思的是，书中紧接着是这样一句话："却早过了三年，祖师复登宝座，与众说法。"这个"复登宝座，与众说法"，说明在孙悟空独自暗中修炼的三年内，祖师再也没有出来与众徒弟会过面。看来，师父并没有把其他徒弟放在心上。而且这一次复登宝座，讲了半天，全都是考察孙悟空的道法进展，并附耳传了他七十二般变化的口诀。可见，其他徒弟在祖师心目中基本上是可有可无的。甚至他们也可能是祖师心意所化，其是否真实存在，也是大有可疑的。

　　第五十二回，太上老君前往金兜山收服青牛精，谈到他的宝物金刚琢时，有意似无意地提到自己出函谷关"化胡为佛"这件事，促进了孙悟空的明悟。此后，孙悟空对老君的态度迅速变得尊敬起来。先是在第七十五回提到金箍棒的来历，然后在第八十六回，发生了一个更为重要的变化。孙悟空碰到自称"南山大王"的花豹子精，对妖精骂道："这个大胆的毛团！你能有多少的年纪，敢称南山二字？李老君乃开天辟地之祖，尚坐于太清之右；佛祖如来是治世之尊，还坐于大鹏之下；孔圣人是儒教之尊，亦仅呼为夫子。"孙悟空的话中有一个值得注意的地方是，他把老君的名号放了如来之前，而他此时却是佛门弟子，"托庇于佛爷爷门下"，而且如来已经许他到西天后成佛，这意味着他以后要长期在如来手下工作。这么看来，他这个说法不是有点儿莫名其妙吗？他明确地说"李老君乃开天辟地之祖"，那如果论资排辈的话，老君的地位显然要超越其他神佛，也与菩提祖师身份中的"与天同寿庄严体"这句话对应上了。

　　综上所述，我们发现所有线索几乎都指向了一个人，那就是太上老君。孙悟空是从仙石中生出来的，这块石头"上有九窍八孔，按九宫八卦"。"九宫八卦"显然是道教的名词，可见孕育孙悟空的仙石"道气十足"。仙石采天地之灵气，吸取日月之精华，这也与道家的修炼法门颇为一致。可以认为，祖师即使不是太上老君本人，也是与其有着极深渊源的人物。

菩提祖师到底是谁，很难说有什么定论。这里说菩提祖师是老君的化身，也不过是一种合理化的猜测。关于祖师身份的猜想，每一种说法都有一定的道理，到了最后，就需要比证据，看支持哪种说法的证据最多、最有力。即使如此，最后的结论还是要由每个人自己拿，其中涉及不同人的思维倾向问题。

我们认为，祖师的身份对整个故事的完整性有重要的影响。由此，书中一些看似偶然、不合理的事情，都可以有比较合理的解释，包括从大闹天宫到保唐僧取经，这些发生在孙悟空身上的宏观故事就都有了合理性。你看取经队伍的组合，唐僧是如来的弟子，孙悟空是老君的弟子，充分体现了利益的平衡；佛道双方都很满意，达到了双赢的结果。祖师的身份，也有助于解答两个常见的疑难问题：一是孙悟空本领的前后反差；二是大闹天宫时天庭为何对孙悟空有那么宽大的处理。

第二节　孙悟空本事的巨大反差

读《西游记》，有一个现象常令人不解，就是孙悟空给人的印象是其本事前后出现了巨大差异。在大闹天宫时，他给人的感觉是威风八面、所向披靡，但在保唐僧取经的过程中，则屡屡受挫，要到处找人帮忙。在取经路上，真正由孙悟空独立降伏的妖怪没有几个，主要是白骨精、黄袍怪、金角大王、银角大王、车迟国的三位国师、驼罗庄的红鳞大蟒、隐雾山的豹子精等。大多数妖怪是在各路神仙的帮助下降伏的。如果没有各路神仙相助，光靠孙悟空等几个弟子，唐僧是到不了西天的。这件事细究起来，跟孙悟空的师承来历有很大的关系。

一、对孙悟空本事差异的几种解释

对孙悟空的本事差异有多种解释，大体上归为以下四类：

第一种解释认为，出现这种情况是因为孙悟空执行的任务性质不同。在大闹天宫时，孙悟空从事的是破坏工作。其他天庭众神的目的是捉拿他，而他又身负筋斗云神功，打得过就打，打不过就走，可以采用游击战术，来去自如，指东打西，东一榔头西一棒子，只要众神拿他没有办法，他就算成功。他在这个过程中，也可以采用不计后果的做法，没有什么顾虑，可以放手去搏。

在取经路上，他的职责是保护唐僧，不再能采用游击战术。而且害一个人性命和保护一个人的安全两者的难度大不一样。现在唐僧师徒在明，妖怪在暗。妖怪不求打败他，只要他拿妖怪没有办法，妖怪的目的就达到了。因为妖怪的重点在于吃到唐僧肉。在这种情况下,孙悟空即使碰到通天河的金鱼精,也无计可施,毕竟他水底下的本事不行。如果是在大闹天宫之时,像红孩儿、金鱼精这样的妖怪,当然不能给他造成任何麻烦,因为他们并不能有效地阻止孙悟空给天庭搞破坏。另外,被保护人唐僧也缺少自我保护意识和抵御风险的能力,经常被妖怪扣为人质,使孙悟空在援救工作中投鼠忌器,也对他造成一定的制约。

不仅如此,唐僧对孙悟空还有一定的防范心理,一方面不愿他功高震主;另一方面又担心他滥杀无辜,经常给他念紧箍咒,这使孙悟空做起事来有很大的顾忌。其后果是,既挫伤了孙悟空的工作积极性,又限制了他能力的发挥,使他在工作中瞻前顾后,不能放开手脚。某种意义上,很多场战斗还未开始胜败就已知晓。

第二个解释的方向,是从个体的内在动力入手。当孙悟空大闹天宫时,他是为了自己的利益而战斗,所以能使出浑身解数,有时甚至能超水平发挥。反观天庭众神,情况就有很大的不同。在天庭做官,基本上没有什么升迁的途径。长此下去,众神就断了建功立业、以求升迁的念想,逐渐养成了得过且过、大家相安无事就好的风气。试想一下,冒出一个妖猴来,某人捉住他了,又能怎么样,难道还会得到提拔不成?二郎神、王灵官在与孙悟空的战斗中出了大力,也未见获得什么像样的奖赏。太上老君让好不容易被捉住的猴王从八卦炉中逃脱,也没有谁去问责。何况孙悟空十分滑溜,一个跟头十万八千里,打得过就打,被包围就跑。战斗毕竟不是完全没有风险的事情,哪位神仙肯特别卖力去擒他呢?就算捉住了他,也难免被人说成是爱出风头,不一定有什么好果子吃。

这么一想,孙悟空大闹一番对天庭一干神将来说可能还是好事,不是有很多枭雄采取"养寇自重"的做法吗?有叛军才能显示出天兵天将的重要性。借这个机会,他们也可以跟天庭提一点儿关于福利待遇方面的条件,要求加点儿工资应该是很顺理成章的想法吧。君不见,刚刚镇压完孙悟空,一些天将感到自己地位提高了就得意忘形,接连发生了卷帘大将打碎玻璃盏、天蓬元帅调戏嫦娥仙子的事情。

另外,我们可以想象,如果在孙悟空大闹天宫的时候,让青牛精、黄眉怪、青毛狮子这些神仙的坐骑和手下去对付孙悟空,他们肯定没有多大的积极性，不会像做妖怪的时候那么卖力，十成本事能发挥出三成就不错了。这种情况与取经路上八戒时不时被一些本事不高的小妖擒住颇为相似，主要是缺乏战斗动力造成的。

在取经路上，情况正好颠倒过来。这一次，众妖怪不知从哪儿得到消息，说吃了唐僧肉或者吸了唐僧的元阳，就可以长生不老。这对他们构成了无穷的诱惑，一个个为此目的而前仆后继，真可谓"杀了白骨精，自有后来人"，丝毫不以死去的妖魔为戒。与之形成对照的是孙悟空，他对于保唐僧这个"肉眼凡胎"到西天的任务本就有一定抵触情绪，不过是想借此求个正果。孙悟空与妖怪也没有什么血海深仇，有些妖怪还与他沾亲带故，有着说不清道不明的关系。他对抗妖怪的目的只在于保师父不受伤害，以及有时潜意识中出风头的想法。这样，他在战斗中就很难全力施为。而且，他后来也逐渐知道，有些妖怪是不能随便乱打的。

第三个解释的方向是从能力的不同特性入手。表面上看，似乎神仙妖怪都可以按照战斗力、法力的大小排队，法力高的必然战胜法力低的。实际上情况远不是这么简单，其中还有一个相生相克的问题。此外，法力是分不同领域和范围的。例如，猪八戒擅长水战，在水里孙悟空就不一定能讨到好。红孩儿的烟对别人可能不管用，却能有效地对付孙悟空的火眼金睛。

蝎子精的倒马毒十分厉害，如来曾被她在左手中拇指上扎了一下，"如来也疼难禁"，连观音都承认"我也是近他不得"。这样的狠角色，观音指点孙悟空寻昴日星官降妖。那双冠子大公鸡一声鸣，蝎子精就现了原形；二声鸣，她便浑身酥软，死在坡前。再被呆子一顿钉钯，捣为肉泥。可见一物降一物，这道理在神界也是适用的。

孙悟空的一些能力特性，在大闹天宫的时候，容易发挥其长处。他的法力不是最高的，但是抗打击能力非常强，有金刚不坏之躯、铜头铁臂，一个筋斗云能走十万八千里，加上脑子灵活，思想上的框框少，给天庭造成了很大的麻烦。在取经路上，孙悟空的很多长处不能发挥，反而要去应付众多妖魔的长项，这时孙悟空神通不够全面的一面就显出来了。

此外，还有第四个解释方向，就是大闹天宫之时，天界还有很多高手没有出手，因此，从表面上看，孙悟空似乎所向无敌，但其实并不能这么说。这种说法也有道理。孙悟空大闹天宫，不过是因为座次问题，即孙悟空能不能参加只有高级官员才有资格参与的蟠桃会。对天庭高人来说，实在是一出闹剧，不屑于参与捉拿孙悟空的行动是十分正常的。镇元大仙在仙界算不上顶级人物，但他使出袖里乾坤，要拿住孙悟空还是比较容易的事情。镇元大仙都不出手，像元始天尊、灵宝天尊这个级别的就更不会出手了。其实，太上老君、观音菩萨在南天门观战，老君用金刚琢打了孙悟空的脑袋一下，这个场景颇有点儿戏，岂不正表明他们这些高人的某种心态吗？此外，高人们不愿出手，也与天庭体制有关。他们可能不想给人留下自己的行为是想打破天界不同力量之间的平衡的印象。

这四个解释方向，基本囊括了一些重要的可能性。而且这几个解释方向之间并不是相互排斥的关系，而是可以相互补充的①。

我们在前面归纳的几种解释之外，再提供一种新的解释。这一解释认为，孙悟空是太上老君的弟子，因此，众神在与孙悟空的打斗过程中有意敷衍了事，不肯卖力。

二、金箍棒是身份标志

如前所述，金箍棒是老君在八卦炉中亲手打造的法宝，而且"这条棍，天上地下，都有名声"。这条棍大禹治水之时也曾用过，大禹此时应该也在天庭之上吧。我们想象一下这样一种情况：江湖之中突然崛起一位武林新秀，其武功之高、声势之盛令人侧目。来人的历史记录如同一张白纸，看不出所以然，武林中负有盛名的高手耆宿从他的武功中看不出路数，但看到他手中的兵器，众人眼睛一亮，相视而笑：原来如此。不过他们虽然看破其中的关节，但还是觉得不说破为好，于是暗中关照本门弟子：碰到此人，该当如何如何。

孙悟空碰到的情况可能与此相似。如意金箍棒是何来历，他自己不知道，难道别人不知道吗？就算一般人不知道，老君本人还能不知道吗？孙悟空获得金箍棒后，曾把它变大，"上抵三十三天，下至十八层地狱"，肯定惊动了

---

① 这四个解释方向中的有些内容严格说起来是有问题的，如敌暗我明、要保护唐僧等都不能解释孙悟空战斗力的前后反差。这里的关键在于，胜败不是通过唐僧是否被捉和被救回来衡量的。如果我们要客观地考察孙悟空的战斗力，只需要考察孙悟空与妖怪在战斗过程中表现出来的实力就行了。

上天，有人对这条棒做过了调查。

老君要收回金箍棒，以他的神通，完全可以做得神不知鬼不觉。老君却偏偏像个没事人一样，似乎这一切跟他没有任何关系。这实际上就是一种表态，像太白金星这样的官场老油条肯定很容易看清其中的奥妙。像孙悟空这样，拿着金箍棒在天庭乱闹一气，别人拿他怎么办好呢？还是太白金星的办法好，一次次招安，一次次封官许愿。当然也不能太过，否则会有人说闲话的。但这次蟠桃会没有请他，还是惹出麻烦来了。

众多天神在让着孙悟空，可孙悟空自己还被蒙在鼓里，以为自己真是举世无敌了。后来，在取经路上发生了一件事情，颇有意思。第五十一回，孙悟空与青牛怪相斗，被他用金刚琢收走了金箍棒，变成了赤手空拳。于是上天庭查人：

玉帝闻奏："着孙悟空挑选几员天将，下界擒魔去也。"

四大天师奉旨意，即出灵霄宝殿，对行者道："大圣啊，玉帝宽恩，言天宫无神思凡，着你挑选几员天将擒魔去哩。"行者低头暗想道："天上将不如老孙者多，胜似老孙者少。想我闹天宫时，玉帝遣十万天兵，布天罗地网，更不曾有一将敢与我比手。向后来，调了小圣二郎，方是我的对手。如今那怪物手段又强似老孙，却怎么得能够取胜？"许旌阳道："此一时，彼一时，大不同也。"（第五十一回）

这里面最有趣的是许旌阳的"此一时，彼一时，大不同也"这句话。"此一时"的意思十分清楚，就是眼下；"彼一时"自然是指孙悟空大闹天宫之时。把它与孙悟空的话联系起来，许旌阳的意思是说，你大闹天宫的时候，天上将打不过你；现在他们却可能打败比你更强的妖怪，这是因为"时候不同了啊"。

许旌阳天师在天庭也不是什么了不起的高人，他这句话不是说得莫名其妙吗？"此时"与"彼时"有什么不同？还不是一般的不同，而是"大"不同。难道说在这五百年间，天界众神吸取了教训，牢记耻辱、卧薪尝胆、发愤图强、勤练武艺，功夫厉害了？看他的样子显然不是这个意思。又或者在这五百年间，天界又涌现出了一批了不起的新人，就像红孩儿是在这五百年间出现的妖界人物一样,但也没有看到这样的新人哪。这些显然都不是许旌阳的意思。

许旌阳的意思绕来绕去,真正的"不同"只有一个,就是那时天将的对手是孙悟空,现在天将是帮着孙悟空去收服妖怪。其潜台词不过是说,大闹天宫时,别看你威风,实际上天上的神仙是在故意放水。许旌阳也许是说了一句大实话,但这也反映出他道行修养不够的一面。其实这件事,天庭上位神仙都心知肚明,你却非要说破,显得你聪明吗?许旌阳为何要沉不住气地说出来呢,也许他是心头有点儿不忿吧。

三、王灵官是衡量孙悟空实力的一个标尺

许旌阳的话无头无尾,很多人读了不明所以。不过,大闹天宫时发生的一个细节可以为他的话做注脚。当孙悟空从老君的八卦炉中逃出来后,基本上进入了狂暴状态,"不分上下,使铁棒东打西敌,更无一神可挡。只打到通明殿里,灵霄殿外"。他已然打到玉皇大帝所在的灵霄宝殿门口,如果不加阻拦,显然就要打进去了。

这个时候,天界的一个小人物出现了。他就是王灵官,是佑圣真君的佐使,属于中下层官员。王灵官上前喝道:"你这个泼猴,休要猖狂!"孙悟空早已杀红了眼,不由分说,举棒就打。王灵官鞭起相迎。于是,在两人之间发生了一场实力太不相称的战斗。王灵官肯定是走不过一回合,就要被一棒子打死了,真是惨不忍睹啊。咦?不对,怎么是一场恶战,你看:

> 两个在灵霄殿前厮浑一处。好杀:
> ……
> 金鞭铁棒两家能,都是神宫仙器械。今日在灵霄宝殿弄威风,各展雄才真可爱。一个欺心要夺斗牛宫,一个竭力匡扶玄圣界。苦争不让显神通,鞭棒往来无胜败。
> 他两个斗在一处,胜败未分,早有佑圣真君,又差将佐发文到雷府,调三十六员雷将齐来,把大圣围在垓心,各骋凶恶鏖战。那大圣全无一毫惧色,使一条如意棒,左遮右挡,后架前迎。(第七回)

这真是咄咄怪事，小小一个王灵官，竟然跟孙悟空真刀真枪地干起来了，还打得不赖，缠住孙悟空，两人"斗在一处，胜败未分"，就是让孙悟空进不了灵霄殿。王灵官的雄起是因为这是他的职责所在，今天正好是他在灵霄殿门口值班。如果他不卖力出战的话，这个煞神就会闯入灵霄殿，给天庭惹下很大的麻烦，他本人也将吃不了兜着走。因此不得不抛弃一切顾虑，舍生忘死地和孙悟空缠斗，不让他进殿。在这样的时刻，王灵官就算以前接到过长辈的通知，让他不要难为孙悟空，此时也顾不得了，因为形势实在是很危急。王灵官的发威为天庭争取了宝贵的时间，佑圣真君又调来三十六员雷将助阵，团团围住孙悟空。孙悟空"全无一毫惧色"，使金箍棒"左遮右挡，后架前迎"，说明他只是处于守势，招数上是守多攻少，只是"不惧"这三十六员雷将罢了。其实这时孙悟空已经被控制住了，不过因为他三头六臂、棍棒凶猛，又金刚不坏，暂时没有人拿得住他而已。这一场围困，直到如来佛从容赶到才结束。

在天庭，王灵官的地位并不高，名气也不大，怎么也有这等功夫，能够力敌孙悟空呢？虽然两人实力应该还有不小的差距，但能如此恶斗一番已经颇不容易。在打斗中，孙悟空已经处于狂暴状态，显然没有放王灵官一马的意思。应该说，在这次战斗中显示出来的才是双方的真实实力。

如果您觉得不信的话，黄袍怪是另一个证据。黄袍怪下界为妖后，曾与孙悟空"战有五六十合，不分胜负"，虽然实力不如孙悟空，但也颇为可观了。黄袍怪只是二十八宿之一，如果每一个星宿都和他的水平差不多，那么二十八星宿齐心合力，困住孙悟空应该是没有什么问题的。可见在对付孙悟空时，众神仙并没有做到齐心协力，或者说是保留了实力。

像王灵官这样的灵官，天庭只怕还有不少。另外，一个佐使都这么厉害，主人的本事就更不用说了。如此一想，真让人心惊：天宫真是藏龙卧虎之地，深不可测呀。也许随便走出一个灰头土脸、貌不惊人的家伙，也能和孙悟空大战三五十回合。如此一想，孙悟空后来在取经途中遇到这么多挫折，就很容易理解了。所谓孙悟空本事的前后反差，其实也就不存在了。

第三节　天庭对孙悟空的宽容

《西游记》中，让人颇为感慨的一件事就是天界赏罚的不公。对此，我们稍微深究一下，就可以发现一个可奇之处，就是天庭对孙悟空从总体上说十分宽容，在处理上有明显的双重标准。

一、天庭对其他人的处理

《西游记》中，天庭曾经处罚过很多人，我们这里以巨灵神、泾河龙王、凤仙郡郡侯、乌鸡国国王，以及取经队伍中其他人所受到的处罚，作为评判孙悟空所受待遇的参照。

1. 巨灵神

巨灵神乃是托塔李天王率哪吒三太子讨伐弼马温时的先锋天将，不过本事不怎么样，一招就被孙悟空打断了斧柄，败退而回。其实胜败乃兵家常事，巨灵神打不过孙悟空也属正常。但李天王很生气，说："这厮锉吾锐气，推出斩之！"竟然就这样要杀了他。还好哪吒出面求情，巨灵神才保住了性命。

有趣的是，巨灵神战败，李天王怪他挫了锐气，要把他推出斩首。但接下来，哪吒在孙悟空手下吃了败仗，天王却不提处罚的事情。要说哪吒的失败，对战局造成的负面影响更大才对。可见宽容不宽容是因人而异的。李天王的军队败回天宫之后，反而向玉帝大讲孙悟空的厉害，以此开脱自己的责任。

2. 泾河龙王

泾河龙王更冤。他不过是为了打赌争胜，稍微更改了下雨的时辰。玉帝的旨意要求他"辰时布云，巳时发雷，午时下雨，未时雨足，共得水三尺三寸零四十八点"，他却是"巳时方布云，午时发雷，未时落雨，申时雨止，却只得三尺零四十点"，把下雨的过程推迟了一个时辰，并克扣了三寸八点的降雨量。按说这也不影响人们的生活和庄稼的生长，结果泾河龙王却因这一举动触犯了天条，在剐龙台上被魏征处斩了。后来东海龙王等人多次应孙悟空之召，前往降雨，也没有奉着天庭的什么指示，不也都是没事？

3. 凤仙郡郡侯

要说凤仙郡郡侯其实是个好人，只是一次无意中犯了错误，而且点儿又背，正好被玉帝亲眼看见了。他犯的是怎么一个错误呢？原来那天，郡侯夫妻吵架，郡侯怪夫人不贤，一时冲动，一怒之下推倒了供桌，又让狗吃了地上的供品。千不该万不该，最不该的是这事让玉皇大帝亲眼看见了。于是玉帝降罪凤仙郡三年不下雨。按理说这事有错，错也只在郡侯一人，惩罚也只应惩罚郡侯本人，而不应该因一人的过错惩罚整郡的人。由此造成的后果十分严重，"一连三载遇干荒，草子不生绝五谷。大小人家买卖难，十门九户俱啼哭。三停饿死二停人，一停还似风中烛"。一郡人口饿死了三分之二，你说这找谁说理去？

4. 乌鸡国国王

乌鸡国国王也很冤。他本来"好善斋僧"，受到佛祖赏识，于是佛祖派文殊菩萨来度他归西，早证金身罗汉。文殊菩萨变成一个凡僧与乌鸡国国王相见，结果言语不合，乌鸡国国王不知文殊菩萨是个好人，一条绳把他捆了，放到御水河中浸了三日三夜。这件事情，文殊奏报如来，如来派青毛狮子前来，把乌鸡国国王推下井去，浸了三年，说是要报文殊菩萨"三日水灾之恨"，还说什么"一饮一啄，莫非前定"，看来佛祖的报复也是很严厉的。当然，这事也反映了乌鸡国国王做人有两面性，算不得真正的好人。

5. 取经队伍内其他人的遭遇

我们看看取经队伍中除孙悟空以外其他人的遭遇，其实，这些人都是因为犯了错误，而辗转进入取经队伍来的。

先看唐僧，他的前身是如来佛的二徒弟金蝉子，因为"不听说法，轻慢我之大教"，结果被贬下凡尘，到东土投胎转世。他的问题不过是上课时打了个瞌睡，以常理度之，基本上是一件可以不予处理的事情，但被处罚得颇为不轻。

再看猪八戒,他犯的问题要严重一些,是酒后调戏嫦娥仙子。八戒的犯罪情节也很恶劣,"色胆如天叫似雷,险些震倒天关阙"。不过,如果八戒没有娶妻的话,这也可以视为他真心的爱情表白,虽然方式不很恰当,热情、直率得让人受不了。八戒也是点儿背,被围困在广寒宫,捉了个现形。天庭本拟将他处斩,不过太白金星出面求情,予以改判,最终被"重责二千锤""贬出天关",这个处罚是颇为不轻了。

然后是沙僧。沙僧就更冤了,不过是在蟠桃会上,失手打碎了玻璃盏,玉帝就要对他处以极刑,由于赤脚大仙出面求情,予以改判,被打了八百,贬到流沙河。又教七日一次,将飞剑来穿他胸胁百余下,以至于他在流沙河生不如死,苦恼得不行。沙僧的错误其实很轻,不过是意外损坏公物。把八戒与沙僧的遭遇比较一下,就可以看出沙僧的错误小而惩罚重,背后的逻辑似乎很清楚:权力越大、地位越高、后台越硬,则处罚越轻。

最后我们看一下白龙马。对白龙马的处理很符合上面的规律。白龙马本是西海龙王敖闰之子,因为纵火烧了殿上明珠,西海龙王奏上天庭,告他犯了忤逆之罪。玉帝的判决是,将他吊在空中,先打三百,过两天斩首。他也算是运气好,碰上了观音菩萨,由观音上天求情,让他给取经人做个脚力。玉帝不能不给观音面子,于是就这么着把他给放了。

二、天庭对孙悟空的处理

下面我们再看一下,当孙悟空犯事的时候,天庭是如何处理的。

1. 孙悟空闹事的第一阶段

孙悟空闹龙宫、闹地府,性质都很恶劣。他这事要摊在沙僧、小白龙身上,早死了不知多少回了。龙王、阎王都上奏告状,而且阎王告状时奉的还是地藏王菩萨的表文。出了这么大的事,玉帝是如何处理的呢?

> 玉帝道:"哪路神将下界收伏?"言未已,班中闪出太白长庚星俯伏启奏道:"上圣三界中,凡有九窍者,皆可修仙。奈此猴乃天地育成之体,日月孕就之身,他也顶天履地,服露餐霞,今既修成仙道,有降龙伏虎

之能，与人何以异哉？臣启陛下，可念生化之慈恩，降一道招安圣旨，把他宣来上界，授他一个大小官职，与他籍名在箓，拘束此间。若受天命，后再升赏；若违天命，就此擒拿。一则不动众劳师，二则收仙有道也。"玉帝闻言甚喜，道："依卿所奏。"（第三回）

这算个什么处理，犯了罪完全不追究，反而得到奖赏，让他正式上天成仙了。太白金星说"凡有九窍者，皆可修仙"，完全是在转移话题。现在的问题不在于他可不可以修仙，而是说即使已经是神仙了，犯了这样的错误，也应该给予相应的惩罚。这段对话很有趣，玉帝并不傻，他说"哪路神将下界收伏"是个幌子，就等着太白金星给他台阶下，所以玉帝闻太白之言"甚喜"，其他众神也没有说话。试想，这么一个处理，玉帝听了有什么可喜的呢？而且太白金星还留下了伏笔，"若受天命，后再升赏"。

就孙悟空此时的状况，可以说是籍籍无名。他在龙宫夺宝时犯的事情，比白龙马所做的事实在是严重了很多倍，而他把生死簿改得一塌糊涂，性质更严重。因为这种毁坏地狱档案的事情，会严重影响地府正常工作的开展。如果是取经路上某个不知名妖怪做下同样的事情，玉帝肯定轻饶不了他，至于请上天庭为官，那是连想也不用想，门都没有。

孙悟空对这种处理结果当然是求之不得，非常高兴，说："我这两日正思量要上天走走，却就有天使来请。"实在是太合孙悟空的心意了。

2. 孙悟空闹事的第二阶段

孙悟空被封为弼马温后，嫌官职太小，大怒之下，推倒公案，然后取出金箍棒，一直打出南天门去了。这一次他犯的问题比起沙僧来说显然要严重许多倍，从犯罪情节到犯罪性质都不可同日而语。回去以后，孙悟空也并不安分，竟自称"齐天大圣"。在中国传统观点看来，沙僧的问题是一点儿小过失，猪八戒犯的事情虽然很不好，也只是一个作风问题，并没有什么了不得的；而尊卑不分、无君无父才是最严重的问题。此时孙悟空做的这些事，如果由其他妖怪和小神做出，一般来说小命就会不保了。

不过，孙悟空的本事倒是不可小视。他抗拒天兵，打败了哪吒三太子。李天王兵败回天庭，天宫进行了一场政策对话：

却说那李天王与三太子领着众将，直至灵霄宝殿，启奏道："臣等奉旨出师下界，收伏妖仙孙悟空，不期他神通广大，不能取胜，仍望万岁添兵剿除。"玉帝道："谅一妖猴有多少本事，还要添兵？"太子又近前奏道："望万岁赦臣死罪！那妖猴使一条铁棒，先败了巨灵神，又打伤臣臂膊。洞门外立一竿旗，上书'齐天大圣'四字，道是封他这官职，即便休兵来投；若不是此官，还要打上灵霄宝殿也。"玉帝闻言，惊讶道："这妖猴何敢这般狂妄！着众将即刻诛之。"正说间，班部中又闪出太白金星，奏道："那妖猴只知出言，不知大小。欲加兵与他争斗，想一时不能收伏，反又劳师。不若万岁大舍恩慈，还降招安旨意，就教他做个齐天大圣。只是加他个空衔，有官无禄便了。"（第四回）

巨灵神不过本事不如人，天王就要斩了他；沙僧不过失手打碎琉璃盏，就受到了严厉处罚；哪吒三太子不过打了败仗，就说"望万岁赦臣死罪"。与之相比，此时孙悟空地位很低，至少不如卷帘大将，犯下的更是大逆不道之罪，玉帝本要"着众将即刻诛之"，太白金星竟然又出面对玉帝说，对这个妖猴，您不如干脆大度一点儿，不与他计较，"大舍恩慈"，就让他做个齐天大圣算了。这算什么话，大度、不与他计较已经颇为不合玉帝一贯的处理方式了，"就教他做个齐天大圣"已经不是大度、不计较可以形容的了，这还关乎天庭的名声呢。太白金星还说增兵与孙悟空斗，反又劳师，这是什么话，"养兵千日，用在一时"，天庭养着这么多兵将，难道只是放在那里的摆设？

第一次招安的时候，太白金星说"可念生化之慈恩"；第二次招安时，太白金星说"不若万岁大舍恩慈"。这明确表明，两次招安孙悟空，都是舍了"慈恩"的。但这样的"慈恩"很少舍给别人。孙悟空对这样的安排自然满意之极，他对太白金星说："前番动劳，今又蒙爱，多谢，多谢！但不知上天可有此齐天大圣之官衔也？"连他自己都不太相信有这样的好事，还怀疑天上有没有齐天大圣的职务。太白金星说，我既然来了，就不会有问题，你跟我走就是了。

有意思的是，孙悟空有六个结拜弟兄，他们都自称"大圣"，与孙悟空的本事也在伯仲之间，却从来没有听说过天庭有对他们给以高位、进行招安的想法。太白金星也没有出来为他们讲话的意思。看来，同样的好事是不会落到他们身上的。

3. 孙悟空闹事的第三阶段

这孙悟空也是，越闹官做得越大，官做得越大他闯出的祸事也越大，直到最后收不了场，被如来佛镇压在五行山下，才不得不老实了。

就算是如来，对孙悟空似乎也颇不一样。在把他镇压在五行山下后，留下话来，说"待他灾愆满日，自有人救他"。看来不管他犯了多大的错误，还是应该以批评、教育和挽救为主，而不会开除公职、永不叙用。其实，就以他在佛祖手中撒尿一事来说，就已犯了大不敬之罪，至少，佛祖对他不会有什么好印象，但佛祖却对他大度得很。

孙悟空被压在五行山下五百年，观音第一次见到他时，还"叹息不已"，并作诗一首：

> 堪叹妖猴不奉公，当年狂妄逞英雄。
> 欺心搅乱蟠桃会，大胆私行兜率宫。
> 十万军中无敌手，九重天上有威风。
> 自遭我佛如来困，何日舒伸再显功。

（第八回）

对于这么一个狂妄悖逆之徒，她有什么可叹息和同情的呢？而且，她此时做这个表态，从政治上说是有风险的，毕竟孙悟空是被观音的领导如来佛亲手关押起来的。观音在政治上十分成熟，基本上不会做出政治上不正确的事情。对于被捉起来的牛魔王、被打死的六耳猕猴，观音都没有发出过什么感叹。

菩萨见孙悟空的过程中，有件事十分蹊跷：

> 菩萨道："既有善果，我与你起个法名。"大圣道："我已有名了，叫做孙悟空。"菩萨又喜道："我前面也有二人归降，正是'悟'字排行。你今也是'悟'字，却与他相合，甚好，甚好。这等也不消叮嘱，我去也。"

（第八回）

此前，菩萨已见过沙僧和八戒，并分别给他们取了悟净、悟能的法名。但偏偏给孙悟空取法名的过程发生了波折，为什么会这样呢？按照一般的理解，给人起法名是很重要的事情，一个人给另一个人起法名，就意味着两人之间有了某种类似于师徒的名分。所以，在取经队伍中，菩萨是不会给唐僧起法名的。因为唐僧是如来佛的弟子，观音怎敢随便造次。不正常的是，观音明知道孙悟空的名字。当猴王说他叫孙悟空时，菩萨的反应是"喜"，她又有什么可喜的呢？看来她是盼着不给孙悟空起法名啊。这也说明她前面给八戒、沙僧起名悟能、悟净，是为了配合孙悟空的"悟"字。观音如此做法，当然不是毫无来由的。

第四节　取经对孙悟空而言是天上掉馅饼的好事

　　从孙悟空大闹天宫之后的经历看，他虽然在五行山下被压五百年，但经过十四年的取经行动就已成佛。也就是说，从大闹天宫时期算起，到成佛只用了五百一十四年的时间。在正常情况下，就算是孙悟空一点儿错误也不犯，什么好事都让给他去干，加上天庭着意提拔，升得也不可能这么快。

　　再看孙悟空出师以后的经历，从龙宫强取金箍棒，到天庭出任弼马温，不到一个月（按照天界时间）又转任齐天大圣，虽然当年没有资格参加蟠桃大会，但仙桃也被他吃了，仙酒也被他喝了，老君的仙丹也被他一气吃了五葫芦。然后又在老君炉中炼成火眼金睛，再过五百一十四年（按照天庭时间其实就是五百一十四天），就成佛了。不管中间的过程有什么波折，仅仅从结果来判断，真是好事全让他赶上了。从学艺归来到成佛，只用了七百多年时间，而且其中大部分时间在五行山下服刑，从天界提拔的速度来看，这完全是坐火箭上去的。孙悟空就这么瞎闹一气（当然最后改正了错误），就在不知不觉中赚了个盆满钵满。在讲究实力、资历与关系的天界，这是为什么呢？

　　也许有人觉得，孙悟空从玉皇大帝手下的齐天大圣，转为如来佛手下的斗战胜佛，其实只是平调。由于我们不了解天庭官僚制度的细节，这是不是平调不好说。但就算是平调，孙悟空也获得了莫大的好处。因为他以前的齐天大圣不过是个虚职，安排的时候，玉帝等人就商量好了是"有官无禄"、有名无实，现在这个斗战胜佛可是实授，二者的区别是不可同日而语的。当然，在孙悟空转任斗战胜佛后，天庭因人设事而设置的齐天大圣一职应该也可以取消了。

　　从这次取经行动中，孙悟空获得的好处是全方位的：既获得了地位，又通过为天界建功立业的方式提升了形象，过去犯下的巨大错误也在这个过程中被一笔勾销。另外，借助取经过程，孙悟空在天界建立了庞大的关系网，包括与镇元大仙结拜为兄弟，而不是像过去那样与牛魔王这样的妖魔结拜为兄弟。从此，孙悟空在天界不再是孤单一人，不再是一个人在战斗，他在天庭的地位真正得到稳固。

取经行动是在孙悟空被压在五行山下时就安排好的。如来临走时留下一句话"待他灾愆满日，自有人救他"。如来这话不是预见，而是将要实行的计划。为了挽救孙悟空，如来从理论上可以安排出很多种不同的方案，最后实际被执行的就是这个取经行动。不管是什么方案，能够达到如来的目的就行，当然，好的方案可以同时实现佛祖的多个目的。

取经队伍的领导是唐僧，这一点如来已经内定了。但保护唐僧的人是谁呢？其他人选还没有想好，但如来已经先内定了孙悟空，所以，他在观音出发寻访取经人选时，特意叮嘱她："这一去，要踏看路道，不许在霄汉中行，须是要半云半雾：目过山水。"这话似乎没有什么意思，又似乎有点儿意思，隐隐约约有所指，但一般人也不容易看明白其中的究竟。

如来说话，讲究点到为止，不求说破，经常是话只说半截，剩下的半截让人去猜。这对说话人的要求就很高了，因为他要确保通过这半截话把意思传达出来，让观音能领会到他的真实意思。如来喜欢用这种隐晦的方式说话，并不是他有这样的癖好，而是因为这种说话方式对"领导"确实有很大的好处，很有必要。你看，如来从来没有说过要让唐僧、孙悟空进入取经队伍的话。有什么事情，他可以说自己只管大政方针，具体的人选都是观音确定的。至于刚才那段话的意思，不过是让她认真负责、不可偷懒罢了。更妙的是，观音也从未向如来请示取经队伍主要人员的组成名单。可以说，在如来和观音之间已经形成了高度的默契。

由此使人产生的困惑是，孙悟空凭什么能得到这样好的机会，或者说这么好的机会为什么要给孙悟空，而不是其他人？不仅我们感到困惑，西天路上的一些妖魔也很困惑。六耳猕猴就想：我的本事一点儿不逊于孙悟空，而且有两点证明我比孙悟空强，一是我完全靠自学成才，光这份智慧和毅力就强过他；二是我这么多年，虽然有这么高的本事，却从未给天庭惹祸，没有给各级政府制造麻烦，基本上是隐姓埋名，做妖也未为害地方。孙悟空却闯下了如此之多,而且性质十分严重的祸事,甚至还想取玉帝而代之。六耳猕猴想要追求的是什么呢?不过是"我自己上西方拜佛求经,送上东土,我独成功,教那南赡部洲人立我为祖,万代传名也",他根本没有吃唐僧肉之类的想法,而是想通过为东土做好事的方式扬名。六耳猕猴想做的这件事,按说是件好事。但可惜的是,如来佛由于某些难以说明的原因,把这事安排别人做去了。其实,就算如来不安排孙悟空,他也绝没有把这等好事安排给六耳猕猴的道理。

另一个对孙悟空得到这份美差感到愤愤不平的是一位体制内人物:黄眉童子或称黄眉怪。这黄眉童子的能力确实很强,而且他是弥勒佛的童子。弥勒在西方的地位也很高,这么说来,黄眉也是有些身份的人。黄眉作为体制内人物,对唐僧的底细自然清楚,所以他对于通过吃唐僧肉实现长生不老并没有兴趣,而且他也知道唐僧肉其实是吃不得的。黄眉之所以出现,也是出于对孙悟空的嫉妒和不满,因为此时取经队伍往西天的行程已经过半,黄眉通过内部渠道知道孙悟空得到的好处将会很大[①]。在与孙悟空打斗之前,黄眉的话就透露了他的心声:

> 一向久知你往西去,有些手段,故此设象显能,诱你师父进来,要和你打个赌赛。如若斗得过我,饶你师徒,让汝等成个正果;如若不能,将汝等打死,等我去见如来取经,果正中华也。(第六十五回)

可见黄眉在这里出现的根本原因,只在于对孙悟空不服气,要与他"打个赌赛"。黄眉当然知道,就算自己获胜,真把"汝等打死"也是万万不行的。但我辛辛苦苦这么多年,还是一个童子,你却快要成佛了,我本事又不差,趁现在你还没成佛,找上门来出口气总是可以的吧。黄眉怪也没有破坏取经行动的想法,他的目的不过是"等我去见如来取经,果正中华也",说穿了,不过是自己也想成个"正果"。

所以,不待取经队伍到达西天,稍微懂一点儿天庭的,都已看出让孙悟空保唐僧,实际是给了孙悟空莫大的好处。当然,观音比他们的政策水平更高,在取经行动还没有开始时就已经心中有数了。

---

① 如来在第五十八回就对孙悟空亲口说过"好生保护他去,那时功成归极乐,汝亦坐莲台"。

如果像我们这里说的，太上老君是孙悟空的师父，那么天庭对孙悟空的宽容，观音把取经队伍中大师兄的宝贵名额安排给孙悟空，以及孙悟空本事的前后反差等方面的困惑就都不复存在了。在这种情况下，取经队伍中的"领导"和主力，一个是佛祖的弟子，一个是道祖的弟子，佛道两家皆大欢喜，这个组合实在是妙不可言。

结　语

这一章，我们讨论的重点是菩提祖师的身份，而讨论祖师身份的目的在于解开《西游记》情节中的若干谜团，包括孙悟空本事的前后差异、天庭对孙悟空错误的宽容，以及孙悟空为何能够进入取经队伍，并在取经行动圆满成功之际被封为佛等。

关于祖师的身份归属，我虽然赞成祖师是太上老君所化的说法，但这毕竟是间接推理的产物，并不能说是确凿无疑的结论。关于菩提祖师的身份，我们基本上可以明确以下几点：一是祖师身份极高，本事极大；二是祖师亦道亦佛，学问很博很杂；三是祖师的身份必须为如来所认可，这样孙悟空才可以顺利进入取经队伍，并被封为佛。根据这一点，基本可以排除祖师是如来的弟子，因为如来犯不着为了自己一个弟子的弟子把事情弄得这么麻烦。四是祖师的身份必须为玉帝系统与高级神仙所认可，天庭才会对他所犯的错误格外容忍。

根据以上四点，加上前面提到的其他一些具体细节，我们认为太上老君就是孙悟空的师父。不过，退一步说，即使孙悟空的师父不是太上老君，而是满足上述四个条件的天界其他高人[①]，也并不影响这里所涉及内容的总体逻辑，这才是本章的真正关键之所在，即通过它更深入地了解天庭政治管理体系的奥妙。

[①] 例如，我们可以考虑这样一种可能性：孙悟空是元始天尊（或其他高人）的弟子，太上老君不过是受元始天尊所托，在暗中关照孙悟空。这样说起来，也很合理。总而言之，不管怎么说，孙悟空与老君的渊源很深。

第八章　天庭政治权谋

前面讨论了孙悟空的心路历程、取经队伍内部的利益关系,以及菩提祖师的身份等方面的内容。在这些讨论中,已经涉及天庭体制、天庭政治规则的很多方面。本章再通过几个事件,集中讨论天庭高层的管理智慧与谋略,从中可以窥测到天庭政治谋略的一些内容,这对于我们认识中国古代政治也有启发意义。

第一节　考验与被考验

孙悟空第一次上天后被任命为弼马温，以及后来被安排看管蟠桃园，两次人事安排被认为是天庭在用人机制上的两大败笔。其实，天庭的这两次人事安排并不是那么糟糕，其中另有深意。

一、天庭用人模式

天庭的制度，一位神仙上天之后，一般会安排一个与他的能力、资历相应的位置。除非出现极特殊的情况，神仙的升迁是非常困难的，往往在一个位置待到永远。正因为如此，天庭官员的第一次任命显得尤为重要。

孙悟空被安排做弼马温，确实有点儿大材小用，而且专业也不对口，没有做到人尽其才。但我们不能由此简单地认为玉帝没有识人之能，因为像孙悟空这样的情况，在天庭人事安排中即使不是绝无仅有，也是极少见的。

为什么会这样呢？因为一般来说，成仙不是靠自己个人慢慢修炼就能做到的，而是需要有高人的点化。这个高人既然能点化别人，就应该已经是神仙中人，在天庭有自己的位置了。这个神仙队伍的发展模式，对天庭的人事安排有莫大的好处：既然师父已经在天庭任职，天庭管理层对师父的本事就有基本的了解。有什么样的师父，就会教出什么样的徒弟，因此，当他们的弟子成仙时，天界对于他们的出身如何、本事大小、有何特长就有了一个比较切合实际的了解。再酌情结合师父在天庭的身份地位，给新人安排工作的事情就比较好办了。另外，既然师父已经在天界任职，也就不担心徒弟反了天去，最起码，师父是有办法制服徒弟的。

正因为如此，所以八戒、沙僧在升天之时，所受到的待遇是不同的。沙僧上天时是"三千功满拜天颜，志心朝礼明华向"，有点儿奴仆见到主人的意思，反正比较一般；八戒上天时的情形大为不同，是"功圆行满却飞升，天仙对对来迎接""玉皇设宴会群仙，各分品级排班列"。为什么沙僧、八戒升天时，受到的待遇有如此大的差异？难道说玉帝那时就有识人之能，能一眼看出他们本事的区别？当然不是，这只能反映一个事实，就是八戒的师父在天庭地位很高，远在沙僧的师父之上。

有了这样一个人才培育、提拔的模式，天庭在识人、用人方面的任务就简单多了。虽然长期实行的是人治，却也没有听说出了什么问题。

不过孙悟空是一个异数。首先他是从石头里蹦出来的，出生来历很不清楚。天庭人事档案中关于他的很多内容都是空缺的，不过，这也不是什么大问题。最关键的是，他师父的身份很神秘。如果不确定他的师父是谁，在任命职务的时候，就缺少明确的参照系。从孙悟空闯龙宫、闹地府的行为看，他的师父应该是颇有来头的，但来头有多大，也没有太大把握。就这么着，任命他做了个弼马温。

天庭任命天神官职之后，一般不担心会出问题。这得从天神的利益角度来分析。以弼马温为例，就算他的本事有十分，天庭认识到他的本事只有五分，并按照这个认知安排他的职务，他其实也不能怎么着。如果他好好干，多少还能有一点儿被继续提拔的希望，虽然这个希望极其渺茫，但如果他不好好干，又能怎么样，还能反了天去？反了天去的后果是极其严重的，天界高手如云，以其个人之力，与天界抗衡，会有什么后果可想而知。即使是像哪吒、天蓬元帅这样的，只要头脑冷静一点儿，稍微"识一点儿事理"，都是不敢跟天庭叫板的。所以，给孙悟空安排好工作以后，玉帝其实并不担心会出问题。

二、天庭对孙悟空的考验

从信号博弈的角度看，把一个有本事的神仙安排到弼马温这样的位置，可以起到很好的考验作用。这使他面临两种选择：一是安分守己地好好干；二是争待遇、要条件、发泄不满，甚至像孙悟空那样，大怒之下，打出南天门。

这两种选择，对天庭来说对应的是两种不同的人：一种是可用之人，另一种是不可用之人。这么简单的一个方式，就能对神仙做出鉴别，不是挺好吗？而且如前所述，即便是个有本事的，觉得没有发挥自己长处的神仙，通过冷静的思考与理性的分析，也会觉得还是老老实实地做好自己的本职工作为上策。如此一来，安排这个位置就兼有了鉴别加改造的作用。

但孙悟空与一般人又有很大不同。他从小无父无母，没有多少权威意识，也缺乏足够的社会经验，做事但凭一时的心情，也不仔细权衡其后果。由于对工作安排不满意，他竟然推倒公案，反下南天门去了。这一下，天庭的鉴定意见也出来了：此人不可用，应予剿灭。如果孙悟空的本事稍差一点儿，不是哪吒对手的话，他的小命也就不保了。按玉帝本意，在哪吒失败后，就要添兵助剿，不过被太白金星阻止住了。

在任命孙悟空为齐天大圣之后，又出现了一个奇怪的人事安排，就是让他看管蟠桃园。这个安排的诡异之处在于，猴子最爱吃桃，现在却为他偷吃世界上最美好、最有诱惑力的桃创造了最为便利的条件。按照现在的说法是在引诱犯罪，相当于把唐僧肉放在妖怪的面前，甚至还有过之而无不及。

从信号博弈的角度看，这是一个分离不同类型的设计。孙悟空有两种可能的做法：吃桃和不吃桃，这分别对应了两种不同类型的工作状态。如果他能克制自己不去吃桃，说明是真正服从天界的安排，且心志修炼已经达到火候，是可以放心使用的忠诚、可靠之人；相反，如果他偷吃了桃，说明他的修养和自我约束能力还不足，对天庭的忠诚度还不够，还需要继续在血与火的考验中经受锻炼。我们可以试想一下，如果让经历了取经历程的孙悟空再来看守蟠桃园，他还会偷吃里面的蟠桃吗？我相信他不会，他即使想吃桃，也会走程序。从这种意义上说，让孙悟空看管蟠桃园，是对他的一次重要考验。

守蟠桃园还有一个巧合之处，就是可以用来获取某些特殊信息。如果孙悟空不看守蟠桃园，就不会如此快速地获得关于蟠桃会的种种信息。其结果可能是，蟠桃会已经在开，而他还根本不知道有这回事，毕竟他在天庭没有什么真正的朋友，别人也不会向他通风报信。这样，如果蟠桃会已经结束了，他再去闹也就没有什么意思了，反而显得自己小家子气。

有人说，孙悟空大闹蟠桃会实际是一个误会。因为关于蟠桃会有没有请他的消息，他是听七衣仙女说的；而七衣仙女地位低下，得到的消息并不准确——七衣仙女自己也承认这一点。当孙悟空问有没有请他时，仙女道："不曾听得说。"并且说，"此是上会旧规，今会不知如何。"仙女根据的是过去的安排，而孙悟空是天上的新人，她们哪里知道最新的会议安排情况呢！在这种情形下，孙悟空决定自己前去"打听个消息"，由此闯下了天大的祸事。

如此说来，大闹天宫似乎竟可归结为一个信息不畅的问题，是由于天庭管理体制中的疏漏造成的。其实不然，这次蟠桃会确实没有请孙悟空。在第六回中，玉帝对观音说得很清楚："及至设会，他乃无禄人员，不曾请他。"因此，蟠桃会不请孙悟空，并不是什么工作疏忽、考虑不周，而是有意为之的。毕竟孙悟空刚到天庭不久，资历还浅，还要接受考验。

孙悟空要想获得参加蟠桃会的资格，也不是没有办法。按照天庭的逻辑，那就是做好自己的本职工作，不调皮、不捣蛋；此外，就要熬年头、混资历。可能突然哪一天，大伙觉得大圣也是我们天庭里的人物了，混到如今也是元老级的了，请他也就是水到渠成的事情了。当然了，这个熬年头的过程会十分漫长，也许几百年，也许几千年，甚至更长。不管怎么说，这是比较保险的做法。而他肯熬这个年头，对天庭来说也是一个信号。因此，蟠桃会不请孙悟空，对心高气傲的孙悟空来说，是一个变相的考验。

看到这里，有人会说，天界总是对人这么考验来考验去的，烦不烦哪！其实，天庭是无所谓的，反正天上最不缺的就是时间。对这些长生不老的神仙来说，如何打发这绵绵无绝期的时间才是一个问题呢。另外，如何用人也与形势的变迁有关。在天下形势风云际会之时，急于事功，事急从权，可以不拘一格地选拔、起用人才，即使忠诚性方面差一点儿也不要紧，道德上的某些缺陷就更无暇顾及了，历史上的战争时期、变革时期，总是伟人辈出、能人辈出，也就不足为奇了。

在和平时期，则可以对人才慢慢考验，反正用不用一个人的结果都是可以承受的。此时在领导者眼中，一个人的忠心最要紧，办事能力倒在其次，君不见，唐僧就是这么被放到领导岗位上的。当然，既有忠心、办事能力又强就最好不过了。在使用孙悟空的过程中，天庭要看的首先不是他的本事大小，而是要看他忠心与否、懂不懂规矩。和平时期，在"德才兼备"的名义下，很多有才能的人被埋没，在世界各国的历史上都是正常现象。

从信号博弈的角度看，孙悟空在天界的奋斗史，也是一段天庭对他进行反复考验，直到最后通过考验的历史。

孙悟空最开始并不是天庭里的人物，他要进入天庭，要有一个表现的过程，要比别人经受更多考验。正如《水浒传》中，林冲上梁山时要纳一个"投名状"，就是考验他的态度，看他是不是真心入伙。纳了"投名状"，自己的手就不干净了，也就不能在道德上自作清高了。幸运的是，林冲并没有枉杀无辜，而是碰上了杨志，两人交手不分胜负，最终王伦免了林冲的"投名状"，也保住了林冲高洁的形象。

当然，天庭与梁山毕竟有很大不同，玉帝等人代表的是天庭正统，不会直接说"你做一件什么事，我就接纳你"，其行为安排会婉转隐晦得多，但潜在的规则是基本一致的。像后来东海龙王对孙悟空说的，"你保唐僧取经，这样才能成正果"，与林冲纳一个"投名状"才能上梁山入伙，细节上虽有出入，但遵循的逻辑其实是一样的。

三、如来对孙悟空的考验

天庭对孙悟空最大的考验还是由如来佛主持的。给孙悟空找一个像唐僧这样的师父，对孙悟空来说，就是一个极大的考验。要不然，找一个有本事的师父，前往西天不是轻而易举的事情吗？

孙悟空的特点是个性强烈、桀骜不驯，可以说是无法无天、无拘无束惯了。唐僧与他正好相反，对于上级命令是绝对服从，甚至已经到了有点儿盲从的地步了。唐僧对孙悟空也不会采取无为而治的做法，而是经常语重心长地做他的思想工作。当唐僧觉得思想工作效果不理想时，就采取念紧箍咒的单方面的做法。这么一个人，非常不对孙悟空的"脾胃"。您还别说，唐僧还真把孙悟空这个有名的刺儿头给制住了。

从信号的角度看，如果对于本领如此平庸，还经常好坏不分、是非不明的师父，孙悟空都能服其管教，并且在长期的服从过程中，使服从行为从功利计算变成一种习惯和一件自然而然的事情，那么对他的考验也就过关了。因此，孙悟空对唐僧态度的变化，本身就是他心路历程的一块试金石。

孙悟空在取经路上，一直致力于找各路神仙帮忙，一方面是为以前的过错变相地赔礼道歉；另一方面意在表明他对天庭的态度发生了变化，这也是天庭乐意见到的局面。

从弼马温到蟠桃园，再到取经路，这些考验对孙悟空来说，每一个都很难。如果通过其中的任何一个，对他的考验就基本合格了。不过，最严峻的考验是在取经路上。对居于正统地位的掌权者来说，对被招安者最可靠、最有效的考验，是观察他们对以前的同类事情的态度。在《水浒传》中，让宋江率部征讨辽国，是宋江乐意做的事情，因为这不会影响宋江在江湖上的声誉，但让宋江征讨方腊的意义就不一样了。

因为在江湖人的眼中，方腊起义与梁山聚义基本上是相同性质的事情。宋江镇压了方腊，也就从此自绝于江湖，在江湖中的声誉土崩瓦解，甚至被江湖豪杰所唾弃，从而对那些生存在体制外和体制边缘的江湖豪杰也就失去了号召力，回头路算是彻底被堵死了。如果他此后再有造反的举动，在世人眼中就会成为一个标准的反复小人。

《水浒传》最后一回中，李逵大叫一声说："哥哥，反了罢！"对此，宋江只好苦笑说："兄弟，军马尽都没了，兄弟们又各分散，如何反得成？"李逵道："我镇江有三千军马，哥哥这里楚州军马，尽点起来，并这百姓，都尽数起去，并气力招军买马杀将去！只是再上梁山泊倒快活！强似在这奸臣们手下受气！"李逵不明白的是：作为宋江力量支撑的一个重要因素就是他在江湖中的形象和号召力；而现在这些都没有了，还要再去造反，不过是贻人笑柄罢了。

但如果宋江拒绝出兵攻打方腊，则苦心经营的招安局面将功亏一篑，这真是一个十分阴毒的招数，不过在对付被招安者时也是特别有效的一招。

如来也用同样的一招制住了孙悟空。我们看一下孙悟空的人生经历。他有两次行为不法之事，两次都被天庭招安，分别任弼马温和齐天大圣。从五行山下脱身出来，拜唐僧为师，这已经是第三次招安了。比起前两次招安，这次如来的手段更为高明和有效。

在招安的一开始，如来并不像玉帝那样直接给予孙悟空高位，而只是给了他一个"成正果"的希望，一个诱饵，以一步一步把他引入彀中。孙悟空一开始或许觉得，佛祖、观音给他安排的任务十分简单，只是保护唐僧到西天去走一遭。在这个过程中，他才逐渐发现这项任务之艰难，但此时头上已经被套上了紧箍（相当于反贼在招安后被拿住家属做人质）。更要命的是，孙悟空在取经的路上，将直接与各路妖魔作对；而这些所谓的妖怪，不过是他大闹天宫之前的同类而已。

这里面特别值得一提的是孙悟空对牛魔王的态度。牛魔王本是孙悟空结拜的弟兄。想当年，孙悟空"施武艺，遍访英豪；弄神通，广交贤友"，结交了六个弟兄，大哥就是牛魔王。他们七个"日逐讲文论武，走犁传觞，弦歌吹舞，朝去暮回，无般儿不乐"，当年是意气相投，极其和睦。

拜唐僧为师以后，孙悟空身上发生了彻底的变化。这个变化的一个标志就是，第三十一回，孙悟空要在东洋大海中洗掉自己身上的妖精气。这确实是孙悟空表决心的一个重要举动。这一行动所发出的信号很清楚，以致八戒都被感动。既然孙悟空下了这样的决心，那么做妖时结拜的弟兄，现在在他眼中的身份就必然发生了变化，因为他的价值观与以前相比已经有了巨大的不同。

取经路上，在孙悟空与牛魔王的关系中，首先是孙悟空请来观音菩萨收服了红孩儿，让红孩儿做了一名小官。对于这件事，江湖上的妖魔是怎么看的呢？自然不会像孙悟空对善财童子说的那样："我请菩萨收了你，皈正迦持，如今得这等极乐长生，自在逍遥，与天同寿，还不拜谢老孙。"觉得红孩儿还要感谢他。

牛魔王的兄弟如意真仙，听说孙悟空来到自己的地盘，反应十分强烈，"一听得说个孙悟空名字，却就怒从心上起，恶向胆边生，急起身，下了琴床，脱了素服，换上道衣，取一把如意钩子，跳出庵门"。他之所以这么生气，就是因为曾接到家兄书信，说孙悟空将红孩儿害了，因此要为红孩儿报仇。牛魔王的家书应该不是说红孩儿被害死了，只是他们都很反对红孩儿给观音做善财童子而已。

孙悟空也知道按照江湖人的价值观，自己做得不对，于是"赔笑"解释，还说："如今令侄得了好处，现随着观音菩萨，做了善财童子。我等尚且不如，怎么反怪我也？"对他的这些言语，如意真仙喝道："这泼猢狲！还弄巧舌！我舍侄还是自在为王好，还是与人为奴好？不得无礼！吃我这一钩！"如意真仙认为孙悟空讲的全是一番歪理，这就是他们价值观的根本不同了。

面对罗刹女的质问："你这泼猴！既有兄弟之亲，如何坑陷我子？"孙悟空的反应同样是"满脸赔笑"地解释。对孙悟空的解释，罗刹女认为是在狡辩。牛魔王见到孙悟空，也是一般的说法，怪他："怎么在号山枯松涧火云洞把我小儿牛圣婴害了？"看来，牛魔王一家在这件事上的反应是一致的。我们有理由相信，大多数妖魔听到这事，也会怪孙悟空做的不地道。

后来，孙悟空在天上众神的帮助下，将牛魔王拿住，"归佛地回缴"。这在天下诸妖的眼中，又与当年二郎神在太上老君的帮助下拿住孙悟空有什么分别呢？从性质上说，分别确实不大，但从情理上说则更不可原谅，因为孙悟空本是妖怪出身，牛魔王还是他结拜的大哥。孙悟空的做法，用官方的说法是"大义灭亲"，看在众妖的眼中则是"太过绝情"。有此一遭，孙悟空回头再做妖怪的可能性就完全被堵死了。既然回头路彻底断绝，他就只有死心塌地在体制内发展一途了。

经过取经这一遭，如果孙悟空以后再有反复，又反了下去，在世人眼中他必将被看作反复无常的小人，天庭容不得他，就算地上的妖怪也容不下他了。大闹天宫时的情形则不同，他在大闹天宫行动中的失败，反而可能强化他在妖魔心目中的形象。

如此看来，如来佛对孙悟空的招安行动实在是安排得太周全、太细致了，这次招安也取得了极大的成功，从此孙悟空真心皈依，再无其他念想，也没法有其他念想了。

第二节　唐僧的成佛与如来的帝王心术

一、取经是一个大肥差

取经这件事，表面上看历经千辛万苦，没有人愿意受这罪，这活儿也是没人愿干的苦差事。但仔细一琢磨，又似乎不是那么回事。你看，孙悟空十几年前还在五行山下服刑，后来给了他一个戴罪立功的机会，结果放出来后，经过十四年就已成佛。唐僧被如来贬下界去，经过十世修行，也成了佛。这个过程不过五百年，因为镇元大仙让弟子好好接待唐僧一行时，曾说过这样的话："那和尚乃金蝉子转生，西方圣老如来佛第二个徒弟。五百年前，我与他在兰盆会上相识，他曾亲手传茶。"可见那时金蝉子还在天上，并在重要会议上做过端茶倒水的工作。

相比之下，镇元大仙自己有四十八个弟子，其中"两个绝小的"是清风和明月，都已经分别有一千三百二十岁和一千二百岁了。清风、明月在修道过程中肯定吃了很多苦，而所得却相对有限。虽然有镇元这样的名师指点，迄今不过是童子而已。这样看来，取经事业绝对是一条快速成佛的捷径，是一个超级大肥差。对这样的说法，有人会不同意，说你这是"事后诸葛亮"。在出发之前，唐僧、孙悟空并不知道会有这么好的结果。好，就算唐僧、孙悟空不知道，但安排这次取经活动的如来佛事前总知道吧，因为这个结果本身就是他安排的，是由他的意志所决定的。

当然，在取经队伍中，并不是每个人得到的好处都那么大。如果这样，取经行动在世人眼中就真成了镀金行动了，在社会舆论上会造成一些不好的影响。对猪八戒、沙僧来说，取经行动的收益与取经过程中付出的成本相比，虽然也值得，但收益也不是特别吸引人；对八戒来说尤其如此。他们算是取经行动的陪衬吧。

有趣的是，在如来给取经队伍论功行赏之际，在干部人事任命大会这样庄重的场合，猪八戒感到不公平，竟嚷嚷起来："他们都成佛，如何把我做个净坛使者？"八戒话里面的"他们"指的是唐僧与孙悟空。八戒的话也可以颠倒过来理解："我只做了个净坛使者，他们怎么都成佛了？"八戒不完全是觉得自己的待遇低，而是觉得受到的待遇不公平，就像孔子说的，是"不患寡而患不均"。其实，八戒没有什么好抱怨的，在取经路上六丁六甲、五方揭谛、四值功曹、一十八位护教伽蓝也一直在暗中保护唐僧，没有功劳也有苦劳。结果唐僧等人功成，五圣成真之际，他们却没有任何封赏，人比人还真是气死人呢。所以要调整好心态，不要随便跟人比，特别是不要跟那些不该比的人比。

取经队伍出发不久，一个不怎么过问世事的世外高人就看出了其中的端倪。此人是高老庄附近浮屠山的乌巢禅师，一看到唐僧带领的取经队伍，便本能地认识到这是一次重要的机会。见八戒跟着唐僧，禅师"惊"问道："你是福陵山猪刚鬣，怎么有此大缘，得与圣僧同行？"他觉得八戒能进入取经队伍，是一个天大的造化。乌巢禅师不明白的是，除唐僧外，这个造化主要是应在孙悟空，而不是猪八戒的身上。但从乌巢禅师的潜台词看，唐僧到西天的正果不会小是理所当然的。而此时，还只是取经队伍上路不久。

取经行动是一个一石数鸟的安排。一方面，借这次机会把经书送到东土，在大唐扩展佛教的势力；另一方面，把孙悟空、猪八戒、沙僧纳入门下，收编一些受排挤的势力。虽然这几个人似乎算不得什么，但由此发出的信号所能产生的作用是巨大的，会使西天对那些在天庭混得不如意的神仙产生莫大的吸引力。从这个意义上，取经行动是一项能大大增强西天"软实力"的行动。此外，如来还有一个非常重要的目的是，把自己看中的金蝉子提拔起来。

取经行动的主要目的并不在于把经书传到东土。依如来的说法，西天取经的原意，是为了普度众生。如果这样，唐僧历经艰辛取得真经后，就应该留在大唐，像历史上的玄奘大师那样，翻译、著述、传播，为普度众生奉献自己的一生才对。结果却是，当唐僧一行回到东土之际，唐太宗想请唐僧将真经演诵一番。唐僧刚要演诵经书，八大金刚从半空中现身高叫："诵经的，放下经卷，跟我回西去也。"于是唐僧将经卷丢下，相随腾空而去，至于经书，在东土连讲都没有讲一句。

在狮驼岭一役，当孙悟空在三个妖怪的手下遭到挫败之时，还在那里寻思，觉得取经行动是如来闲得没事干折腾出来的，如来其实舍不得把经书送到东土。孙悟空想到的其实是再浅显、再明白不过的道理。如果如来的目标只在于把经书送到东土，就算是唐僧领导的队伍，也可以在徒弟的保护下，采取腾云驾雾的方式（相当于在现代坐飞机去），迅速达到目的，还可以节省时间，让东土之人早日见到经书。何况，以如来的手段和神通，要把经书送往东土，毫无疑问可以通过很多种更容易的方式做到。如来非要他们"苦历千山，远经万水"，一步步行来。他这样做，不仅增加了取经队伍的难度，也增加了自己和观音工作的难度。这肯定是另有所图，而且所图非小。

其实在此以前，就有多支取经队伍试图前往西天，光沙僧在流沙河就吃掉了九个取经人。沙僧本人曾对观音大言不惭地说："向来有几次取经人来，都被我吃了。"由于九个取经人的骷髅在"鹅毛也不能浮"的流沙河中沉不下去，他认为是异物，"将索儿穿在一处，闲时拿来顽耍"。这充分说明，光有虔诚之心不能保证真能取到经书，因为路上死得人太多了。也不想想，到西天取回经书这样的好事，哪能随便落到那些背景不清、来历不明的人头上。不过由唐僧带领的这支队伍就不同了，他们是只许成功，不许失败的。

如此看来，取经行动的主要目的还在人事方面，毕竟人才是第一位的。以孙悟空而论，从玉帝那里转到西天，给予一个相应的级别是符合规则的，但要越级提拔金蝉子这事就难了。

二、金蝉子是如何进入取经队伍的

为了使金蝉子成为取经队伍的掌权人，如来先把他贬到东土，取得大唐国籍，从而有了加入取经队伍的资格。然后又派遣心腹观音菩萨前往"寻访"取经人。这就相当于先把自己看中的人放下去，然后派遣自己信得过的人下去挑选，这么一放一收，就实现了培养的目的。

我们看一下确定取经人的过程：

如来说："怎么得一个有法力的，去东土寻一个善信，教他苦历千山，远经万水，到我处求取真经，永传东土，劝化众生，却乃是个山大的福缘，海深的善庆。"

明明不是一件难事，如来却说"怎么得一个有法力的"人去。这话大有深意啊！这时观音主动出来承担这项任务，如来大喜道："别个是也去不得，须是观音尊者，神通广大，方可去得。"

不过是找一个"善信"之人，怎么要用到观音"神通广大"的本事呢？这里的神通广大显然不是指观音的识人之能来说的，而是有两个方面的含义：一方面，观音善能揣摩如来的心意；二是观音不仅能揣摩到如来的心意，还有本事把事给办成了。与此相对应的具体的两个方面就是：一方面，如来属意的取经人选是被提前安排贬入凡尘的金蝉子。这一点不能明说，但如来确信观音能明白这一点，所以很高兴。另一方面，去的这个人还要把金蝉子转世后的这个人找出来。这个任务并不那么简单，不过观音肯定能做到，所以观音是此去寻找取经人的不二人选。

如来怎么就肯定观音一定能找到转世后的金蝉子呢？一方面，观音确实有大神通，能知过去未来。对观音的本事，如来是了解的。另一方面，我们看看观音寻访取经人的过程就非常清楚了。

却说观音领了如来的佛旨以后，在长安寻访了很长时间，却没有碰到"真正有德行的"（其实重点当然不是碰到的人都没有德行）。正在这个时候，唐太宗要办水陆大会，并让陈玄奘做坛主。观音听到消息，是什么反应呢？"忽闻得太宗宣扬善果，选举高僧，开建大会，又见得法师坛主，乃是江流儿和尚，正是极乐中降来的佛子，又是他原引送投胎的长老，菩萨十分欢喜。"（第十二回）

这段话揭示出来的信息再清楚不过了。菩萨为何十分欢喜，不只是因为陈玄奘德行高深，更因为知道这"正是极乐中降来的佛子"，更妙的是，原来金蝉子转世是"他原引送投胎的"，即由观音一手操办的。看到这里，佛祖说的"别个是也去不得，须是观音尊者……方可去得"这话的含义就再明白不过了。这句话，听在别人耳中是一层意思，听在观音的耳中，显然是另有深意了。

观音"见得"法师坛主是金蝉子，并不是说她亲眼见到了玄奘，而只是说她"知道"的意思。为什么说"见得"不是"见到"的意思呢？原来，观音在水陆大会的第七天才决定亲眼去看一下，她对木叉说："我和你杂在众人丛中，一则看他那会何如，二则看金蝉子可有福穿我的宝贝，三则也听他讲的是哪一门经法。"显然是没有见面就知道此人是金蝉子转世了。这不是如来说的神通是什么，这个神通孙悟空显然是没有的。

金蝉子被以"上课不认真听讲"的罪名贬下界去，应该是在孙悟空被压在五行山下后不久发生的事情。因为他下界后，是个"十世修行的好人，一点元阳未泄"，把美好的青春都献给了佛教事业。既然经历了十世，总要几百年的时间。如来这一手颇为高明，如果在取经行动开始前二三十年把金蝉子贬下界去，那他培养自己人的意图就太明显了。而在几百年前就把他贬下界去，这着棋就埋伏得很深了。这两件事之间的关系看起来就比较模糊，人们不大能把它们联系起来。

三、如来的帝王心术

孙悟空被压在五行山下，给了如来一个采取行动的契机。如果没有孙悟空被压这件事，如来应该不会找借口把金蝉子贬下界去，毕竟再要找个合适的理由把金蝉子重新提拔回来是很困难的。现在有了一个像孙悟空这样身份的人做大弟子，那么金蝉子重回西天之后，身份地位想不高都不行了。连徒弟都这么牛，师父不牛，怎么能说得过去呢？唐僧如果是作为别人的师父到达西天，即使取到经书，给他的安排也不会太高。真是机会难得呀！毕竟像孙悟空这样级别的神仙，如果稍微有点儿社会经验，是轻易不会犯下如此重大的错误的，而且犯了错误一般也不用劳动如来出手，从而也不会被镇压在五行山下。这样的机会可遇而不可求，不大大利用一番实在太可惜了。

唐僧要做孙悟空的师父，也不是那么容易，毕竟孙悟空是出了名的顽皮。为了让唐僧坐稳师父的位置，如来是使了帝王心术的。把孙悟空压在五行山下后，下一步考虑的就是在什么情况下把他放出来的问题。如果由如来自己放，一来没有什么意思，二来也太便宜孙悟空了，而且无形中贬低了自己，抬高了孙悟空的身份。在这种情况下，把自己的二弟子贬下凡尘，然后让他把孙悟空放出来，就给了金蝉子一个天大的人情，使他在形式上对孙悟空有了救命之恩，以此为基础，唐僧做孙悟空的师父就名正言顺了。在唐僧有了大徒弟的借力后，自然就可以比较容易地收服二徒弟和三徒弟，一支队伍就这么拉起来了。相反，如果是派个什么文殊、普贤之类的菩萨来，从五行山下放出孙悟空，然后把他领到唐僧面前，告诉他说，以后唐僧就是你的师父了，孙悟空肯定不会服气，师徒关系就又大不一样了。

如来玩的这一手，《西游记》中出现过的唐太宗在历史上也玩过。贞观二十三年（649年），唐太宗李世民知道自己已是"疴瘵弥积"，病得不轻了，遂于当年五月十五，一纸诏书把李世绩调出京师去做叠州都督。当时李世绩已是宰相，出京做地方长官相当于贬职。李世民的考虑是，李世绩和太子李治的关系浅，所以让李治在自己死后把李世绩调回来，借此给李世绩一个恩德，这样李治以后才好控制这位在贞观后期逐渐成为军中第一人的将军。李世民的这一招用得颇为高明：一是借机敲打李世绩，稍微抑制一下他的权力；二是使李治对他有知遇之恩，强化二人之间的联系；三是由李治重新提拔李世绩。这样在李治继位时，李世绩并非位高权重的大臣，可以避免李治对权臣的反感波及李世绩，让李治在此后使用李世绩时更为放心。

唐僧与孙悟空的关系与此确实极为相似。如果孙悟空没有犯错误，还在天上做他的齐天大圣。在这种情况下，如果如来把孙悟空领到唐僧面前，说以后齐天大圣就跟着你混，那还不把唐僧给吓晕了，哪敢做这种人的师父！现在则不同了，孙悟空是可怜兮兮地在五行山下盼着唐僧早日来救他。他如果做出什么于师父不利的事情来，还会背上"忘恩负义"的骂名。

不管怎么说，如来的这一手玩得颇为高明且成功。对于师父救自己逃离苦海，孙悟空一直心存感激，至少在口头上始终如此。在三打白骨精一役中，孙悟空曾给唐僧跪下叩头，说："幸师父救脱吾身，若不与你同上西天，显得我知恩不报非君子，万古千秋作骂名。"在黄袍怪一役中，当猪八戒请回孙悟空时，小猴们见孙悟空要走，慌忙拦住他，让他别走，孙悟空说这可不行，"天上地下，都晓得孙悟空是唐僧的徒弟"。看来顶着个师徒名分，有时也是能够压死人的。

四、唐僧的思维局限

如来为了提拔金蝉子，颇费了一番苦心。不过，唐僧没有佛祖那么高的境界，看事情还不是很透彻，还一直憋着劲要赶走孙悟空。这简直是在跟如来的安排做对。

很多人说，没有孙悟空，唐僧到不了西天，可唐僧本人不这么看。他认为只要有观音、佛祖的支持，自己就可以到西天。所以他在取经路上，数次坚决地要赶走孙悟空。他却不知道，到了西天后给他安排的职务大小，很大程度上是以他的徒弟为参照系的。

我们基本上可以明确的是，只要有如来和观音的支持，没有孙悟空，取经队伍也是可以到达西天的。毕竟很多妖怪孙悟空也不是凭自己的本事打败的。观音也可以给八戒弄个救命毫毛什么的。取经事业也不是离开孙悟空就玩不转了，没有孙悟空，还有别人。但如来、观音的意思很清楚，他们选来保唐僧的就是孙悟空。由孙悟空保唐僧到西天，能够更好地达到宣传、教育以及选拔人才的多方面目的。由孙悟空保唐僧到西天，与另找一人的意义大不一样。

唐僧没有如来站得高，看得远，他不知道佛祖"在下一盘很大的棋"，而只看到自己眼前的一丁点儿事，总觉得孙悟空与他不和。却没想到，如来对整个取经活动有通盘的考虑，这件事就是从孙悟空被压在五行山下才开始谋划的。唐僧要是赶走了孙悟空，那不是釜底抽薪，把取经行动的本意给掏空了吗？如来要达到的效果，就是要把这个不好管的刺儿头放在取经队伍内，再由唐僧给带好了。这样就可以借取经路途之机，向整个天界社会展示取经队伍的能力与业绩；同时，也通过取经队伍内部的和谐，展示唐僧的"领导"能力，如此才好名正言顺地把唐僧安排在高级岗位上。唐僧只知道死背佛家经典，没有政治家的视野，自然难以一下子明白佛祖的这些心思。

试想一下，如果唐僧收服的不是一个像孙悟空这样法力高强、难以管教、曾经让整个天庭都觉得头痛的徒弟，那怎么能显出唐僧的本事来呢？唐僧以一个凡人之身，就能带领孙悟空、八戒、沙僧这几个如狼似虎的弟子前往西天，是多好的宣传创意。如来要的就是这个效果，唐僧怎么能负气将孙悟空赶走呢？赶走了孙悟空，即使取经队伍到达西天，整个取经行动也失败了。

如此一比较，如来与唐僧在政治思维上的高下简直判若云泥，真是天壤之别。

让唐僧一路与孙悟空在一起，也是帮助唐僧的一个办法。唐僧的优点是政策水平高，听朝廷的话；缺点是不够变通，不深入了解基层情况，一线工作经验显著不足。唐僧虽然讲起大道理来一套一套的，但他对人际关系的理解主要是书本上的那一套，什么"扫地恐伤蝼蚁命，爱惜飞蛾纱罩灯""千日行善，善犹不足；一日行恶，恶自有余""暗室亏心，神目如电"等。唐僧在取经路上奉行的，不外乎是温良恭俭让、逢人要讲礼貌、不动百姓一草一木等之类的行动准则。他对妖怪、强盗也采取劝善的做法，试图以德服人，想把"己所不欲，勿施于人"这一套用到强盗身上。他不知道自己奉行的这一套，在江湖之中是完全行不通的。漫长的取经之旅使他慢慢体会到，书本上描写的主要是一种理想形态的人际关系。在现实中，具体情况具体分析，还要灵活变通地进行处理。

在取经路上，唐僧性格上的弱点多次被妖怪利用。唐僧以后是要到高官岗位上工作的，不积累一点儿社会经验、政治经验怎么行？这十四年的锻炼，对于唐僧的成长十分重要。所以啊，就让他们在路上慢慢走，不着急，多锻炼锻炼有好处。

五、孙悟空对唐僧的帮助

孔子说："三人行，必有我师焉。"孙悟空身上有很多值得唐僧学习的地方。让他俩在一起，十几年朝夕相处，怎么着唐僧也能从孙悟空身上学到不少东西。至少到后来，唐僧做起事情来，不像一开始那么迂腐了。别看孙悟空没有受过多少正规的教育，但他对道法、佛法的理解还是有一些独到之处的，特别是，他善于打破盘中哑谜，能从书本中读出弦外之音、自然之理，这就很难得了。一路上师徒二人讲讲谈谈，从多方面丰富了唐僧对经书的理解。在这些方面，唐僧从八戒、沙僧身上学习的东西就少多了。

例如，在第八十五回，孙悟空提醒唐僧："佛在灵山莫远求，灵山只在汝心头。人人有个灵山塔，好向灵山塔下修。"叫他不要害怕妖怪，也不要光想着西天那点儿事，老老实实地把握好自己的心态就行了。又如在第三十六回，孙悟空对唐僧说："师父啊，你只知月色光华，心怀故里，更不知月中之意，乃先天法象之规绳也。"唐僧听了孙悟空的话,"一时解悟,明彻真言,满心欢喜,称谢了孙悟空"。

在第九十三回,唐僧见前面一座高山,感到悚惧,此时,师徒之间进行了一场重要对话:

> 行者道:"师父,你好是又把乌巢禅师《心经》忘记了也?"三藏道:"《般若心经》是我随身衣钵。自那乌巢禅师教后,哪一日不念,哪一时得忘?颠倒也念得来,怎会忘得!"行者道:"师父只是念得,不曾求那师父解得。"三藏说:"猴头!怎又说我不曾解得!你解得么?"行者道:"我解得,我解得。"自此,三藏、行者再不作声。旁边笑倒一个八戒,喜坏一个沙僧,说道:"嘴脸!替我一般的做妖精出身,又不是哪里禅和子,听过讲经,哪里应佛僧,也曾见过说法?弄虚头,找架子,说什么晓得,解得!怎么就不作声?听讲!请解!"沙僧说:"二哥,你也信他。大哥扯长话,哄师父走路。他晓得弄棒罢了,他哪里晓得讲经!"三藏道:"悟能悟净,休要乱说,孙悟空解得是无言语文字,乃是真解。"(第九十三回)

孙悟空看到唐僧的情绪,说唐僧把《心经》给忘了。唐僧不服,说《心经》我天天在念,倒背如流,怎么会忘?显然,唐僧所说的没有忘,是说他记得其中的每一句话,不过是能背诵的意思。孙悟空说唐僧忘了,是说他没有理解其中的真正含义,特别是还不能融会贯通,身体力行,做到知行合一。唐僧反问孙悟空"你解得吗",孙悟空只说"我解得,我解得",却不再用语言来解释,就是这个意思了。唐僧倒不糊涂,马上明白了孙悟空的意思。如此一来,他对佛经的理解就又进了一层。

如来觉得金蝉子这个弟子还是比较有悟性的,不过就是死抠书本,有点儿教条主义倾向,不能理论联系实际。有些道理,如来不好说。如来说给他听,他也不一定能明白。就这样在西天路上,让他慢慢体会,积累实践经验,再由孙悟空旁敲侧击几句,效果就很好。

另外,孙悟空那种不折不挠的精神、勇敢乐观的人生态度,以及变通的处世、灵活的心机都是值得唐僧学习的。唐僧特别缺乏"社会经验与政治经验",安排他做孙悟空、八戒、沙僧三人的师父,对他而言是一个巨大的挑战,也是一个极大的锻炼,对于他以后开展工作是很有用的。唐僧的性格比较柔弱,在取经过程中吃了这么多苦,对他的性格是很好的磨炼。如果像上一章说的,孙悟空是太上老君的徒弟,那唐僧的收获就更大了,从此与太上老君一系也扯上了关系,这是未来可以动用的极大资源,是仕途发展的重要助力。

至于安排八戒和沙僧进入取经队伍,则可以起到掩人耳目的作用。表明这次行动,不完全是为了提拔唐僧和孙悟空而设的。在对八戒与沙僧的安排上,如来也颇费了一番心思。对八戒的安排是:"挑担有功,加升汝职正果,做净坛使者。"对沙僧的安排是:"登山牵马有功,加升大职正果,为金身罗汉。"对白龙马的安排是:"加升汝职正果,为八部天龙马。"八戒是"职正果",沙僧却与唐僧、孙悟空一样,都是"大职正果",这样,从职称上,沙僧就比八戒高了一级,八戒则与白龙马是一个级别。不过在官职的排名上,八戒又在沙僧之前。因为在《西游记》最后两段:

> 大众合掌皈依,都念:
> 南无燃灯上古佛。南无药师琉璃光王佛。南无释迦牟尼佛……南无旃檀功德佛。南无斗战胜佛。南无观世音菩萨……南无净坛使者菩萨。南无八宝金身罗汉菩萨。南无八部天龙广力菩萨。(第一百回)

上面选情的名单,中间是唐僧、孙悟空和观音,最后三人是八戒、沙僧和白龙马。这个名单,绝对不是排名不分先后,而是按照职务、职称、资历综合平衡得出来的次序,先后顺序一点儿也马虎不得。从这里看,八戒的职务虽与沙僧平级,但排名还是要靠前一些的。

附录1 《西游记》为什么值得深度阅读

在四大名著中,《西游记》是一个特殊的存在。作为一本神魔小说,可以说是当前玄幻小说的鼻祖。《西游记》不仅讲述了唐僧师徒前往西天取经的故事,而且设立了一个庞大的、内部结构十分复杂的神魔体系。它虽然是一个早期的神魔小说,但已经达到了神魔小说的一个难以企及的高度。

《西游记》我从小就读得比较熟。后来,在清华大学攻读国际关系专业博士期间,一个偶然的契机,使我突然有了把它作为一部具有思想深度作品去阅读的意识。这种思维上的转换,使我在阅读《西游记》原著的过程中发现了很多有意思的内容。对于这些内容,我此前一直都是熟视无睹,现在却发现它们对于理解《西游记》这本书十分关键,是不容忽视的。

无疑,《西游记》是一本文字优美、可读性强、人物刻画很成功的小说,但这在任何意义上都不构成我写作本书的动机。因为文字、人物形象的刻画等,并不是我关注的方面。本书写作的最初动机,是因为觉得《西游记》是一本很有思想和深度的书,但这一点却往往被人们所忽视,让人产生一种经典中的很多精华并未被人充分发掘的遗憾。

在视角转换之后,我从阅读一本有思想、有深度的书的角度对《西游记》进行了反复的阅读。在这个过程中发现,《西游记》的思想和深度远超过了自己最初的估计;这也是一个让我感到颇为意外的过程。

认为《西游记》是一本很有深度的书这样一种认识,并不是瞬间产生的,而是在思考《西游记》中的一些"反常"现象时逐渐形成的。这些"反常的"或者有意思的现象有很多,包括但不限于:一是,取经团队到西天后,碰到阿傩、伽叶要好处;阿傩、伽叶在没有拿到好处的情况下,给了他们"无字之经"。西方本是极乐世界,是唐僧一直无限向往的地方,为什么在这个地方会发生这样的事情。特别是,吴承恩为什么突然要写这些内容,他有非写不可的理由吗?二是取经路上碰到的妖怪是不是都想吃唐僧肉?我们很容易形成的一个印象是,因为吃了唐僧肉可以长生不老,因此唐僧肉对取经路上的妖怪都具有巨大的吸引力。但实际上,取经路上有不少对唐僧肉不感兴趣的妖怪,如六耳猕猴、青牛精(独角兕大王)、黄眉怪、牛魔王、罗刹女、如意真仙、乌鸡国的青毛狮子精等。三是,取经队伍达到西天时才发现"八十一难"少了一难,这是因为吴承恩在写作上难以做到在取经队伍到达西天时正好有"八十一难",还是他有意为之这么写?如果是故意这么写,这么做的动机是什么?

当我们不把《西游记》中各种斩妖除魔的情节视为仅是著者兴之所至的随意安排,再看待很多情节时,就可以发现一些问题,如在什么情况下唐僧会念紧箍咒?是因为孙悟空做了违反团队利益或不符合佛家要求的事情时才念吗?"八十一难"是从唐僧师徒踏上取经路途开始计算的吗?更有价值的问题是:孙悟空在取经路上的行为模式是一成不变的吗?取经之路到底是一条什么样的路?对这些问题的思考,实际上打开了重新阅读《西游记》、重新发现《西游记》思想价值的一扇门;而且在这个门的后面,确实有很多宝藏似的内容值得挖掘,也让我对《西游记》产生一种常读常新的感觉。

很多人对《西游记》进行诟病的一个地方是孙悟空在大闹天宫与取经路上的本事差异,有人认为这是《西游记》写作中的一个大漏洞。但这件事其实可以获得合理化的解释,包括孙悟空在两种情况下的行为目的不同,破坏秩序与维护秩序在难度上存在不对称性,大闹天宫时天庭的神仙与取经路上的妖怪的激励存在差异,以及孙悟空本身性格的变化,等等。这些在书中专门进行了解释,这里不再赘述。

当我们换一种眼光看《西游记》时,可以发现的一个重要现象是,降妖伏魔只是《西游记》中很多事情发生的背景,它为作者探讨一些更深刻的问题提供了舞台和条件。虽然在人们的印象中,《西游记》就是一本以降妖伏魔内容为主的书,其实《西游记》中打斗情节所占的文字比重并不是特别高。《西游记》对于打斗过程中的招数描写往往颇为简单,一次高手之间的打斗,往往只有三五百字的描写,远不是像一些武侠小说、玄幻小说对打斗情节常常动辄几页甚至十几页地进行描写，招数和过程也是精彩纷呈。这些并不是《西游记》的特点。

我用 R 软件 jiebaR 包中的 qseg 函数对网上下载的《西游记》文本文档进行词频分析，结果显示，书中共出现 45 457 个词汇，在此列出其中 100 个出现频率最高的词汇及它们的出现次数，如下：

行者	八戒	师父	三藏	一个	大圣	唐僧	那里	怎么	菩萨
4 078	1 677	1 604	1 324	1 087	889	802	767	754	730
我们	沙僧	不知	和尚	妖精	两个	笑道	甚么	长老	不是
725	721	657	644	631	594	581	551	512	505
只见	国王	徒弟	呆子	原来	不敢	大王	如何	孙悟空	不曾
485	456	439	431	390	383	379	379	379	372
这个	闻言	正是	只是	叫道	老孙	出来	一声	真个	小妖
372	371	353	344	334	313	312	307	295	285
不得	这里	今日	那个	兄弟	宝贝	取经	却说	如今	三个
284	283	281	276	269	266	262	262	258	258
这般	不见	孙行者	铁棒	就是	认得	不能	不要	妖怪	师徒
248	239	235	231	226	223	219	215	215	214
果然	老者	上前	性命	有些	如来	孙大圣	你们	起来	太子
212	212	210	203	203	201	201	196	193	191
妖魔	弟子	进去	乃是	西天	哥哥	老爷	龙王	问道	土地
187	184	184	184	184	182	175	175	175	174
观看	师兄	贫僧	一齐	行李	陛下	个个	那怪	一座	看见

173	171	170	170	169	168	167	165	163	162
怎生	那些	多少	云头	兵器	公主	叫作	天王	几个	模样
162	161	160	160	158	158	158	158	156	156

从上面的词频统计可以发现，孙悟空在《西游记》中出现的次数最多，相对于其他词汇有明显的优势，综合"行者""大圣""孙悟空""老孙""孙行者""孙大圣"共出现了6 095次（其中"大圣"不一定都是指孙悟空。因为孙悟空在花果山为妖时，结拜的六弟兄都自称"大圣"，如牛魔王称"平天大圣"、鹏魔王称"混天大圣"，但这种情况出现"大圣"称呼的次数不多）。唐僧出现的次数，包括"师父""三藏""唐僧""长老""贫僧"，为4 412次。猪八戒出现的次数，包括"八戒""呆子"，为2 118次。沙僧出现的次数，为"沙僧"，721次。从词汇出现频率可以明显看出四人在取经队伍中的相对重要性。此外，"和尚""师兄""师徒""徒弟""兄弟""哥哥"出现1 919次，其指称的对象具有一定的含糊性，但其中涉及的对象显然还是以孙悟空、唐僧为主。"铁棒"一词出现231次，平均每回出现两次，也是频率非常高。它在绝大多数情况下显然是指孙悟空的兵器如意金箍棒。相比之下，"妖精""妖魔""妖怪""小妖""那怪""大王"出现的次数为1 862次，还不如猪八戒出现的次数多。这从一个侧面说明，《西游记》中非常大的篇幅是在讲述唐僧师徒四人的关系及其变化。

在R软件中调用wordcloud2函数，得到如下的词云图，我们可以借此对《西游记》中出现次数最多的一些词汇形成一个直观的印象。

在反复阅读《西游记》原著的过程中，我有一个越来越强烈的印象，就是在《西游记》中，取经队伍与妖怪之间的打斗内容所占的篇幅并不是十分突出；相比之下，有大量内容是在描述取经队伍成员之间的相互关系，以及取经队伍成员与天庭体系关系的变化。以涉及黄袍怪的内容为例。这两回的大部分内容讲的是八戒在化斋过程中如何偷懒；唐僧如何在等得不耐烦的情况下，误入碗子山波月洞；唐僧如何被宝象国公主百花羞所救，并为她向宝象国国王传讯（书中还附上了百花羞求救信的全文）；黄袍怪责怪百花羞为何

请人捉拿他时,百花羞和沙僧如何相互打圆场;白龙马如何说服猪八戒去请孙悟空;猪八戒如何请回孙悟空;孙悟空在打败黄袍怪后,如何去天庭查其背景来历,以及黄袍怪对其下界原因的说明;等等。其中虽然涉及一些打斗情节,但其在整个内容中所占比例并不很高,不到其中的四分之一。与此相似,"三打白骨精""真假美猴王"的很大一部分内容是在讲述取经队伍内部关系中的隔阂与矛盾,"降伏红孩儿""降伏灵感大王"的故事同时也在体现孙悟空对观音所发生的重要认知变化。

书中在很多地方唐僧师徒都不经意间提到了对佛教经义的理解,也是在反映孙悟空的成长过程与取经团队的关系变化。我们截取取经路上师徒之间比较典型的两段对话,对此做一个简单的对比分析。

第一段对话是在降伏红孩儿后,取经队伍继续上路之时:

> 行经一个多月,忽听得水声振耳,三藏大惊道:"徒弟呀,又是那里水声?"行者笑道:"你这老师父,忒也多疑,做不得和尚。我们一同四众,偏你听见什么水声。你把那《多心经》又忘了也?"唐僧道:"多心经乃浮屠山乌巢禅师口授,共五十四句,二百七十个字。我当时耳传,至今

常念,你知我忘了那句儿?"行者道:"老师父,你忘了'无眼耳鼻舌身意'。我等出家人,眼不视色,耳不听声,鼻不嗅香,舌不尝味,身不知寒暑,意不存妄想——如此谓之祛褪六贼。你如今为求经,念念在意,怕妖魔不肯舍身,要斋吃动舌,喜香甜嗅鼻,闻声音惊耳,睹事物凝眸,招来这六贼纷纷,怎生得西天见佛?"三藏闻言,默然沉虑道……(第四十三回)

第二段对话发生在取经队伍快到舍卫国的布金禅寺,离西天已经不远的时候。

忽一日,见座高山,唐僧又悚惧道:"徒弟,那前面山岭峻峭,是必小心!"行者笑道:"这边路上将近佛地,断乎无甚妖邪,师父放怀勿虑。"唐僧道:"徒弟,虽然佛地不远。但前日那寺僧说,到天竺国都下有二千里,还不知是有多少路哩。"行者道:"师父,你好是又把乌巢禅师《心经》忘记了也?"三藏道:"《般若心经》是我随身衣钵。自那乌巢禅师教后,那一日不念,那一时得忘?颠倒也念得来,怎会忘得!"行者道:"师父只是念得,不曾求那师父解得。"三藏说:"猴头!怎又说我不曾解得!你解得么?"行者道:"我解得,我解得。"自此,三藏、行者再不作声。旁边笑倒一个八戒,喜坏一个沙僧,说道:"嘴脸!替我一般的做妖精出身,又不是那里禅和子,听过讲经,那里应佛僧,也曾见过说法?弄虚头,找架子,说什么晓得,解得!怎么就不作声?听讲!请解!"沙僧说:"二哥,你也信他。大哥扯长话,哄师父走路。他晓得弄棒罢了,他那里晓得讲经!"三藏道:"悟能悟净,休要乱说,孙悟空解得是无言语文字,乃是真解。"(第九十三回)

这两段话有一个共同点,就是谈话内容都涉及《心经》,而且都传递出一个信息,就是唐僧作为佛门优秀弟子,对于经文的学习、背诵一直都很上心,达到了很高的水平。唐僧明确说,《心经》"共五十四句,二百七十个字""那一日不念,那一时得忘?颠倒也念得来",表明他对文字早已是滚瓜烂熟。相比之下,孙悟空在对经文文字的学习、记忆、反复背诵方面显然远不如唐僧。但孙悟空的优势是能保持做事的本心，擅长的不是对经义文字的理解记忆，而是对经义内涵的身体力行。

在第一段对话中，孙悟空说唐僧忘掉了《心经》中的"无眼耳鼻舌身意"这句话，意思不是唐僧不记得《心经》中有这句话，而是说唐僧忘了按照这句话去行事，没有往这个方向切实加强自己的修养。唐僧听了孙悟空的话，"默然沉虑"，显然是心中有所触动。在取经路上，也只有孙悟空能随时在唐僧的身边，对他说出这样警醒的话，这一点，八戒、沙僧显然是做不到的。

第二段话，孙悟空直接说唐僧对《心经》"只是念得，不曾求那师父解得"，是会念经，但并不能真正理解经义。唐僧不服气，说："你解得么？"孙悟空回答说："我解得，我解得。"从这段对话的含义看，孙悟空显然认为自己对《心经》的理解高于唐僧，而理解佛教经文本是唐僧的优势，而且是他很大的优势。对于孙悟空这一看似大言不惭的说法，唐僧的反应是"再不作声"。他还纠正八戒、沙僧说："悟能悟净，休要乱说，孙悟空解得是无言语文字，乃是真解。"唐僧这话相当于公开承认自己对《心经》的理解不如孙悟空。另一方面，唐僧能够确认孙悟空获得了对《心经》的"真解"，那正说明他也对《心经》获得了"真解"，否则他就没有能力确认孙悟空获得的是不是"真解"。此时的唐僧相比于孙悟空有所不如的方面，在于境界还不够巩固，对经义的身体力行方面不够圆融。这样的内容，也是间接地对取经队伍诸人的佛教修养所达到的层次进行了排序。

在此前的第八十三回，孙悟空对唐僧说："佛在灵山莫远求，灵山只在汝心头。人人有个灵山塔，好向灵山塔下修。"唐僧回答说："若依此四句，千经万典，也只是修心。"这也是他们对佛教修行的交流。他们的交流内容说明了一个重要的问题，就是所有的经典，主要是帮人修行的手段，归根结底，修行其实"只是修心"，如果能够直指本心，则远强于只是沉迷于作为手段的经文本身。

像这样一些在《西游记》中看起来不太显眼的内容有很多，它们分散在书中的很多地方，但又有着一致的线索，这些都是唐僧师徒关系变化中的重要因素，也是推动唐僧改变对孙悟空看法的重要影响因素。对话内容的具体变化，也是师徒关系发生变化的体现。

当把注意力不只是放在取经队伍与妖魔的打斗之上，而是以一种严肃认真的态度对待《西游记》中的这些打斗之外的内容，可以发现，它们构成了一条理解《西游记》宏大叙事的完整线索，完整地呈现了孙悟空的性格转变、取经团队的关系变化，包括唐僧在领导取经团队过程中所得到的锻炼和提升等方面的过程和结果。

换一种眼光阅读《西游记》，可以发现这是一本以神魔情节书写人性变化的鸿篇巨制，特别是，书中人物性格的成长变化让人感觉十分自然，毫不突兀，整个过程连续而完整。孙悟空的性格前后发生了非常大的变化，但大多数人读完后对孙悟空性格的复杂变化无所察觉，这正说明《西游记》在人物刻画、人性描写方面的水平之高，这一点在神魔小说中可以说是无出其右。即使与其他类型的小说相比，《西游记》所达到的高度也是十分难得的。

附录 2　取经行动时间线

《西游记》是一本内容丰富、含义深刻的书，其主要情节围绕唐僧师徒的取经行动展开。孙悟空的性格转变、唐僧师徒的关系变化、唐僧与孙悟空对佛教经义的理解、孙悟空与天庭关系的变化等，都是在取经行动的过程中逐渐发生的。从取经行动时间的视角，我们可以更好地理解这些变化发生的时间背景。

《西游记》中对于唐僧师徒取经过程中的各主要事件，并没有记载其准确的日期。对于这个时间过程的很多细节，唐僧自己可能也不是很清楚。但唐僧有他计算时间的方式。书中最后一回，在唐太宗与唐僧之间有一段对话：

> 太宗闻言，称赞不已，又问："远涉西方，端的路程多少？"三藏道："总记菩萨之言，有十万八千里之远。途中未曾记数，只知经过了一十四遍寒暑。"（第一百回）

唐僧计算时间的方式，就是看天气的寒暑变化，以此确定经过了多少年头。为了更好地梳理取经过程中不同事件的时间关系，我们在此通过书中景物描写中涉及的季节变化，对唐僧师徒取经行动的时间线进行一个系统的梳理，见下表：

取经行动时间段

地点	季节	背景与景色描写（景色描写只摘取与季节相关的内容）	事件	章节	时间
长安	秋天	数村木落芦花碎，几树枫杨红叶坠	唐僧离开长安，踏上取经路途	第12回	第一年秋（贞观十三年九月）
双叉岭、五行山	秋天	……秋容萧索，爽气孤高。道旁黄叶落，岭上白云飘	唐僧遇刘伯钦、收孙悟空	第13回	—
野外	初冬	霜凋红叶千林瘦，岭上几株松柏秀……淡云欲雪满天浮，朔风骤，牵衣袖，向晚寒威人怎受	孙悟空打死六个毛贼，被哄骗戴上紧箍	第14回	—
蛇盘山鹰愁涧	寒冬	正是那腊月寒天，朔风凛凛，滑冻凌凌	收服小白龙	第15回	—
观音院黑风山	早春	山林锦翠色，草木发青芽；梅英落尽，柳眼初开	火烧观音院，收服熊罴怪	第16、17回	第二年春
高老庄	晚春	草衬玉骢蹄迹软，柳摇金线露华新。桃杏满林争艳丽，薜萝绕径放精神。沙堤日暖鸳鸯睡，山涧花香蛱蝶驯	猪八戒加入取经队伍	第18、19回	—
黄风岭	夏天	花尽蝶无情叙，树高蝉有声喧。野蚕成茧火榴妍，沼内新荷出现	降伏黄风怪	第20回	—
流沙河	秋天	寒蝉鸣败柳，大火向西流	沙僧加入取经队伍	第22回	—
野外	秋天	唐僧师徒"径投大路西来。历遍了青山绿水，看不尽野草闲花。真个也光阴迅速，又值九秋"（历遍了青山绿水，真个也光阴迅速，说明所经历时间不短；又值九秋，说明应为下一年秋天） 枫叶满山红，黄花耐晚风。老蝉吟渐懒，愁蟋思无穷。荷破青纨扇，橙香金弹丛。可怜数行雁，点点远排空	黎山老母、观音、普贤、文殊化身母女，测试唐僧师徒的意志	第23回	第三年秋
五庄观	春天	白的李、红的桃，翠的柳，灼灼三春争艳丽 花开花谢山头景，云去云来岭上峰	偷吃人参果	第24-26回	第四年春
白虎岭	夏天	孙悟空对唐僧说："那南山有一片红的，想必是熟透了的山桃，我去摘几个来你充饥。"白骨精变化的少女也是夏天打扮："翠袖轻摇笼玉笋，湘裙斜拽显金莲。"	灭杀白骨精	第27回	—
碗子山波月洞、宝象国	秋天	八戒在花果山请孙悟空回去时，路旁小猴，捧着紫巍巍的葡萄，香喷喷的梨枣，黄森森的枇杷，红艳艳的杨梅	降伏黄袍怪	第28-31回	—
平顶山	春天	轻风吹柳绿如丝，佳景最堪ं。时催鸟语，暖烘花发，遍地芳菲。海棠庭院来双燕，正是赏春时	打败金角大王、银角大王	第32-35回	第五年春
乌鸡国	秋天	唐僧在宝林寺口占古风一首，其中有两句为"万里此时同皎洁，一年今夜最明鲜"，显然时间为中秋	打败全真道士，解救乌鸡国国王	第36-39回	第五年秋*
号山	冬天	离开乌鸡国时"正值秋尽冬初时节"。师徒四人"夜住晓行，将半月有余"，来到号山	降伏红孩儿	第40-42回	—
黑水河	春天	降伏红孩儿后，师徒几人继续上路，"行经一个多月"，来到黑水河 岸上芦苇知节令，滩头花草斗青奇	降伏鼍龙	第43回	第六年春

附录2 取经行动时间线

(续表)

地点	季节	背景与景色描写（景色描写只摘取与季节相关的内容）	事件	章节	时间
车迟国	春天	师徒四人"迎风冒雪，戴月披星，行彀多时，又值早春天气"：三阳转运，万物生辉……花香风气暖，云淡日光新。道旁杨柳舒青眼，膏雨滋生万象春	车迟国比武	第44—46回	第七年春
通天河	秋天	师徒四人"晓行夜住，渴饮饥餐，不觉的春尽夏残，又是秋光天气"	降伏灵感大王	第47—49回	—
金兜山	冬天	师徒继续上路，"四众奔西，正遇严冬之景"：雪欺衰柳，冰结方塘……飒飒寒风送异香，雪漫不见梅开处	降伏独角兕大王	第50—52回	—
解阳山、西梁女国、毒敌山	春天	紫燕呢喃，黄鹂斯朔……满地落红如布锦，遍山发翠似堆茵。岭上青梅结豆，崖前古柏留云。野润烟光淡，沙暄日色曛。几处园林花放蕊，阳回大地柳芽新	误饮子母河水，打败如意真仙，灭蝎子精	第53—55回	第八年春
野外	夏天	师徒"行赏端阳之景"：熏风时送野兰香，濯雨才晴新竹凉。艾叶满山无people采，蒲花盈涧自争芳。海榴娇艳游蜂喜，溪柳阴浓黄雀狂。长路那能包角黍，龙舟应吊汨罗江	孙悟空打死拦路毛贼，灭六耳猕猴	第56—58回	—
火焰山	秋天	师徒继续前行，"历过了夏月炎天，却又值三秋霜景"：薄云断绝西风紧，鹤鸣远岫霜林锦。光景正苍凉，山长水更长。征鸿来北塞，玄鸟归南陌。客路怯孤单，衲衣容易寒	三调芭蕉扇，降伏牛魔王	第59—61回	—
祭赛国	秋末冬初	野菊残英落，新梅嫩蕊生。村村纳禾稼，处处食香羹。平林木落远山现，曲涧霜浓幽壑清……虹藏不见影，池沼渐生冰。悬崖挂索藤花败，松竹凝寒色更青	打败九头驸马，收回金光寺宝物	第62、63回	—
荆棘岭	春天	师徒四人离开祭赛国，"一直西去。正是时序易迁，又早冬残春至，不暖不寒，正好逍遥行路"：夹道柔茵乱，漫山翠盖张。密密搓搓初发叶，攀攀扯扯正芬芳	灭木仙庵的藤精树怪	第64回	第九年春
小雷音寺	春天	"四众西进，行彀多时，又值冬残，正是那三春之日"：草芽遍地绿，柳眼满堤青。一岭桃花红锦倪，半溪烟水碧罗明……日晒花心艳，燕衔苔蕊轻	降伏黄眉怪	第65、66回	第十年春
七绝山、驼罗庄	晚春	唐僧师徒离开小雷音寺后，"行经个月程途"：几处园林皆绿暗，一番风雨又黄昏	灭蛇精	第67回	—
朱紫国	夏天	海榴舒锦弹，荷叶绽青盘。两路绿杨啼乳燕，行人避暑扇摇纨	医治朱紫国王、降伏赛太岁	第68—71回	—
盘丝洞、黄花观	春天	唐僧师徒离开朱紫国，"行彀多少山原，历尽无穷水道，不觉的秋去冬残，又值春光明媚"	灭蜘蛛精、降伏蜈蚣精	第72、73回	第十一年春
狮驼岭	初秋	唐僧师徒"放马西行。走多时，又是夏尽秋初，新凉透体"：急雨收残暑，梧桐一叶惊。萤飞莎径晚，蛩语月华明。黄葵开映露，红蓼遍沙汀。蒲柳先零落，寒蝉应律鸣	降伏狮驼岭三魔	第74—77回	—
比丘国	冬天	唐僧师徒"离狮驼城西行。又经数月，早值冬天"：岭梅将破玉，池水渐成冰。红叶俱飘落，青松色更新。淡云飞欲雪，枯草伏山平。满目寒光迥，阴阴透骨泠	降伏白鹿精	第78、79回	—

(续表)

地点	季节	背景与景色描写（景色描写只摘取与季节相关的内容）	事件	章节	时间
镇海禅林寺、陷空山	夏天	唐僧师徒"行弢多时，又过了冬残春尽，看不了野花山树，景物芳菲"	降伏老鼠精	第80-83回	第十二年夏
灭法国	夏天	唐僧师徒"投西前进。不觉夏时，正值那熏风初动，梅雨丝丝"：冉冉绿阴密，风轻燕引雏。新荷翻沼面，修竹渐扶苏。芳草连天碧，山花遍地铺。溪边蒲插剑，榴火壮行图	使灭法国国王向善	第84回	第十三年夏
隐雾山	夏天	唐僧师徒灭花豹子精后，救了一樵子的命，去樵子家吃饭，从饭菜可见时令：嫩焯黄花菜，酸虀白鼓丁。浮蔷马齿苋，江荠雁肠英	灭花豹子精	第85、86回	—
凤仙郡	夏秋之际	龙王降雨后的景象：槁苗得润，枯木回生。田畴麻麦盛，村堡豆粮升	为凤仙郡求雨	第87回	—
玉华县、竹节山	深秋	"师徒们奔上大路。此时光景如梭，又值深秋之候"：红叶纷飞，黄花时候。霜晴觉夜长，月白穿窗透。家家烟火夕阳多，处处湖光寒水溜	玉华县收徒，降伏九头狮子	第88-90回	—
金平府、青龙山	春天	唐僧师徒刚到金平府时曾元宵观灯：三五良宵节，上元春色和	降伏犀牛精	第91、92回	第十四年春
布金禅寺、天竺国、鸡鸣关	春天	人静月沉花梦悄，暖风微透壁窝纱。晓日旌旗明辇路，春风箫鼓遍溪桥。正是离人情处，风摇嫩柳更凄凉	降伏玉兔精	第93、95回	—
铜台府地灵县	夏初	唐僧"师徒们西行，正是春尽夏初时节"：清和天气爽，池沼芰荷生。梅逐雨余熟，麦随风里成。草香花落处，莺老柳枝轻。江燕携雏习，山鸡哺子鸣	唐僧师徒洗清抢劫寇员外一家的冤屈	第96、97回	—

* 在乌鸡国人住宝林寺之前，唐僧说道："徒弟呀，西天怎么这等难行？我记得离了长安城，在路上春尽夏来，秋残冬至，有四五个年头。"说明按照唐僧对季节变换的记忆，取经队伍此时已经离开长安4~5年，与我们的推算一致。

  从表中季节变化的内容可以发现，《西游记》确实是一本精心写作的文学经典。虽然其内容复杂、涉及的神魔体系庞大、人物关系纷繁复杂，但在未明确注明取经路上主要活动时间背景的情况下，其背后依然设置了一条清晰、一致的时间线索，很多人们不太关注的内容其实体现了作者精心的设计和安排。一方面，《西游记》描写春夏秋冬四时之景，文采斐然，语言不断出新；另一方面，这并不是单纯地写景，而是在一百回的内容中，通过这样一种隐晦的方式，巧妙地提供了取经路上各主要活动的时间信息。这也为我们考察取经路上的各种社会关系变化，提供了有价值的时间维度。

附录3 天庭治理水平探析

《西游记》不仅讲述了唐僧师徒前往西天取经的故事，而且描绘了一个宏大的天庭体系。这个体系的管理颇有其特色。

一、天庭体系的特点与管理水平

《西游记》为我们描绘了一个宏大的天庭体系，这个体系具有以下几方面的特点：

第一，法力大的地位高，法力小的地位低，以法力决定地位的高低。这是天庭最基本的规则。天庭规则中不是没有道德和规范，不是没有升迁制度，以及各种烦琐的规章条文和办事手续，但这些都是以实力为后盾的。法力强大的如来是不可打败的，这是稳定天界秩序的最后支柱，这一点在大闹天宫时有最清楚的体现。

从根本上说，天庭体系是一个以实力为基础的权力体系。权力体系内在地要求法力大的地位高，法力小的地位低，这两者互为表里。相反，如果以法力小的统治法力大的，被统治者稍有不满意，就可以轻易地推翻现存的秩序，这样的体系是无法保持稳定的。

在第50~52回，太上老君的青牛偷了老君的宝贝金刚琢下界为妖，接连打败孙悟空、托塔李天王与哪吒三太子、邓张二雷公、火德星君、黄河水伯、如来派遣的十八罗汉等诸多天界高手。最后，孙悟空找到妖怪的主人太上老君处：

> 老君道:"我那金刚琢,乃是我过函关化胡之器,自幼炼成之宝。凭你什么兵器、水火,俱莫能近他。若偷去我的芭蕉扇儿,连我也不能奈他何矣。"(第五十二回)

老君表示,金刚琢这个法宝太过厉害,如果青牛把老君的芭蕉扇一并偷走,那就连老君都拿他没有办法了。虽然青牛同时偷走老君多件顶级法宝的事情并没有发生,但这样一种可能性本身表明,如果不能拉大不同层级神仙之间的法力水平,天庭体系就存在不可忽视的稳定性风险。

第二,天庭是实行实物经济。货币在天庭基本是无用之物,如二郎神成功捉拿孙悟空,为天庭立下大功后,玉帝的赏赐是"金花百朵,御酒百瓶,还丹百粒,异宝明珠,锦绣等件"。这里的"金花百朵",并不是黄金多少两的意思,"金花"更多地是一定级别官员的装饰物,是一种荣誉;"御酒百瓶"也更多具有荣誉性质;相比之下,"还丹百粒"的实际价值更大一些。但总体上,这些东西对二郎神都没有多大的价值。

对天庭诸神来说,最有价值的是能够提高法力的物品,其中一种是法宝,处于天庭顶端的神佛都有一些顶级法宝,如太上老君的金刚琢、芭蕉扇,如来佛的金钵盂,观音菩萨的净瓶和杨柳枝等,但这些都是非交易物品。除了法宝,比较有价值的,就是可在一定范围内流通、一次性使用的物品,如太上老君的金丹、蟠桃园的蟠桃、镇元大仙的人参果。这些都是仙界十分难得的资源。天庭分配的规则是,在提升法力方面价值越高的物品,其分配的范围越小。这样做的结果是,进一步拉大天庭不同层级神仙之间的实力差距。这方面,孙悟空是一个特殊的存在。他因为误打误撞偷吃了太上老君的五葫芦金丹,大规模享用了他本没有资格享用的天界稀缺物品,并由此炼成金刚不坏之躯,但这样的情况在天庭极少发生。天庭对有价值物品的这样一种分配方式,客观上有助于这一权力体系的稳定性。

第三,没有退出机制,并由此导致激励机制的高度扭曲。因为在天庭,不仅仙位的高低,即使是生命的长短,也是以法力大小为标准。法力大地位高的神仙都修成了不老不死之身。不老不死的结果是,他们永远年轻、永远身体健康、永远可以为天庭贡献自己的能量,从而也就不存在退休的可能性。其结果,大大小小的神仙基本上都是终身制,僵化和缺乏流动性成为天庭官员体系的一个基本特征。

这构成了天庭体系的一个极大弊端，就是激励机制的丧失。由于天庭诸神没有明确的退出机制，加上天庭的各个位置不能无限制地膨胀，就导致天界神仙缺乏上升的渠道。他们不仅缺乏上升渠道，在不同部门之间流动的渠道也极不畅通。由此导致的结果是，天庭的格局长期是一潭死水，各路神仙办事的积极性总体不是很高。

在孙悟空大闹天宫，玉皇大帝的地位面临挑战这样一种颇为严峻的局面下，并没有多少神仙出来主动为天庭分忧。在此情况下，观音向玉皇大帝举荐二郎神。二郎神作为玉帝的外甥，却是"听调不听宣"，好在玉帝派大力鬼王调二郎神时，二郎神的反应比较积极，说："天使请回，吾当就去拔刀相助也。"二郎神把前往捉拿大闹天宫的孙悟空看成是对玉帝"拔刀相助"，显然他认为这不是自己本职内的事情。二郎神尚且如此，三清、四帝、五方五老、五斗星君、十洲三岛仙翁等的心态就更可想而知了。玉帝在调二郎神与梅山六兄弟前往花果山捉拿反叛的孙悟空时，许诺"成功之后，高升重赏"。但他们成功捉拿孙悟空后，一个也没有得到升职。所谓的重赏，如前所述，也是一些华而不实、对二郎神无甚价值的东西。

另一方面，在天庭地位越高，犯错误后所受到的惩罚越小。太上老君的五葫芦金丹被孙悟空偷吃，让孙悟空炼成金刚不坏之躯。这个事情还可以说他是遗失个人重要物品，他本人也是受害者，但从八卦炉中放跑孙悟空，却无人向他问责，这就有些问题了。取经路上，一些神仙如奎木狼私自下凡，被捉拿后，也并没有削除其职务。观音菩萨的金毛犼、文殊菩萨的坐骑青毛狮、普贤菩萨的坐骑白象、太上老君的青牛、寿星的白鹿、广寒宫的玉兔等下界为妖，也基本没有受到什么像样的处罚。这意味着天庭的赏罚体系在很大程度上已经失去了激励作用。

有功难赏、有过难罚，这样一种局面的形成，一定程度上与天庭体制的结构性特点有关，但这种局面的长期持续，无疑十分不利于调动天庭高位神仙的工作积极性。

第四，各路神仙在战斗行动中强调单打独斗，而难以发挥出集团优势。在取经路上，孙悟空曾经与下界的奎木狼（黄袍怪）有一番打斗，结果是"战有五六十合，不分胜负"。虽然奎木狼明显不是孙悟空的对手，但也能战五六十回合，不分胜负。但在捉拿大闹天宫的孙悟空时，四大天王与二十八宿等合力，却不能占到孙悟空的便宜。

另外值得关注的是十万天兵的战斗力。在捉拿孙悟空时，十万天兵显然是无功而返。不仅是孙悟空，狮驼岭的大魔王青毛狮子精当年也曾打败十万天兵。按狮驼岭小妖小钻风的说法，事情的经过是这样的："那年王母娘娘设蟠桃大会，邀请诸仙，他不曾具柬来请，我大王意欲争天，被玉皇差十万天兵来降我大王，是我大王变化法身，张开大口，似城门一般，用力吞将去，唬得众天兵不敢交锋，关了南天门，故此是一口曾吞十万兵。"总体来看，十万天兵数量不少，但战斗力十分有限，毕竟青毛狮子精在《西游记》中不算是十分厉害的人物。特别是，在青毛狮子精与天兵的战斗中，他"唬得众天兵不敢交锋"，十万天兵实际上是被吓退的。有一句话说，宁可被敌人打死，也不能让敌人吓死。作为军人更应如此，何况还是天兵，其勇气、素质应该比一般军队要高很多才对。

由此，我们可以得到一个基本的认识，就是天兵的素质确实不高。这样的结果很大程度上是天庭体制的特点造成的。因为天庭缺乏上升的渠道，天兵不可能因为在战斗中表现英勇而得到提拔，因此其在作战时缺乏激励，不愿冒生命的危险。

如果天兵单一作战能力有限，但一定数量的天兵通过集团战术，使得作战能力得到大幅提升，这种情况是否符合天庭的利益？这也不一定。如果十万天兵能够发挥数量优势，利用阵法等手段战胜孙悟空，而且随着时间的推移，天兵的个体战斗力还通过训练、战争不断提升，这会产生什么样的结果？就是一般的天神对天兵的制约能力逐渐减弱，天兵本身会演化成天庭十分重要的利益集团，这并不利于天庭的稳定。从这个角度，我们可以看到，对于二十八宿来说，不是28个1相加大于28，而是28个1相加小于28的效果；对于十万天兵来说，不是10万个1相加大于10万，而是10万个1相加远远小于10万的效果，这在天庭体系下是有其合理性的，同时也是每一名天兵个体理性选择的结果。

所以我们可以看到，在金兜山对付青牛精时，虽然天庭出动了托塔李天王与哪吒三太子、邓张二雷公、火德星君、黄河水伯、如来派遣的十八罗汉等各路神仙，但众神在失去武器后并不是想办法继续进攻，而是都坐等更厉害的神仙来解决问题。天庭在战斗过程中的这种行为模式，决定了其在战斗中即使派出多位神仙，也难以发挥出集团合力。天庭与青牛精的打斗，从战斗的层面上，可以看成一个缩小版的大闹天宫。两者所反映的天庭众神行为模式是高度一致的。最后，青牛精是被太上老君出手捉拿回去，与孙悟空被如来这个超级高手打败，基本上是同一个模式。

第五，由于激励机制扭曲，诸神的工作积极性普遍不是很高，天庭在管理上也比较涣散。

一方面没有退出机制，另一方面天庭的各个位置又不能无限制地膨胀，因此，在天庭做官，基本上没有升迁的途径。长此下去，众神就断了建功立业、以求升迁的念想，逐渐形成了得过且过、大家相安无事就好的风气。可以说，天庭官员中，一百个有九十九个是混日子的。在这样的体制下，如果天庭遇到什么困难，遭遇什么危机，众神仙不会太热心，没有多少人会主动请战，积极申请前往平叛。二郎神、王灵官在与孙悟空的战斗中出了大力，但并没有得到像样的封赏。太上老君让好不容易被捉住的猴王从八卦炉中逃脱，也没有人去问责。这都是这样一种体制安排下的正常结果。

孙悟空在做弼马温的时候，迅速发生的心态转变，其实是天庭众神心态的一种写照。孙悟空一开始做弼马温十分敬业，因为他可能存有通过努力工作干出成绩，然后得到提拔的想法。但在他知道这样的想法并不现实后的反应是"心头火起，咬牙大怒"，一路棒，打出南天门，径回花果山去了。孙悟空在这种情况下的选择是"老子撂挑子不干了"。其他各路神仙做事不像孙悟空那么冲动和毛躁，但大家工作的积极性、主动性不太高也实属正常。

在此情况下，天庭工作上的散漫、纪律上的松弛就可想而知了。如作为二十八宿之一的奎木狼私自下界为妖，在下方为妖已经十三年，却一直没有被天庭察觉。直到孙悟空怀疑他是天神为妖，玉帝安排查岗，才发现他走失的情况。

> 又查那斗牛宫外，二十八宿，颠倒只有二十七位，内独少了奎星。天师回奏道："奎木狼下界了。"玉帝道："多少时不在天了？"天师道："四卯不到。三日点卯一次，今已十三日了。"玉帝道："天上十三日，下界已是十三年。"即命本部收他上界。（第三十一回）

更有甚者，按天师的说法，天庭对诸神并非没有纪律要求，奎木狼本应"三日点卯一次"，现在却已经是四次点卯都不到。这说明两个问题：一是天庭点卯的纪律没有严格地得到执行，对多次点卯不到的神仙并没有及时上报处理。二是奎木狼明知天庭要三日一次点卯，也敢多次公然不去，显然是他认为即使点卯不到，也并不是多大的问题。从后面的处罚来看，他的判断也基本上是准确的。

同样，太上老君的青牛下界为妖，老君也是多日不知。而且青牛走时偷了老君的至宝金刚琢，老君自己亲口表示，如果青牛再偷去他的芭蕉扇，连自己也奈何不了青牛了。弥勒佛的黄眉童子、广寒宫捣药的玉兔、以及寿星的白鹿等多位神仙的坐骑都曾下界为妖，不少都是在天庭不知情的情况下发生的。金角大王、银角大王、红孩儿等不少妖怪还随意使唤山神土地。更有甚者，狮驼岭妖怪中的三大王大鹏金翅雕，在五百年前吃掉了狮驼国国王、文武官僚及满城大小男女，并由此霸占了狮驼国，导致狮驼国中妖怪横行，但五百年来一直没有人过问此事。可见管理松懈、治理不力的问题，在天庭很多地方、很多部门都存在。

在这样一种涣散的管理体制下，为了实现比较好的治理结果，神仙是否具有责任心就变得更为重要了。在这个方面，观音菩萨的表现颇为突出。取经路上的一个细节比较充分地说明这一点。

在八百里通天河，有灵感大王在当地为妖。孙悟空前往南海向观音求救，他性急往里闯，结果看到的景象是：观音"……散挽一窝丝，未曾戴璎珞。不挂素蓝袍，贴身小袄缚。漫腰束锦裙，赤了一双脚。披肩绣带无，精光两臂膊。玉手执钢刀，正把竹皮削"。观音光着胳膊赤着脚，在那里削篾编竹篮。观音的手下诸天表示她"今早出洞，未曾妆束，就入林中去了"，也就是在孙悟空来之前，一大早就忙活去了。观音随孙悟空来到通天河，八戒与沙僧还感叹道："师兄性急，不知在南海怎么乱嚷乱叫，把一个未梳妆的菩萨逼将来也。"

我们从这些细节小事中可以发现，观音对于降妖的态度，与天庭很多其他神仙有较大的不同。这个灵感大王本是观音莲花池里养大的金鱼，每日浮头听经，修成手段。观音还表示："我今早扶栏看花，却不见这厮出拜，掐指巡纹，算着他在此成精，害你师父，故此未及梳妆，运神功，织个竹篮儿擒他。"也就是说，这个妖怪的走失，是观音主动发现，然后她立即筹划收服妖怪的办法。由此可见观音的责任心很强，办事的效率也非常高。① 不过，天庭中大部分神仙不是这样，而是比较散漫，责任心不强。

二、天庭的治理

天庭是一个十分庞大的体系，其治理无疑是很复杂的事情。在这个治理的过程中，规则不可缺少。在此，我们根据《西游记》中的内容对天庭的治理水平做一个基本的分析。

1. 天庭是否有法可依？

在这个方面，总体的感觉是天庭的依法治理存在很大的漏洞，对不少违法违规行为的处理也颇有些随意。

孙悟空在龙宫强取宝物、在地府修改死籍并涂乱文书，为此，龙王与阎王上天庭告状。但玉帝对孙悟空并没有按照"天规"处理，而是将其招安为弼马温了事，而且我们也不知道按照天规应该是如何处理。天庭处理的过程如下：

> 千里眼、顺风耳道："这猴乃三百年前天产石猴。当时不以为然，不知这几年在何方修炼成仙，降龙伏虎，强销死籍也。"玉帝道："那路神将下界收伏？"言未已，班中闪出太白长庚星俯伏启奏道："上圣三界中，凡有九窍者，皆可修仙。奈此猴乃天地育成之体，日月孕就之身，他也顶天履地，服露餐霞，今既修成仙道，有降龙伏虎之能，与人何以异哉？臣启陛下，可念生化之慈恩，降一道招安圣旨，把他宣来上界，授他一个大小官职，与他籍名在箓，拘束此间。若受天命，后再升赏；若违天命，就此擒拿。一则不动众劳师，二则收仙有道也。"玉帝闻言甚喜，道："依卿所奏。"即着文曲星官修诏，着太白金星招安。（第三回）

---

① 在这件事的背后，也许有其他因素同时在起作用，如取经一事本来是观音积极参与策划和推动的，对此她有比其他神仙更大的热情。此外，观音以救苦救难著称，她自己内在的精神激励可能强于大部分神仙。

显然，天庭对于孙悟空的行为当如何处理并没有明确的细则。在具体如何处理上玉帝也不是十分在意，因此，当太白金星说可以加以招安时，玉帝的反应是"闻言甚喜"。

其一，对泾河龙王违反天条的处理。当然，对于违反天条的事情，不是都没有天规。《西游记》中，也有小神的行为违反天规，并按天规严格处理的。这方面的典型例子是泾河龙王。在这个案例中，天规落实的过程颇有戏剧性。

此事的背景是，泾河龙王对长安城中的算命人袁守诚每天为渔翁算卦，告知其在哪里可以确保打到鱼而感到不满，于是变化为一名白衣秀士前往算卦，目的是砸袁守诚的招牌。泾河龙王请袁守诚卜算天气。袁守诚说，明日就会下雨，具体为"辰时布云，巳时发雷，午时下雨，未时雨足，共得水三尺三寸零四十八点"。泾河龙王为了显示袁守诚算卦不准，特意对天庭下雨的安排在执行上打了折扣。之后，袁守诚对他说："你违了玉帝敕旨，改了时辰，克了点数，犯了天条。你在那剐龙台上，恐难免一刀。"泾河龙王听说后，心惊胆战，毛骨悚然，向袁守诚跪下求救：

> 守诚曰："我救你不得，只是指条生路与你投生便了。"龙曰："愿求指教。"先生曰："你明日午时三刻，该赴人曹官魏征处听斩。你果要性命，须当急急去告当今唐太宗皇帝方好。那魏征是唐王驾下的丞相，若是讨他个人情，方保无事。"龙王闻言，拜辞含泪而去。（第九回）

之后，泾河龙王找到唐太宗求情。

> 龙王云："陛下是真龙，臣是业龙。臣因犯了天条，该陛下贤臣人曹官魏征处斩，故来拜求，望陛下救我一救！"太宗曰："既是魏征处斩，朕可以救你。你放心前去。"龙王欢喜，叩谢而去。（第九回）

双方的对话能说明很多问题。泾河龙王犯了天条，求唐太宗救他一命。唐太宗认为这事不难，所以满口答应，龙王也欢喜而去。这说明泾河龙王、唐太宗都从观念上认为，在某位神仙犯了天条该当处死的情况下，即使天庭下达了处死的命令，依然是可以想办法保命的。可以说，泾河龙王、唐太宗及袁守诚对天条都并没有真正的敬畏。只是后来唐太宗在具体帮忙的时候出了一些偏差，才导致泾河龙王还是被处死了。

其二，仙家争斗，无法可依。《西游记》中也有神仙打架的事情。这方面比较典型的是加入取经队伍不久的孙悟空与镇元大仙的冲突。此事本来是天庭内部矛盾，如果由天庭的规则管理，是很好处理的。

在五庄观，孙悟空偷吃了镇元大仙的人参果。这人参果是五庄观的异宝，它三千年一开花，三千年一结果，再三千年才得熟，一次只结三十个。人参果的价值很大，普通人闻一闻，就可以活三百六十岁；吃一个，可以活四万七千年。镇元大仙把人参果看得十分宝贝，轻易舍不得吃。镇元大仙的弟子明月曾经说："果子原是三十个。师父开园，分吃了两个，还有二十八个。"镇元大仙门下出的散仙，不计其数，目前还有四十八个徒弟在身边，都是得道的全真。即使如此，大仙在开园的时候，也不过分吃了两个。当地的土地神也对孙悟空表示，他虽是这里的土地，对于大仙的这等宝贝，"就是闻也无福闻闻"，其宝贝程度可想而知。孙悟空擅自偷吃镇元大仙的人参果已经十分不对，更过分的是，他还在一气之下推倒了人参果树，可以说是动了镇元大仙的根本。镇元大仙生气的程度可想而知。

但这件事的处理颇有戏剧性。唐僧师徒几次跑路，都逃不出镇元大仙的追拿，但大仙拿孙悟空也没有好的办法。经过几次较量之后，大仙只好认倒霉。

> 那镇元大仙用手搀着行者道："我也知道你的本事，我也闻得你的英名，只是你今番越理欺心，纵有腾挪，脱不得我手。我就和你讲到西天，见了你那佛祖，也少不得还我人参果树。你莫弄神通！"行者笑道："你这先生好小家子样！若要树活，有甚疑难！早说这话，可不省了一场争竞？"大仙道："不争竞，我肯善自饶你？"行者道："你解了我师父，我还你一棵活树如何？"大仙道："你若有此神通，医得树活，我与你八拜为交，结为兄弟。"行者道："不打紧，放了他们，老孙管教还你活树。"
> （第二十六回）

这个事情最重要的是，不管孙悟空闯了多大的祸，他的做法有多不占理，最后的结果，即使像镇元大仙这样有分量的人物，最终也只能选择私了。当年龙王、阎王受了孙悟空的气，还去天庭告御状，但毫无效果。镇元大仙的地位和见识远高于龙王和阎王，所以他索性没有找组织来解决，而是要求孙悟空自己找关系救活人参果树。这事在很大程度上说明，如果神仙之间起了争执，出现矛盾，最好还是自己想办法，依靠天庭的规章制度很可能是解决不了问题的。

　　其三，"一饮一啄，莫非前定"，所谓"前定"，实为人定。《西游记》中，很多神仙吃了亏时，通过组织的渠道没有办法解决，要么像镇元大仙这样自己想办法解决，要么像东海龙王、十殿阎王这样接受吃亏的现实。神仙尚且如此，凡间人物，即使是贵为君王，如果想利用天庭制定的规则来维护自身权益，其难度可想而知。

　　这方面的一个典型例子是乌鸡国国王。乌鸡国国王与自己信任的全真道人结为兄弟，同寝同食。但两年后全真道人将国王推下井，自己变成国王的模样。乌鸡国国王陷入这一惨境，也有其自身的原因。后来孙悟空降伏妖怪，才知道妖怪是文殊菩萨的坐骑所化。孙悟空指责菩萨管理不严时，菩萨解释了事情的原委：

> 菩萨道："你不知道；当初这乌鸡国王，好善斋僧，佛差我来度他归西，早证金身罗汉。因是不可原身相见，变做一种凡僧，问他化些斋供。被吾几句言语相难，他不识我是个好人，把我一条绳捆了，送在那御水河中，浸了我三日三夜。多亏六甲金身救我归西，奏与如来，如来将此怪令到此处推他下井，浸他三年，以报吾三日水灾之恨。一饮一啄，莫非前定。今得汝等来此，成了功绩。"（第三十九回）

　　原来菩萨的坐骑到乌鸡国为妖，是为了完成如来佛祖对乌鸡国国王的处罚。这个处罚的依据是什么呢？是因为乌鸡国国王把变为凡僧的文殊菩萨在水中浸了三日三夜，所以要把国王在水中浸三年。所谓"一饮一啄，莫非前定"，这一处罚可说是事出有因。这里唯一不清楚的是，"前定"是按什么标准定的。虽然"一饮一啄，莫非前定"是对乌鸡国国王的处罚依据，但如何

"前定"？由谁来"前定"？对什么事情进行"前定"？这些都是不明确的事情。如果乌鸡国国王把一个其他的凡僧而不是文殊菩萨变化的凡僧，在御水河中浸三日三夜，他会不会受到同样的处罚？显然不会，但从乌鸡国国王的角度，这两者在性质上又有什么实质性的区别？

当年奎木狼私自下界为妖，成为黄袍怪，他后来在玉帝面前为自己辩护的说法为：

>那宝象国王公主，非凡人也。他本是披香殿侍香的玉女，因欲与臣私通。臣恐点污了天宫胜境，他思凡先下界去，托生于皇宫内院，是臣不负前期，变作妖魔，占了名山，摄他到洞府，与他配了一十三年夫妻。一饮一啄，莫非前定，今被孙大圣到此成功。（第三十一回）

奎木狼讲的也是"一饮一啄，莫非前定"的道理，但他这个"前定"就更加没有依据了，难道天庭的规则是男女神仙产生好感后，就可以按照"一饮一啄，莫非前定"的原则下界为妖吗？当然不可能，天庭肯定没有这样的规则。这个所谓的"前定"，不过是奎木狼自己一厢情愿的想法而已。

结合文殊菩萨和奎木狼的情况看，虽然"一饮一啄，莫非前定"的说法表面上显示这些神仙是按照规则在办事，但其实他们找不到任何条文的依据，所以他们办事的方式也各不相同。显然，以"一饮一啄，莫非前定"作为天庭执法的标准，其随意性是非常大的。

天庭规则的随意性，在另一件小事上有清楚的体现。王母娘娘为了开蟠桃会，安排七衣仙女前往蟠桃园摘桃。在蟠桃园门口，七衣仙女与蟠桃园土地有一段简短的对话：

>仙女近前道："我等奉王母懿旨，到此摘桃设宴。"土地道："仙娥且住。今岁不比往年了，玉帝点差齐天大圣在此督理，须是报大圣得知，方敢开园。"（第五回）

这段对话说明了天庭规则方面的很多问题，一个方面，说明这个地方是有规则的，而且规则是在不断发展和完善的，即随着天庭安排孙悟空看管蟠桃园，孙悟空对蟠桃园制定了新的规则，就是非经他的同意，不得打开蟠桃园，所以土地说"今岁不比往年了"。另一方面，这又显示天庭规则的制定具有一定的随意性。这个规则完全是孙悟空按照自己的想法制定的，其实主要是为了方便他偷吃蟠桃。对于孙悟空制定的规则，他手下的土地、力士及齐天府二司仙吏只能服从，而不会说什么，更不会向上级反映其中可能存在的问题。

2. 天庭投诉渠道是否通畅？

天庭的天条规定是否完整是一回事，如果在天庭治理体系下发生了不合理的事情，一般神仙或者世间凡人投诉的渠道是否存在，以及这一渠道是否畅通就是另一回事了。对这个问题，我们的看法是，天庭的投诉渠道确实存在，但并不通畅，而且投诉往往不起作用。

对此先看《西游记》中属于最好的一种情况，就是对于违反天庭规则的行为确实进行了投诉，而且投诉到了具有决定权的玉皇大帝那里。

这种情况确实有，而且《西游记》的故事一开始很快就发生。孙悟空在龙宫强取宝物、在地府大闹一通，龙王与阎王上天庭告状，而且玉皇大帝亲自受理，但最后的结果是，孙悟空被招安了事，龙王被强取的宝物并未归还，地府被修改的文书也未恢复。正常来说，龙王、阎王告状的目的有两个方面，一是挽回损失，二是对肇事者进行惩罚，但他们即使把状告到天庭最高级别领导人那里，也是一个目的都没有实现，天庭甚至都没有给他们一个说法。

龙王和阎王各主一方，已是天庭体系中颇有地位的神仙。地位不如他们的神仙，其处境无疑更为糟糕。典型的例子是黑水河神的遭遇。黑水河神曾亲口向孙悟空诉说他的冤屈：

> 那老人磕头滴泪道："大圣，我不是妖邪，我是这河内真神。那妖精旧年五月间，从西洋海趁大潮来于此处，就与小神交斗。奈我年迈身衰，敌他不过，把我坐的那衡阳峪黑水河神府，就占夺去住了，又伤了我许多水族。我却没奈何，径往海内告他。原来西海龙王是他的母舅，不准我的状子，教我让与他住。我欲启奏上天，奈何神微职小，不能得见玉帝。今闻得大圣到此，特来参拜投生，万望大圣与我出力报冤！"（第四十三回）

黑水河神被鼍龙无端抢了洞府，他向上级西海龙王告状，没想到鼍龙与西海龙王有亲戚关系。有亲戚关系也不要紧，只要西海龙王能严格执法就可以了。但西海龙王的执法意识无疑不强，他的处理结果是让黑水河神直接把洞府让给鼍龙，这实际上是把坏人强占他人府第的做法合法化了。黑水河神也想过向更高级别的天神反映，但由于他级别太低，没有这样的机会。幸好取经队伍从此经过，黑水河神好不容易逮住机会，向并没有管理权限的孙悟空反映了自己的情况。如果不是有取经队伍要从这里经过这一偶然事件发生，而且取经队伍的领导唐僧本人又被鼍龙捉去，准备蒸熟吃了这种事情发生，黑水河神在正常情况下是很难找到告状机会的。

低级神仙尚且如此，人间君王的遭遇就更可想而知。乌鸡国国王对此就深有体会。乌鸡国国王遭遇不幸，被推落井底三年，他自感求告无门，只得指望取经路过此地的唐僧师徒帮忙。

当乌鸡国国王向唐僧倾诉自身遭遇时，颇有些理想主义的唐僧怪他太懦弱，说："你何不在阴司阎王处具告，把你的屈情伸诉伸诉？"唐僧试图向乌鸡国国王指点一条明路，就是：你可以去告他啊！对此，乌鸡国的回答是：

> 他（妖怪）的神通广大，官吏情熟，都城隍常与他会酒，海龙王尽与他有亲，东岳天齐是他的好朋友，十代阎罗是他的异兄弟。因此这般，我也无门投告。（第三十七回）

不管怎么说，乌鸡国国王求告无门是基本的事实。说得也是，如果乌鸡国国王的冤魂有地方去告状，又何必要等这三年的时间？在乌鸡国国王被推入的八角琉璃井中有一个井龙王，他用定颜珠护住乌鸡国国王的尸身三年，无疑是一片好心。但井龙王不去告状，显然是因为知道告状不起作用，可能甚至还担心告状的结果是惹祸上身。

乌鸡国国王的遭遇已经很是不幸，比他级别低一些的天竺国外郡凤仙郡的郡侯，其遭遇可能更差。凤仙郡侯本是"十分清正贤良，爱民心重"的好官，但他在无意中犯下一个错误。一次，郡侯夫妻吵架，郡侯怪夫人不贤，一怒之下推倒供桌，又让狗吃了地上的供品。千不该万不该，最不该的是这事让玉皇大帝亲眼看见了。玉帝很生气,降罪凤仙郡三年不下雨,并立下米山、面山和金锁,需要米山、面山被吃净,灯火烧断金锁梃,才给当地下雨。玉帝的处罚给凤仙郡造成了十分严重的后果。当取经队伍抵达时,凤仙郡的景象是:"一连三载遇干荒,草子不生绝五谷。大小人家买卖难,十门九户俱啼哭。三停饿死二停人,一停还似风中烛。"与此相伴随的,是社会秩序的极度混乱:

> 斗粟百金之价,束薪五两之资。十岁女易米三升,五岁男随人带去。城中惧法,典衣当物以存身;乡下欺公,打劫吃人而顾命。(第八十七回)

完全是一副人间地狱的景象。凤仙郡侯本人在这个事上并未受到什么冤屈和灾祸,但一郡之人受了很大的罪。郡侯对此十分着急,想了很多办法,却都不管用。最大的遗憾在于,郡侯对于造成这一状况的原因始终茫然无知,从而无法有效地对症下药。幸好唐僧师徒来到此地,孙悟空上天查明事情原委,才使问题得到满意解决。像凤仙郡侯遭遇的事情,可以说是反映都不知道该怎么反映,只能是各种病急乱投医。

与此相比,还有更过分的。例如,平顶山莲花洞的两个妖怪金角大王、银角大王,平日里把山神、土地拘唤在山洞轮流当值,令孙悟空都惊叹不已。

> 行者道:"好土地,好山神!你倒不怕老孙,却怕妖怪!"土地道:"那魔神通广大,法术高强,念动真言咒语,拘唤我等在他洞里,一日一个轮流当值哩!"行者听见当值二字,却也心惊,仰面朝天,高声大叫道:"苍天,苍天!自那混沌初分,天开地辟,花果山生了我,我也曾遍访名师,传授长生秘诀。想我那随风变化,伏虎降龙,大闹天宫,名称大圣,更不曾把山神、土地欺心使唤。今日这个妖魔无状,怎敢把山神、土地唤为奴仆,替他轮流当值?天啊!既生老孙,怎么又生此辈?"(第三十三回)

从孙悟空的反应看,可以说金角大王、银角大王的做法完成超出了他的想象。但也没有听说哪个山神、土地就此事向天庭告状。如果天庭反映问题的渠道畅通，金角大王、银角大王的做法显然是难以长久的。

金角大王和银角大王如此对待山神、土地还有情有可原之处，因为他们毕竟是太上老君手下的童子，属于道门正宗，相比之下，红孩儿只是自己占地为妖，却对山神、土地更狠。当红孩儿所在山头的山神、土地见孙悟空时，都是"披一片，挂一片，裈无裆，裤无口"，完全一副穷神模样，至于其平日遭遇，也颇为凄惨。

> 众神道："……那洞里有一个魔王，神通广大，常常的把我们山神土地拿了去，烧火顶门，黑夜与他提铃喝号。小妖儿又讨什么常例钱。"行者道："汝等乃是阴鬼之仙，有何钱钞？"众神道："正是没钱与他，只得捉几个山獐野鹿，早晚间打点群精；若是没物相送，就要来拆庙宇，剥衣裳，搅得我等不得安生！万望大圣与我等剿除此怪，拯救山上生灵。"（第四十回）

这些山神、土地在红孩儿的压榨下，被弄得"烧香没纸，血食全无"、一个个"衣不充身，食不充口"，已完全失去神仙的体面，其境遇甚至不如很多普通百姓。在红孩儿盘踞的六百里钻头号山共有三十名山神、三十名土地，一共六十名神仙，但也没有任何人去告状反映此事。天庭治理体系下基层政治的糜烂由此可见一斑。

其实不仅这些中下级神仙与凡间官员，即使孙悟空本人要告状，也不是那么容易的事情。

在陷空山，唐僧师徒遭遇曾偷吃如来佛香油的老鼠精，孙悟空在老鼠精的洞府中发现两个牌位，上面分别写着"尊父李天王之位""尊兄哪吒三太子位"，孙悟空于是拿着牌位前往天庭告状。

> （孙悟空）直至通明殿下，有张葛许邱四大天师迎面作礼道："大圣何来？"行者道："有纸状儿，要告两个人哩。"天师吃惊道："这个赖皮，不知要告那个。"无奈，将他引入灵霄殿下启奏。（第八十三回）

从天师的反应看，他们对孙悟空前来告状可以说颇不乐意，是"无奈"

之下，才带他到玉帝面前启奏。玉帝安排太白金星处理此事，并让孙悟空随太白金星一起前往。结果，托塔李天王本来就因当年曾在孙悟空手下吃过败仗对他心怀不满，听说孙悟空"告"他，立即"雷霆大怒"。了解到孙悟空告他有女儿在下界为妖后，李天王说明自己只有三个儿子、一个女儿，而且女儿一直就在身边，于是觉得自己占着理，对孙悟空立即用起强来。

（李天王）叫手下："将缚妖索把这猴头捆了！"那庭下摆列着巨灵神、鱼肚将、药叉雄帅，一拥上前，把行者捆了。金星道："李天王莫闯祸啊！我在御前同他领旨意来宣你的人。你那索儿颇重，一时捆坏他，阁气。"天王道："金星啊，似他这等诈伪告扰，怎该容他！你且坐下，待我取砍妖刀砍了这个猴头，然后与你见驾回旨！"金星见他取刀，心惊胆战……天王轮过刀来，望行者劈头就砍。早有那三太子赶上前，将斩腰剑架住，叫道："父王息怒。"（第八十三回）

这事的过程很有意思，孙悟空本是原告，现在要在太白金星的主导下，与托塔李天王一起弄清事实。孙悟空手中有实物做证据，按说肯定不是凭空诬告。即使事情背后另有隐情，孙悟空的状告得不准，李天王也不能随意将原告捆绑，更不应对他拿刀"劈头就砍"。显然，李天王的法律意识十分淡薄。这事也从侧面说明，在天庭告状着实不是一件容易的事情。玉帝在孙悟空告状时，特意安排著名的和事佬太白金星前往主事，其对此事的态度倾向其实已经显露无遗。

3. 对违反天规行为的处理，是否能保持一致性？

对于违反天规的行为，天庭是否能在处理时保持一致性，这是体现其法治水平的重要指标。总体上，天庭对违反天规行为的处理没有一致性。这表现在几个方面：

其一，对于同样性质的违反天规的行为，天庭做出了不一样的处理。这方面比较典型的例子，是龙王的降雨行为。在这个问题上，首先是泾河龙王。他私自克扣了降雨量，虽然克扣程度不算严重，不过是把降雨推迟了一个时辰，把降雨量从"三尺三寸零四十八点"减少为"三尺零四十点"，克扣了接近10%，但就是因为这样的行为触犯天条，在剐龙台上被魏征斩首了。

那么龙王下雨，是否需要严格遵守玉帝的旨意呢？从《西游记》的内容看，确实是这样的。例如，在号山枯松涧，孙悟空吃了红孩儿三昧真火的亏，想利用龙王的雨水克制三昧真火，于是找东海龙王帮忙，希望他能"下场大雨，泼灭了妖火，救唐僧一难"。东海龙王的反应是：

> 那龙王道："大圣差了，若要求取雨水，不该来问我。"行者道："你是四海龙王，主司雨泽，不来问你，却去问谁？"龙王道："我虽司雨，不敢擅专，须得玉帝旨意，吩咐在那地方，要几尺几寸，什么时辰起住，还要三官举笔，太乙移文，会令了雷公电母，风伯云童。俗语云，龙无云而不行哩。"行者道："我也不用着风云雷电，只是要些雨水灭火。"（第四十一回）

由二人对话的内容可见，东海龙王的纪律意识是很强的，明确指出下雨要有"玉帝旨意"，并须按照"旨意"掌握下雨的时辰和分寸。但是，孙悟空还是说动了龙王前去帮忙，因为孙悟空在这里打了一个擦边球——他不是要龙王去号山枯松涧下雨，而是向龙王要一些"雨水"来灭火。

此外，在天竺国凤仙郡，孙悟空因为此地三年久旱无雨，希望通过私人关系让东海龙王在当地下雨。

> 行者道："……此间乃凤仙郡，连年干旱，问你如何不来下雨？"老龙道："启上大圣得知，我虽能行雨，乃上天遣用之辈。上天不差，岂敢擅自来此行雨？"行者道："我因路过此方，见久旱民苦，特着你来此施雨求济，如何推托？"龙王道："岂敢推托？但大圣念真言呼唤，不敢不来。一则未奉上天御旨，二则未曾带得行雨神将，怎么动得雨部？大圣既有拔济之心，容小龙回海点兵，烦大圣到天宫奏准，请一道降雨的圣旨，请水官放出龙来，我却好照旨意数目下雨。"行者见他说出理来，只得发放老龙回海。（第八十七回）

东海龙王在取经路上多次帮过唐僧师徒的忙，但在下雨的问题上，他始终坚持天庭的纪律，一方面表示愿意帮忙，但同时要求孙悟空向天庭讨来旨意。过去不是很讲道理、多次不按常规办事的孙悟空，听了龙王一番话也是无话可说。可见在降雨这件事情上，天庭是有很规范的操作的。

但降雨这事也有复杂的另一面。关于下雨，《西游记》中有一场很有名的求雨赌赛，发生在孙悟空与车迟国的虎力大仙之间。虎力大仙表示，他登坛做法之后，以令牌为号，"一声令牌响风来，二声响云起，三声响雷闪齐鸣，四声响雨至，五声响云散雨收"。当虎力大仙第三声令牌打响时：

> 只见那南天门里，邓天君领着雷公电母到当空，迎着行者施礼。行者又将前项事说了一遍，道："你们怎么来的志诚！是何法旨？"天君道："那道士五雷法是个真的。他发了文书，烧了文檄，惊动玉帝，玉帝掷下旨意，径至九天应元雷声普化天尊府下。我等奉旨前来，助雷电下雨。"行者道："既如此，且都住了，同候老孙行事。"果然雷也不鸣，电也不灼。（第四十五回）

这段话的内容能说明不少问题，就是虎力大仙过去多次成功祈雨，其实也是走了程序，得到玉帝批准的。因此，雨虽然是应其求而降，具体的降雨本身仍然是按玉帝的旨意在行事。这本来是没有问题的，但问题在于，现在出现了孙悟空，他强行要求包括四海龙王在内的众神停止行云布雨，而要看他的号令行事。因为孙悟空"不会发符烧檄"，所以他的方式很简单，就是以金箍棒为号令，金箍棒往上一指，就刮风；第二指，就布云；第三指，就雷鸣电灼；第四指，就下雨；第五指，就大日晴天。在孙悟空的安排下，车迟城确实下了一场豪雨：

> 龙施号令，雨漫乾坤。势如银汉倾天堑，疾似云流过海门。楼头声滴滴，窗外响潇潇。天上银河泻，街前白浪滔。淙淙如瓮撺，滚滚似盆浇。孤庄将漫屋，野岸欲平桥。真个桑田变沧海，霎时陆岸滚波涛。神龙借此来相助，抬起长江望下浇。
>
> 这场雨，自辰时下起，只下到午时前后，下得那车迟城，里里外外，水漫了街衢。那国王传旨道："雨彀了，雨彀了！十分再多，又淹坏了禾苗，反为不美。"五凤楼下听事官策马冒雨来报："圣僧，雨彀了。"行者闻言，

将金箍棒往上又一指,只见霎时间,雷收风息,雨散云收。(第四十五回)

下这么大一场豪雨,应该不是玉帝的旨意。特别是,当国王认为下够了的时候,孙悟空才安排让龙王停止,这意味着龙王完全是按照孙悟空的意思在下雨。另外,下雨的时辰也不对,比原来有一些推迟。总而言之,四海龙王此次降雨,在时辰和雨量上,并非严格按照玉帝的旨意在进行,但他们没有因此受到任何惩罚。也许因为此事是孙悟空在出头,要追究责任的话应追究到孙悟空身上,而与他们的关系不大;又或者是因为四海龙王不同于泾河龙王,在降雨业务方面形成了某种意义上的垄断地位,玉帝在一般情况下不好过于追究。

在《西游记》中,不少妖怪能做到让一地风调雨顺,比较典型的是乌鸡国。在三年久旱无雨的情况下,来了一个全真道士,解决了当地的缺水问题。按照乌鸡国国王的说法:"当即请他登坛祈祷,果然有应,只见令牌响处,顷刻间大雨滂沱。寡人只望三尺雨足矣,他说久旱不能润泽,又多下了二寸。"这个青毛狮子所化的全真道士,对于求雨很有把握,并能对雨量进行控制。又如通天河的鲤鱼精,如果当地人每年提供一对童男童女为祭品,就可保风调雨顺,否则,就来降祸生灾。显然也是能控制降雨的。但按照东海龙王的说法,这些人安排的降雨,都是履行了天庭手续的。所以,龙王降雨这件事,一方面确实有严格的规则,另一方面在操作上也有很大的空间,容易被一些妖怪钻空子。从这个角度看,泾河龙王死得还是比较冤的。

其二,同样的行为,有可能处理,也有可能不处理。这方面一个典型的例子是,孙悟空不做弼马温,擅自返回花果山后,天庭派托塔李天王率部前往捉拿。巨灵神首先上阵挑战,但轻易被孙悟空打败,他的宣花斧也被孙悟空打为两截。对此,李天王的反应是:"这厮锉吾锐气,推出斩之!"要将巨灵神推出斩首。这从军纪来说确实很严酷。在此情况下,哪吒三太子出面求情说:"父王息怒,且恕巨灵之罪,待孩儿出师一遭,便知深浅。"在他求情之下,天王饶了巨灵的性命。

之后,哪吒出场与孙悟空大战一番,但依然被孙悟空打败。从道理上说,如果李天王同样严格地执行军纪,也应该要将哪吒推出斩之,至少也要对哪吒予以责罚。但李天王根本没有要对哪吒加以处罚的意思,反而大惊失色道:

"这厮恁的神通,如何取胜?"面对这一情况,李天王根本没有想如何打败孙悟空,而是立即带兵返回天宫,向玉帝强调妖猴的厉害,以此减轻自己的罪责。

李天王打了败仗回到天宫,他也并非没有责任:

> 李天王与三太子领着众将,直至灵霄宝殿,启奏道:"臣等奉旨出师下界,收伏妖仙孙悟空,不期他神通广大,不能取胜,仍望万岁添兵剿除。"玉帝道:"谅一妖猴有多少本事,还要添兵?"太子又近前奏道:"望万岁赦臣死罪!那妖猴使一条铁棒,先败了巨灵神,又打伤臣臂膊……"(第四回)

值得注意的是哪吒的说法,"望万岁赦臣死罪",哪吒说自己有"死罪"应该不是信口瞎说,而是有天庭的规则为依据。但对哪吒的这话,玉帝完全没有理会,玉帝也完全没有讨论李天王此次行动的责任问题,而是采纳太白金星的建议,决定对孙悟空再次招安,安排孙悟空在天庭做齐天大圣。

孙悟空大闹蟠桃会,玉帝遣十万天兵天将前往捉拿,九曜星、惠岸行者等俱吃了败仗,但此时不再有人追究打败仗者的责任了。

这件事本身十分清楚,哪吒本事比巨灵神高出许多,尚且在孙悟空面前打了败仗,巨灵神打不过孙悟空本来是必然的情况,而且巨灵神并非自认本领高强主动前往请战,而是李天王"选平阳处安了营寨,传令教巨灵神挑战"。但他差点儿因本领不及孙悟空而丧命。这里显然存在处罚不公的情况,好在这一处罚并未落实。

其三,不同程度违反天规行为的处理。前面这两个方面的处理,虽然天庭并不完全一致,但总体还是保持了比较高的一致性。但在对于不同人违反天规行为的处理上,尺度的差异就变得很明显了。这方面一个突出的例子是取经队伍诸成员的遭遇。由唐僧率领的这支取经队伍,所有人都犯过错误,但他们所遭受的处罚并不公平。

首先是小白龙。他本是西海龙王敖闰之子,因纵火烧了殿上明珠,被西海龙王表奏天庭,告了忤逆。根据玉帝的旨意,被吊在空中打了三百,马上要遭诛。幸好观音路过,才保下性命。小白龙"纵火烧了殿上明珠"这个事情，按严重程度不知如何评价，但肯定不是特别严重的大事，主要还是造成了资产方面的损失，而且不管怎么说，他烧的毕竟是自家的东西，是否要处理，全在于西海龙王的心情。小白龙更大的问题，还在于"忤逆"，主要是不孝顺，有些叛逆，而对他"忤逆"行为的处罚可以说是十分严厉，如果不是观音正好出现，他将性命不保。

其次是沙僧。他在天庭犯的错误是，在蟠桃会上"失手打破玉玻璃"。既然是"失手"，就没有犯罪故意，属于过失损害公共财物。但玉帝一怒之下，"卸冠脱甲摘官衔，将身推在杀场上"，马上就要被处死。幸好有赤脚大仙求情，总算保住了性命。即使如此，玉帝的惩罚仍然不轻，他被"打了八百，贬下界来"。这还不够，还要七日一次，从天上下来飞剑在沙僧的胸胁穿一百多下。相比于他犯下的问题，天庭的处罚可以说是极重了。

再次是猪八戒。他犯下的错误是在蟠桃会上喝多了，酒后调戏嫦娥仙子，而且情节比较恶劣。按照八戒本人的说法，当时是："全无上下失尊卑，扯住嫦娥要陪歇。再三再四不依从，东躲西藏心不悦。色胆如天叫似雷，险些震倒天关阙。"结果被当场拿住，押到凌霄宝殿见玉帝，其罪行"依律问成该处决"。八戒的罪行是"依律"应该被处决，说明他所犯问题的处理有明确的天规可循。不过由于太白金星出面求情，八戒被改判为"重责二千锤"，贬出天关。如果只看八戒本人的遭遇，这个处罚可以说颇为不轻。但如果把小白龙、沙僧的情况联系起来看，对八戒的处罚相对来说就很轻了。

最后是孙悟空。孙悟空闯龙宫强取宝贝，闹地府乱涂文书（这些问题在性质的严重性方面远超小白龙和沙僧所犯的错误），结果没有任何处罚，反而因此被招安上天成为弼马温就颇能说明问题了。孙悟空所犯其他各类错误的处理，相对来说也是非常轻。

而取经队伍的领导唐僧，其前身是如来佛的二徒弟金蝉子，在《西游记》最后一回，如来佛亲口说道："圣僧，汝前世原是我之二徒，名唤金蝉子。因为汝不听说法，轻慢我之大教，故贬汝之真灵，转生东土。"在真假美猴王部分，沙僧也曾讲道：

> 菩萨曾言:取经人乃如来门生，号曰金蝉长老，只因他不听佛祖谈经，贬下灵山，转生东土，教他果正西方，复修大道。（第五十七回）

唐僧的问题是，在老师如来佛讲座的时候走神，属于上课听讲不够认真的性质，由此被贬下凡尘，到东土投胎转世。在第八十一回，孙悟空也曾说过："师父是我佛如来第二个徒弟，原叫作金蝉长老，只因他轻慢佛法，该有这场大难。"唐僧所犯的错误其实十分轻微，就其本身而言，基本上是一件可以不处理的事情，但却被贬下凡尘，可以说是很严重的处罚了。

但沙僧的说法很有意思。沙僧是转述观音的话，显示了他所说内容的权威性。在沙僧的叙述中，除了对唐僧的处罚部分，还有另一部分内容，就是"教他果正西方，复修大道"，即对唐僧的处罚其实是给唐僧安排了一个重要机会。这表面上是对唐僧的严厉处罚，实际上另有深意，是一种特殊的安排。如果目光放长远一点儿，能够得到这样的处罚，本身是一件很幸福的事情。

4. 天庭对处罚的执行是否严格？

天庭法治体系的另一个重要方面，是看天庭对神仙处罚的执行情况。如果处罚很严厉，但执行不严格，那么，这样的执法体系不能不说有很大的缺陷。这方面，我们可以考察三个比较典型的案例。

一个是我们前面提到过的泾河龙王。泾河龙王因为在执行玉帝旨意时打了折扣，而被判处死刑，这件事本身体现了天规的严肃性。但在泾河龙王被处死的过程中，如果唐太宗在答应救他性命之后，做事再认真细致一些，本来可以使泾河龙王逃脱被处死的命运。这说明天庭在执法过程中其实有很大的文章可做。

更有意思的是，泾河龙王被处死后，还对唐太宗没有兑现救他性命的承诺感到不满：

> （太宗）正朦胧睡间，又见那泾河龙王，手提着一颗血淋淋的首级，高叫："唐太宗，还我命来，还我命来！你昨夜满口许诺救我，怎么天明时反宣人曹官来斩我？你出来，你出来！我与你到阎君处折辨折辨！"……那龙径到阴司地狱具告不题。（第十回）

泾河龙王的鬼魂还来找唐太宗闹事。之后，更进一步到地府去告状，虽然这并不能救回其性命，但说明泾河龙王真心认为自己有很大的委屈。这件事不是很奇怪吗？泾河龙王被天庭判处死刑，之后被处斩，不是最正常的结果吗？他要告状，正是因为他认为天庭的很多事情是不应该这么处理的。

更奇的是，根据天庭律法，本是合乎情理、天经地义的一件事，阴曹地府竟然还真接了泾河龙王的诉状，还要唐太宗前往应诉，导致太宗差点儿命丧黄泉，因此而有崔判官在地府迎接唐太宗之事：

> 太宗问曰："你是何人？因甚事前来接拜？"那人（崔判官）道："微臣半月前，在森罗殿上，见泾河鬼龙告陛下许救反诛之故，第一殿秦广大王即差鬼使催请陛下，要三曹对案。臣已知之，故来此间候接。"（第十回）

另一个典型例子涉及黄袍怪。黄袍怪本是天庭二十八宿中的奎星，也就是奎木狼，因在天界时与披香殿侍香的玉女有情，思凡偷偷下界。他在被孙悟空打败回到天庭后，玉帝对他的处罚是："收了金牌，贬他去兜率宫与太上老君烧火，带俸差操，有功复职，无功重加其罪。"值得注意的是，奎木狼虽然被贬去给太上老君烧火，但这是带着工资去的，其实际待遇并不受影响。"带俸"两个字无疑显示了玉帝处理此事的倾向性，这个所谓的处罚显然只是要去走一下过场、做样子给人看的。

玉帝对奎木狼的处理显然有失公平，相比对天蓬元帅、卷帘大将以前过失的处理，只能说是太轻了。但即便是这个不重的处罚，实际执行了多长时间呢？奎木狼被捉是在第三十一回，时间是取经路上第四年的秋天。到第六十五回，在小雷音寺，为了帮助孙悟空捉拿黄眉怪，二十八宿一齐出马，其中就明确出现了奎木狼的身影。此时是取经路上第十年的春天。这样算下来，奎木狼总共给老君烧了不到六年时间的火，按照"天上一天，地上一年"的算法，实际给老君烧了不到六天炉子，就"有功复职"了。按照天庭官场的潜规则，奎木狼是不是真坐在炉子前烧火还不一定，因为老君并不是没有烧火的童子，金角大王、银角大王就分别是给老君看金炉的童子和看银炉的童子。孙悟空等人打败黄袍怪之后，取经队伍的下一站就是金角、银角所在的莲花山。从这个角度，在金角大王、银角大王下界之际，奎木狼正好可以暂时替他们烧一下炉子。而在金角大王、银角大王被捉回天庭之后，奎木狼给老君烧火的处罚可能就基本解除了。由此我们可以看出，天庭对奎木狼的处罚毫不严厉，并且这一处罚在执行上似乎也打了不小的折扣。

第三个例子是观音寻访取经人、打造取经团队的过程。这个过程本身是对天庭执法的一次系统性的破坏。其主要表现如下：

观音在前往东土的路上，首先碰到的是在流沙河为妖的沙僧。沙僧因在蟠桃会上，失手打碎玻璃盏，被玉帝打了八百，贬下界来，又教七日一次，将飞剑穿他胸胁百余下方回。玉帝的处罚不管是否有失于严酷，作为一种处罚已经执行了很长的时间。菩萨看到沙僧的情形后，对他说了如下的话：

> 你何不入我门来，皈依善果，跟那取经人做个徒弟，上西天拜佛求经？我教飞剑不来穿你。那时节功成免罪，复你本职，心下如何？（第八回）

观音菩萨因为取经行动的政治需要，轻易就把沙僧的惩罚全部免除了，而且整个过程没有履行任何向天庭申报的组织程序。

之后，观音见到猪八戒。观音对八戒的说法是：

> 你既上界违法，今又不改凶心，伤生造孽，却不是二罪俱罚？……我领了佛旨，上东土寻取经人。你可跟他做个徒弟，往西天走一遭来，将功折罪，管教你脱离灾瘴。（第八回）

也是一番话语就把八戒所犯罪行一笔勾销了。

至于小白龙的遭遇更是如此。小白龙由西海龙王表奏天庭，告了忤逆。西海龙王的处理不管是否过于严酷，就其本身来说十分符合组织程序。根据玉帝的安排，小白龙被吊在空中打了三百，不日遭诛。这本来是一个从形式上看最符合法律程序的例子。结果，由于观音从此地经过，出于为唐僧寻个坐骑的考虑，取消了对小白龙的死刑。死刑的取消也是观音直接向玉帝求情的结果：

> 玉帝遂下殿迎接。菩萨上前礼毕道："贫僧领佛旨上东土寻取经人，

路遇孽龙悬吊,特来启奏,饶他性命,赐与贫僧,教他与取经人做个脚力。"玉帝闻言,即传旨赦宥,差天将解放,送与菩萨,菩萨谢恩而出。(第八回)

整个过程中,观音一点儿不觉此事有何为难之处,玉帝放人也毫不犹豫,双方都没有把天庭的法律法规严肃地当一回事。相比之下,八戒、沙僧的处罚被取消,观音并没有向玉帝求情,可能因为他们被判处的不是死刑。

此外,孙悟空也是在天庭犯了重罪,被观音从五行山下放出。由此可见,在取经行动还没有真正展开的时候,观音就已经对天庭的执法形成了系统性的破坏。

不过要了解《西游记》中很多事情的原委和细节,常常需要前后对照阅读,才能更好地窥知全貌。观音对小白龙的处置,其实也并不是对其罪行如此简单地全盘饶过,而是仍对他进行了一定的处罚。在朱紫国,孙悟空为朱紫国王治病时,想要小白龙的马尿半盏入药,小白龙做了如下答复:

我本是西海飞龙,因为犯了天条,观音菩萨救了我,将我锯了角,退了鳞,变作马,驮师父往西天取经,将功折罪。(第六十九回)

这里提到,观音将小白龙"锯了角,退了鳞",说明还是对他进行了一定的处罚的。但这样的处罚,更多地体现了天庭的人治,而不是法治。天庭法治建设的关键在于天庭高级官员法治观念的培育与形成,而不只是完善天庭法律法规制度的问题。